BASTEI LÜBBE
TASCHENBUCH

Weitere Titel der Autorin:

Colours of Love – Entfesselt
Colours of Love – Entblößt
Colours of Love – Verloren
Colours of Love – Verführt

Daringham Hall – Das Erbe
Daringham Hall – Die Entscheidung
Daringham Hall – Die Rückkehr

Wildblumensommer
Wo mein Herz dich findet

Titel auch als Hörbuch erhältlich

Über die Autorin:

Kathryn Taylor begann schon als Kind zu schreiben – ihre erste Geschichte veröffentlichte sie bereits mit elf. Von da an wusste sie, dass sie irgendwann als Schriftstellerin ihr Geld verdienen wollte. Nach einigen beruflichen Umwegen und einem privaten Happy End ging ihr Traum in Erfüllung: Mittlerweile wurden ihre Romane in 15 Sprachen übersetzt und haben Stammplätze auf den Bestsellerlisten.

1

Lexie rannte, so schnell sie konnte, aber ihre Füße fühlten sich an, als wären sie aus Blei. Jeder Schritt fiel ihr schwer. Panisch blickte sie über ihre Schulter zurück und sah, dass der Schatten näher kam. Gleich würde er sie einholen.

Ich tue dir nichts.

Die Stimme klang freundlich. Lockend. Aber das ließ ihre Angst nur größer werden.

Bleib hier. Lauf nicht weg.

Sie rannte noch schneller, auch wenn sie wusste, dass sie keine Chance hatte. Er würde sie gleich erreicht haben. Und dann …

Ein metallisches Kreischen drang in ihr Bewusstsein, laut und so bedrohlich, dass sie erschrocken stehen blieb und in die grellen Lichter blickte, die sie plötzlich blendeten. Instinktiv hob sie den Arm, um ihre Augen zu schützen. Das Geräusch schwoll an, wurde fast unerträglich und ließ ihr Herz vor Angst rasen. Etwas schoss an ihr vorbei, so dicht, dass sie den Luftzug deutlich spürte. Dann herrschte wieder Stille. Nur das Licht war noch da und blendete sie jetzt von der anderen Seite.

Eine Autotür klappte, dann packte sie jemand an den Armen.

»Verdammt, sind Sie wahnsinnig?« In der tiefen Stimme, die zu ihr sprach, schwang Wut mit. »Ich hätte Sie fast überfahren!«

Eine Windböe erfasste sie, zerrte an dem dünnen Stoff ihres Nachthemds und nahm ihr für einen Moment den Atem. Unter ihren bloßen Füßen spürte sie den harten Asphalt und plötzlich auch die Kälte.

»Miss, können Sie mich hören?«

Die letzten Nebel des Traums lösten sich auf, und sie sah den Mann, dem die Stimme gehörte. Er hatte schwarze Haare und sehr blaue Augen und trug eine dunkle Lederjacke. Es waren seine Hände, die ihre Oberarme umfasst hielten.

»Wissen Sie, wo Sie sind?«

Beklommen blickte Lexie sich um, nahm zum ersten Mal die Umgebung wahr. Sie stand auf einer Straße, irgendwo draußen im Mondlicht in einer ziemlich einsamen Gegend. Hügel hoben sich dunkel vor dem nachtblauen Himmel ab, aber es gab keine Häuser. Die Luft roch salzig, so als wäre das Meer in der Nähe, und der Wind blies kräftig, ließ den Stoff ihres Nachthemdes erneut flattern.

Nachthemd, dachte sie und blickte erschrocken an sich herunter. Sie trug nur das. Keine Schuhe. Keinen Mantel.

Und dann war da noch das Auto. Ein großer schwarzer BMW. Er stand ein paar Meter weiter schräg auf der Straße, mit der Motorhaube in ihre Richtung. Die Scheinwerfer, die immer noch brannten, beleuchteten die Reifenspuren, die sich in mehreren Bögen über den Asphalt zogen. Einer dieser Bögen führte genau um die Stelle herum, an der sie stand.

Sie dachte an das laute Geräusch, das sie gerade so erschreckt hatte, und begriff, was es gewesen war: kreischende Bremsen. Deswegen stand der Wagen dort so komisch. Er hatte aus voller Fahrt angehalten und war ins Schlingern geraten bei dem

Versuch, ihr auszuweichen. Weil sie im Nachthemd irgendwo draußen auf der Landstraße herumgelaufen war.

Was nur eins bedeuten konnte …

Ein Zittern durchlief sie.

»Sie frieren ja!« Der Mann zog seine Jacke aus und legte sie ihr um die Schultern. Dann schob er sie zu seinem Auto. »Kommen Sie, setzen Sie sich.«

Sie wehrte sich nicht, als er ihr auf den Beifahrersitz half. Die Lederpolster waren weich, und das Wageninnere wirkte edel, mit dem glänzend lackierten Holz und dem vielen Chrom. Genau wie in Andrews Auto, dachte sie und schmiegte sich noch ein bisschen tiefer in die viel zu große Jacke, die sie in eine angenehme Wärme hüllte. Das Aftershave des Mannes hing darin, fremd und männlich, und auch wenn es gut roch, erinnerte es sie daran, dass es noch keinen Grund gab, sich zu entspannen.

Es war wieder passiert, und sie fühlte sich genauso hilflos und verwirrt wie sonst auch. Nur dass sie es diesmal auch noch dem fremden Mann erklären musste, der gerade auf der Fahrerseite einstieg.

Er trug zu seiner dunklen Jeans und den schicken schwarzen Schuhen jetzt nur noch ein hellgraues Hemd. Und obwohl er nicht zu frieren schien, hatte Lexie ein schrecklich schlechtes Gewissen, nicht nur wegen der Jacke. Sie hatte ihn in Gefahr gebracht.

»Es tut mir leid.« Ihre Stimme klang belegt, und sie versuchte entschuldigend zu lächeln. Was keinen großen Eindruck auf ihn zu machen schien, denn er blieb ernst.

»Wie heißen Sie? Wissen Sie das?«

Er blickte auf ihr Nachthemd, das unter der Jacke herausschaute, und sie spürte, wie ihr Röte in die Wangen schoss. Offenbar glaubte er, dass sie nicht ganz bei Trost war. Was ja irgendwie auch stimmte.

»Lexie«, sagte sie heiser. »Lexie Cavendish.«

»Und was machen Sie hier draußen?« Die Strenge war zurück in seiner Stimme, wenn auch inzwischen gepaart mit Sorge.

Sie zog die Jacke noch enger um sich.

»Ich … hatte einen Alptraum.«

Sofort kamen die Bilder zurück, so deutlich, dass die Erinnerung sie schaudern ließ. Es war immer der gleiche Traum. Er verfolgte sie schon seit vielen Jahren, und sie rannte darin immer, floh vor einer namenlosen Bedrohung, die ihr das Blut in den Adern gefrieren ließ. Aber es war kein Monster, das sie verfolgte. Es war nicht mal eine konkrete Gestalt. Nur ein dunkler, gesichtsloser Schatten. Er würde ihr wehtun, wenn sie stehen blieb, auch wenn er stets flüsternd das Gegenteil behauptete. Er log, das wusste sie instinktiv, deshalb lief sie um ihr Leben. Rannte und rannte, bis sie … aufwachte. Im besten Fall in ihrem Bett. Aber manchmal eben auch nicht.

»Einen Alptraum?« Der Mann hob die Augenbrauen. »Hat man so etwas nicht, wenn man schläft?«

»Ich habe geschlafen«, sagte sie. »Ich … stehe dabei nur manchmal auf.«

Jetzt schien ihm zu dämmern, was das Problem war. »Sie schlafwandeln?«

Lexie nickte. »Manchmal.«

»Das ist gefährlich.«

Wieder nickte sie. Als ob sie das nicht wüsste!

Sie konnte die Male nicht mehr zählen, in denen sie sich in ähnlich brenzlige Situationen gebracht hatte. Einmal war sie aus einem Fenster gefallen und hatte sich den Arm gebrochen, ein anderes Mal hatte sie sich eine Platzwunde am Kopf zugezogen, weil sie gegen einen Baum gelaufen war. Diesmal hätte es allerdings tödlich enden können …

Dieser Gedanke schien auch den Mann zu beschäftigen.

»Wissen Sie eigentlich, wie knapp das war?« Er stieß die Luft aus, und sie sah ihm an, wie sehr ihn die Erinnerung an das, was gerade fast passiert wäre, immer noch schockierte. »Sie standen ganz plötzlich auf der Straße. Zum Glück hatte ich das Fernlicht an und konnte Sie früh genug sehen. Ich habe sofort gebremst und gehofft, dass Sie zur Seite springen. Aber Sie standen einfach da und haben sich nicht bewegt.« Er schüttelte den Kopf. »Das waren wirklich nur Sekundenbruchteile. Wenn ich nicht mehr hätte ausweichen können ...«

Das mochte sie sich genauso wenig ausmalen wie er.

»Es tut mir leid, wirklich«, versicherte sie ihm. »Ich kann das nicht kontrollieren. Manchmal gehe ich nur im Raum auf und ab, aber wenn es ganz schlimm kommt, dann laufe ich richtig weit, ohne dass es mir bewusst ist.«

Der Mann runzelte die Stirn. »Gibt es denn niemanden, der dafür sorgen kann, dass Sie sich nicht in Gefahr bringen?«

Vermutlich zielte die Frage darauf ab, ob sie einen Mann hatte. Oder überhaupt Familie. Menschen, die sich um sie kümmerten. Doch davon gab es in ihrem Leben nicht viele.

»Nein. Ich ... bin nicht von hier. Außerdem ist es lange nicht mehr vorgekommen.«

Tatsächlich hatte sie schon geglaubt, dass es vorbei wäre mit dem Schlafwandeln. Die letzten zwei Jahre waren ruhig gewesen. Keine Alpträume, keine nächtlichen Wanderungen mehr. Was sicher auch damit zusammenhing, dass sie ihren Traumjob gefunden hatte und dass ihre Arbeit sie glücklich machte. Sie war fest entschlossen gewesen, nur noch nach vorn zu blicken, nicht mehr zurück. Und es hatte funktioniert – bis jetzt.

Dass der Schattentraum sie mit einem Mal wieder so heftig verfolgte, musste an dieser Gegend liegen. In Donegal, der nördlichsten Provinz Irlands, war sie noch nie gewesen. Doch seit sie vor ein paar Stunden nach mehrstündiger Fahrt in dem kleinen Städtchen Cerigh nahe der Küste angekommen war, ließ sie das Gefühl nicht los, dass sie diesen Ort kannte.

Die Häuser mit den meist weiß getünchten Fassaden und die schmalen Straßen wirkten auf eine seltsame Weise vertraut. Nicht wegen der Ähnlichkeit zu anderen Orten, an denen sie schon gewesen war. Diese Vertrautheit ging tiefer.

Sie kannte sich hier aus.

Als sie auf den Dorfplatz zugefahren war, hatte sie schon, eine Sekunde bevor sie um die Ecke gebogen war, gewusst, dass links hinten am Ende des Platzes eine von einer Steinmauer eingerahmte kleine Kirche stehen würde. Es hatte sie richtig erschreckt, dass es diese Kirche wirklich gab. Und genauso war es ihr mit dem Castle Inn gegangen, dem Pub, in dem sie sich ein Zimmer genommen hatte. Noch bevor sie den großen Gastraum im Erdgeschoss betreten hatte, war sie sicher gewesen, dass er langgezogen sein würde, mit einer niedrigen Decke und zwei großen Kutschenrädern an der Wand rechts und links von der Bar. Was ebenfalls gestimmt hatte.

War es da ein Wunder, dass sie keine Ruhe hatte finden können, als sie nach einem Teller Irish Stew, den die Wirtin ihr mit ernster Miene serviert hatte, auf ihr Zimmer gegangen war, um sich für ihren Termin am nächsten Morgen auszuruhen? Das ergab einfach keinen Sinn. Sie konnte diesen Ort nicht kennen, denn sie war in England geboren und in Amerika aufgewachsen. Zuletzt hatte sie in New York gelebt, bevor sie dann vor zwei Jahren nach Dublin gezogen war, um dort eine neue Stelle anzutreten. Sicher, in letzter Zeit war sie öfter mit ihrem Boss Andrew auf Geschäftsreise gegangen, aber nicht nach Donegal. Und die Ausflüge mit ihrer Freundin Betty hatten sie immer nur nach Kerry im Süden der Insel geführt, weil dort die Eltern von Bettys Verlobten Ken wohnten. Im Norden war sie definitiv noch nie gewesen, und ganz sicher noch nicht in Cerigh …

»Geht es Ihnen wirklich gut?«

Die Frage des Mannes riss sie aus ihren Gedanken.

»Was? Ja, es … geht.« Sie lächelte erneut zaghaft. »Danke, dass Sie mich nicht überfahren haben.«

»Das war durchaus auch in meinem Interesse«, meinte er und erwiderte diesmal ihr Lächeln.

Wenn er nicht so ernst guckt, sieht er richtig gut aus, dachte sie und betrachtete ihn zum ersten Mal genauer, nahm sein klassisches Profil und das kantige Kinn wahr – aber auch die dunklen Schatten unter seinen ungewöhnlich blauen Augen und die Bartstoppeln auf seinen Wangen. Er schien schon länger unterwegs zu sein und wirkte müde. Außerdem war er zwar eindeutig älter als sie, aber jünger, als sie anfangs geglaubt hatte. Höchstens Mitte dreißig.

»Kann ich Sie irgendwo hinfahren?«, erkundigte er sich, und ihr wurde erschrocken bewusst, dass sie ihn viel zu lange angestarrt hatte.

Sie zögerte kurz, weil sie ihm nicht weiter zur Last fallen wollte. Aber sie hatte keine Ahnung, wie weit sie im Schlaf gelaufen war, deshalb war sie auf seine Hilfe angewiesen.

»Kennen Sie das Castle Inn in Cerigh?«

Er nickte und startete den Motor, setzte den Wagen zurück und lenkte ihn über die kurvige Landstraße. Sie bogen zwei Mal ab und erreichten kurze Zeit später den kleinen Ort, der jetzt zur Ruhe gekommen war. Am Nachmittag hatte das noch ganz anders ausgesehen, da waren die schmalen Straßen voller Menschen gewesen, und es hatte ein buntes Treiben geherrscht. Unzählige Fahnen und Wimpelketten schmückten die Gebäude, denn Cerigh würde in den kommenden Tagen sein fünfhundertjähriges Jubiläum feiern. Dafür war offenbar die ganze Woche über ein Rahmenprogramm mit verschiedenen Aktionen und Veranstaltungen geplant. Außerdem kündigten diverse Plakate für das Wochenende ein Folkfestival an, für das bereits eine große Bühne auf einem Feld außerhalb des Ortes aufgebaut worden war. Spielen würden dabei laut Ankündigung auch die Irish Badgers. Es wunderte Lexie zwar, wieso eine der bekanntesten Folkbands Irlands ausgerechnet in diesem Kaff auftrat, aber es erklärte vermutlich, wieso jetzt schon ein solcher Trubel herrschte.

Die meisten Leute schienen inzwischen allerdings zu schlafen, denn in den Häusern, die sie passierten, brannten nur noch sehr wenige Lichter. Lexies Blick fiel auf die Anzeige vorne im Bordcomputer des BMW, und sie sah, dass es kurz vor zwei Uhr morgens war. Die Wahrscheinlichkeit, um diese Zeit auf einer einsamen Landstraße angefahren zu werden, war normalerweise eher gering.

»Wieso sind Sie eigentlich so spät noch unterwegs?«

Der Mann sah sie überrascht an, und Lexie wurde bewusst, wie misstrauisch ihre Frage geklungen hatte.

»Tut mir leid«, fügte sie hastig hinzu. »Das geht mich natürlich nichts an. Ich wollte nicht aufdringlich sein. Ich dachte nur …«

»Dass ich längst schlafen müsste?« Er verzog den Mund zu einem schiefen Lächeln. »Das würde ich gerne, glauben Sie mir. Aber mein Flieger aus New York hatte sechs Stunden Verspätung, und dann gab es Schwierigkeiten am Schalter der Autovermietung. Deshalb habe ich das Ziel meiner Reise leider immer noch nicht erreicht.«

»Oh.« Er kam aus Amerika? Lexie war davon ausgegangen, dass er ein Einheimischer war, weil er Englisch mit irischem Akzent sprach. Aber vielleicht war er ja auch einfach auf dem

Heimweg? Sie wollte ihn fragen, wo genau er wohnte, doch bevor sie dazu kam, hielt er den Wagen an.

»Wir sind da.«

Der Eingang des Pubs lag im Dunkeln, wie fast der ganze Rest des Hauses. Nur ein Fenster im ersten Stock war schwach erleuchtet.

»Es scheint noch jemand wach zu sein.« Der Mann blickte durch die Scheibe nach oben zu dem erhellten Fenster.

Unglücklich schüttelte Lexie den Kopf. »Das da oben ist mein Zimmer«, erklärte sie. »Wahrscheinlich habe ich die Nachttischlampe angelassen.«

Das hatte sie nicht nur wahrscheinlich, sondern ganz sicher. Sie ließ nachts grundsätzlich ein Licht im Schlafzimmer brennen. Das war nur einer ihrer vielen Spleens, aber da der Mann sie bestimmt schon für merkwürdig genug hielt, erwähnte sie es lieber nicht. Außerdem war ihr gerade eingefallen, dass es ein viel drängenderes Problem gab.

»Ich habe gar keinen Schlüssel dabei!«

Sie wusste nicht, wie sie das Haus verlassen hatte, und erst recht nicht, wie sie jetzt wieder hineingelangen sollte. Eine neue Welle der Verzweiflung überkam sie, weil ihr die Situation so schrecklich unangenehm war. Nicht nur, dass sie im Nachthemd im Auto eines Fremden saß, dem sie unnötig Umstände machte. Jetzt musste sie auch noch die Wirtin herausklingeln und ihr erklären, wieso sie …

»Die Tür ist nicht abgeschlossen.« Die Bemerkung des Mannes unterbrach ihre düsteren Gedanken.

»Sind Sie sicher?«

Er nickte. »Würde mich jedenfalls wundern. Sheila und Fred lassen sie eigentlich offen, damit die Gäste kommen und gehen können, wie sie wollen.« Er grinste, als sie ihn überrascht anstarrte. »Sie sind nicht vom Land, oder?«

»Nein«, sagte sie. Aber er stammte offenbar tatsächlich aus dieser Gegend, wenn er wusste, dass die Wirtsleute Sheila und Fred hießen. Und wenn es stimmte, was er sagte, und die Tür wirklich nicht abgeschlossen war, kam sie nicht nur ohne Probleme wieder ins Haus, es erklärte auch, wie sie es überhaupt hatte verlassen können.

»Na los! Sehen wir mal nach, ob ich recht habe.«

Der Mann stieg aus, aber Lexie brauchte einen Moment, um zu reagieren. Als sie endlich nach dem Griff tastete, war er schon auf ihrer Seite und öffnete die Tür für sie. Er streckte ihr die Hand hin, und sie ergriff sie dankbar, ließ sich von ihm aus dem Wagen helfen.

Als sie neben dem Auto stand, spürte sie trotz der Jacke die Kälte des frühen Aprilmorgens. Das Kopfsteinpflaster unter ihren nackten Füßen und die Atemwolke vor ihrem Mund machten ihr schlagartig bewusst, wie geborgen sie sich im Inneren des Wagens gefühlt hatte. Hier draußen schienen die Schatten des Alptraums wieder nach ihr zu greifen, und einen Moment lang fürchtete sie sich davor, allein ins Haus zu gehen.

Sie wollte sich bei dem Mann bedanken und sich verabschieden, doch in diesem Moment drangen Stimmen zu ihnen. Kurz darauf bogen fünf junge Männer um die Hausecke und kamen auf sie zu. Sie mussten noch Teenager sein und waren eindeutig alkoholisiert, denn sie konnten kaum gerade gehen. Außerdem redeten sie zu laut und lachten albern, während sie sich aneinander festhielten, um das Gleichgewicht zu halten.

Einer der Jugendlichen hielt inne, als er Lexie und den Mann bemerkte. Trotz seines offensichtlich benebelten Gehirns schien er wahrzunehmen, dass Lexies Aufzug ungewöhnlich war, denn er musterte sie von Kopf bis Fuß. Auch die anderen blieben stehen und starrten zu ihnen herüber.

Sofort trat der Mann dichter an Lexie heran und stellte sich so, dass sein Rücken und seine breiten Schultern sie gegen die Blicke abschirmten.

»Was gibt es denn da zu glotzen?«, rief er und legte einen Arm um Lexie. »Geht weiter, na los!«

Die Warnung in seiner Stimme war nicht zu überhören und entging auch den Jugendlichen nicht, die kurz miteinander redeten und dann genauso laut wie vorher weiterzogen.

Als sie um die nächste Ecke verschwunden waren, ließ der Mann Lexie wieder los und trat einen Schritt zurück, was sie fast ein bisschen bedauerte.

Wow, dachte sie, immer noch ganz überwältigt davon, wie selbstverständlich er sie gerade beschützt hatte. Und es war nicht unangenehm gewesen, dass er ihr dabei so nah gekommen war. Im Gegenteil …

»Ich bringe Sie lieber noch rein«, erklärte der Mann, und Lexie überlegte kurz, ob sie das ablehnen sollte. Aber der Gedanke an den dunklen Gastraum und die Flure im Pub, die sie gleich durchqueren musste, machte ihr immer noch Angst. Die Aussicht, es nicht allein tun zu müssen, war einfach zu verführerisch.

»Danke«, sagte sie und verdrängte den Gedanken, dass er eigentlich schon genug für sie getan hatte: Er war ihr geistesgegenwärtig ausgewichen und hatte sie nicht überfahren. Hatte sie hergebracht. Und ihr seine Jacke überlassen, ohne deren Wärme sie den Schock des Erlebten vielleicht nicht so schnell überwunden hätte. Daran, was passiert wäre, wenn sie allein irgendwo in der Dunkelheit aufgewacht wäre, wollte sie lieber nicht denken. Sie stand wirklich in seiner Schuld – und kannte nicht mal seinen Namen.

»Ich habe Sie noch gar nicht gefragt, wie Sie heißen.«

Der Mann lächelte und streckte ihr die Hand entgegen.

»Tut mir leid, dass ich mich nicht vorgestellt habe. Ich bin Grayson Fitzgerald.«

Oh mein Gott, dachte Lexie entsetzt und spürte, wie ihr das Blut aus dem Gesicht wich.

2

Miss Cavendish?« Grayson Fitzgerald schloss erneut die Hände um ihre Oberarme und musterte sie skeptisch. »Ist alles in Ordnung? Sie sind plötzlich ganz blass!«

»Ich …« Sie machte sich von ihm los und trat instinktiv einen Schritt zurück. »Ich glaube, ich sollte mich hinlegen.«

Das war sogar dringend nötig, denn ihre Beine waren plötzlich ganz wackelig, und ihre Gedanken überschlugen sich, während sie den Mann anstarrte.

Grayson Fitzgerald. Natürlich. Sie hätte ihn erkennen müssen, schließlich hatte sie schon Fotos von ihm in einschlägigen Wirtschaftsmagazinen gesehen. Aber darauf hatte er Anzüge getragen und unnahbar gewirkt. Und seine Augen waren auch nicht so blau gewesen. Außerdem konnte sie doch nicht ahnen, dass er hier auftauchen würde. Was zur Hölle tat er in Cerigh? Oh nein, was wenn …

»Miss Cavendish?« Grayson Fitzgerald betrachtete sie mit einem Stirnrunzeln, und ihr wurde klar, dass sie ihn anstarrte. »Kommen Sie.«

Er hakte sie unter und führte sie die letzten Schritte zum Pub, bis zur Eingangstür, die tatsächlich nicht verschlossen war.

»Sie müssen nicht mitkommen«, protestierte sie, weil sie

plötzlich doch nicht mehr fand, dass das eine gute Idee war. »Ich schaffe das alleine.«

»Welche Zimmernummer?«, erkundigte er sich, ohne auf ihren Einwand einzugehen, und schob sie durch die Tür.

»Fünf.« Lexie schluckte, als sie in den Gastraum blickte, der vom Mondlicht nur sehr schwach erleuchtet wurde. Der hintere Teil lag völlig im Dunkeln, und die Schwärze schien nur darauf zu warten, sie zu verschlingen ...

Erschrocken blinzelte sie in das Licht, das plötzlich aufflammte. Als sie sich zu Grayson Fitzgerald umdrehte, sah sie, wie er die Hand hinter dem Vorhang direkt neben der Tür hervorzog. Offenbar hatte er gewusst, dass sich dort der Schalter für die Deckenlampen befand – und ahnte nicht mal, welch großen Gefallen er ihr damit getan hatte, ihn zu betätigen.

»Wir wollen ja nicht gegen irgendein Möbelstück laufen«, sagte er und führte sie zielstrebig auf die Tür neben der Bar am anderen Ende des Raumes zu, hinter der eine Treppe hinauf zu den Gästezimmern führte. Er ließ Lexie den Vortritt und folgte ihr nach oben in den schmalen, von ausgetretenem Teppichboden bedeckten Flur.

Lexie drückte auf den Lichtschalter an der Wand und atmete auf, als auch hier die Lampen aufflammten und die Dunkelheit verschwand. Ihr Herz raste trotzdem, aber das lag eher an Grayson Fitzgerald, der dicht hinter ihr ging.

Wie konnte das Schicksal nur so gemein sein? Um das Projekt in Cerigh hätte sich eigentlich ihr Kollege Ryan Monsworth kümmern sollen. Erst in letzter Minute hatte Andrew sich entschieden, stattdessen Lexie zu schicken, und sie fühlte sich sehr geschmeichelt, dass er offenbar lieber ihr die Innenausstattung bei diesem Umbau überlassen wollte. Sonst begleitete Andrew sie oft bei Projekten, doch diesmal ließ er ihr völlig freie Hand, was sie nicht nur als großen Vertrauensbeweis empfand, sondern auch als Chance sah, sich zu bewähren. Deshalb wollte sie es besonders gut machen. Doch anstatt sich auf ihre Aufgabe zu konzentrieren, war sie fahrig und abgelenkt, weil dieser Ort sie vollkommen durcheinanderbrachte. Und als wäre das noch nicht schlimm genug, war sie jetzt ausgerechnet Andrews schärfstem Konkurrenten vors Auto gelaufen. Im Nachthemd.

Sie stöhnte innerlich bei dem Gedanken, wie es sein würde, Grayson Fitzgerald nach dieser Nacht erneut zu begegnen. Was in den nächsten Tagen durchaus der Fall sein konnte, denn offenbar hatte er in der Gegend zu tun. Aber was? Wieso kam der erfolgreiche New Yorker Immobilienspekulant und Chef der von ihm gegründeten Fitzgerald Holding persönlich an diesen kleinen, abgelegenen Ort? Es mussten private Gründe sein, die ihn herführten, denn es gab hier weit und breit nur ein Gebäude, das für ihn geschäftlich von Interesse sein konnte, und das war Dunmor Castle. Aber der Verkauf der Burg, die hier ganz in der Nähe oben auf den Klippen direkt am Atlantik lag, war laut Andrew schon so gut wie abgeschlossen. Howard Enterprises würde das teilweise renovierungsbedürftige Gemäuer übernehmen und in ein nobles Luxushotel verwandeln, bevor es dann mit Gewinn weiterverkauft wurde. Deshalb war Lexie hier: Sie würde sich die Räumlichkeiten vor Ort ansehen und ein Konzept für die Innenausstattung entwickeln, das den potentiellen Käufern präsentiert werden sollte. Tatsächlich gab es auch schon einen Interessenten, eine Investorengruppe aus den Vereinigten Arabischen Emiraten. Es schien also alles unter Dach und Fach zu sein. Doch war es wirklich Zufall, dass Grayson Fitzgerald ausgerechnet jetzt hier auftauchte?

Andrew würde darüber jedenfalls alles andere als begeistert sein. Er hasste Fitzgerald, weil der sich häufig für dieselben Objekte interessierte und ihn gerade in der letzten Zeit mehrfach ausgebootet hatte. Das durfte diesmal auf keinen Fall wieder passieren, dafür war der Deal für Howard Enterprises zu wichtig. Und deshalb tat Lexie gut daran, möglichst viel Abstand zu Grayson Fitzgerald zu wahren.

Abrupt blieb sie stehen und fuhr herum.

»Ich glaube, ich …« Sie hielt inne und blickte zu ihm auf, erschrocken darüber, wie dicht er vor ihr stand. »Ich … komme jetzt zurecht«, beendete sie ihren Satz und schlüpfte aus der Jacke, um sie ihm zurückzugeben.

Ohne die Wärme und das Gewicht des fremden Kleidungsstücks auf ihren Schultern fühlte sie sich unangenehm schutzlos. Und das Interesse, das jetzt in Grayson Fitzgeralds forschendem Blick lag, machte es nicht besser.

Wann immer ein Mann sie so ansah, war das normalerweise der Moment, in dem sie sich zurückzog. Sie konnte nicht gut flirten, und für alles andere eignete sie sich erst recht nicht, wie ihre kurze Ehe mit ihrem Collegefreund eindrucksvoll bewiesen hatte. Von Matt Cavendish war ihr nur der Name geblieben – und die Erkenntnis, dass sie sehr kompliziert war. Und selbst wenn sie auf einen Flirt aus gewesen wäre, war Grayson Fitzgerald ganz bestimmt der letzte Mann auf der Welt, dem sie zu tief in die Augen schauen durfte. Was sie jedoch leider nicht davon abhielt, es trotzdem zu tun. Es war, als würde er ihren Blick magisch anziehen …

Entsetzt über sich selbst und die Richtung, die ihre Gedanken unfreiwillig genommen hatten, wich Lexie ein Stück zurück.

»Ich denke, ich sollte jetzt wirklich noch ein bisschen schlafen.« Sie wandte sich um und ging die wenigen Schritte bis zu ihrer Zimmertür. Erst von dort blickte sie zurück. »Noch mal vielen Dank – für alles.«

Er hob einen Mundwinkel zu einem Lächeln, das ihren Herzschlag nicht beruhigte.

»Schließen Sie besser die Tür ab.« Er nickte ihr noch mal zu, bevor er sich umdrehte und den Flur wieder hinunterging. Kurz darauf war er verschwunden, und sie hörte unten die Tür zum Schankraum klappen.

Immer noch zittrig schloss Lexie die Zimmertür hinter sich und lehnte sich mit dem Rücken dagegen. Herrgott, was war denn los mit ihr? Das da draußen war Grayson Fitzgerald. Der Mann, dessen Erwähnung ausreichte, um ihrem Boss den Tag zu verderben. Und sie starrte ihn an und fand, dass er schöne Augen hatte? Selbst ihr verwirrter Zustand nach dem Schlafwandeln konnte das nicht entschuldigen. Wo war die kühle Geschäftsfrau hin, die alles bestens im Griff hatte? Sie ließ sich doch sonst nicht so schnell verunsichern!

Ganz ruhig, dachte sie und tat das, was sie immer tat, wenn eine Situation sie zu überfordern drohte: Sie konzentrierte sich auf etwas Positives, etwas, das sie stark machte. Und in diesem Fall war das nicht mal schwer, denn sie brauchte sich nur in dem kleinen Zimmer umzusehen, das sie für die nächsten Tage angemietet hatte. Mit den alten Holzmöbeln und der schon leicht verblichenen Blumentapete wirkte es ziemlich altmodisch. Aber es gefiel ihr, weil es sie an ihr Zimmer bei den Petersons erinnerte – der einzigen Pflegefamilie, bei der sie sich wirklich wohlgefühlt hatte.

Sie richtete sich auf und schloss die Tür ab, so wie Grayson Fitzgerald es ihr geraten hatte, dann zog sie den Schlüssel ab und legte ihn auf die Kommode neben der Tür zum Bad, hinter eine kleine Schale, damit sie ihn nicht fand, falls sie noch einmal schlafwandelte. Sie wusste natürlich, dass das eine wichtige Vorsichtsmaßnahme war, dafür hätte sie seinen Ratschlag nicht gebraucht. Ihre Nächte waren nur schon so lange ruhig gewesen, dass sie einfach nicht mehr daran gedacht hatte.

Dass sie in den nächsten Stunden noch mal auf unfreiwillige

Wanderschaft gehen würde, war allerdings eher unwahrscheinlich. Es passierte eigentlich nicht zwei Mal in einer Nacht. Und außerdem glaubte sie nicht, dass sie nach allem, was gerade passiert war, überhaupt noch würde schlafen können.

Doch als sie wenige Augenblicke später wieder in dem schmalen Bett lag und im Schein der Nachttischlampe an die niedrige Decke starrte, spürte Lexie, wie die Aufregungen der vergangenen Stunde ihren Tribut forderten. In ihrem Nachthemd hing noch etwas von dem Duft der Jacke, und wider Erwarten entspannte sie sich, als sie ihn einatmete. Plötzlich bleiern müde schloss sie die Augen und glitt in einen tiefen, traumlosen Schlaf.

*****

Grayson ließ die Eingangstür des Castle Inn hinter sich zufallen und sog die kühle Nachtluft in seine Lungen. Sein Blick wanderte an der Fassade nach oben und blieb an dem einzigen erleuchteten Fenster hängen. Für einen Moment starrte er auf das Licht und wartete darauf, dass es ausging. Aber das geschah nicht, und irgendwann wandte er sich mit einem Seufzen ab.

Es war fast schade, dass der Pub längst geschlossen hatte. Für einen Whiskey hätte er jetzt viel gegeben, denn dass seine Hände zitterten, lag nicht an der kalten Aprilnacht.

Verdammt, das hätte schiefgehen können vorhin auf der Landstraße. Aber das war es nicht allein, was ihn so aufwühlte. Es lag auch an der jungen Frau.

Lexie Cavendish.

Ihrem Akzent nach musste sie Amerikanerin sein. Und sie war jung, allerhöchstens Mitte zwanzig. Sehr viel mehr wusste er nicht über sie, und plötzlich ärgerte er sich, dass er ihr keine Fragen gestellt hatte. Aber sie hatte so verschreckt gewirkt, dass er sie lieber in Ruhe gelassen hatte. Außerdem konnte er nach der langen Reise und dem Schock des beinahe geschehenen Unfalls nicht mehr wirklich klar denken. Dabei hätte er gerne mehr über sie erfahren. Was wollte sie allein hier in Cerigh? Und was brachte sie dazu, nachts zu schlafwandeln?

Das geht dich nichts an, erinnerte er sich und zog sich die Jacke über.

Ihr Duft hing noch daran, schwach nur, aber verführerisch süß und blumig. Sofort sah er sie wieder vor sich. Wie eine Erscheinung hatte sie ausgesehen in ihrem dünnen Nachthemd, unter dem sich ihre Kurven deutlich abgezeichnet hatten, und mit den offenen goldblonden Haaren, die sich, vom Wind zerzaust, bis über ihre Schultern gewellt hatten. Und diese großen grüngrauen Augen! Die Angst, die anfangs darin gelegen hatte, war ihm nahegegangen und hatte einen ungewohnten Beschützerinstinkt in ihm geweckt. Und da war noch etwas, das er darin gesehen hatte und das ihm keine Ruhe ließ. Etwas … Vertrautes.

Er schüttelte den Kopf. Konnte er ihr schon mal irgendwo begegnet sein? Aber das wüsste ich doch, dachte er. Lexie Cavendish unterschied sich mit ihrer zierlichen Figur und ihren höchstens ein Meter siebzig deutlich von den langbeinigen, glamourösen Topmodels, mit denen er normalerweise ausging, und war auch sonst überhaupt nicht sein Typ. Trotzdem war er sicher, dass er sich an sie erinnern würde, wenn sie sich schon begegnet wären. Er musste sich das einbilden. Wahrscheinlich hatte er einfach zu viel gearbeitet, und der Schlafmangel der letzten Tage spielte ihm einen Streich.

Und überhaupt hatte er im Moment Wichtigeres zu tun, als sich Gedanken über eine junge Frau zu machen, die er nicht kannte und sehr wahrscheinlich nicht wiedersehen würde. Ihr war nichts zugestoßen, und sie befand sich jetzt in Sicherheit.

Mehr brauchte ihn nicht zu interessieren, denn wie es aussah, würde er die nächsten Tage sehr beschäftigt sein.

Mit wenigen Schritten war er beim Wagen und riss die Tür auf, setzte sich hinter das Steuer. Noch einmal blickte er zu dem erleuchteten Fenster hoch, dann startete er den Motor und fuhr davon.

3

Oh, das ist nett von dir, Sheila.« Der weißhaarige alte Mann am Nebentisch blickte lächelnd zu der Wirtin auf, die mit einer Teekanne in der Hand neben ihm stand und seine Tasse noch einmal auffüllte.

»Für besondere Gäste gibt es den Service auch direkt am Tisch«, erklärte die Wirtin mit einem breiten Grinsen. »Kann ich dir sonst noch was bringen, Clark?«

Der Mann schüttelte den Kopf, und die Wirtin wandte sich wieder ab und kehrte hinter die Theke zurück, ohne auf Lexie zu achten, die ihr ein Zeichen zu geben versuchte.

Na toll, dachte Lexie frustriert. Sie saß jetzt schon seit über zwanzig Minuten hier und wartete darauf, dass die Wirtin ihr das Frühstück brachte, das sie bestellt hatte. Offenbar hatte die Frau sie vergessen. Oder ignorierte sie absichtlich, aber das konnte Lexie sich nicht vorstellen. Nein, es lag bestimmt daran, dass es so voll war. Alle Tische im Gastraum waren besetzt, und auch an der Bar stand ein halbes Dutzend Männer. Sie redeten und scherzten mit dem Wirt, einem breitschultrigen rothaarigen Mann mit deutlichem Bauchansatz, der hinter der Theke das Bier zapfte, während die Wirtin und zwei Aushilfen zwischen den Tischen hin und her liefen und den Gästen, die im

Haus wohnten, das Frühstück servierten, das Lexie auch gerne gehabt hätte. Die übrigen Anwesenden schienen Dorfbewohner zu sein, die vermutlich alle etwas mit der Organisation der 500-Jahr-Feier zu tun hatten, denn Lexie schnappte hier und da Gesprächsfetzen auf, in denen es um Stände und Ablaufpläne für Veranstaltungen ging.

Mit einem Seufzen sah sie auf die Uhr. Es war schon kurz nach neun, also blieb ihr nur noch eine Stunde, bis sie in Dunmor Castle sein musste. Langsam wurde es knapp, deshalb stand sie auf und bahnte sich den Weg zwischen den Tischen hindurch bis zur Theke.

»Entschuldigen Sie«, sagte sie zu dem Wirt, der gerade ein Glas abtrocknete. »Ich hatte schon vor einiger Zeit ein Frühstück bestellt. Könnte ich das wohl bekommen? Ich habe nämlich gleich einen Termin und bin ein bisschen in Eile.«

Der Mann, der etwas über fünfzig sein musste, grinste, ohne seine Tätigkeit zu unterbrechen. »Na, aber sicher! Wir wollen ja nicht, dass so eine hübsche junge Frau Hunger leidet.« Er lachte und sah zu seinen Kumpanen, die neben Lexie an der Theke standen und sie neugierig betrachteten. Dann drehte er den Kopf und blickte über seine Schulter zurück in Richtung Küche. »Sheila? Kommst du mal?«

Die Wirtin erschien fast sofort wieder im Gastraum. Sie war ungefähr so alt wie der Wirt, hatte dunkles Haar und ein rundliches Gesicht, das zu ihrer fülligen Figur passte. Sie lächelte, aber als sie Lexie an der Theke stehen sah, runzelte sie die Stirn.

»Das junge Fräulein möchte frühstücken«, erklärte der Wirt.

»Ich weiß.« Sie musterte Lexie mit einem abschätzigen, fast feindseligen Blick. »Ich komme gleich.«

Sie wollte sich abwenden und in die Küche zurückkehren, hielt jedoch inne, als Lexie sie ansprach.

»Könnte ich dazu vielleicht einen Cappuccino bekommen?«

Die Wirtin schnaubte. »Wir sind hier nicht im Starbucks, Schätzchen. Einen Tee können Sie kriegen oder einen Kaffee.«

Lexie starrte sie perplex an. Wieso war die Frau so unfreundlich zu ihr? Bei dem alten Herrn hatte sie sich vorhin sehr viel mehr Mühe gegeben. Also muss es wohl an mir liegen, dachte sie und spürte das altbekannte Ziehen in ihrer Brust, das sich immer einstellte, wenn sie merkte, dass sie jemand ablehnte. Es tat jedoch schon lange nicht mehr so weh wie früher. Tatsächlich brachte sie sogar ein Lächeln zustande, denn für eine Auseinandersetzung hatte sie jetzt einfach nicht die Nerven. »Dann einen Kaffee, bitte.«

Die Wirtin nickte und verschwand wieder in der Küche.

»Machen Sie sich nichts draus«, meinte der Wirt. »Sheila hat heute einen schlechten Tag. Weil es so voll ist.« Er zwinkerte ihr zu, und Lexie hatte das unangenehme Gefühl, dass er mit ihr flirten wollte, obwohl er locker ihr Vater hätte sein können.

»Hey, Fred, zapf mir noch eins, ja?«, rief einer der Männer an der Bar, und Lexie nutzte die Tatsache, dass der Wirt abgelenkt war, um rasch an ihren Tisch zurückzukehren.

Sheila und Fred, dachte sie, während sie sich setzte und zurück zur Bar blickte. Die Wirtsleute hießen also tatsächlich so, wie Grayson Fitzgerald behauptet hatte, und das machte die Ereignisse der vergangenen Nacht real. Leider, denn als Lexie vorhin aufgewacht war, hatte sie für einen Moment gehofft, dass die ganze Geschichte vielleicht nur ihrer Fantasie entsprungen war. Aber selbst in ihren kühnsten Träumen hätte sie sich eine solche Begegnung nicht ausgedacht. Nein, es war wirklich passiert, und es verwirrte sie immer noch sehr. Was gar nicht gut war, denn wenn sie gleich Duncan O'Donnell gegenübertrat, brauchte sie ihre volle Konzentration.

Ihr Handy klingelte in ihrer Tasche. Hastig kramte sie es heraus und nahm das Gespräch entgegen.

»Hey, Süße!« Bettys vertraute Stimme erklang dicht an ihrem Ohr. »Na, alles gut bei dir?«

Lexie schluckte. »Nein. Nicht wirklich.«

Manchmal schien es, als hätte ihre Freundin einen sechsten Sinn dafür, wann es Lexie schlecht ging. Und vielleicht war das ja auch so, schließlich stand ihr niemand auf der Welt so nah wie Betty Michaels. Sie hatten sich im Heim kennengelernt, als sie noch Kinder gewesen waren, und daraus hatte sich über die Jahre eine sehr enge Freundschaft entwickelt. Betty war die Schwester, die Lexie nie gehabt hatte, und wenn jemand nach ihrer Familie fragte, dann dachte sie ganz automatisch an die rothaarige junge Frau mit den zahllosen Sommersprossen und dem lauten, herzlichen Lachen. Betty war der einzige Mensch, dem Lexie blind vertraute, deshalb war sie untröstlich gewesen, als Betty vor zweieinhalb Jahren – der Liebe wegen – nach Dublin gezogen war. Und sie hatte keine Sekunde gezögert, ihrer Freundin zu folgen, als Betty ihr ein halbes Jahr später einen Job als Innenarchitektin bei dem Immobilienspekulanten Andrew Howard besorgt hatte, in dessen Firma sie selbst als Buchhalterin arbeitete. Was ideal war, denn dadurch sahen sie sich auch im Büro häufig und wussten über den Arbeitsalltag der anderen Bescheid.

»Was ist los?« In Bettys Stimme schwang Sorge mit. »Gibt es Ärger mit O'Donnell?«

»Nein, bei dem war ich noch gar nicht. Es geht um letzte Nacht.« In knappen Worten schilderte Lexie ihrer Freundin die Begegnung auf der Landstraße.

»Oh nein! Ich dachte, das hättest du endlich hinter dir mit dem Schlafwandeln!«, sagte Betty besorgt.

»Ich auch.« Lexie überlegte kurz, ob sie Betty von den merkwürdigen Déjà-vus erzählen sollte. Aber Betty sprach schon weiter.

»Und dann auch noch Grayson Fitzgerald!« Sie kannte den Namen so gut wie Lexie. »Was zur Hölle will der denn in Cerigh?«

»Genau das frage ich mich auch.« Lexie kaute auf ihrer Unterlippe. »Andrew hat nichts davon erwähnt, dass Fitzgerald sich auch für Dunmor Castle interessiert. Ich habe vor seinem Abflug nach Frankreich noch mit ihm gesprochen, und da war er sich ganz sicher, dass bei dem Geschäft mit Duncan O'Donnell nichts mehr schiefgehen kann.«

»Wie lange bleibt Andrew denn in Frankreich?«, wollte Betty wissen.

»Das konnte er noch nicht so genau sagen. Aber er kommt her, sobald er kann.«

Lexie seufzte innerlich und wünschte, ihr Boss wäre so wie sonst an ihrer Seite. Sie war so stolz darauf gewesen, dass Andrew ihr die alleinige Verantwortung für den Auftrag übertragen hatte. Aber jetzt hatte sie das Gefühl, dass ihr die Sache über den Kopf wuchs. Dieser verdammte Ort machte sie nervös. Genau wie Grayson Fitzgerald …

»Und wann triffst du dich mit O'Donnell?« Bettys Frage riss sie aus ihren Gedanken.

»In einer knappen Stunde«, erwiderte Lexie und stellte erleichtert fest, dass die Wirtin endlich mit einem gefüllten Tablett auf sie zukam. »Ich muss jetzt Schluss machen, Betty, sonst schaffe ich es nicht.«

»Okay. Schade, ich … Ach, nicht so wichtig.«

Besorgt runzelte Lexie die Stirn. »Alles in Ordnung?«

»Ja, ja, schon gut«, versicherte Betty ihr etwas zu hastig. »Halt mich einfach weiter auf dem Laufenden, ja?«

Lexie beschloss schon beim Auflegen, dass sie beim nächsten Gespräch mit ihrer Freundin noch einmal nachhaken würde. Sie kannte Betty, und da war gerade etwas in ihrer Stimme gewesen, das sie beunruhigte. Am liebsten hätte sie sogar gleich noch einmal zurückgerufen, aber die Wirtin erreichte in diesem Moment ihren Tisch, deshalb steckte sie das Handy zurück in ihre Handtasche.

»Ihr Frühstück«, sagte die Frau ohne ein Lächeln und servierte ihr wie bestellt Rührei mit Toast. Als sie die bis zum Rand gefüllte Kaffeetasse ebenfalls vom Tablett hob, zitterte ihre Hand. Lexie bemerkte es und versuchte, ihr die Tasse abzunehmen, doch die Wirtin wich ihr fast trotzig aus und stellte die Tasse selbst auf den Tisch. Wobei knallen es besser beschrieb. Die Tasse, die vorher schon bedenklich auf der Untertasse gewackelt hatte, kippte dabei um und ergoss ihren heißen Inhalt über Lexies Hand und den Tisch.

»Au!« Erschrocken zog Lexie ihre Hand zurück und sprang auf, doch es war zu spät. Die Flüssigkeit hatte den Rand des Tisches bereits erreicht und war auf Lexies grauen Rock gelaufen, wo sich mehrere hässliche braune Kaffeeflecken bildeten. »Verdammt!«

»Tut mir leid.« Betroffen sah die Frau sie an und wirkte für einen Moment wie erstarrt. Offenbar hatte sie nicht erwartet, dass ihre Aktion so viel Schaden anrichten würde. »Ich … hole etwas zum Aufwischen.«

Sie lief zur Theke, und als Lexie ihr nachsah, bemerkte sie, dass die meisten Gäste ihre Unterhaltungen unterbrochen hatten und sie anstarrten. Ihre Wangen wurden heiß, und sie war froh, als die Wirtin mit einem feuchten Lappen und einem Stapel Servietten zurückkehrte. Letzteres reichte sie Lexie, die verzweifelt an den Flecken rieb. Es half jedoch nichts.

»Den Rock kann ich heute nicht mehr anziehen«, sagte sie unglücklich und auch ein bisschen vorwurfsvoll, aber die Wirtin zuckte nur mit den Schultern.

»Tut mir leid«, wiederholte sie und wischte den Tisch ab.

Lexie kämpfte mit den Tränen, während sie ihr dabei zusah. War diese Frau wirklich so gefühllos, dass sie sich nicht mal aufrichtig entschuldigen konnte? Oder lag es an ihr? Was konnte sie denn nur getan haben, um die Wirtin derart gegen sich aufzubringen?

Und das ist noch nicht mal das Schlimmste, dachte sie und blickte auf ihren fleckigen Rock.

Sicher, es war nicht wirklich ein Problem, dass sie sich jetzt umziehen musste, schließlich hatte sie genügend Sachen zum Wechseln mitgebracht. Aber der Rock war mit der schwarzen Bluse, die sie gerne dazu kombinierte, ihr Lieblingsoutfit für Geschäftstermine. Immer wenn sie beides getragen hatte, war sie erfolgreich gewesen, und gerade heute hatte sie auf diesen Glücksbringer gebaut.

Jetzt sei nicht albern, schalt sie sich selbst und setzte sich wieder, nachdem die Frau den Tisch und ihren Stuhl sauber gewischt hatte. Das Missgeschick war ärgerlich, aber nicht zu ändern – und ganz sicher kein Grund, die Fassung zu verlieren.

»Entschuldigung, darf ich mir das mal ansehen?«

Überrascht blickte Lexie auf und sah, dass der alte Mann vom Nebentisch sich erhoben hatte und zu ihr herübergekommen war. Ohne auf ihre Antwort zu warten, setzte er sich auf den freien Stuhl und griff nach ihrer linken Hand.

»Sie haben sich verbrüht«, sagte er, und Lexie stellte überrascht fest, dass ihr Handrücken tatsächlich stark gerötet war. Jetzt, wo sie darauf achtete, tat die Stelle sogar ziemlich weh. Auch das noch, dachte sie stöhnend und fragte sich, wieso im Moment eigentlich alles schieflief.

»Sie sollten das kühlen.« Der alte Mann ließ ihre Hand wieder los, griff in sein Jackett und holte eine Visitenkarte und einen Stift heraus. Er notierte etwas auf der Rückseite der Karte und reichte sie Lexie. »Diese Salbe bekommen Sie drüben in der Apotheke«, sagte er und deutete auf den Namen, den er aufgeschrieben hatte. »Wenn Sie die Stelle damit einreiben, heilt es schneller.«

Immer noch perplex drehte Lexie die Karte um. *Dr. Clark Turner,* stand dort in goldgeprägten Buchstaben und darunter eine Adresse in Cerigh.

»Sie sind Arzt?«, erkundigte sie sich und betrachtete ihn verwundert. Er musste mindestens siebzig sein, also weit jenseits des Pensionsalters.

»Ja, das bin ich. Und zwar einer, der es einfach nicht lassen kann.« Der alte Mann lächelte, weil er ihre Gedanken offenbar erraten hatte. »Ich praktiziere eigentlich nicht mehr, seit ich vor ein paar Jahren meine Praxis aufgegeben habe. Aber so ganz in Rente geht man in meiner Profession wohl nie.«

Er zwinkerte ihr zu, und seine Freundlichkeit tat Lexie gut. Vielleicht waren ja doch nicht alle Leute hier so abweisend wie diese Sheila, die gerade mit einer neuen Tasse Kaffee zum Tisch kam.

»Bitte sehr«, sagte die Wirtin, eine Nuance weniger kühl als eben, dann wandte sie sich an den Arzt.

»Noch einen Tee, Clark?«

Der alte Mann schüttelte den Kopf und erhob sich mühsam wieder. »Danke, ich muss jetzt weiter. Schreib's an wie immer, ja, Sheila? Ich komme heute Nachmittag noch mal vorbei.«

Die Wirtin nickte und verschwand wieder Richtung Theke.

»Ich wünsche Ihnen noch viel Spaß.« Der Arzt ging zu seinem Tisch und griff nach dem Trenchcoat, der über der Stuhllehne hing. »Für mich ist das in den nächsten Tagen zu viel Trubel. Aber Ihnen wird die Musik sicher gefallen.«

Lexie brauchte einen Moment, um zu begreifen, dass er von dem Folkfestival sprach, das den Höhepunkt der 500-Jahr-Feier bilden würde. Offenbar nahm er an, dass sie deswegen in Cerigh war.

Er nickte ihr zu und wollte gehen, doch im letzten Moment hielt er noch einmal inne.

»Sagen Sie, waren Sie schon mal hier?«

Lexie erstarrte und spürte, wie das beklemmende Gefühl zurückkehrte, das sie seit gestern verfolgte.

»Nein. Noch nie. Wieso?«

»Ach, nichts. Ich dachte nur.«

Er schüttelte den Kopf und verließ den Pub, während Lexie ihm mit klopfendem Herzen nachstarrte. Das ist nur Zufall, dachte sie. Vielleicht sah sie jemandem ähnlich.

Hastig trank sie ihren Kaffee und aß etwas von dem Rührei, dann ging sie zurück in ihr Zimmer, um sich umzuziehen. Die Entscheidung, welches Outfit ihren Lieblingsrock ersetzen sollte, fiel ihr nicht leicht, aber schließlich entschied sie sich für ein schlichtes, aber sehr schickes dunkelblaues Hemdblusenkleid und einen beigefarbenen kurzen Cardigan. Ihre Haare steckte sie hoch, so wie sie es immer tat, wenn sie einen geschäftlichen Termin hatte. Es ließ sie seriöser und ein bisschen älter wirken als vierundzwanzig. Was, wie Lexie fand, gerade bei den etwas konservativeren Kunden nicht schaden konnte. Einmal war es nämlich vorgekommen, dass ihr ein älterer Mann aufgrund ihrer Jugend Unerfahrenheit vorgeworfen hatte. Seitdem ging sie lieber auf Nummer sicher und bändigte ihr langes Haar.

Als sie fertig war, betrachtete sie sich zufrieden im Spiegel. Dann machte sie sich auf den Weg nach draußen.

Vor dem Pub hatte sie bei ihrer Ankunft keinen Parkplatz gefunden, deshalb stand ihr Auto etwas weiter entfernt vor der Kirche. Es war ein älterer froschgrüner VW Golf, den sie sich bei ihrer Ankunft in Irland vor zwei Jahren gebraucht gekauft hatte und mit dem sie bis jetzt immer zuverlässig ans Ziel gelangt war. Ihr Boss Andrew hatte trotzdem kein Faible für das Auto und ihr schon zwei Mal angeboten, ihr einen Firmenwagen zur Verfügung zu stellen. Angeblich, weil bei Geschäftsterminen der erste Eindruck zählte und er einen Golf in einer so auffälligen Farbe nicht passend fand. Das Gleiche galt im Übrigen für Lexies in die Jahre gekommenes Handy, dessen Akku sich inzwischen so schnell leerte, dass er nur ein paar Stunden am Stück durchhielt. Auch das wollte Andrew gerne auf Firmenkosten gegen ein neues Modell austauschen, und Lexie hätte grundsätzlich gerne Ja gesagt. Das Problem war nur, dass er so etwas bei Weitem nicht jedem Mitarbeiter anbot. Zumindest nicht solchen, die erst seit so kurzer Zeit in der Firma arbeiteten wie sie selbst. Andrew schien einen regelrechten Narren an ihr gefressen zu haben, und natürlich war es schön, dass er sie förderte und ständig hervorhob, wie sehr er ihre Arbeit schätzte. Aber es war Lexie auch peinlich gegenüber den Kollegen, die schon länger dabei waren. Niemand sagte ihr das ins Gesicht, doch sie war sich sicher, dass man ihr hinter vorgehaltener Hand eine Affäre mit dem Boss unterstellte, der mit seinen fast vierzig Jahren immer noch Junggeselle war. Tatsächlich fragte Lexie sich manchmal selbst, ob Andrews Motive rein geschäftlicher Natur waren oder ob er andere Hoffnungen damit verband. Offen zeigte er sein Interesse allerdings nicht. Er war nett zu ihr, hatte jedoch nie irgendwelche Annäherungsversuche unternommen. Deshalb hoffte sie, dass er tatsächlich nur an ihrer Kreativität interessiert war. Falls er sich allerdings mehr erhoffte …

Lexie seufzte tief. Dann habe ich ein Problem, dachte sie und schloss den Golf auf.

Ein schwarz gekleideter Mann trat in diesem Moment aus dem Kirchenportal. An seinem Hemdkragen erkannte Lexie trotz der Entfernung, dass es sich um einen katholischen Priester handelte. Ihm folgte eine ganze Gruppe von Frauen unterschiedlichen Alters, denen er offenbar etwas erklärte. Wahrscheinlich eine Besuchergruppe, dachte Lexie, korrigierte ihren ersten Eindruck jedoch, als sie sah, dass einige der Frauen Klemmbretter in der Hand hielten und mitschrieben, während der Priester mit den Händen gestikulierte. Offenbar besprachen sie irgendetwas, das sie vorhatten, und Lexie hätte wetten mögen, dass es mit der großen Feier zu tun hatte. Alles in Cerigh schien sich derzeit nur darum zu drehen.

Der Priester wandte den Kopf in ihre Richtung und hielt plötzlich mitten im Satz inne. Auf die Distanz konnte Lexie den Ausdruck auf seinem Gesicht nicht erkennen, aber sie hatte das Gefühl, dass er sie anstarrte.

Irritiert wandte sie sich ab und wollte in den Wagen steigen.

»Halt!«

Erschrocken fuhr sie herum, als sie den Ruf vernahm und sah, dass der Priester winkend und mit sehr ernster Miene auf sie zueilte.

4

Kurz vor der niedrigen Mauer, die das Kirchengelände umgab, blieb der Mann abrupt stehen und starrte Lexie erneut an.

»Was ist denn?«, fragte sie, einen Fuß schon im Auto.

»Entschuldigen Sie, ich wollte Sie nicht erschrecken.« Er wirkte zerknirscht. »Ich habe Sie von Weitem verwechselt.« Seine Stimme klang angenehm, und er lächelte jetzt, aber Lexie wusste trotzdem nicht so recht, was sie von ihm halten sollte.

Aus der Nähe erkannte sie an den grauen Strähnen in seinem mittelblonden Haar und an den Linien in seinem Gesicht, dass er ungefähr Mitte fünfzig sein musste. Aus der Ferne hatte er jünger gewirkt, was sicher an seiner sportlichen Figur und seinem federnden Gang lag. Außerdem gehörte er zu den Männern, die auch im Alter noch eine jugendliche Ausstrahlung besaßen.

»Ich bin Father Flaherty«, sagte er und deutete auf die Kirche hinter ihm. »Der Pfarrer der St. Patrick's Church. Sie sind nicht von hier, oder?«

Lexie schüttelte den Kopf. »Nein. Ich komme aus Dublin.«

Sie hatte keine Ahnung, wieso sie sich genötigt fühlte, ihm das zu sagen. Die ganze Situation war ihr plötzlich unangenehm, deshalb sah sie demonstrativ auf die Uhr. »Entschuldigen Sie, aber ich habe jetzt gleich einen Termin.«

»Natürlich.« Der Priester nickte, doch bevor sie endgültig einsteigen konnte, hielt er sie erneut zurück. »Kann ich Ihnen irgendwie helfen?«

Lexie hatte wenig Erfahrung mit Kirchenmännern. Angeblich war sie katholisch getauft, jedenfalls hatte ihre Mutter das in ihren Papieren so angegeben. Aber in ihren Pflegefamilien hatte Religion keine große Rolle gespielt. Nur die Petersons hatten immer darauf bestanden, dass sie sonntags mit ihnen den Gottesdienst ihrer Gemeinde besuchte. Sie waren gläubige Methodisten gewesen und hatten Lexie angehalten zu beten. Was sie auch getan hatte. Inständig hatte sie Gott angefleht, dass sie bei dem kinderlosen Ehepaar bleiben durfte, das so freundlich zu ihr war und ihr zum ersten Mal im Leben das Gefühl gab, wichtig zu sein. Sogar von Adoption hatten die Petersons gesprochen. Doch dann waren sie eines Morgens, als Lexie in der Schule war, mit ihrem klapprigen Honda zur Shopping Mall aufgebrochen, um für Lexies kurz bevorstehenden Geburtstag einzukaufen. Herbert hatte sich dafür extra freigenommen. An der letzten Kreuzung vor dem Parkplatz hatte ein Lastwagen eine rote Ampel missachtet und war mit voller Wucht in den Honda gefahren. Herbert war sofort tot gewesen, und Anita hatte man mit schweren Kopfverletzungen ins Krankenhaus eingeliefert, wo sie eine Woche später ebenfalls gestorben war, ohne das Bewusstsein wiederzuerlangen. Lexie hatte sich schrecklich schuldig gefühlt, schließlich waren die beiden ihretwegen unterwegs gewesen, und sie litt noch heute unter dem Verlust. Sie hatte damals nicht nur Herbert und Anita verloren, sondern auch das einzige wirkliche Zuhause, das sie bis dahin gekannt hatte. Es war das Ende eines schönen Traums gewesen. Und das Ende ihrer Beziehung zu allem, was mit Glauben zu tun hatte. Eine Kirche hatte sie danach nie wieder betreten und wusste deshalb auch nicht, ob es normal für katholische Priester war, Fremden ihre Hilfe anzubieten. Vermutlich schon. Und tatsächlich konnte dieser Father Flaherty etwas für sie tun.

»Wissen Sie, wie ich von hier am besten zum Dunmor Castle komme?«

Eine leger gekleidete Frau hatte sich von der Gruppe, die sich vor der Kirche unterhielt, gelöst und war auf sie zugekommen. Sie musste um die fünfzig sein, trug Jeans und T-Shirt und lächelte Lexie auf eine sehr nette, offene Art an, als sie die Mauer erreichte.

»Folgen Sie einfach der Hauptstraße in Richtung Westen«, sagte sie anstelle von Father Flaherty. »Wenn Sie den Ort verlassen, fahren Sie an der ersten Abzweigung nach rechts und dann sofort wieder links den Berg rauf. Da stand früher ein Schild, aber es ist verwittert, und die O'Donnells haben es nicht erneuert. Fanny O'Donnell hat nämlich nicht so gerne Besucher oben auf der Burg. Da ist sie ein bisschen eigen.«

Na, großartig, dachte Lexie und ärgerte sich darüber, dass sie bisher nur das Gebäude und seine Architektur studiert hatte. Wer außer dem Besitzer alles darin wohnte, hatte sie sich noch überhaupt nicht gefragt – und auch nicht, wie diese Leute auf ihre Ankunft reagieren würden.

»Das ist meine Haushälterin Mary Ward«, sagte Father Flaherty lächelnd und schien zu erwarten, dass sie sich ebenfalls vorstellte.

»Ich bin Lexie Cavendish«, sagte sie, in Gedanken noch bei dem, was die Frau eben über die O'Donnells und ihre Einstellung zu Besuchern erzählt hatte. »Ist diese Fanny die Mutter von Duncan O'Donnell?«

»Sie ist seine Tante«, erklärte Father Flaherty. »Aber Duncans Mutter Agatha lebt ebenfalls oben auf der Burg.« Er runzelte die Stirn. »Wollen Sie die alten Damen besuchen?«

»Nein, ich … bin mit Mr O'Donnell verabredet«, antwortete Lexie.

»Ach.« Father Flaherty hob die Augenbrauen. »Dann sind Sie sicher von dieser Firma, die die Burg instand setzen soll, nicht wahr? Ich habe schon von Ihnen gehört.«

Lexie nickte zögernd, überrascht darüber, dass die Leute offenbar über Duncan O'Donnells Pläne Bescheid wussten. Aber dachten sie wirklich, dass Howard Enterprises die Burg lediglich renovieren würde? Sie hätte das richtigstellen können, aber sie ließ es bleiben. Der Burgherr würde seine Gründe haben, warum er den geplanten Verkauf noch geheim hielt, und wenn sich hier alles so schnell herumsprach, dann wollte Lexie nicht diejenige sein, die für weiteren Tratsch sorgte.

»Ich muss jetzt wirklich los«, sagte sie entschuldigend und verabschiedete sich mit einem Nicken von den beiden, bevor sie ins Auto stieg.

Als sie gewendet hatte, warf sie einen Blick in den Rückspiegel und sah, dass der Pfarrer und die Frau immer noch an der Mauer standen und heftig miteinander diskutierten. Dabei deutete der Mann mehrfach in ihre Richtung, und Lexie wurde das Gefühl nicht los, dass es bei diesem Gespräch um sie ging. Aber konnte sie wirklich so interessant sein, dass die beiden sich über sie unterhielten?

Sie sind nicht vom Land, oder?

Grayson Fitzgeralds spöttische Worte von gestern Nacht fielen ihr wieder ein. Nein, das war sie nicht. Sie lebte schon ihr halbes Leben in der Großstadt und war die Aufmerksamkeit nicht mehr gewohnt, die Bewohner eines so kleinen Ortes Fremden entgegenbrachten. In Dublin kannte sie die Namen ihrer Nachbarn nur vom Klingelschild, und ihr war das ganz recht so. Denn die wenigen Erfahrungen, die sie in ihrer Jugend mit Kleinstädtern gemacht hatte, waren eher unerfreulich gewesen. Die Leute hatten sie als Pflegekind stets misstrauisch beäugt und ihr – bis auf wenige Ausnahmen – immer das Gefühl gegeben, nicht dazuzugehören. Da war ihr die Anonymität der Großstadt schon lieber.

Aber warum machte sie sich überhaupt Gedanken über diese Leute und wie sie lebten? Das hier war ein Job, mehr nicht. Und je eher sie ihn hinter sich brachte, desto schneller konnte sie nach Dublin zurückkehren.

Der Weg zur Burg war tatsächlich nicht schwer zu finden. Zwar fehlte ein direktes Hinweisschild auf das alte Gemäuer, genau wie diese Mary Ward gesagt hatte. Aber dafür stand auf einem Wegweiser, dass die schmale Straße hinauf zu den Cerigh Cliffs führte. Dort lag Dunmor Castle, also konnte diese Richtung nicht falsch sein.

In vielen Kurven schlängelte sich die Straße die Anhöhe hinauf, und während sie fuhr, musste Lexie sich eingestehen, dass die Landschaft überwältigend war. Bei ihrer Ankunft gestern war der Himmel bedeckt und grau gewesen, und es hatte immer wieder geregnet, deshalb hatte sie gar nicht wirklich auf die Umgebung geachtet, abgesehen natürlich von Cerigh, das ihr so erschreckend bekannt vorgekommen war. Jetzt jedoch war der Himmel strahlend blau, man roch das Meer bereits, auch wenn man es nicht sah, und die mit Gras und Flechten bewachsenen Hügel leuchteten im Sonnenlicht in einem satten Grün. Es war schön hier. Rau, aber schön. Und obwohl sie sich dagegen wehrte, brachte der Anblick etwas in ihr zum Klingen.

Jetzt reiß dich zusammen, schalt sie sich selbst, als ihr das bewusst wurde. Sie zwang sich, nicht länger über ihre Verbindung zu diesem Ort nachzudenken, und das gelang ihr auch, als sie kurze Zeit später oben auf den Cerigh Cliffs ankam. Sie waren nicht so gewaltig wie die weiter im Süden gelegenen Klippen von Slieve League, die zu den höchsten in ganz Europa gehörten, aber sie waren immer noch beeindruckend genug. Die oben abgeflachten Felsen ragten wie große Finger in den Atlantik hinein, dessen Wellen sich tief unten an ihnen brachen.

Aber das, was Lexies Herz wirklich höherschlagen ließ, war die Burg. Dunmor Castle lag ein Stück entfernt auf einem besonders breiten Felsen, der wie eine ovale Halbinsel ins Wasser ragte. Die Burg war von Mauern umschlossen und hatte einen hohen runden Wehrturm, der den hinteren, der See zugewandten Teil des Gebäudes dominierte. Daneben gab es noch weitere kleine Türme und Zinnen, die ineinander verschachtelt zu sein schienen. Von Weitem wirkte die Burg dadurch verwunschen und märchenhaft. Fehlt nur noch der Drache, der auf einer der Zinnen sitzt und das alte Gemäuer bewacht, dachte Lexie, während sie den Golf über die schmale Stelle lenkte, die den Burgfelsen mit dem Festland verband.

Je näher sie kam, desto gewaltiger schien Dunmor Castle sich vor ihr zu erheben. Was eben noch romantisch und beinahe idyllisch ausgesehen hatte, wirkte jetzt abweisend und uneinnehmbar. Die Lage schien wie geschaffen für eine Wehranlage. Das musste den Leuten bereits im 12. Jahrhundert aufgefallen sein, denn Lexie wusste aus ihren Recherchen über die Geschichte des Gebäudes, dass zu jener Zeit der erste Wehrturm auf der Halbinsel entstanden war. Über die Jahrhunderte war daraus eine kleine Trutzburg geworden, die allerdings im 17. Jahrhundert bei einem Brand zerstört und danach aufgegeben worden war. Auf den Grundmauern hatte man dann Mitte des 19. Jahrhunderts die Burg im neugotischen Stil wiederaufgebaut und die gesamte Anlage deutlich erweitert. Natürlich diente sie da nicht mehr der Verteidigung, aber sie beeindruckte trotzdem, und während Lexie auf den in die Außenmauer eingelassenen Torbogen zufuhr, malte sie sich im Geiste bereits aus, was man aus dem Gebäude machen konnte.

Der Standort war ideal für das Luxusresort, das Andrew vorschwebte, einsam, aber dennoch gut erreichbar, was für die Logistik wichtig war. Dazu war die Burg spektakulär gelegen und sehr gut abzuschirmen, falls besonders prominente Gäste sie nutzen wollten. Und außerdem weitläufig genug, um alle Extras unterzubringen, die ein solches Hotel bieten sollte. Nur den Golfplatz musste man auslagern, und auch die Parkplätze würden begrenzt sein. Aber dafür ließen sich Lösungen finden, da war Lexie ganz sicher. Vielleicht konnte man einen Shuttle-Service einrichten oder ...

Abrupt hielt sie den Wagen an und starrte auf das Warnschild. Es befand sich direkt hinter dem Tor.

PRIVATBESITZ! ZUTRITT VERBOTEN!, stand dort in großen, schwarzen Lettern auf weißer Kartonpappe, die rot umrandet und zum Schutz vor Regen in durchsichtige Plastikfolie gesteckt worden war. Das selbst gemachte Schild war an einem Holzstab befestigt, den jemand in einen mit Erde gefüllten Blumentopf gesteckt hatte. Es wirkte wenig seriös, aber die Aussage war dennoch unmissverständlich.

Lexie zögerte und blickte hinauf zu dem hochgezogenen Eisengitter oben im Torbogen. Die Spitzen befanden sich direkt über ihr, und das schickte ihr einen Schauer über den Rücken. Für einen Moment wäre sie gerne umgekehrt, doch dann atmete sie tief durch und fuhr weiter.

Hinter dem Tor lag der weitläufige Vorplatz der Burg, und Lexie stellte überrascht fest, dass hier jemand im Schutze der hohen Mauern einen Garten angelegt hatte. Er war in den Plänen nicht verzeichnet, musste jedoch schon älter sein, denn die Büsche und Stauden waren teilweise mannshoch. Und sie schienen schon seit Jahren sich selbst überlassen zu sein, denn sie wuchsen wild ineinander und bildeten an manchen Stellen ein richtiges Dickicht.

Dieser leicht verwahrloste Eindruck bestätigte sich, als Lexie durch das nächste Tor fuhr, das sie in den mit Kopfsteinpflaster bedeckten Innenhof der Burg führte. Das Tor war diesmal nicht mit einem Fallgitter, sondern von zwei offen stehenden eisernen Torflügeln gesichert, in deren Mitte jeweils das gleiche kunstvoll geschmiedete Wappen prangte. Es zeigte einen geflügelten und gekrönten Drachen, der Feuer spuckte und in einer Klaue ein Schwert hielt. Darüber befanden sich drei Schilde mit unterschiedlichem Dekor. Irgendwann war das Ganze mal bunt lackiert gewesen, doch die Farbe blätterte, und an vielen Stellen rosteten die Stäbe bereits. Hier musste dringend etwas getan werden, und das galt auch für andere Teile der Burg. Vor allem der große Wehrturm, der am Rand des Felsens über dem Atlantik aufragte, zeigte Anzeichen des Verfalls. In mehreren Bogenfenstern waren Scheiben zerbrochen oder so blind, dass man nicht hineinschauen konnte, was einen beinahe unheimlichen Anblick erzeugte. Umso schöner wirkte der Teil des Gebäudes, der bewohnt zu sein schien und entsprechend gut in Schuss war. Dort hingen hinter den Fenstern Vorhänge, und neben den taubenblau gestrichenen Türen standen Kübel mit Blumen und eine Holzbank.

Der gesamte Innenhof war viel größer, als Lexie erwartet hatte, und wurde offenbar auch als Parkplatz genutzt, denn es standen bereits zwei andere Wagen vor dem verlassenen Wehrturm. Ein schwarzer BMW war nicht dabei, wie Lexie beruhigt zur Kenntnis nahm.

Sie parkte den Golf neben den anderen Autos, stieg aus und blickte sich um, nicht sicher, wohin sie sich wenden sollte. Bevor sie sich entscheiden konnte, öffnete sich eine der Türen, und eine weißhaarige Frau erschien. Sie trug ein einfaches geblümtes Kleid mit einer halben Schürze und hielt eine Schüssel im Arm, in der sie rührte.

»Kommen Sie herein!«, rief sie Lexie über den Hof zu. »Wir warten schon auf Sie!«

Sie verschwand wieder nach drinnen, und Lexie beeilte sich, ihr zu folgen, erleichtert darüber, dass sie offenbar doch willkommen war.

Hinter der massiven Holztür begann ein breiter, langer Gang. Die Wände waren weiß verputzt, die Decke überraschend hoch. Lampen in schwarzen Eisenfassungen, die wie altertümliche Laternen wirkten, hingen an der Decke, und neben den Türen rechts und links im Gang standen einige antike Stühle und kleine Beistelltische in verschiedenen Ausführungen, die nicht zueinander passten, aber irgendwie trotzdem ein stimmiges Bild ergaben.

»Ich bin hier!« Die Frau, die sie hereingebeten hatte, steckte den Kopf aus der ersten Tür links vom Eingang und winkte Lexie heran. Ihr Gesicht war von Falten durchzogen, aber ihr Lächeln war strahlend und ihr Blick so wach, dass Lexie ihr Alter schwer schätzen konnte. Die siebzig hatte sie aber sicher schon weit überschritten.

»Ich bin Agatha O'Donnell«, stellte sich die alte Dame vor, und Lexie schloss daraus, dass sie, wenn sie die Namen richtig in Erinnerung hatte, vor der Mutter des Burgbesitzers stand.

»Lexie Cavendish«, erwiderte sie. »Ich …« *… bin mit ihrem Sohn verabredet,* wollte sie sagen, aber die alte Dame hatte sich schon abgewandt und redete weiter, während sie zurück in den Raum ging, aus dem sie gekommen war.

»Wo waren Sie denn so lange, Miss Cavendish? Tut mir leid, ich würde Ihnen die Hand geben, aber die ist voller Mehl. Ich dachte schon, Sie hätten den Termin vergessen. Aber jetzt sind Sie ja da, dann können wir … Herrje, ist Ihnen nicht gut, meine Liebe? Sie sind ja ganz blass.«

Lexie war im Türrahmen stehen geblieben und starrte in den

Raum, in dem sich die Küche befand. Wobei es keine Küche im klassischen Sinne war, sondern eher eine kleine Halle mit Steinboden. Die beiden großen offenen Kamine an den Wänden waren so hoch, dass Lexie hätte hineingehen können, ohne sich zu bücken. Sie hatten früher vermutlich mal als Kochstellen gedient. Jetzt hingen Kupferpfannen und Töpfe an den Holzbalken, die den Kaminsims bildeten, und auf den ehemaligen Feuerstellen standen große geflochtene Körbe, die mit Kartoffeln und Äpfeln gefüllt waren. Ein bestimmt drei Meter langer Tisch aus massivem dunklem Holz stand in der Mitte des Raumes und bildete so etwas wie die Trennlinie zwischen Alt und Neu, denn auf der anderen, den Fenstern zugewandten Seite befand sich eine Küchenzeile. Wobei auch diese nicht mehr modern war. Die Schränke hatten sicher wenigstens dreißig, eher vierzig Jahre auf dem Buckel, aber sie waren gepflegt, und das Herzstück bildete ein großer alter Aga-Ofen. An einer Seite des Tisches standen hochlehnige Holzstühle mit gedrechselten Beinen, die andere Seite diente offenbar als Arbeitsplatte, denn darauf waren verschiedene Gefäße, Schüsseln und Bretter verteilt. Eine offene Tüte mit Mehl stand neben einem aufgeklappten Eierkarton und einem mit Zucker gefüllten Glasgefäß, und es gab mehrere Schalen mit Obst und Gemüse sowie Töpfe mit Kräutern, die den Raum mit aromatischem Duft erfüllten. Die übrigen Wände waren mit Regalen bestückt, in denen Geschirr, Vasen und Kochbücher standen. Nichts passte hier so recht zueinander, aber es war eine charmante, wohnliche Mischung, und es hätte Lexie gefallen, wenn sie nicht so entsetzt gewesen wäre.

Denn sie kannte diese Küche. Zumindest hatte sie erneut das merkwürdige Gefühl befallen, sie wäre schon einmal hier gewesen. Unsicher zeigte sie auf die Tür in der gegenüberliegenden Wand.

»Geht es dort in den Vorratsraum?«

Sie bereute die Frage sofort, schließlich ging sie das überhaupt nichts an. Aber Agatha O'Donnell schien sich nicht darüber zu wundern, denn sie lächelte. »Ja. Möchten Sie ihn sich ansehen?«

»Nein«, sagte Lexie sofort, weil sie viel zu viel Angst davor hatte, dass der Raum tatsächlich so war, wie sie es in ihrem Kopf vor sich sah – schmal und langgezogen, mit hohen eingebauten Holzregalen an den Wänden. Sie war fast sicher, dass es so sein würde, schließlich hatten bisher alle ihre »Visionen« gestimmt. Verdammt, das wurde ihr langsam wirklich unheimlich. Was war denn nur los mit ihr? Hatte sie plötzlich so etwas wie das zweite Gesicht?

»Aber Sie können wirklich gerne einen Blick hineinwerfen, wenn Sie wollen«, beharrte Agatha. Sie stellte die Schüssel zurück auf den Tisch und wusch sich die Hände. »Wir zeigen Ihnen natürlich auch die übrigen Zimmer, damit Sie sich einen Eindruck verschaffen können.« Sie lächelte. »Meine Schwägerin ist sicher auch gleich hier. Dann können wir … ah, da ist sie ja schon!«

Eine zweite alte Frau betrat in diesem Moment die Küche. Sie hielt einen Strauß vertrockneter Blumen in der Hand und ging zur Küchenzeile hinüber, um das Gebinde im Eimer mit den Bioabfällen zu entsorgen. Ihr Alter konnte Lexie genauso wenig schätzen wie das der Frau, der sie zuerst begegnet war. Sie war allerdings deutlich kleiner und zierlicher als Agatha O'Donnell, und ihr streng zu einem Dutt zusammengefasstes Haar war nicht weiß, sondern grau. Sie wirkte gedankenverloren und schien Lexie erst wirklich zu bemerken, als sie sich wieder zu ihnen umdrehte. Ihr Lächeln war jedoch etwas verhalten.

»Oh. Wir haben Besuch?«

Agatha nickte. »Das ist meine Schwägerin Fanny O'Donnell«, sagte sie und deutete dann auf Lexie. »Und das ist Miss Cavendish, Fanny. Sie kommt von der Agentur für Hausangestellte in Letterkenny und wird uns ab sofort unterstützen.«

»Oh«, entfuhr es Lexie erschrocken, als ihr klar wurde, dass hier offenbar ein Missverständnis vorlag. »Aber ich bin nicht …«

»Wieso ist sie gekommen?« Das Lächeln verschwand aus Fanny O'Donnells Gesicht, und sie musterte Lexie jetzt vorwurfsvoll. »Ich hatte den Termin doch abgesagt.«

»Du hast den Termin abgesagt?« Agatha O'Donnell starrte sie entgeistert an. »Aber wieso denn? Wir hatten das doch besprochen.«

»Wir brauchen keine Hilfe, Aggy. Wir schaffen alles noch sehr gut allein«, erklärte die Grauhaarige resolut. »Außerdem will ich keine Fremden, die hier überall herumschnüffeln. Deshalb habe ich gestern bei dieser Agentur angerufen und gesagt, dass sie niemanden zu schicken brauchen.«

Seufzend schüttelte Agatha O'Donnell den Kopf und wandte sich wieder an Lexie.

»Sie müssen entschuldigen. Wir sind uns nicht immer einig, was die Führung des Haushaltes angeht. Aber wir brauchen wirklich dringend Unterstützung, und mein Sohn hat endlich zugestimmt, dass wir jemanden engagieren können. Deshalb ist es gut, dass Sie trotzdem gekommen sind. Wir werden da ganz sicher eine Lösung finden, mit der meine Schwägerin einverstanden ist. Deshalb sollten wir …«

»Entschuldigen Sie, aber das ist ein Missverständnis«, unterbrach Lexie ihren Redeschwall. »Ich bin keine Haushaltshilfe.«

»Nein?« Beide Frauen fragten das gleichzeitig, wobei Agatha sichtlich enttäuscht war, während auf Fannys Gesicht ein erleichtertes Lächeln erschien.

»Was führt Sie denn dann nach Dunmor Castle?«, fragte jemand mit einer dunklen Stimme, die Lexie sofort erkannte. Mit klopfendem Herzen fuhr sie zu Grayson Fitzgerald herum, der im Türrahmen lehnte und sie mit seinen blauen Augen durchdringend musterte.

5

Er trug ganz ähnliche Sachen wie in der vergangenen Nacht, Jeans und ein schlichtes weißes Hemd, über das er ein dunkelblaues Jackett gezogen hatte. Es saß perfekt und brachte seine breiten Schultern zur Geltung. Mit den hellen Sneakern, die er dazu kombiniert hatte, wirkte er extrem lässig. Außerdem sah er auch bei Tageslicht immer noch verdammt gut aus. Im Gegensatz zu ihrer nächtlichen Begegnung war er jetzt jedoch glattrasiert, und in seinen Augen lag ein wachsamer Ausdruck. Leider, denn das verunsicherte Lexie noch ein bisschen mehr.

»Grayson!« Agatha O'Donnell lächelte strahlend. »Da bist du ja wieder! Wo warst du denn schon so früh? Wir dachten, dass du nach der langen Reise erst mal ausschlafen willst, aber als ich vorhin nach dir gesehen habe, war dein Zimmer leer.«

»Ich musste etwas erledigen«, sagte er, ohne Lexie aus den Augen zu lassen.

»Das ist mein Enkelsohn Grayson Fitzgerald«, erklärte Agatha. »Er ist gestern Nacht aus Amerika gekommen und …«

»Das weiß sie schon«, unterbrach Grayson die alte Dame und löste sich vom Türrahmen. Er ging auf Lexie zu, und sein entspanntes Lächeln beschleunigte ihren Herzschlag auf ein Tempo, das bestimmt ungesund war. Aber zumindest arbeitete ihr Verstand endlich wieder, und die Worte der alten Dame sanken in ihr Bewusstsein. Grayson war ihr Enkel? Aber dann …

»Was zur Hölle willst du denn hier?«

Die Stimme, die plötzlich hinter ihnen ertönte, gehörte einem älteren Mann, der in diesem Moment die Küche betrat. Er war fast so groß wie Grayson, hatte einen gepflegten Vollbart und trug einen eleganten Anzug mit Weste. Ansonsten waren beide Männer sich so ähnlich, dass die Verwandtschaft zwischen ihnen mehr als deutlich war. Sogar die Augen- und Haarfarben waren gleich, auch wenn die Schläfen und der Bart des älteren Mannes bereits ergraut waren.

»Duncan!« Fannys Ausruf bestätigte Lexie, was sie schon geahnt hatte: Vor ihr stand der Burgherr, mit dem sie genau jetzt verabredet war. Er hatte jedoch im Moment nur Augen für Grayson, starrte ihn an wie eine Erscheinung.

»Hallo, Dad!« In Graysons Stimme schwang ein herausfordernder Unterton mit, und an der Art, wie die beiden sich ansahen, erkannte Lexie, dass sie definitiv nicht Zeugin einer glücklichen Familienzusammenführung war. Tatsächlich war die Anspannung, die im Raum lag, fast greifbar.

»Grayson ist gestern Nacht angekommen«, erklärte Agatha.

»Und wieso weiß ich davon nichts?«, fuhr Duncan sie an. Er schien jedoch keine Antwort zu erwarten, denn er wandte sich wieder Grayson zu. »Was verschafft uns denn die Ehre?«, fragte er spöttisch. »Ich dachte, du hättest längst vergessen, dass es uns gibt.«

»Ich habe gar nichts vergessen«, erwiderte Grayson, und es klang wie eine Warnung.

Duncans Gesicht verdüsterte sich. »Falls du gekommen bist, um …«

»Er ist hier, weil ich ihn darum gebeten habe.« Die zierliche

Fanny trat vor und stellte sich neben Grayson. »Du musst die Burg an ihn verkaufen, Duncan! Er kann sie übernehmen. Sie darf nicht an einen Fremden gehen!«

Lexie schluckte. Also doch, dachte sie mit einem flauen Gefühl im Magen. Grayson Fitzgerald hatte ganz offensichtlich Interesse an Dunmor Castle, wenn auch aus sehr viel persönlicheren Gründen, als sie jemals vermutet hätte. Warum hatte Andrew nicht erwähnt, dass die Burg der Sitz von Fitzgeralds Familie war? Das wusste er doch sicher, denn eigentlich recherchierte er immer alles sehr akribisch. Hatte er wirklich geglaubt, dass Fitzgerald sich ausgerechnet bei diesem Geschäft nicht einmischen würde? Wenn ja, dann war das eine grobe Fehleinschätzung gewesen, und Lexie fühlte sich plötzlich ohne Andrew sehr hilflos. Was sollte sie tun, wenn Duncan O'Donnell jetzt doch lieber an seinen Sohn verkaufen wollte?

Der Burgherr schien allerdings nicht die Absicht zu haben, denn er schnaubte nur verächtlich.

»Fünfzehn Jahre, Fanny. So lange hat er sich hier nicht mehr blicken lassen. Und als er ging, hat er sehr deutlich gemacht, was er von mir hält. Also bin ich nicht davon ausgegangen, dass er irgendein Interesse an der Burg oder an uns hat.«

»Das heißt nicht, dass ich den Kontakt zu Fanny und Agatha abgebrochen habe«, erklärte Grayson. »Und um ihretwillen hätte ich dir natürlich jederzeit geholfen. Wenn du in Schwierigkeiten bist, dann hättest du nur etwas sagen müssen.«

Duncan schnaubte. »Ich bin nicht in Schwierigkeiten. Und auf deine Hilfe kann ich verzicht…«

»Duncan!« Agatha war der Streit sichtlich peinlich. »Wir haben Besuch!«

Alle Blicke richteten sich plötzlich auf Lexie, und sie spürte, wie ihr das Blut in die Wangen schoss.

Hastig wandte sie sich an den Burgherrn. »Wir können unsere Verabredung auch verschieben, wenn es gerade nicht passt. Ich möchte Ihnen wirklich keine Umstände machen.«

Inständig hoffte sie, dass er ihr Angebot annahm. Sie musste ganz dringend weg, nicht nur weil es ihr furchtbar unangenehm war, mitten in einen Familienstreit geraten zu sein. Sie fürchtete sich auch davor, Grayson Fitzgerald zu gestehen, was sie tatsächlich hergeführt hatte.

»Das kommt überhaupt nicht in Frage.« Duncan O'Donnell musterte sie zum ersten Mal eingehender, und was er sah, schien ihm zu gefallen, denn seine Miene hellte sich auf. »Miss Cavendish, richtig? Bitte entschuldigen Sie, dass ich Sie nicht gleich begrüßt habe.«

Er lächelte jetzt, doch der Ausdruck in seinen Augen blieb gehetzt, und sein Blick wanderte immer wieder zu seinem Sohn hinüber. Offensichtlich war es ihm sehr recht, die Diskussion mit Grayson nicht fortsetzen zu müssen.

»Möchten Sie die Burg sehen? Ich führe Sie gern herum.«

Lexie war im Begriff, etwas zu erwidern, aber Fanny kam ihr zuvor.

»Wer ist Miss Cavendish denn?«, fragte sie Duncan und sah Lexie an. »Wieso sind Sie hier?«

Ihre Stimme klang unsicher, so als befürchtete sie immer noch, dass Lexie von dieser Agentur für Hausangestellte kam, gegen die sie etwas hatte.

Lexie atmete tief durch und vermied es, in Grayson Fitzgeralds Richtung zu sehen.

»Ich bin Innenarchitektin und arbeite für Howard Enterprises. Unsere Firma wird die Burg übernehmen, und ich habe den Auftrag, ein Konzept für die Neugestaltung der Räume zu entwerfen.«

Fanny sog scharf die Luft ein, und auch Agatha wirkte überrumpelt.

»Ist das nicht ein bisschen voreilig? Mein Sohn hat die Burg noch nicht verkauft. Oder, Duncan?«

Duncan wich dem Blick seiner Mutter aus. »Ich stehe kurz vor dem Abschluss mit Howard Enterprises.«

Diese Information war den anderen offensichtlich neu, und vor allem Fanny schien darüber entsetzt zu sein. Sie lehnte sich an Grayson, so als würden ihre Beine sie auf einmal nicht mehr tragen, und blickte hilfesuchend zu ihm auf. Er legte den Arm um die alte Frau und fixierte seinen Vater.

»Was immer Howard dir zahlt, ich überbiete ihn. Nenn mir einfach deinen Preis.«

In Duncans Gesicht arbeitete es, und für einen Moment befürchtete Lexie, dass er das Angebot annehmen würde. Doch dann schüttelte er den Kopf. »Du kommst zu spät. Und jetzt entschuldige mich, ich möchte Miss Cavendish die Burg zeigen.«

»Das kannst du nicht machen!«, fuhr Grayson ihn an, und sein hasserfüllter Blick traf jetzt auch Lexie. »Du kannst Fanny und Agatha nicht einfach vor die Tür setzen!«

»Das tue ich ja auch gar nicht«, erwiderte Duncan. »Wir drei bekommen lebenslanges Wohnrecht, das gibt Mr Howard mir schriftlich. Es ist alles geregelt. Nicht wahr, Miss Cavendish?«

Lexie nickte zögernd, weil sie sich da gar nicht so sicher war. Andrew hatte bei der Besprechung des Projektes nicht erwähnt, dass ein Teil der Immobilie weiter privat genutzt werden würde. Aber das musste nichts heißen, schließlich kannte sie die Vereinbarungen nicht im Detail.

»Ich will aber nicht, dass hier Fremde einziehen«, jammerte Fanny, und auch Agatha schien über diese Aussicht nicht glücklich zu sein.

Offenbar hatten beide auf eine andere Lösung gehofft. Was Lexie verstehen konnte. Den beiden alten Frauen würde es sicher sehr schwerfallen, sich an die anstehenden Veränderungen zu gewöhnen.

Aber das ist nicht mein Problem, rief Lexie sich in Erinnerung. Sie war hier, um einen Auftrag zu erledigen, und wenn sie Grayson Fitzgeralds wütende Miene richtig deutete, dann würde das allein schon schwer genug werden.

»Darüber reden wir noch«, sagte er zu Duncan, der jedoch nicht auf seine Bemerkung einging, sondern Lexie entschlossen zur Tür schob. Offenbar hatte er es sehr eilig, die Küche zu verlassen, und Lexie folgte ihm gerne in den Flur und von dort hinaus in den Hof, wo sie tief durchatmete.

Sie hatte sich noch nie in einer beruflichen Situation so überfordert gefühlt wie in diesem Moment. Normalerweise begegnete sie den Verkäufern allerdings auch nur sehr selten. Ihre Arbeit begann sonst erst, wenn Howard Enterprises eine Immobilie bereits erworben hatte, und die zukünftigen Besitzer waren, wenn Lexie sie traf, meist begeistert von ihren Entwürfen. Es war das erste Mal, dass Andrew sie schon vor Abschluss eines Geschäftes ein Konzept entwickeln ließ. Über diese Eile hatte sie sich ein bisschen gewundert, aber nicht weiter nach den Gründen dafür gefragt. Jetzt musste sie irgendwie damit zurechtkommen, dass sie hier offensichtlich nicht erwünscht war. Aber das ist für mich ja nichts Neues, dachte sie und verzog den Mund bei der Erinnerung an ihre Kindheit. Und wenn ihre Erfahrungen sie etwas gelehrt hatten, dann dass man sich nicht unterkriegen lassen durfte.

»Wie lange werden Sie ungefähr brauchen?« Duncan war im Hof stehen geblieben und sah sie fragend an.

»Bis Freitag auf jeden Fall«, erwiderte Lexie und seufzte innerlich. Das würden lange fünf Tage werden. Aber sie musste bleiben, bis Andrew eintraf, und das würde, selbst wenn in Frankreich alles glattging, mindestens bis zum Wochenende dauern. So lange musste sie durchhalten, ob sie wollte oder nicht.

Duncan nickte. »Dann werde ich eines der Gästezimmer für Sie herrichten.«

»Nein, das ist nicht nötig«, wehrte Lexie ab. »Ich habe mir im Pub unten im Ort ein Zimmer genommen.«

»Ich bestehe darauf«, beharrte der Burgherr. »Es ist doch viel praktischer für Sie. Dann müssen Sie nicht so viel fahren.«

Das Argument war stichhaltig. Wenn sie hier wohnte, sparte sie sich viele Wege. Und konnte Grayson Fitzgerald im Auge behalten, der sicher weiter versuchen würde, den Verkauf der Burg an Andrew zu verhindern.

War das vielleicht sogar der Grund für Duncan O'Donnells großzügiges Angebot? Brauchte er Verstärkung, um sich seinem Sohn nicht allein stellen zu müssen?

Lexie hätte ihn gerne gefragt, wieso sein Verhältnis zu Grayson so schlecht war, dass er dessen Angebot nicht mal in Erwägung ziehen wollte. Irgendetwas war zwischen den beiden vorgefallen, und es musste so gravierend sein, dass eine Versöhnung ausgeschlossen schien. Aber das ging sie nichts an. Sie musste nur ihren Auftrag erledigen.

»Also gut.« Sie lächelte zaghaft. »Vielen Dank.«

»Schön!« Duncan O'Donnell rieb sich die Hände, und sein erleichtertes Lächeln schien Lexies These zu bestätigen. »Ich sage schnell meiner Mutter Bescheid, dass wir ein Zimmer brauchen. Und dann beginnen wir mit unserem Rundgang.«

Er ging noch einmal ins Haus und ließ Lexie allein im Hof zurück. Mit einem flauen Gefühl im Magen blickte sie sich um und wartete fast auf das nächste Déjà-vu. Der Streit hatte sie abgelenkt, aber jetzt fiel ihr wieder ein, wie beängstigend es gewesen war, als sie eben die Küche zum ersten Mal betreten hatte. Wieso sah sie plötzlich diese Bilder? Es musste eine logische Erklärung geben, aber ihr fiel absolut keine ein …

»Sie wussten es gestern schon, oder?« Grayson Fitzgeralds tiefe Stimme riss sie aus ihren Gedanken. Er musste durch eine der anderen Türen in den Hof gekommen sein, denn er stand plötzlich hinter ihr. »Sie wussten, wer ich bin.«

Das zornige Glitzern in seinen blauen Augen ließ Lexie schlucken. Es hatte wenig Zweck, es zu leugnen, deshalb hielt sie seinem Blick trotzig stand.

»Aber ich hatte keine Ahnung, dass Sie etwas mit Dunmor Castle zu tun haben. Sie haben nicht den gleichen Nachnamen wie Ihr Vater. Also konnte ich nicht ahnen, dass Sie verwandt sind.«

Die verschiedenen Nachnamen gaben ihr in der Tat Rätsel auf, und sie hoffte, dass er ihr die Zusammenhänge erklären würde. Doch er fixierte sie nur weiter grimmig, deshalb zuckte sie mit den Schultern.

»Woher hätte ich wissen sollen, dass Sie sich auch für die Burg interessieren?«, verteidigte sie sich und dachte an die vergangene Nacht. Röte schoss ihr in die Wangen, als ihr wieder einfiel, dass er jetzt ihre Schwäche kannte. Von ihrer Nachtwäsche ganz zu schweigen.

»Oh, mich interessieren eine Menge Dinge«, knurrte er und trat noch einen Schritt näher auf sie zu, was Lexies Herzschlag gefährlich beschleunigte. »Zum Beispiel, was das genau für ein Deal ist, den Ihr Boss mit meinem Vater ausgehandelt hat. Und wieso er Sie schickt, statt selbst herzukommen. Howard kontrolliert doch sonst immer alles persönlich.«

»Andrew ist geschäftlich in Frankreich. Ich erwarte ihn Ende der Woche«, erklärte Lexie so kühl, wie sie konnte.

»Andrew. Aha.« Graysons Augen wurden schmal, und er musterte sie erneut abschätzig. »So ist das also.«

Lexie spürte Wut in sich aufsteigen. »So ist gar nichts. Ich arbeite für Howard Enterprises, und ich mache hier lediglich meinen Job.«

Er schnaubte. »Wenn ich gewusst hätte, dass Sie für Howard arbeiten …«

»Was dann?«, fragte sie herausfordernd. »Hätten Sie mich überfahren?«

Seine grimmige Miene änderte sich nicht, aber seine Hände schlossen sich zu Fäusten. Er wollte etwas erwidern, aber in diesem Moment bog ein klappriger Renault durch den Torbogen auf den Hof.

Der Wagen war ockergelb bis auf die rechte Tür, die mal defekt gewesen sein musste und gegen eine dunkelrote ausgetauscht worden war. Einige Beulen zierten das Blech, und der Motor knatterte so laut, dass es von den Wänden der Burg widerhallte. Die Fahrerin parkte das Auto hinter Graysons schwarzem BMW, der jetzt neben Lexies grasgrünem Golf stand, und stieg aus.

Sie musste Ende vierzig sein, hatte langes, von grauen Strähnen durchzogenes braunes Haar, das ihr offen über die Schultern fiel, und trug einen knöchellangen, weit schwingenden rostroten Rock, den sie mit einem weißen T-Shirt und einer langen braunen Strickjacke kombiniert hatte.

»Guten Morgen, Grayson! Dich habe ich hier ja ewig nicht gesehen«, rief sie und holte einen Korb aus dem Auto. Dann kam sie auf Lexie und Grayson zu. »Ich bringe die neuen Teemischungen für Fanny und …«

Sie hielt inne, als ihr Blick an Lexie hängen blieb. Oder eher an dem herzförmigen Silberanhänger mit den auffälligen keltischen Mustern, den Lexie an einer Kette um den Hals trug.

»Oh mein Gott!« Der Korb rutschte der Frau aus der Hand, und die Blechdosen, die er enthielt, verteilten sich scheppernd auf dem Kopfsteinpflaster. Doch die Frau achtete gar nicht darauf, sondern starrte immer noch auf den Anhänger. Dann hob sie den Blick und sah forschend in Lexies Gesicht.

»Alexandra?« Ihre Stimme klang heiser, und sie schüttelte ungläubig den Kopf. »Bist du das?«

6

Lexies Herz setzte für einen kurzen Moment aus und hämmerte dann im doppelten Tempo weiter. Alexandra nannte sie niemals jemand. Aber es war der Name, auf den sie getauft war. Woher wusste diese Frau das?

»Sie … müssen mich verwechseln. Ich kenne Sie nicht.«

Die Frau trat auf Lexie zu und griff nach dem Anhänger. Erschrocken entzog Lexie ihn ihr wieder und wich einen Schritt zurück.

»Was tun Sie denn da?«, fragte sie und schloss die Hand um den Anhänger.

»Entschuldige. Ich … wollte dich nicht erschrecken.« Die Frau starrte sie immer noch an. »Erinnerst du dich nicht mehr an mich?«

Lexie schüttelte den Kopf.

»Du warst damals noch zu klein, du hast es wahrscheinlich vergessen.« Die Frau lächelte jetzt. »Ich war eine sehr gute Freundin deiner Mutter Fiona. Du hast damals mit ihr für eine Weile bei mir gewohnt. Weißt du das wirklich nicht mehr?«

Bei dem Namen Fiona wurde Grayson Fitzgerald blass und starrte Lexie an. Dann wandte er sich kopfschüttelnd an die Frau.

»Was redest du denn da, Eileen? Miss Cavendish ist nicht …«

»Fionas Tochter? Doch, natürlich«, beharrte die Frau. »Sieh dir nur ihre Augen an! Es ist, als würde Fiona einen anschauen. Und der Anhänger! Ich erkenne ihn wieder.«

Ein Schatten huschte über ihr Gesicht, und als sie sich erneut an Lexie wandte, lag Traurigkeit in ihrer Stimme.

»Es hat mir alles so leidgetan damals. Das muss sehr schwer für dich gewesen sein.«

Lexie schüttelte irritiert den Kopf.

»Ich weiß nicht, wovon Sie sprechen«, sagte sie, obwohl die Überzeugung tief in ihrem Innern zu bröckeln begann. Kannte diese Frau sie vielleicht wirklich? Es würde die seltsamen Momente des Wiedererkennens erklären, die sie so irritierten. Doch es gab da ein Problem. »Meine Mutter hieß nicht Fiona. Ihr Name war …«

»Eileen! Endlich!« Fanny kam in den Hof und strahlte die Frau an. Das Lächeln erstarb jedoch auf ihren Lippen, als sie den umgekippten Korb und die Dosen auf dem Boden liegen sah. »Oje, der Tee!«

Sie eilte zu der Frau, die sich nun auch wieder an ihren Korb zu erinnern schien und sich danach bückte. Gemeinsam sammelten sie die Dosen ein.

»Was sagten Sie gerade?«, erkundigte sich die Frau, als ihr Korb wieder gefüllt war.

Lexie schluckte. »Der Name meiner Mutter war nicht Fiona. Sie hieß …«

»Susan?« Die Frau lächelte.

Lexies Kopfhaut prickelte plötzlich. »Woher wissen Sie das?«

»Eileen Kelly!« Duncans Ruf tönte über den Hof, und als Lexie herumfuhr, sah sie ihn mit großen Schritten aus dem Haus kommen. Er lächelte jetzt nicht mehr, und seine Miene drückte eindeutig Ablehnung aus. Was auf Gegenseitigkeit zu beruhen schien, denn die Frau wirkte auch nicht erfreut über die Begegnung.

»Keine Sorge, Duncan. Ich bin gleich wieder weg. Ich unterhalte mich nur kurz mit …«

»Miss Cavendish ist nicht hier, um sich deinen esoterischen Hokuspokus anzuhören«, schimpfte Duncan. »Es reicht, dass du Fanny mit deinen überteuerten Kräutermischungen das Geld aus der Tasche ziehst. Du musst wirklich nicht auch noch unsere Gäste belästigen.«

»Eileen belästigt niemanden!« Fanny trat zu der Frau, die Duncans feindseligem Blick mit ruhiger Miene standhielt. »Und ihr Tee ist jeden Cent wert! Ich wünschte wirklich, du würdest das endlich akzeptieren!«

»Lass nur, Fanny«, sagte die Frau. »Ich will mich nicht streiten.« Sie wandte sich erneut an Lexie, strich ihr sanft über den Arm. »Wie ich heiße, weißt du ja jetzt. Ich wohne im Rose Cottage etwas außerhalb von Cerigh. Besuch mich dort. Dann unterhalten wir uns in Ruhe.«

Sie lächelte noch einmal, dann hakte sie Fanny unter und ging mit der alten Dame in den Wohntrakt.

Verwirrt sah Lexie ihnen nach. Als sie sich wieder umwandte, fiel ihr auf, dass Grayson sie immer noch anstarrte. Es lag jedoch keine Feindseligkeit mehr in seinen blauen Augen. Eher Erstaunen und noch etwas anderes, das sie nicht deuten konnte. Und sie bekam auch keine Chance mehr dazu, denn er drehte sich abrupt um und folgte den beiden Frauen ins Haus.

»Was wollte mein Sohn von Ihnen?« Duncans Frage weckte Lexie aus ihrer Erstarrung. Er war neben sie getreten und blickte Grayson nach, der in diesem Moment die Haustür hinter sich zuwarf.

»Nichts. Es ist nur …« Lexie schluckte, zutiefst verwirrt von allem, was in den letzten paar Minuten passiert war. Unsicher blickte sie zu Duncan auf und suchte nach den richtigen Worten. »Ich … hatte nicht erwartet, dass es noch einen anderen Interessenten für die Burg gibt.«

Duncan stieß die Luft aus. »Ich auch nicht, glauben Sie mir. Aber Sie müssen sich keine Sorgen machen. Ich stehe zu meinem Wort, was den Deal mit Mr Howard angeht.«

»Aber … Grayson ist Ihr Sohn.« Lexie bereute die Bemerkung sofort, als sie sah, wie Duncans Miene sich verdüsterte.

»Wäre Ihnen lieber, wenn ich an ihn verkaufe?«

»Nein, natürlich nicht! Ich … dachte nur.«

Misch dich nicht in seine Angelegenheiten, schalt sie sich selbst. Aber das war schwer, vor allem, weil sie das plötzlich auch alles persönlich zu betreffen schien. Sie kaute auf ihrer Unterlippe, nicht sicher, ob sie die nächste Frage stellen sollte. Aber sie musste es einfach wissen.

»Wer ist diese Eileen Kelly?«

Duncan schnaubte verächtlich. »Eine Kräuterhexe und selbst ernannte Heilerin. Sie behauptet, ihre Vorfahren wären Druiden gewesen. Gibt in ihrem Cottage Yogakurse und Workshops für gestresste Städter, über Kräuterheilkunde und Seelenwanderung und so ein Zeug. Alles Humbug, wenn Sie mich fragen. Aber die Leute stehen offenbar drauf.« Er schüttelte den Kopf, und seine Stimme bekam einen warnenden Klang. »Ignorieren Sie sie einfach. Sie lügt, wenn sie den Mund aufmacht. Glauben Sie ihr bloß kein Wort!«

Lexie starrte ihn an und versuchte, diese Informationen mit ihrem eigenen Eindruck in Einklang zu bringen. Auf sie hatte Eileen Kelly nicht verrückt gewirkt. Und da war dieser überzeugte Ausdruck in ihren Augen gewesen …

»Kommen Sie, ich zeige Ihnen die Anlage.« Duncan legte

Lexie die Hand in den Rücken und schob sie in Richtung Wohntrakt.

»Die Küche kennen Sie ja schon«, sagte er, als sie im Flur die jetzt geschlossene Tür passierten. Offenbar hatte er keine Lust auf eine weitere Begegnung mit Fanny und Eileen, die sich dort vermutlich aufhielten, und auch Lexie war sich nicht sicher, ob sie der Frau, die so viel über sie zu wissen schien, noch einmal gegenübertreten wollte.

Sie holte den kleinen Block aus ihrer Handtasche, den sie für ihre Notizen brauchte. Der erste Eindruck war wichtig bei einer Begehung, denn oft kamen ihr gerade beim Betreten fremder Räume die besten Ideen. Das war es, was sie an ihrer Arbeit liebte, dieses Spielen mit den verschiedenen Möglichkeiten, Alt und Neu so zu kombinieren, dass sich eine eigene Atmosphäre entwickelte. Außerdem konnte sie Ablenkung gerade sehr gut gebrauchen, deshalb konzentrierte sie sich darauf, was es auf Dunmor Castle zu entdecken gab. Und das war, wie sie schnell merkte, eine ganze Menge.

Duncan zeigte ihr zuerst seinen Wohnbereich und dann den der beiden alten Damen, der sich direkt an die Küche anschloss. Diesen Teil vom eigentlichen Hotel abzutrennen war zwar möglich, aber es war die Frage, ob der Platz dann ausreichen würde, um alles unterzubringen, was für den Betrieb nötig war.

Ihre Bedenken äußerte Lexie jedoch nicht, sondern folgte Duncan in den Gästetrakt, in dem sich auch das Zimmer befand, das er für sie vorgesehen hatte. Die Räume waren großzügig geschnitten und würden ideal in Suiten umzubauen sein. Die normalen Hotelzimmer sollten später laut bisheriger Planung im derzeit ungenutzten Teil der Burg entstehen. In dem großen Festsaal, den sie als Nächstes aufsuchten und den neben alten Gemälden auch eine beeindruckende Anzahl an Ritterrüstungen schmückte, sah Lexie in Gedanken schon das zukünftige

Restaurant des Hotels, und die kleinen Salons, die sich daran anschlossen, eigneten sich als Konferenzräume.

»Und das hier ist die Bibliothek«, verkündete Duncan und führte Lexie in einen Raum mit deckenhohen Regalen voller Bücher, von denen die meisten wahrscheinlich mindestens hundert Jahre alt waren. Alte Ledermöbel, allen voran zwei dick gepolsterte Chesterfield-Sofas, schufen ein gediegenes Ambiente und luden zu gemütlichen Lesestunden neben dem großen offenen Kamin ein. Hier würde sie höchstens ein paar Kleinigkeiten verändern, beschloss Lexie, denn es war schon jetzt der perfekte Rückzugsort für ...

Eine Bewegung vor einem der Regale riss sie aus ihren Gedanken, und sie bemerkte erschrocken, dass sie nicht allein waren.

»Ach, Mr Dearing! Natürlich! Ich hatte ganz vergessen, dass Sie da sind«, entschuldigte sich Duncan bei dem jungen Mann mit den blonden, leicht gelockten Haaren, der jetzt lächelnd auf sie zukam. »Mr Dearing kommt von der Universität in Dublin und schreibt an seiner Doktorarbeit über irische Kunstgeschichte«, sagte er dann, an Lexie gewandt. »Meine Mutter war so frei, ihm für seine Recherchen Zugang zu unseren Gemälden und Büchern zu gewähren.«

Lexie fand, dass in Duncans Stimme ein leicht genervter Unterton mitschwang, so als wäre es ihm ganz und gar nicht recht, dass der junge Mann sich hier aufhielt. Dieser schien davon jedoch nichts zu bemerken, denn er lächelte freundlich und schüttelte Lexie die Hand, während Duncan ihm auch ihren Namen nannte. Er war sicher nicht viel älter als sie selbst, vielleicht Ende zwanzig, und trug eine Jeans und ein T-Shirt, auf dem unübersehbar das Logo der Irish Badgers prangte. Was Lexie unwillkürlich schmunzeln ließ.

»Und Sie sind sicher, dass Sie nur wegen der Kunst hier sind,

Mr Dearing?« Sie deutete auf das Bandemblem, bereute ihre Bemerkung jedoch sofort. Es war völlig unangemessen, so etwas zu jemandem zu sagen, den sie gerade erst kennengelernt hatte. Aber der junge Mann wirkte so locker, dass sie nicht darüber nachgedacht hatte. Und tatsächlich schien er nicht beleidigt zu sein, denn er grinste breit.

»Sie meinen, weil meine Lieblingsband am Samstag unten in Cerigh ein Open-Air-Konzert geben wird? Eine glückliche Fügung, würde ich sagen. Wobei es schon sein könnte, dass ich bei der Wahl des Termins für meine Recherche ein wenig nachgeholfen habe.« Er zwinkerte ihr zu. »Und ich heiße Aidan, das Mister ist doch viel zu steif, findest du nicht?«

Sie erwiderte sein offenes Lächeln. »Ich bin Lexie.«

Der freundliche Aidan wollte noch etwas sagen, aber Duncan schien die Verbrüderung seiner Gäste zu viel zu werden.

»Wir müssen leider weiter«, erklärte er ungeduldig und schob Lexie in Richtung Ausgang. »Bis dann, Mr Dearing. Und vergessen Sie nicht, dass es sich bei allem, was Sie hier sehen, um unersetzbare Originale handelt.«

Es war eindeutig eine Warnung, aber sie schien Aidan nicht aus der Ruhe zu bringen. »Keine Sorge. Vorsicht ist mein zweiter Vorname«, rief er ihnen nach und fügte an Lexie gerichtet hinzu: »Ich hoffe, wir sehen uns noch!«

Er winkte ihr noch einmal, bevor sie mit Duncan die Bibliothek wieder verließ, und Lexie gestand sich lächelnd ein, dass sie das tatsächlich auch hoffte. Aidan Dearing schien ein Ausbund an Unbeschwertheit zu sein, und die Begegnung mit ihm hatte ihr etwas von ihrer Anspannung genommen.

Der Effekt hielt jedoch nur an, bis sie den unbewohnten Teil der Burg erreichten. Denn vor der schweren Holztür, die in den Wehrturm führte, stieß Grayson Fitzgerald wieder zu ihnen.

»Du kannst Miss Cavendish nicht da reinlassen.« Seine

Stimme klang scharf, und der Ausdruck in seinen Augen war grimmig. »Der Wehrturm ist baufällig.«

»Ach was!« Duncan schnaubte. »Der Turm hat die Jahrhunderte überdauert, da wird er jetzt noch ein paar Wochen durchhalten. Und im Übrigen ist Miss Cavendish ja gekommen, um ihn zu sanieren.«

Er legte die Hand auf die schmiedeeiserne Klinke und wollte sie herunterdrücken. Doch Grayson verstellte ihm den Weg.

»Dieser Teil der Burg ist nicht sicher«, sagte er und deutete mit dem Kinn auf Lexie, ohne sie anzusehen. »Es reicht doch, wenn sie sich die Pläne ansieht.«

Lexie spürte, wie Wut in ihr aufstieg. Glaubte er im Ernst, dass er sie mit so einer fadenscheinigen Masche von ihrer Arbeit abhalten konnte?

»Nein, das reicht keineswegs«, erwiderte sie an Duncans Stelle, weil sie es leid war, dass Grayson über sie redete, als ob sie gar nicht da wäre. »Wenn das genügen würde, dann hätte ich in Dublin bleiben können.«

Graysons Blick sagte ihr eindeutig, dass er diese Variante vorgezogen hätte. Was Lexie noch ein bisschen zorniger machte.

»Außerdem bin ich es gewohnt, alte Gebäude zu begehen«, fügte sie hinzu. »Um mich müssen Sie sich also keine Sorgen machen. Mir passiert schon nichts.«

Hättest du wohl gerne, dachte sie und drängte sich an dem verdutzten Grayson vorbei zu der Tür. Diese quietschte zwar etwas, ließ sich jedoch leicht öffnen. Fast so als würde sie regelmäßig geölt, überlegte Lexie verwundert. Laut Duncan war dieser Teil der Burg jedoch schon seit Jahren unbewohnt.

Als sie einen Augenblick später den Wehrturm betrat, wurde Lexie klar, dass Graysons Warnung nicht übertrieben gewesen war. Baufällig war hier tatsächlich das passende Wort.

Die Wände in dem großen runden Raum waren nicht verputzt, man sah direkt auf das nackte Mauerwerk. Eine Wendeltreppe aus Stein führte spiralförmig an der Wand entlang nach oben. Der Aufstieg war nur im unteren Teil durch ein Geländer aus grob zusammengezimmerten Holzlatten gesichert, die schon älter waren, und endete oben an einer Luke in der von dicken Balken getragenen Holzdecke. Die Decke, die nur aus Bretterbohlen bestand, schien gleichzeitig den Boden des nächsten Stockwerks zu bilden, was an die Bauweise von Scheunen erinnerte und keinen sehr stabilen Eindruck machte. In der Mitte der Decke klaffte außerdem ein Loch. Dort fehlten Bohlen und gaben den Blick frei auf das, was darüberlag, deshalb konnte Lexie sehen, dass die Treppe weiter an der Wand hochführte und an einer zweiten Luke in einer identisch konstruierten Zwischendecke endete, die jedoch noch intakt zu sein schien.

»Kann man da raufgehen?«, fragte Lexie.

Duncan nickte. »Wenn Sie möchten, dann …«

»Da oben gibt es nichts zu sehen«, unterbrach Grayson ihn. »Und mit dem fehlenden Geländer und dem Loch im Boden ist es auch viel zu gefährlich.«

»Wir passen schon auf«, erwiderte Duncan ungerührt. »Nicht wahr, Miss Cavendish?«

Lexie nickte. »Natürlich«, sagte sie, bereute ihre Zustimmung jedoch schon auf der Hälfte der Treppe, wo das Geländer endete.

Mit einer Hand an der klammen Steinmauer stieg sie weiter nach oben und versuchte, nicht darüber nachzudenken, dass rechts von ihr die Sicherung fehlte. Duncan, der vorgegangen war, öffnete die Luke und half ihr hinauf in den leeren Raum. Kurz hinter ihr folgte Grayson, der trotz seines Protestes ebenfalls mitgekommen war. Die alten, ausgeblichenen Holzbohlen ächzten unter jedem ihrer Schritte, und als Lexie an den Rand des Lochs im Boden trat und nach unten blickte, wurde ihr erst klar, wie tief sie fallen würde, wenn sie hier abstürzte.

Skeptisch blickte sie hinauf zur nächsten Decke.

»Ist der Raum über uns genauso groß wie dieser hier?«

Duncan nickte.

»Und er ist auch leer?«

»Ja«, antwortete diesmal Grayson wie aus der Pistole geschossen.

»Dann brauche ich die nächste Etage nicht zu sehen«, verkündete sie und wich Graysons Blick aus.

Sie gab es nur ungern zu, aber er hatte recht gehabt. Sich hier oben aufzuhalten war gefährlich, und noch eine weitere geländerlose Treppe wollte sie nicht erklimmen müssen. Es war schlimm genug, die erste wieder hinunterzusteigen, und sie war froh, als sie wieder am Boden waren.

»Dann zeige ich Ihnen jetzt den Keller«, verkündete Duncan und deutete auf eine Öffnung in der Wand, hinter der Stufen ins Untergeschoss führten. »Die Kellergewölbe der Burg sind über einen langen Gang miteinander verbunden. Er wird auch der Dienstbotentunnel genannt.«

»Klingt interessant.« Lexie blickte zu Grayson und rechnete fast damit, dass er wieder etwas dagegen haben würde, dass sie sich diesen Teil der Burg ansah.

Er drehte sich jedoch nur wortlos um und ging, genau wie vorhin im Hof.

Scheint eine Angewohnheit von ihm zu sein, dachte Lexie und fand, dass er der unhöflichste Mann war, den sie kannte. Nur um sich gleich darauf an die letzte Nacht zu erinnern. Er kann auch anders, dachte sie. Aber offenbar hatte er keine Lust mehr, sich Mühe zu geben, wenn es um sie ging. Und das war auch besser so. Er musste sie nicht mögen. Sie mochte ihn ja schließlich auch nicht …

»Kommen Sie«, sagte Duncan und ging die Treppe hinunter, aber Lexie zögerte, ihm zu folgen. Keller waren etwas, das sie normalerweise mied, vor allem wenn sie befürchten musste, dass es dort kein elektrisches Licht gab. Aber sie konnte keinen Rückzieher mehr machen, deshalb ging sie hinter Duncan her und stellte unten erleichtert fest, dass ihre Befürchtung unbegründet war. Die Lampen, die Duncan angeschaltet hatte, leuchteten den breiten Gang zwar nur spärlich aus, aber es reichte, um sich zu orientieren. Die Nischen, die in regelmäßigen Abständen in die Wände des Ganges eingelassen waren, lagen jedoch im Halbdunkel, deshalb fischte Lexie das Handy aus ihrer Handtasche und überprüfte die Akkuanzeige. Zum Glück reichte die Ladung noch, um die Taschenlampenfunktion einzuschalten, und als das Licht grell auf die nackten Steinwände fiel, atmete Lexie auf. Jetzt fühlte sie sich wieder sicher und blickte sich interessiert um.

»Wie gesagt: Das hier ist der Dienstbotentunnel«, erklärte Duncan. »Wenn wir nach links gehen, gelangen wir über einen Aufgang in den Wohntrakt, aber der Tunnel führt noch weiter bis unter die Außenanlagen und den Garten, wo man dann ebenfalls …«

Lexie hörte ihm nicht mehr zu, als der Kegel ihrer Handylampe auf die Nische schräg gegenüber der Treppe fiel und sie die Kisten erblickte, die dort standen. Ein Bild von Löwen, die auf der Jagd zwischen hohem Steppengras lauerten, blitzte vor ihrem inneren Auge auf – und sie schalt sich gleich darauf eine Närrin. Wie kam sie denn darauf? Sie schüttelte den Kopf. Löwen gab es hier nun wirklich nicht.

Und doch …

Etwas zog sie unwiderstehlich zu der Nische, und als sie direkt davorstand, ließ sie den Blick über die Kisten gleiten. Sie waren aus Holz und alle verschlossen, bis auf die oberste, die eine Sammlung von verstaubten Vasen enthielt. Die größte Kiste, die ungefähr ein Meter fünfzig hoch und etwa zwei Meter lang war, stand ganz am Rand und war von einem dünnen, schon etwas fadenscheinigen weißen Betttuch bedeckt.

Lexie strich über den Stoff und ertastete darunter eine glatte, ebene Fläche. Das hier war keine Holzkiste wie die anderen, und sie ahnte plötzlich, was sie darunter finden würde. Mit klopfendem Herzen schlug sie das Tuch zurück und enthüllte eine große Glasvitrine.

»Ach, dieses alte Ding!«, sagte Duncan hinter ihr. »Das hatte ich schon fast vergessen.«

Lexie konnte nicht antworten, starrte nur fassungslos auf die beiden ausgestopften Löwinnen, die ihr aus der Vitrine entgegenblickten. Um sie herum war hohes vertrocknetes Savannengras in den Sandboden gesteckt, und ihre ganze Haltung und auch der Ausdruck in ihren Glasaugen wirkte lauernd, so als seien sie gerade auf der Jagd.

»Das sind Trophäen meines Urgroßvaters. Er war ein leidenschaftlicher Großwildjäger«, erklärte Duncan. »Die Löwen standen früher oben in der Bibliothek. Mein Vater konnte toten Tieren allerdings nie viel abgewinnen, und es ist inzwischen ja auch eher unpassend, so etwas auszustellen. Deshalb wurde die Vitrine schon vor vielen Jahren nach hier unten verbannt.«

Und ich wusste, dass sie in dieser Nische steht, dachte Lexie. Ihr Herz raste, und sie spürte, wie ihr ein Schauer über den Rücken rann.

Sie war hier schon gewesen, daran bestand jetzt kein Zweifel mehr. Das waren keine Einbildungen oder Zufälle, sie kannte sich hier tatsächlich aus, auch wenn sie keine Ahnung hatte, wie das alles zusammenhing.

»Wer ist Fiona?« Die Frage rutschte ihr heraus, bevor sie wirklich darüber nachgedacht hatte.

»Wie bitte?« Duncan wirkte sichtlich irritiert, aber Lexie hakte trotzdem nach.

»Eileen Kelly hat den Namen vorhin erwähnt. Fiona. Wer ist das?«

Für einen langen Moment schwieg der Burgherr. In seinem Gesicht arbeitete es, und Lexie glaubte schon, dass er ihr nicht antworten würde. Doch dann zuckte er mit den Schultern.

»Fiona Riordan war hier vor Jahren als Hausmädchen angestellt.«

Riordan! Lexie atmete scharf ein. Der Nachname ihrer Mutter war Riordan gewesen. Genau wie ihr eigener, bis sie Matt Cavendish geheiratet hatte.

»Und wo ist diese Fiona jetzt?«

»Keine Ahnung. Sie war irgendwann weg. Hatte wohl keine Lust mehr, für uns zu arbeiten.« Duncans Augen wurden schmal, und Lexie sah, wie unangenehm ihm diese Frage war. »Vielleicht konzentrieren wir uns jetzt lieber wieder auf den Grund, aus dem Sie hier sind«, fügte er hinzu, und Lexie begriff, dass sie zu weit gegangen war.

Sie dachte an Andrew und an ihren Auftrag. Auf keinen Fall durfte sie ihre Arbeit aus den Augen verlieren oder Duncan O'Donnell mit ihrem Verhalten verärgern. Deshalb deutete sie in den Tunnel.

»Kommt man von hier aus tatsächlich zurück in den Wohntrakt?«

Ihre Frage schien einen Schalter in dem älteren Mann umzulegen, denn plötzlich lächelte er wieder und kehrte zurück zu der geschäftsmäßigen Freundlichkeit, mit der er sie vorhin begrüßt hatte. Sein Blick blieb jedoch wachsam.

»Ich zeige es Ihnen«, sagte er und ging weiter durch den Gang, der tatsächlich wie ein gerader breiter Tunnel unterhalb der Burg verlief. Er war ideal, um Dinge aus einem Teil des Gebäudes in einen anderen zu bringen, und Lexie konnte sich vorstellen, wie in früheren Zeiten die Dienstboten hindurchgeeilt waren.

Duncan nahm seine Führung wieder auf, aber seine Erklärungen fielen knapper aus als zuvor, und er schien in Gedanken versunken. Was Lexie nicht störte, denn ihr ging selbst sehr viel im Kopf herum. Die Nischen, die sie auf ihrem Weg passierten, waren fast alle leer, und keine löste noch einmal dieses Gefühl des Wiedererkennens in ihr aus, das sie immer noch nicht wirklich fassen konnte.

War diese Burg tatsächlich Teil ihrer eigenen Geschichte? So unwahrscheinlich das auch klang, es gab keine andere Erklärung, und neben dem Schock, den das bedeutete, verspürte sie auch eine wilde Freude, die vermutlich nur jemand verstehen konnte, dessen Lebenslauf ähnlich lückenhaft war wie der ihre. Lexie wusste so gut wie nichts über ihre Herkunft, sie besaß lediglich ein kleines, längst verblasstes Foto ihrer Mutter Susan und ein paar spärliche Informationen.

Susan Riordan war siebenundzwanzig gewesen, als man sie tot auf der Toilette einer Bar in New York fand, mit einer Überdosis Heroin im Blut. Damals hatte die fünfjährige Lexie schon seit einigen Monaten bei einer Pflegefamilie gelebt. Sie erinnerte sich kaum an Susan, nur daran, dass sie immer nach Rauch gerochen hatte. Und dass sie nicht gekommen war, wenn Lexie sich im Dunkeln gefürchtet und nach ihr gerufen hatte.

War diese Frau vielleicht gar nicht ihre Mutter gewesen?

Lexie schluckte. Sie musste dieser Sache unbedingt auf den Grund gehen. Vorausgesetzt natürlich, ihr Auftrag ließ ihr genug Zeit dafür. Aber damit würde sie schon fertigwerden. Und mit Grayson Fitzgerald auch, dachte sie und schaltete die Handylampe aus. Noch einmal blickte sie zurück in den düsteren Gang, dann folgte sie Duncan nach oben in den Wohntrakt.

7

Grayson Fitzgerald?« Die Wut in Andrews Stimme war nicht zu überhören. Für einen Mann sprach er in einer eher hohen Tonlage, und wenn er sich aufregte, klangen seine Worte gepresst. So wie jetzt. »Verdammt, ich hätte es wissen müssen!«

»In der Tat.« Lexie wechselte das Handy ans andere Ohr, um sich besser an dem Holzgeländer festhalten zu können. Vorsichtig setzte sie einen Fuß vor den nächsten, weil die Bohlen der kleinen Brücke schon ziemlich altersschwach wirkten und sie nicht in dem Wildbach landen wollte, der darunter entlangplätscherte. »Warum hast du mir nicht gesagt, dass Dunmor Castle seiner Familie gehört?«

Andrew schwieg einen Moment. »Weil es nicht wichtig ist. Duncan O'Donnell wird an uns verkaufen. Daran kann Fitzgerald nichts mehr ändern.«

Er klang trotz seines Zorns sehr siegesgewiss, was Lexie wunderte.

»Wie kannst du dir da so sicher sein? Was, wenn dieser O'Donnell es sich plötzlich anders überlegt und die Burg doch lieber seinem Sohn überlässt? So abwegig ist das doch gar nicht.«

»Die beiden sind zerstritten«, erwiderte Andrew. »Außerdem ist Fitzgerald unehelich. O'Donnell hat seine Mutter nie geheiratet. Er ist ein Bastard, verstehst du?«

Irritiert über die altertümliche Bezeichnung schüttelte Lexie den Kopf. »Das spielt heutzutage doch überhaupt keine Rolle mehr, ob ein Kind ehelich ist oder nicht. Vor dem Gesetz macht das keinen Unterschied. Und wenn die beiden sich wieder vertragen, dann ...«

»O'Donnell wird an uns verkaufen, glaub mir«, unterbrach Andrew sie. »Mach einfach deine Arbeit, und halt dich von Fitzgerald fern. Ich kenne den Kerl. Als Geschäftsmann ist er mit allen Wassern gewaschen, und die Frauen stehen auf ihn. Du wärst nicht die Erste, die auf seinen Charme hereinfällt. Also lass dich nicht einwickeln, hörst du?«

»Keine Sorge.« Lexie verzog den Mund, als ihr der Gesichtsausdruck wieder einfiel, mit dem Grayson sie heute Morgen gemustert hatte, nachdem ihm klar geworden war, dass sie für Andrew arbeitete. »Ich glaube nicht, dass er irgendein Interesse an mir hat.«

»Dann ist ja gut.« Andrew klang erleichtert. »Und sonst? Hast du schon eine Idee, wie wir den alten Kasten wieder aufmöbeln können? Du weißt, davon hängt viel ab. Die Leute von El Hazad kaufen nur, wenn wir ihnen ein fertiges Konzept präsentieren.«

»Ich weiß.« Lexie seufzte. »Ich schaffe das schon.«

»Da bin ich ganz sicher.« In Andrews Stimme schwang ein Lächeln mit, und Lexie konnte beinahe vor sich sehen, wie er sich über den kurzen, sehr gepflegten Vollbart strich, den er seit einigen Monaten trug. Genau wie sein braunes Haar hatte auch der Bart einen leichten Stich ins Rötliche, aber das passte gut zu seinen grünen Augen. Er war ein durchaus attraktiver Mann, selbst wenn er Grayson Fitzgerald keine Konkurrenz machen konnte.

»Du wirst dazu übrigens noch ein bisschen mehr Zeit haben als gedacht«, fuhr er fort. »Es hat hier Komplikationen beim Aufsetzen der Verträge gegeben, und jetzt müssen wir den gesamten Deal noch mal neu verhandeln. Das wird sich noch eine Weile hinziehen, was ich sehr lästig findet. Aber ich kann nicht riskieren, die Sache platzen zu lassen. Dafür ist die Summe, um die es geht, zu hoch.«

»Ich weiß«, sagte Lexie. Bei dem Projekt in Marseille ging es nämlich gleich um mehrere Immobilien, deren Wert den der Burg um fast das Doppelte überstieg. Das ging vor, auch wenn es nicht bedeutete, dass sie sich die Burg durch die Lappen gehen lassen konnten. Andrew hatte in der letzten Zeit einige Fehlinvestitionen getätigt, deshalb war im Moment jeder Deal wichtig für die Firma.

»Aber du kommst, so schnell du kannst?«

»Ja, natürlich.« Andrew machte eine Pause. »Wenn ich könnte, wäre ich immer an deiner Seite.«

Seine Stimme klang plötzlich viel weicher, aber Lexie brauchte trotzdem einen Moment, bis sie begriff, was er gerade gesagt hatte. Abrupt blieb sie am Ende der Brücke stehen.

»Andrew, ich …«

»Schon gut.« Er räusperte sich. »Gib mir Bescheid, falls Probleme auftauchen. Wir sehen uns in ein paar Tagen. Bis dann, Lexie.«

Mit klopfendem Herzen starrte Lexie auf das Handydisplay, nachdem er den Anruf beendet hatte. Also doch, dachte sie unglücklich und schalt sich eine Närrin, als sie an die letzten Wochen zurückdachte. Andrew hatte recht: Er war in letzter Zeit oft an ihrer Seite gewesen, denn sie hatten in den letzten Monaten immer mehr Zeit zusammen verbracht. Und ihr war auch bewusst gewesen, dass er sie mochte. Aber bis jetzt hatte er mit keinem Wort erwähnt, dass sein Interesse an ihr über das

Berufliche hinausging. Das hatte sich gerade eben geändert, und Lexie war sich nicht sicher, wie sie damit umgehen sollte.

Sie seufzte tief. Warum muss das nur plötzlich alles so kompliziert sein?, dachte sie, während sie weiter dem schmalen Trampelpfad folgte, der sie zum Rose Cottage führen würde.

Erneut ärgerte sie sich darüber, dass das Haus von Eileen Kelly nicht mit dem Wagen zu erreichen war. Das jedenfalls hatte diese Sheila behauptet, als Lexie sich vorhin im Castle Inn nach dem Weg erkundigt hatte. Die Wirtin war auch sicher gewesen, dass Lexies halbhohe Pumps kein Problem darstellen würden – was genauso wenig stimmte wie ihre Zeitangabe von fünf Minuten, denn Lexie quälte sich jetzt schon seit fast zwanzig Minuten über Stock und Stein, ohne dass das Haus in Sicht kam.

Nicht dass der Weg nicht schön gewesen wäre. Tatsächlich faszinierte sie das Raue, Ursprüngliche der Landschaft noch immer, und der kräftige Wind umwehte sie mit dieser salzig-frischen Luft, die sie unglaublich belebend fand. Aber es war schon früher Abend, und sie musste gleich noch ihr Zimmer oben in der Burg beziehen. Deshalb wäre es ihr lieber gewesen, wenn sie schneller ans Ziel gelangt wäre.

Endlich hatte sie die Kuppe des nächsten Hügels erreicht und entdeckte unten in der Talsenke ein hübsches, weiß getünchtes Cottage mit moosüberwachsenen grauen Dachschindeln. Es war von einem üppigen Garten umgeben, in dem vor allem Kräuter zu wachsen schienen, und … Lexie kniff ungläubig die Augen zusammen, doch da war tatsächlich eine schmale asphaltierte Straße, die sich vom Haus aus durch das Tal schlängelte, bis sie hinter dem nächsten Hügel verschwand.

Natürlich, dachte Lexie und stöhnte, als sie den ockergelben Renault mit der roten Tür vor dem Haus stehen sah. Eileen Kelly besaß ein Auto, also war es eigentlich logisch, dass ihr

Haus auch über eine Straße erreichbar war. Aber warum hatte die Wirtin dann behauptet, dass nur ein Fußweg zum Rose Cottage führte? Falls es Absicht gewesen war, um es Lexie beschwerlicher zu machen, hatte die Frau ihr Ziel erreicht. Der Himmel war inzwischen nämlich deutlich bewölkt, und gegen den böigen Wind bot der dünne Cardigan, den Lexie über ihrem Kleid trug, nur wenig Schutz. Falls es regnete, und danach sah es aus, dann würde der Rückweg über den steinigen Pfad ganz sicher kein Vergnügen für sie werden.

Lexie schüttelte den Kopf und beschloss, die Wirtin bei nächster Gelegenheit danach zu fragen, was genau sie ihr eigentlich getan hatte.

Zügig ging sie das letzte Stück bis zum Haus und klopfte an die dunkelgrün gestrichene Holztür. Eileen Kelly öffnete einen Augenblick später. Sie trug jetzt eine bunt gemusterte Stoffhose, ein weites, etwas ausgewaschenes rotes T-Shirt und blaue Filzpantoffeln mit aufgenähten weißen Wolken.

»Alexandra!« Sie wirkte sichtlich überrascht. »Ich hatte meine Tochter erwartet. Sie müsste gleich hier sein.«

»Wenn ich ungelegen komme, dann …«

»Nein, nein!«, unterbrach Eileen sie und trat einen Schritt zur Seite. »Komm doch herein! Bitte!«.

Zögernd betrat Lexie das kleine Cottage und sah sich überrascht in Eileen Kellys Reich um.

»Kräuterhexe« hatte Duncan sie genannt, deshalb war Lexie irgendwie davon ausgegangen, dass ihr Haus dunkel und mit Sachen vollgestopft sein würde. Tatsächlich war das Gegenteil der Fall. Der Flur, in dem sie standen, wirkte hell und freundlich, von dem zierlichen antiken Beistelltisch bis hin zu den hellgelb gestrichenen Wänden und den ebenfalls in Pastellfarben gehaltenen Stoffen für die Vorhänge. Mit frischen Blumen gefüllte Vasen auf dem Fensterbrett und einige andere hübsche

Accessoires rundeten das wohnliche Bild ab, das sich Lexie bot, und sie spürte, wie etwas von ihrer inneren Anspannung wich.

»Schön haben Sie es hier, Mrs Kelly.«

»Bitte, nenn mich Eileen.« Die Frau lächelte. »Und danke für das Kompliment. Mein Haus soll ein Ort sein, an dem man sich wohlfühlt. Das ist wichtig für meine Kunden.«

Richtig, dachte Lexie. Sie gibt Kurse, das hatte Duncan erzählt.

Eileen strich Lexie mit der Hand über den Arm, so wie sie es schon heute Morgen im Hof gemacht hatte. »Wie geht es dir denn? Erinnerst du dich wieder?«

Lexie schüttelte den Kopf, plötzlich nicht mehr sicher, ob es wirklich eine gute Idee gewesen war, Eileens Einladung so schnell zu folgen.

Nach dem turbulenten Morgen hatte sie sich von Duncan O'Donnell verabschiedet und war zurück in die Pension gefahren, wo sie den Nachmittag damit verbracht hatte, die Eindrücke der Führung aufzuschreiben und erste Ideen zu sammeln. Sie hatte es zumindest versucht, aber ihre Gedanken waren immer wieder zu ihrer Begegnung mit Eileen Kelly zurückgekehrt. Und je länger sie darüber nachgedacht hatte, desto unsicherer war sie geworden. Wollte sie wirklich wissen, was für ein Geheimnis dieser Ort barg? War es nicht viel besser für ihr seelisches Gleichgewicht, wenn sie ihren Job erledigte und wieder zurück nach Dublin fuhr?

Am Ende war ihre Neugier stärker gewesen als ihre Angst. Sie hatte ihre Sachen zusammengepackt und ihr Zimmer storniert, um auf die Burg zu ziehen. Doch als ihre Taschen im Auto verstaut waren und sie gerade losfahren wollte, hatte sie beschlossen, erst noch einen kurzen Abstecher zu Eileen Kellys Haus zu machen. Wenn sie das hinter sich brachte, würde sie sich sicher besser auf ihre Aufgabe konzentrieren können. Also war sie ins Castle Inn zurückgekehrt, hatte sich von Sheila den Weg beschreiben lassen und war losgelaufen, bevor der Mut sie wieder verließ.

Jetzt jedoch kehrten ihre Zweifel mit Macht zurück, und sie wäre am liebsten direkt wieder gegangen.

»Ich kann nicht lange bleiben. Ich ... habe auf der Burg noch eine Menge zu tun.«

»Ich weiß. Fanny hat mir erzählt, weswegen du hier bist.« Eileen schüttelte den Kopf. »Ich kann es immer noch nicht glauben, dass das Schicksal dich auf diese Weise zurück nach Cerigh geführt hat.«

»Ich glaube nicht ans Schicksal«, erwiderte Lexie und musste an das denken, was Duncan O'Donnell über Eileen gesagt hatte. *Glauben Sie ihr kein Wort. Sie lügt, wenn sie den Mund aufmacht.* »Außerdem bin ich nicht sicher, ob ich die bin, für die du mich hältst. Vielleicht sollte ich lieber wieder ...«

»Nun bleib erst mal.« In Eileens warmen braunen Augen lag ein verständnisvoller Ausdruck, der Lexies Widerstand schmelzen ließ. Sie wehrte sich nicht mehr, als Eileen sie sanft weiter durch den Flur in einen kleinen Salon auf der Rückseite des Hauses führte.

»Setz dich doch.« Eileen deutete auf einen der beiden hellgrün bezogenen Ohrensessel vor dem weiß gestrichenen offenen Kamin, dessen Sims mit kunstvollen Schnitzereien verziert war. Darauf standen zahlreiche gerahmte Fotos, die Lexie neugierig betrachtete, während sie der Aufforderung folgte. Die meisten zeigten eine junge Frau mit dunklen Haaren bei verschiedenen Aktivitäten, manchmal zusammen mit Eileen, manchmal allein.

»Das ist meine Tochter Janice«, erklärte Eileen, die Lexies Interesse bemerkt hatte. »Ihr habt als Kinder zusammen gespielt. Sie ist vor ein paar Jahren wieder hergezogen und betreibt jetzt einen kleinen Laden im Dorf, in dem sie Kunsthandwerk verkauft. Meine Tees bekommt man dort auch. Apropos – möchtest du vielleicht eine Tasse? Ich habe da eine sehr schöne Melissenmischung. Die wird dir guttun nach dem Schreck heute Morgen.«

Lexie wäre ein Kaffee sehr viel lieber gewesen, aber sie wollte nicht unhöflich sein, deshalb nickte sie. »Das wäre schön, vielen Dank.«

Als Eileen das Zimmer verließ, sah Lexie sich neugierig um. Sie versuchte, die Titel auf den Buchrücken zu lesen. Bücher gab es hier nämlich jede Menge, sie standen dicht an dicht in den beiden breiten, deckenhohen Regalen rechts und links neben dem Kamin. Sachbücher vor allem, über Kräuterkunde, Selbstfindung und Meditation, aber auch einige Krimis und Liebesromane. Ein ganzes Regalbrett war außerdem für Reiseführer reserviert, und zwei davon, einer über die schottischen Hebriden und einer über New York, lagen auf dem Couchtisch, der zwischen den Sesseln und dem mit einem ähnlich grünen Stoff bezogenen Sofa stand, das die Sitzgruppe komplettierte. Aus Reflex griff Lexie nach dem, der sich mit New York befasste, hielt jedoch in der Bewegung inne, als ihr Blick auf das Foto fiel, das ebenfalls auf dem Tisch lag.

Es war ein kleines vergilbtes Farbfoto von Eileen, die auf dem Bild höchstens Ende zwanzig sein konnte. Die blonde Frau, die neben ihr stand, wirkte etwas jünger. Beide lächelten entspannt in die Kamera, genau wie die beiden kleinen Mädchen, die zu ihren Füßen saßen. Das größere hatte dunkles Haar und musste etwa sechs Jahre alt sein, das kleinere war vielleicht drei und sah aus wie …

»Ah, du hast das Foto schon entdeckt.« Eileens Bemerkung ließ Lexie so heftig zusammenfahren, dass ihr das Bild beinahe aus der Hand gefallen wäre. Hastig legte sie es zurück und blickte ihre Gastgeberin an, die gerade mit einem kleinen Tablett in den Salon zurückkehrte.

»Ich habe es herausgesucht, als ich von Dunmor zurückkam.« Eileen stellte das Tablett mit der Teekanne und den zwei Bechern auf den Tisch und setzte sich auf das Sofa. »Es ist eines der wenigen Fotos, die ich noch von euch beiden habe.«

Lexie deutete auf die blonde Frau. »Ist das Fiona?«

Eileen nickte. »Ich wünschte, sie wäre noch da.«

In ihren Augen schimmerten Tränen, und Lexie spürte, wie ihr ein kalter Schauer über den Rücken lief. »Was ist mit ihr passiert?«

Eileen betrachtete sie verwundert. »Weißt du das wirklich nicht?«

»Ich wusste bis heute nicht mal, dass es eine Frau namens Fiona gibt.« Lexie schluckte. »Bitte. Erzähl mir von ihr.«

Eileen goss den goldfarbenen Tee in die beiden Becher, nahm ihren und lehnte sich zurück.

»Fiona war meine beste Freundin. Unsere Mütter kannten sich gut, deshalb sahen wir uns schon als Kinder häufig. Wir mochten uns sehr, obwohl ich drei Jahre älter war als sie, und wir verloren uns auch nicht aus den Augen, als ich heiratete und hier nach Cerigh zog. Mit zwanzig wurde Fiona mit dir schwanger, was in Irland auch in den Neunzigern ohne den entsprechenden Ehemann noch ein Problem war. Vor allem, weil sie niemandem sagen wollte, wer dein Vater ist. Die Leute redeten viel, deshalb ging sie kurz vor der Entbindung zu Verwandten nach Manchester und blieb dort ein halbes Jahr, bevor sie zu ihrer Familie zurückkehrte.«

Lexie schluckte. Auf ihrer Geburtsurkunde war Manchester als Geburtsort angegeben. Das passte also, aber diese Information behielt sie für sich und hörte Eileen weiter zu, die ganz in Erinnerungen versunken zu sein schien.

»Ich war damals schon verheiratet und hatte Janice bekommen. Als du drei Jahre alt warst, bat Fiona mich, ihr hier in Cerigh einen Job zu besorgen. Sie wollte weg aus Letterkenny und woanders neu anfangen. Zum Glück suchten die O'Donnells gerade ein Hausmädchen, und sie bekam die Stelle. Wir behaupteten einfach, dass ihr Mann im Ausland wäre, und die Leute akzeptierten das und stellten keine weiteren Fragen. Gewohnt habt ihr bei uns, und ich kümmerte mich um dich und Janice, während Fiona arbeitete. Dafür passte sie auf euch beide auf, wenn mein Mann und ich etwas vorhatten. Auf diese Weise hatten wir alle etwas davon, und das funktionierte über ein Jahr lang sehr gut. Fiona gefiel es in Cerigh, nachdem sie sich eingewöhnt hatte. Sie blühte auf und wirkte sehr glücklich und entspannt. Aber dann ...« Eileen stockte.

»Was dann?«, drängte Lexie.

»Dann war sie eines Tages plötzlich verschwunden.« Eileen schüttelte den Kopf, so als könnte sie es immer noch nicht glauben. »Es war ein Samstagmorgen Ende Juli, ein schöner Sommertag. Sie ist mit dir rauf zur Burg gefahren, um Fanny einen Kuchen zu bringen, den sie am Abend vorher bei uns zuhause gebacken hatte. Danach wollte sie noch ein bisschen mit dir spazieren gehen. Wo genau, hat sie nicht gesagt, aber sie wollte mittags zurück sein und mir beim Kochen helfen. Als sie nachmittags um drei immer noch nicht da war, habe ich angefangen, mir Sorgen zu machen. Fiona war sehr zuverlässig. Sie hätte sich gemeldet und mir Bescheid gesagt, dass es später wird. Ich bin alle Orte abgefahren, wo sie mit dir gerne hingegangen ist, aber ich konnte euch nicht finden. Brian – so hieß mein verstorbener Mann – hat schließlich im Dorf einen Suchtrupp zusammengetrommelt. Wir haben die ganze Gegend durchkämmt, aber gefunden haben wir nur Fionas Kette mit dem Anhänger. Sie lag auf dem Burghof, Fiona muss sie dort verloren haben, als sie bei Fanny war. Von ihr selbst und auch von dir fehlte zuerst jede Spur. Am nächsten Morgen haben wir dich dann im Dienstbotentunnel gefunden, in einer von den Nischen. Du hattest dich dort versteckt und warst so verängstigt, dass du kein Wort gesprochen hast. Es hat Tage gedauert, bis du dich so weit beruhigt hattest, dass wir wieder mit dir reden konnten, aber du konntest dich nicht erinnern, was passiert war. Nach Fiona haben wir auch weiter gesucht, aber sie blieb verschwunden.«

Lexie hob die Hand und schloss sie um den Anhänger. Sie besaß ihn schon, solange sie denken konnte. Niemand hatte ihr erklärt, woher er kam, aber sie hatte ihn immer als eine Art Glücksbringer gesehen. Dass eine so dramatische Geschichte dahinterstecken könnte, hätte sie niemals gedacht. Aber stimmte das auch wirklich?

»Wenn das alles so schlimm war, wieso habe ich dann keine Erinnerungen daran?« Sie schüttelte den Kopf, immer noch unsicher, ob sie glauben konnte, was Eileen Kelly da erzählte.

Die andere Frau lehnte sich nach vorn und musterte Lexie eindringlich. »Das frage ich mich auch«, sagte sie. »Du warst bei ihr, also müsstest du eigentlich wissen, was passiert ist. Aber vielleicht war das alles so traumatisch für dich, dass dein Geist sich gegen die Erinnerung sperrt, um dich zu schützen. So etwas kommt vor.« Sie überlegte kurz. »Warte, ich will dir etwas zeigen. Vielleicht überzeugt dich das ja«, meinte sie und verließ den Raum.

Lexie nippte von ihrem Tee, während sie wartete. Er war tatsächlich köstlich, aber fast kalt, deshalb stellte sie den Becher zurück auf das Tischchen.

»Hier! Erkennst du das?« Eileen hielt etwas in der Hand, als sie in den Salon zurückkehrte. Ein schwarzes Stoffpferd mit zerzauster weißer Mähne, dem ein Knopfauge fehlte.

Lexie schluckte. »Bonnie.«

Eileen nickte zufrieden. »So hast du es immer genannt.« Sie legte das Stoffpferd auf Lexies Schoß und setzte sich wieder. »Du hast es hier vergessen, als Susan dich damals abgeholt hat.«

Lexie schluckte, als sie den Namen der Frau hörte, die sie bis heute Morgen noch für ihre Mutter gehalten hatte.

»Und wer war Susan?«

»Sie war Fionas ältere Schwester«, erklärte Eileen. »Das Jugendamt übertrug ihr das Sorgerecht, als Fiona verschwunden blieb. Ich hätte dich auch gerne hier bei mir behalten, aber Brian war damals schon sehr krank, und ich musste mich um ihn kümmern. Außerdem war Susan deine Verwandte. Sie war damals gerade dabei, mit ihrem Freund nach Amerika auszuwandern, und hat dich dorthin mitgenommen.« Sie lächelte. »Wie ist es euch denn ergangen? Hat Susan sich gut um dich gekümmert?«

»Sie starb an einer Überdosis Heroin, als ich fünf war«, erwiderte Lexie. »Ich bin bei Pflegefamilien und im Heim aufgewachsen.«

»Mein Gott!« Betroffen sah Eileen sie an. »Das tut mir leid.«

Lexie blickte auf das schwarze Stoffpferd auf ihrem Schoß. Vorsichtig strich sie über die zerzauste Mähne, kämmte sie mit den Fingern automatisch in eine Richtung, so dass sie nach rechts über den Hals des Pferdes fiel – und erschrak, als ihr bewusst wurde, dass sie das früher auch immer so gemacht hatte. Weil es so schöner aussah …

Mit klopfendem Herzen hob sie den Kopf und sah in Eileens lächelndes Gesicht.

»Erinnerst du dich?«

Lexie nickte beklommen. Es waren zwar nur Bruchstücke, die sich nicht zu einem Ganzen zusammenfügten. Aber es war keine Lüge. Das, was Eileen ihr erzählt hatte, war ihre eigene Geschichte. Sie war das kleine Mädchen auf dem Foto. Und die blonde Frau war tatsächlich ihre Mutter.

Zögernd griff Lexi noch einmal nach dem Bild und starrte in das lächelnde Gesicht von Fiona Riordan. Sie hatte so viele Fragen, aber eine war wichtiger als alle anderen.

»Glaubst du, dass meiner Mutter etwas zugestoßen ist?«

Eileen seufzte. »Die Polizei hat Fionas Verschwinden untersucht, aber es gab keine Spuren. Deshalb vermutete Sergeant Sumner, dass sie einfach gegangen ist, weil ihr das alles zu viel wurde mit dir.«

Ein Kloß bildete sich in Lexies Kehle. Hastig wandte sie den Kopf ab und blickte aus dem Fenster in den Garten. Es hatte angefangen zu regnen, und die Blätter der Blumen und Sträucher bogen sich unter den Tropfen, die unablässig darauf herabprasselten. Die Landschaft hinter dem hübschen weißen Gartenzaun wirkte verschwommen, aber Lexie war nicht sicher, ob es am Regen lag oder an den Tränen, mit denen sie plötzlich kämpfte.

Im Grunde war es egal, ob der Name ihrer Mutter nun Susan oder Fiona lautete. Beide Frauen hatten sie im Stich gelassen. Also hatte sich im Grunde nichts geändert, und das schmerzte mehr, als sie sich eingestehen wollte.

»Ich ... muss jetzt gehen«, sagte sie und sprang auf, weil sie plötzlich das dringende Bedürfnis hatte, allein zu sein und über all das nachzudenken, was sie erfahren hatte.

Sie wollte das Stoffpferd, das sie immer noch in der Hand hielt, zurück auf den Tisch legen, doch es fiel ihr schwer, es loszulassen.

»Darf ich das behalten?«

Eileen erhob sich ebenfalls. »Natürlich. Es gehört dir doch.« Sie beugte sich vor und griff nach dem Foto. »Hier. Nimm das auch mit.«

Lexies Hände zitterten leicht, als sie das Foto entgegennahm. »Ich wusste das alles nicht«, sagte sie, immer noch fassungslos darüber, dass sie ihre eigene Geschichte bis jetzt nicht gekannt hatte.

Eileen strich ihr über den Arm. »Wenn du noch Fragen hast oder irgendetwas brauchst, weißt du ja, wo du mich findest.«

Sie führte Lexie durch den Flur zurück zur Haustür und öffnete diese mit Schwung. »Du bist mir immer willk…«

Sie beendete ihren Satz nicht, sondern starrte wie Lexie auf den schwarzen BMW, der jetzt hinter dem Renault stand. Und auf den Mann und die Frau, die gerade auf dem Weg zur Tür waren. Der Mann hielt einen Regenschirm in der Hand, und die Frau hatte sich bei ihm eingehakt, lachte über etwas, das er sagte, während sie beide durch den Regen auf das Haus zueilten.

Die Frau war Janice Kelly, Lexie erkannte sie von den Fotos auf dem Kaminsims wieder. Und der Mann, den sie ganz verliebt ansah, war …

Grayson Fitzgerald.

8

Grayson blieb stehen, als er Lexie bemerkte. Ihre Blicke trafen sich, und sie hatte plötzlich das Gefühl, aus großer Höhe zu fallen. Hastig wandte sie den Kopf und konzentrierte sich stattdessen auf Janice.

Sie war ein paar Jahre älter als Lexie, hatte kurze braune Haare, eine sportliche Figur, die durch ihren eng anliegenden Jeans-Jumpsuit vorteilhaft betont wurde – und eindeutig nur Augen für den Mann an ihrer Seite.

»Hi, Mum!«, rief sie fröhlich. »Sieh mal, wer …« Sie hielt inne, als sie Lexies Anwesenheit nun ebenfalls registrierte. »Oh, ich wusste nicht, dass du Besuch hast.«

»Das ist Alexandra«, stellte Eileen sie vor. »Du weißt schon – Fionas Tochter.«

Janice schien das in der Tat zu wissen, denn sie wirkte kein bisschen überrascht. Stattdessen musterte sie Lexie mit unverhohlener Neugier, während sie sich die Hand gaben.

»Mum hat mir schon erzählt, dass du wieder in Cerigh bist. Du kannst dich vermutlich nicht mehr an mich erinnern, oder?« Sie lächelte, als Lexie den Kopf schüttelte. »Na ja, ist ja schon eine Weile her. Aber cool, dass du hier bist. Nicht wahr, Grayson?«

Sie wandte sich zu Grayson um, und Lexie sah automatisch auch wieder zu ihm herüber. Was sie sofort bereute, denn er hatte den Blick immer noch auf sie gerichtet, und der Ausdruck in seinen blauen Augen schickte ihren Magen erneut auf Talfahrt.

Janice wirkte etwas irritiert darüber, dass er auf ihre Bemerkung nicht reagierte, redete dann jedoch weiter.

»Ich habe Grayson unten im Dorf getroffen, und er war so nett, mich mitzunehmen, damit ich nicht durch den Regen laufen muss«, erklärte sie und sah so strahlend zu ihm auf, dass Lexie unwillkürlich schluckte.

Hatten die beiden etwas miteinander? Wenn nicht, dann war Janice sicher nicht abgeneigt, das zu ändern. Und Lexie konnte es ihr nicht mal verübeln. Grayson Fitzgerald war wirklich ein sehr attraktiver Mann. Dass sie selbst Herzklopfen bekam, wenn sie ihn ansah, lag jedoch sicher nicht daran, sondern an der Bedrohung, die er für ihr Projekt darstellte. Nur deshalb macht er mich nervös, versicherte sie sich selbst. Außerdem war es ihr unangenehm, dass sie sich ausgerechnet hier begegneten. Es war schlimm genug, dass er von ihrem Schlafwandeln wusste. Er musste nicht auch noch mitbekommen, wie persönlich der Besuch in Cerigh auf einmal für sie geworden war. Und er sollte nicht denken, dass sie ihren Auftrag nicht mehr ernst nahm, weil sie plötzlich etwas anderes im Sinn hatte.

»Ich muss jetzt wieder los. Man erwartet mich oben auf der Burg«, sagte sie und wollte sich zwischen Janice und ihm hindurchdrängen. Da Janice in diesem Moment jedoch an ihr vorbei ins Haus ging, stand Lexie, ehe sie sichs versah, neben Grayson unter dem Regenschirm. Er blickte sich um und hob dann fragend die Augenbrauen.

»Sind Sie zu Fuß gekommen?«

Er war ihr so nah, dass sie den Duft seines Aftershaves wahrnahm. Und wiedererkannte. Was ihren Herzschlag beschleunigte, ohne dass sie dagegen etwas hätte tun können.

»Ich hätte liebend gerne das Auto genommen, glauben Sie mir«, erwiderte sie. »Aber es steht leider noch vor dem Castle Inn, weil die Wirtin bei ihrer Wegbeschreibung nicht erwähnt hat, dass auch eine Straße zum Rose Cottage führt. Sie meinte, ich müsste über die Hügel laufen.«

»Das war aber nicht nett von Sheila.«

Klang er amüsiert?

Lexie stieß die Luft aus. »Nein, war es nicht. Aber ich gewöhne mich langsam dran, dass sie mich offenbar nicht leiden kann.«

Jetzt spielte eindeutig ein Lächeln um seine Lippen, und Lexie wollte ihm gerade sagen, dass es auch nicht besonders nett von ihm war, sich darüber zu freuen, dass die Wirtin ihr das Leben unnötig schwer machte. Doch Eileen, die besorgt zum Himmel blickte, kam ihr zuvor.

»Also, dieser Regen ist wirklich furchtbar. Und du hast nicht mal eine Jacke, Alexandra. Zum Glück ist Grayson da und kann dich mitnehmen. Dann wirst du nicht nass.«

»Was? Nein!« Entsetzt trat Lexie einen Schritt zur Seite – direkt in den Regen, der immer noch unablässig vom Himmel fiel. Die Tropfen drangen kalt durch den dünnen Stoff ihres Kleides und zwangen sie wieder zurück unter den schützenden Schirm. »Ich kann laufen«, sagte sie und mied Graysons Blick, sah stattdessen Eileen an. »Wenn du mir eine Jacke leihst?«

»Unsinn!« Eileen schüttelte den Kopf. »Grayson fährt doch sowieso zurück ins Dorf. Er kann dich beim Pub absetzen. Oder, Grayson?«

Bevor er dazu etwas sagen konnte, mischte sich Janice ein.

»Ich dachte eigentlich, dass Grayson noch mit reinkommt.« Sie schenkte ihm ein strahlendes Lächeln. »Wir könnten noch was zusammen trinken – als Dankeschön dafür, dass du so ein Gentleman warst.«

»Tut mir leid, Schatz, aber das geht nicht!«, antwortete Eileen an seiner Stelle. »Du hast es selbst gesagt: Grayson ist ein Gentleman. Also wird er Alexandra sicher den gleichen Gefallen tun wie dir und sie nicht durch den Regen laufen lassen. Habe ich recht?«

In Graysons Gesicht arbeitete es.

»Sicher«, sagte er ziemlich knurrig, und als er Lexie ansah, war der Ausdruck in seinen Augen alles andere als enthusiastisch.

»Dann wäre das ja geklärt.« Eileen lächelte hochzufrieden und schob ihre Tochter ins Haus. »Bis bald!«, rief sie Grayson und Lexie noch zu. Bevor sie die Tür schließen konnte, drängte Janice sich jedoch noch einmal dazwischen und blickte Grayson hoffnungsvoll an.

»Sehen wir uns noch, bevor du abreist?«

»Bis auf Weiteres reise ich nicht ab, dafür gibt es hier noch zu viel zu tun«, erklärte er, was Janice sehr zu gefallen schien, denn sie schloss mit einem Lächeln die Tür.

Lexie dagegen verstand seine Worte als eine an sie gerichtete Warnung, und als ihre Blicke sich trafen, schien das herausfordernde Glitzern in Graysons Augen ihren Verdacht zu bestätigen.

»Wollen wir dann?« Er deutete auf seinen Wagen. »Oder trauen Sie sich jetzt nicht mehr, mit mir zu fahren?«

Lexie kämpfte mit sich. Sie wollte ihm nicht gerne etwas schuldig sein. Aber noch weniger wollte sie, dass er glaubte, sie hätte Angst vor ihm.

»So leicht bin ich nicht zu verschrecken«, sagte sie möglichst gleichgültig und ließ sich von ihm zum Auto begleiten.

Er hielt ihr die Tür auf und schützte sie mit dem Schirm

vor dem Regen, so dass sie einen Augenblick später halbwegs trocken auf dem Beifahrersitz saß. Sofort erinnerte sie sich an die vergangene Nacht und daran, wie sicher sie sich in dem tiefen Ledersitz gefühlt hatte. Jetzt steigerte es ihre Nervosität, die noch schlimmer wurde, als Grayson sich hinter das Steuer gleiten ließ und den Motor startete.

Geschickt wendete er den großen Wagen, und einen Augenblick später ließen sie das Cottage hinter sich und folgten der schmalen Straße durch die grünen Hügel. Das Dorf tauchte schon nach wenigen Biegungen vor ihnen auf, und sie erreichten schnell den Ortsrand.

Viel schneller, als wenn man zu Fuß unterwegs ist, dachte Lexie und ärgerte sich erneut über die unfreundliche Sheila, die ihr das verschwiegen hatte.

»Sie sind also wirklich Fiona Riordans Tochter?«, fragte Grayson in die Stille und warf ihr einen kurzen Seitenblick zu.

Zögernd nickte sie, immer noch ein bisschen fassungslos über das, was sie gerade erfahren hatte.

»Und wieso haben Sie das nicht gleich gesagt?« Graysons Stimme klang scharf, und als sie ihn erschrocken ansah, lag Misstrauen in seinen blauen Augen. »Was bezwecken Sie damit, Miss Cavendish? Wollten Sie sich hier einschleichen, um uns auszuspionieren?«

»Was? Nein!«, rief Lexie entsetzt.

»Und warum haben Sie dann …«

»Weil ich es nicht wusste, okay?« Sie ballte die Hände zu Fäusten und kämpfte mit einer Mischung aus Wut und Verzweiflung. »Bis heute Morgen dachte ich noch, der Name meiner Mutter wäre Susan. Ich hatte keine Ahnung, dass sie in Wirklichkeit meine Tante war. Ich dachte, ich wäre noch nie hier in Donegal gewesen. Und jetzt …« Hilflos zuckte sie mit den Schultern. »Wissen Sie, was das für ein Gefühl ist, wenn alles, was man bisher für wahr gehalten hat, plötzlich in Frage gestellt ist? Wenn man feststellen muss, dass man seine eigene Geschichte nicht kennt?«

Sie krallte die Hände in das Stoffpferd auf ihrem Schoß und schluckte gegen den Kloß an, der ihr erneut in die Kehle stieg. Das Letzte, was sie wollte, war, ausgerechnet vor Grayson Fitzgerald in Tränen auszubrechen. Deshalb wandte sie hastig das Gesicht ab und starrte auf die Häuserfronten, die am Fenster vorbeizogen.

»Hier in Cerigh kennt jeder Ihre Geschichte.« Graysons Miene war unbewegt, als Lexie ihn wieder ansah. »Sie müssen die Leute nur fragen.«

Er setzte den Blinker und bog in die Hauptstraße ein.

Lexie schluckte. »Das wäre Ihnen vermutlich ganz recht, oder? Weil es mich von meiner Arbeit ablenkt, wenn ich Nachforschungen anstelle. Aber das können Sie vergessen! Ich habe einen Job zu erledigen, und genau das werde ich tun.«

Grayson erwiderte nichts, sondern fuhr auf den Dorfplatz. Er parkte ganz in der Nähe von Lexies Golf, der vor dem Castle Inn stand, und erst als sie durch die Windschutzscheibe auf die Tür des Pubs blickte, wurde ihr bewusst, dass es nicht mehr regnete. Tatsächlich war die Wolkendecke sogar aufgerissen und ließ die Sonne durch, was für einen wunderschönen Regenbogen am Himmel sorgte. Lexie hatte jedoch keinen Blick dafür, sondern konzentrierte sich auf Grayson, der ausstieg und um den Wagen herumkam, um ihr wie beim letzten Mal die Tür zu öffnen. Diesmal ergriff sie jedoch nicht seine Hand, sondern stieg alleine aus. Dass er erneut dicht vor ihr stand, konnte sie allerdings nicht verhindern und auch nicht, dass sie sich einmal mehr in seinen blauen Augen verlor, die sie mit einem sehr entschlossenen Ausdruck fixierten.

»Sie können tun, was immer Sie wollen, Miss Cavendish«, sagte er. »Aber es lohnt sich nicht, Pläne für eine Renovierung von Dunmor Castle zu machen, die so niemals stattfinden wird. Deshalb sollten Sie Ihre Zeit sinnvoller nutzen.«

Lexie schluckte, aber sie wich seinem Blick nicht aus.

»Vielleicht sollten Sie sich nicht meinen Kopf zerbrechen, sondern sich lieber um ihre eigenen Probleme kümmern«, erwiderte sie hitzig. »Davon haben Sie ja genug. Das größte davon dürfte sein, dass Ihr Vater nicht vorhat, Ihnen die Burg zu verkaufen. Also nutzen Sie *Ihre* Zeit besser sinnvoller. Von meinem Auftrag werden Sie mich nämlich nicht abhalten.«

Er beugte sich zu ihr herunter, so dass ihre Gesichter nur noch ein paar Zentimeter voneinander entfernt waren. Was ihr sehr effektiv den Atem nahm.

»Das werden wir ja sehen.« Seine Stimme klang heiser, und sein Blick glitt zu ihren Lippen. Ein prickelnder Schauer rann Lexie über den Rücken, und für einen kurzen, wilden Moment glaubte sie, dass er sie küssen würde. Stattdessen richtete er sich wieder auf und trat einen Schritt zurück, was Lexie aus der Erstarrung riss, in die sie verfallen war.

Sie wollte etwas erwidern, aber sie war nicht sicher, ob ihre Stimme ihr gehorchen würde, deshalb drehte sie sich auf dem Absatz um und ging zu ihrem Wagen.

Hastig schloss sie die Tür auf und warf Bonnie und ihre Handtasche auf den Beifahrersitz. Dann glitt sie hinter das Steuer, startete den Motor und setzte den Wagen zurück.

Grayson Fitzgerald stand noch neben seinem Auto und stützte sich auf die geöffnete Beifahrertür, als sie an ihm vorbeifuhr. Er machte keine Anstalten, ihr zu folgen, aber das würde er, wie ihr plötzlich klar wurde. Er wohnte genau wie sie oben auf der Burg, deshalb konnte sie ihm nicht aus dem Weg gehen. Leicht würde er es ihr nicht machen, so viel stand fest.

Und wenn sie jedes ihrer Zusammentreffen so aus der Fassung brachte wie das eben …

Als wäre das alles nicht schon verwirrend genug, dachte sie verzweifelt und verließ den Dorfplatz in Richtung Dunmor Castle, nicht sicher, was sie dort als Nächstes erwartete.

*****

Grayson starrte dem froschgrünen Golf nach, bis der Wagen aus seinem Blickfeld verschwunden war. Er hatte keine Ahnung, was er sich erhofft hatte. Wahrscheinlich, dass Lexie Cavendish nachgeben würde, wenn er ihr klarmachte, mit wem sie es zu tun hatte. Er war harte Verhandlungen gewohnt, das war quasi sein tägliches Brot. Sie dagegen war blutjung und unerfahren und strahlte noch dazu eine Zerbrechlichkeit aus, die ihn schon zwei Mal dazu gebracht hatte, mehr für sie zu tun als nötig. Aber einschüchtern ließ sie sich trotzdem nicht. Beinahe trotzig hatte sie seinem Blick standgehalten und war keinen Millimeter zurückgewichen. Was ihn gegen seinen Willen beeindruckt hatte. Nicht dass es etwas änderte. Sie blieb ein Problem. Ein großes sogar.

Wieder sah er ihr Gesicht dicht vor seinem. Nur wenige Zentimeter hatten ihn von ihren Lippen getrennt, und es wäre ein Leichtes gewesen, sich vorzubeugen und sie zu küssen. Er hatte keine Ahnung, wieso ihm das überhaupt durch den Kopf geschossen war, aber er hatte der Versuchung zum Glück widerstanden. Wenn er die Oberhand behalten wollte, dann musste er überlegt vorgehen und durfte sich nicht hinreißen lassen. Das passierte ihm schließlich sonst auch nicht.

Irritiert über sich selbst schüttelte Grayson den Kopf. Wenigstens wusste er jetzt, wieso Lexie Cavendish ihm von Anfang an so bekannt vorgekommen war. Zwar wäre er niemals von selbst darauf gekommen, dass die hübsche junge Frau und das kleine Mädchen von damals ein und dieselbe Person waren. Aber jetzt sah er die Ähnlichkeit. Er war nur nicht sicher, ob er Lexie ihre Ahnungslosigkeit glauben sollte. Ihre Reaktion vorhin im Wagen hatte zwar echt gewirkt, aber konnte es wirklich nur ein Zufall sein, dass sie nach all den Jahren in Cerigh auftauchte?

Mit mehr Schwung als nötig warf er die Beifahrertür zu und schloss den Wagen ab. Er hatte Lexie eigentlich direkt nachfahren wollen, schließlich musste er sie im Auge behalten. Aber nach ihrer Auseinandersetzung eben war es vielleicht besser, vorerst Abstand zu wahren. Deshalb schob er die Hände tief in die Hosentaschen und machte sich auf den Weg ins Castle Inn.

Als er die Tür zum Pub aufstieß, bot sich ihm ein ganz anderer Anblick als in der Nacht zuvor. Die gestern noch verwaisten Tische und Stühle waren jetzt fast alle besetzt, und auch an der Bar lehnten einige Männer mit Fischermützen und unterhielten sich lautstark. An einem Tisch in der Ecke spielten ein Geiger und ein Akkordeonspieler irische Reels, und der Klang versetzte Grayson zurück in seine Kindheit.

Abgesehen von Weihnachten, hatte er alle Ferien auf Dunmor Castle verbracht, und Fanny und Agatha hatten ihn oft an den Wochenenden mit ins Castle Inn genommen. Er erinnerte sich gerne an die fröhlichen Runden mit Fiddlemusik und Gesang, die ihn in einer ansonsten eher einsamen Zeit aufgemuntert hatten. Dabei hatten seine Großmutter und seine Großtante sich immer viel Mühe mit ihm gegeben, vielleicht um ihn davon abzulenken, dass sein eigener Vater sich nicht für ihn interessierte. Er war der ungewollte uneheliche Sohn. Und auch wenn Duncan die Kosten von Graysons Internatsaufenthalt übernommen und ihn auch sonst mit allem Nötigen versorgt hatte, war ihr Verhältnis distanziert geblieben. Bis zu jenem Tag kurz nach Graysons Schulabschluss, an dem der Konflikt zwischen ihnen offen ausgebrochen war. Weil Grayson endgültig nicht mehr hatte schweigen können zu dem, was auf der Burg vorging. Es war der Tag gewesen, an dem er sich geschworen hatte, Dunmor Castle nie mehr zu betreten. Was er auch durchgehalten hatte. Bis jetzt …

»Grayson!« Sheilas Ruf riss ihn aus seinen Gedanken. Sie stand hinter der Theke und winkte ihn zu sich. Er folgte der Aufforderung, und während er den vollbesetzten Gastraum durchquerte, nickten ihm einige der Frauen und Männer an den Tischen zu. Nicht alle erkannte er wieder, aber viele. Cerigh war ein kleiner Ort, an dem sich in den letzten fünfzehn Jahren erschreckend wenig verändert hatte. Die Leute waren älter geworden, aber sie waren grundsätzlich noch so freundlich und aufgeschlossen, wie er sie in Erinnerung hatte. Jedenfalls dann, wenn man sie nicht an unangenehme Geschichten aus der Vergangenheit erinnert, dachte er und stellte sich zu Sheila an die Theke.

»Grayson Fitzgerald, wer hätte das gedacht!« Die Wirtin schüttelte lächelnd den Kopf, während sie ein Glas abtrocknete. »Ich konnte es gar nicht glauben, als Eileen meinte, du wärst wieder hier. Wie lange ist das jetzt her? Zehn Jahre?«

»Fünfzehn. Aber ich habe trotzdem noch nicht vergessen, wie man ein Guinness zapft.« Grayson erwiderte ihr Lächeln und dachte an seinen letzten Sommer in Cerigh, in dem er im Castle Inn gearbeitet hatte. Der Pub war sein Zufluchtsort gewesen, und es war nur der Ablenkung dort zu verdanken, dass es nicht viel früher zum Eklat mit Duncan gekommen war. »Machst du mir eins?«

»Natürlich!« Sheila grinste. »Wobei wir zur Feier des Tages auch einen Sekt trinken könnten. Mensch, wir haben wirklich geglaubt, du hättest Cerigh für immer den Rücken gekehrt.«

Das hatte ich auch, dachte Grayson. Und das war ein Fehler gewesen, wie sich jetzt herausgestellt hatte. Vielleicht wäre es gar nicht erst so weit gekommen, wenn er öfter nach dem Rechten gesehen hätte. Er fühlte sich schlecht deswegen, aber das ging Sheila nichts an, deshalb zuckte er nur mit den Schultern. »Ich hatte viel zu tun.«

Sheila nickte. »Ich weiß. Fanny erzählt immer ganz stolz von deinen Erfolgen. Sie und Agatha haben deinen Werdegang ganz genau im Auge behalten und mir von jedem Telefonat mit dir haarklein berichtet. Du hast es wirklich weit gebracht, das muss ich sagen. Gestern noch meine Aushilfe hinter der Theke – heute Firmenchef. Wie hast du das nur so schnell geschafft?«

Grayson dachte an die rastlosen Jahre, die er hinter sich hatte. Seine finanzielle Unabhängigkeit war mit harter Arbeit erkauft, aber er war froh darüber gewesen, Tag und Nacht beschäftigt zu sein. Weil es ihm keine Zeit zum Nachdenken gelassen hatte …

»Und unsereins sitzt immer noch in diesem Kaff«, fuhr Sheila fort. »Ich wünschte, Fred wäre in dieser Hinsicht etwas ehrgeiziger. Aber du kennst ihn ja: Er ist glücklich, wenn er hinter der Theke steht. Ein Pub-Wirt durch und durch, mein Fred.« Sie seufzte, doch das Lächeln, mit dem sie ihren Mann betrachtete, der am anderen Ende der Theke stand und Bier zapfte, strafte ihr Klagelied Lügen. Sie war nicht genervt von Fred, im Gegenteil. Er war schon immer der Mittelpunkt ihres Universums gewesen, und daran schien sich nichts geändert zu haben. Ob es Fred mit seiner Frau ähnlich ging, bezweifelte Grayson allerdings. Er wusste noch, dass der Wirt als notorischer Frauenheld bekannt gewesen war, und so, wie er vor aller Augen mit den weiblichen Gästen schäkerte, war Grayson ziemlich sicher, dass sich daran nichts geändert hatte.

»Der Laden brummt ja richtig«, sagte er, um das Thema zu

wechseln, und blickte über seine Schulter in den Gastraum. »Ist es hier immer so voll?«

»An einem Montagabend eigentlich nicht.« Sheila reichte ihm das Guinness. »Aber wenn es Neuigkeiten gibt, dann kommen die Leute her, um darüber zu reden.« Sie senkte die Stimme und beugte sich ein Stück vor. »Ist diese Lexie Cavendish wirklich Fiona Riordans Tochter?«

Als Grayson nickte, stieß sie die Luft aus. »Ich wusste gleich, dass mit der was nicht stimmt. Zuerst dachte ich, es sei nur Zufall, dass sie mich an Fiona erinnert. Aber mein Gefühl hat mich nicht getäuscht.«

Grayson sah den bitteren Zug um ihren Mund und den unverhohlenen Hass, der in ihren Augen brannte. Wenn jemand schlecht auf das frühere Hausmädchen der O'Donnells zu sprechen war, dann Sheila. Trotz der vielen Jahre, die seitdem vergangen waren, schien die alte Wunde also noch nicht verheilt zu sein, und das bekam Lexie Cavendish zu spüren.

»Sie ist aber nicht Fiona«, erinnerte er Sheila, nicht sicher, wieso er das Gefühl hatte, die junge Frau verteidigen zu müssen. Es hatte ohnehin keinen Sinn, denn Sheilas Miene blieb feindselig.

»Was will sie hier nach all den Jahren? Wieso zerrt sie diese alte Geschichte wieder ans Licht?«

»Soweit ich weiß, wusste sie bis heute selbst nichts davon«, erklärte Grayson.

Sheila schnaubte, so als wäre das mehr als abwegig. »Wenn sie Aufmerksamkeit erregen wollte, dann ist ihr das jedenfalls gelungen.« Sie deutete auf die voll besetzten Tische. »Die Leute reden von nichts anderem mehr.«

»Ich weiß«, sagte Grayson. »Janice meinte, dass es heute bei ihr im Laden auch das einzige Thema war.«

»Wozu ihre Mutter sicher eine ganze Menge beigetragen

hat«, erwiderte Sheila. »Eileen war hier und hat es allen ganz aufgeregt verkündet. So als wäre das eine gute Nachricht, über die sich jeder freuen muss. Dabei weiß sie ganz genau, dass das nicht der Fall ist. Dein Vater jedenfalls dürfte nicht sehr begeistert sein, wenn die Gerüchte von damals wieder die Runde machen.«

Dem konnte Grayson nur zustimmen, aber er war nicht sicher, ob Duncan ihm deswegen leidtat. So falsch lagen die Leute nämlich nicht.

Sheila schwieg einen Moment nachdenklich. Dann legte sie den Kopf schief und betrachtete Grayson so, als sei ihr gerade etwas eingefallen. »Eileen hat auch erwähnt, wie sehr Janice sich freut, dass du wieder in Cerigh bist.«

Grayson wusste, was sie damit sagen wollte, aber er fand nicht, dass er das kommentieren musste, deswegen trank er nur einen Schluck von seinem Bier, ohne etwas zu erwidern. Seine privaten Angelegenheiten gingen schließlich nur ihn etwas an.

Das schien Sheila allerdings anders zu sehen. »Brich dem Mädchen nicht wieder das Herz, hörst du? Sie hat das damals alles sehr schwergenommen.«

»Das ist ewig her«, erwiderte Grayson ausweichend. Er wusste, welche Gerüchte es damals im Dorf gegeben hatte. Nichts davon stimmte, aber er hatte auch keine Lust, es jetzt noch zu korrigieren. Er hatte generell keine Lust auf ein solches Gespräch, was Sheila zum Glück zu spüren schien, denn sie ging nicht weiter darauf ein, sondern kehrte zu dem Thema zurück, das sie offenbar noch mehr beschäftigte.

»Ist es wahr, dass diese Lexie Cavendish wegen der Burgrenovierung hier ist? Father Flaherty hat so etwas erwähnt.«

Grayson nickte. »Genau.«

Es war die offizielle Version, dass demnächst umfangreiche Sanierungsmaßnahmen auf Dunmor Castle anstanden. Seine

Verkaufsabsichten hatte Duncan dagegen bisher verschwiegen – und auch Fanny und Agatha dazu verdonnert, gegenüber den Dorfbewohnern nichts davon zu erwähnen. Was Grayson, der sonst sehr gerne jede Entscheidung seines Vaters hinterfragte, tatsächlich richtig fand. Wenn die Leute es erfuhren, würde es nur unnötige Aufregung geben, und die Situation war auch so schon schwierig genug.

»Könnt ihr sie dann nicht einfach wieder wegschicken?« Sheila runzelte nachdenklich die Stirn. »Sie stiftet nur Unruhe, und das ausgerechnet jetzt, so kurz vor dem Fest. Es wäre besser, wenn sie wieder geht.«

»Glaub mir, das sehe ich genauso.« Grayson trank noch ein paar Schlucke Bier, ließ sich die dunkle, malzige Flüssigkeit durch die Kehle rinnen. »Ich werde schon eine Lösung finden.«

Das musste er sogar dringend. Sein Vater durfte Dunmor Castle unter gar keinen Umständen verkaufen, oder wenn, dann definitiv nur an ihn. Und Lexie Cavendish durfte bei ihrer Planung der Renovierungsarbeiten auch nicht jeden einzelnen Raum untersuchen. Die Gefahr war zu groß, dass sie dabei auf das Geheimnis stieß, das die alten Mauern schon so lange hüteten. Das musste er um jeden Preis verhindern.

Grayson trank sein Glas ganz leer und schob es Sheila über die Theke hinweg zu. Er wollte sein Portemonnaie zücken, doch die Wirtin schüttelte den Kopf.

»Lass nur. Das geht aufs Haus.«

Er bedankte sich und wollte sich gerade abwenden, als sich plötzlich eine Hand schwer auf seinen Arm legte.

»Doktor Turner.« Überrascht betrachtete er den alten Mann, der unerwartet hinter ihm stand und der sich äußerlich kaum verändert hatte. Von seinem milden Lächeln, an das Grayson sich noch gut erinnerte, war im Moment jedoch nichts zu sehen. Stattdessen wirkte der Arzt blass und sehr ernst.

»Wir müssen reden«, sagte er und senkte die Stimme. »Du weißt schon, worüber.«

Grayson spürte, wie sein Magen sich zusammenzog, als er den Ausdruck in den Augen des Doktors sah. Clark Turner hatte Angst. Und das verstand Grayson nur zu gut.

»Nicht hier«, raunte er.

»Gehen wir zu mir«, schlug der Arzt vor.

Grayson nickte und folgte ihm durch den Gastraum nach draußen, um das Gespräch zu führen, das sie schon viel zu lange aufgeschoben hatten.

9

Lexie war sich nicht sicher, was sie geweckt hatte. Die kleine Nachttischlampe mit dem bestickten Stoffschirm brannte, deshalb konnte sie sich sofort orientieren, aber ihr Herz raste trotzdem, weil ihr der Raum fremd vorkam. Erst einen Augenblick später fiel ihr wieder ein, dass sich die zartblau gestrichenen Wände, an denen Bilder in vergoldeten Rahmen hingen, und das ebenfalls hellblau gestrichene Bett mit den gedrechselten Pfosten, in dem sie lag, in ihrem Gästezimmer auf Dunmor Castle befanden. Es war ein entzückendes Zimmer, das ihr von Anfang an gefallen hatte.

Der Schrank in der Ecke war ebenfalls hellblau lackiert, und seine Türen waren mit kleinen aufgemalten Bildern verziert. Ein Spiegel mit Goldrahmen über dem weiß gestrichenen Kaminsims direkt gegenüber des Bettes und ein mit hellblauem Samt bezogenes schmales Tagesbett fügten sich in das Gesamtbild des Raumes ein, während der zierliche weiße Schaukelstuhl, der vor dem Kamin stand, mit seinen Kissen in Altrosa einen aparten Kontrapunkt bildete. Die Stoffe waren teilweise schon etwas verblasst, also musste die Renovierung des Zimmers eine Weile her sein. Aber alles war liebevoll aufeinander abgestimmt und mit viel Gespür fürs Detail eingerichtet.

Die schöne Umgebung konnte das ungute Gefühl jedoch nicht vertreiben, das ihr die Brust eng machte, wie so oft, wenn sie nachts aus dem Schlaf schreckte. Zum Glück lag sie wenigstens im Bett und stand nicht irgendwo draußen auf der Landstraße.

Wenn es nur schon hell wäre, dachte sie stöhnend. Aber draußen vor dem Fenster herrschte noch Dunkelheit, durchbrochen nur von dem fast vollen Mond, den Lexie vom Bett aus am Himmel leuchten sah.

Wie spät es wohl war? Sie wollte gerade nach ihrem Handy greifen, als es einen leisen Piepton von sich gab, der anzeigte, dass sie eine Nachricht bekommen hatte. War es vielleicht dieses Geräusch gewesen, von dem sie aufgewacht war? Lexie trennte das Smartphone von dem Ladekabel, an dem es hing, und sah auf dem Display, dass Betty ihr zwei Mal geschrieben hatte – das erste Mal vor ein paar Minuten und gerade eben erneut.

Will dich nicht wecken, aber muss dich unbedingt sprechen. Melde dich, ja? Code Black!!!!

Lexie schluckte. Code Black war ein Ausdruck, den sie schon seit Kindertagen für dringende Notfälle verwendeten, deshalb wählte sie sofort die Nummer ihrer Freundin.

»Was ist passiert?«, fragte sie atemlos, als Betty sich nach dem ersten Klingeln meldete.

»Ken hat es schon wieder getan, Lexie«, schluchzte Betty. »Ich hatte seit einer Weile so ein komisches Gefühl. Weil er plötzlich nach den Auftritten nicht mehr von mir abgeholt werden wollte. Er meinte, dass er mir das nicht mehr zumuten kann, weil es dann immer so spät wird. Gut, dachte ich, dann überraschst du ihn eben. Aber als ich vorhin zu dem Pub in Temple

Bar kam, wo er mit der Band angeblich einen Gig haben sollte, war da alles dunkel. Die hatten Ruhetag. Ich habe versucht, Ken anzurufen, aber er ist nicht drangegangen, deshalb bin ich zum Proberaum gefahren. Ich dachte, vielleicht ist er dort – und das war er auch. Allerdings nicht allein.«

Die Verzweiflung in ihrer Stimme schnitt Lexie ins Herz.

»Dieser Mistkerl!« Sie hatte nie besonders viel von Bettys Verlobtem gehalten – und auch nie verstanden, was ihre Freundin so toll an ihm fand, dass sie ihm bis nach Irland gefolgt war. Sicher, Ken Donovan war ein hübscher Kerl und konnte sehr charmant sein, wenn er wollte. Deshalb flogen die Frauen auf ihn, und das wusste er leider nur zu gut. Als Frontsänger einer bisher nur mäßig erfolgreichen Hardrock-Band tingelte er regelmäßig durch Clubs und Bars, und dort gab es immer wieder hartnäckige weibliche Fans, die vorne an der Bühne standen und ihn anhimmelten. Lexie hatte schon mehrfach erlebt, wie Ken den Kontakt zu diesen Frauen suchte und flirtete, was das Zeug hielt. Angeblich war es nur Fanarbeit und diente dem Wohl der Gruppe. Aber einige dieser Groupies folgten ihm nach den Konzerten bis ins Hotel – und Lexie hatte von Anfang an nicht das Gefühl gehabt, dass Ken der Versuchung auf Dauer widerstehen konnte oder wollte. Betty hatte es ihm jedoch immer geglaubt – bis sie ihm letztes Jahr spontan zu einem Gig in London hinterhergereist war und ihn im Bett mit einer anderen erwischt hatte. Ken hatte ihr damals geschworen, dass es nie wieder vorkommen würde, und sie auf Knien angefleht, bei ihm zu bleiben. Er hatte ihr sogar einen Heiratsantrag gemacht, und am Ende war Betty weich geworden. Aber wie es schien, hatte Ken die ewige Treue, die er ihr geschworen hatte, nicht besonders lange durchgehalten.

»Wer ist es diesmal?«, fragte Lexie grimmig. »Wieder so ein Groupie?«

»Schlimmer«, erwiderte Betty mit erstickter Stimme. »Sie ist die Assistentin seines Managers.«

Lexie dachte an die Blondine mit der großen Oberweite, die Ken schon ein paar Mal zu Auftritten begleitet hatte. Sie war das genaue Gegenteil von Betty – und passte leider perfekt in Kens Beuteschema.

»Sie haben schon länger was miteinander.« Betty klang so unglücklich, dass Lexie selbst schlucken musste. »Aber Ken sagt, dass sie ihm nichts bedeutet und dass sich an seinen Gefühlen für mich nichts geändert hat.«

Lexie sog scharf die Luft ein. »Das glaubst du ihm doch hoffentlich nicht?«

»Nein. Doch. Ach, ich weiß nicht. Ich bin ganz durcheinander.«

»Betty, das ist jetzt schon das zweite Mal, dass er dich betrügt. Der Kerl kann nicht treu sein.«

»Ich weiß. Aber so einfach ist das alles nicht. Wir wohnen schließlich zusammen, und ich kann ihn doch nicht einfach rausschmeißen.« Sie seufzte tief. »Ach, Lexie, was soll ich denn jetzt bloß machen?«

Lexie schwieg für einen Moment. Sie kannte ihre Freundin, deshalb wusste sie, dass es keinen Zweck haben würde, ihr zu sagen, dass sie Ken verlassen musste. Das hatte beim letzten Mal auch nichts gebracht, im Gegenteil. Je länger sie gegen Ken geredet hatte, desto vehementer hatte Betty ihn verteidigt. Sie musste offenbar allein darauf kommen, was das Beste für sie war. Und das konnte sie sicher am besten bei einem Tapetenwechsel.

»Warum kommst du nicht einfach her?«, bot Lexie ihr an. »Dann hast du ein bisschen Abstand und kannst in Ruhe über alles nachdenken.«

Es war die einzige Lösung, die ihr einfiel, auch wenn das alles andere als ideal war. Schließlich musste Lexie sich um den Auftrag und um das Rätsel um ihre Mutter kümmern. Aber sie machte sich auch Sorgen um Betty und wollte für sie da sein.

»Jetzt gleich?«, fragte Betty überrascht.

»Ja, warum denn nicht?«, bestätigte Lexie. »Du hast doch noch genug Urlaubstage übrig. Und es wird dir hier gefallen. Der Ort feiert nämlich Jubiläum, und am Wochenende findet deshalb ein großes Folkfestival statt, bei dem die Irish Badgers spielen. Die magst du doch so gern.«

»Die Badgers?« Betty schniefte. »Das wäre schon cool. Aber ich kann doch nicht einfach alles stehen und liegen lassen.«

»Doch, natürlich! Das ist doch gerade der Sinn der Sache«, beharrte Lexie. »Außerdem könnte ich ein bisschen Beistand gebrauchen.«

»Wieso?« Betty hörte sich erschrocken an. »Was ist denn passiert? Ist alles in Ordnung?«

»Nein, ist es nicht.«

Lexie berichtete Betty, was passiert war, von ihren merkwürdigen Déjà-vus und der Begegnung mit Eileen Kelly bis zu dem, was sie über ihre eigene Geschichte erfahren hatte.

»Krass! Dann war deine Mutter gar nicht deine Mutter, sondern deine Tante? Und du bist eigentlich Irin?« Betty schien das genau wie sie selbst kaum fassen zu können. »Du musst unbedingt noch mehr herausfinden!«

Lexie schluckte. »Ich weiß nicht. Es macht doch eigentlich keinen Unterschied. Sie haben mich beide im Stich gelassen, und ich musste allein klarkommen. Da spielt es doch keine Rolle, welche von beiden nun meine Mutter war.«

Betty schnaubte. »Natürlich spielt es eine Rolle! Du hast doch selbst gesagt, dass niemand weiß, wieso Fiona damals gegangen ist. Vielleicht wollte sie ja gar nicht gehen. Oder konnte nicht anders. Da gibt es doch so viele Möglichkeiten.« Sie seufzte. »Ehrlich, Lexie, ich wäre froh, wenn ich erfahren würde, dass meine Eltern gar nicht meine Eltern sind. Alles, wirklich alles wäre besser als das, was ich habe.«

Das stimmte leider, denn Bettys Eltern waren zwar noch am Leben, aber schon sehr lange nicht mehr in der Lage, sich um ihre Tochter zu kümmern. Ihre Mutter war psychisch krank und lebte seit vielen Jahren in einer geschlossenen Einrichtung, und ihr Vater war schwerer Alkoholiker. Er hatte Betty geschlagen, wenn er betrunken war, und das gesamte Geld für Schnaps ausgegeben, so dass Betty oft nicht gewusst hatte, woher das Essen für den nächsten Tag kommen sollte. Für sie war es eine Erlösung gewesen, als sich die Fürsorge endlich eingeschaltet und sie ins Heim gesteckt hatte.

»Tut mir leid«, sagte Lexie zerknirscht. »Ich bin nur so verwirrt.«

»Ein Grund mehr, dem Ganzen nachzugehen. Du willst das wissen, Lexie, glaub mir.«

Lexie seufzte. »Du hast recht. Aber mein Auftrag! Andrew wird ...«

»Andrew wird dafür Verständnis haben«, unterbrach Betty sie. »Er mag dich, das weißt du, und er kann das sicher nachvollziehen.«

Kurz überlegte Lexie, ob sie ihrer Freundin von Andrews Bemerkung am Telefon erzählen sollte. Aber Betty sprach schon weiter.

»Und selbst wenn nicht: Du bist nicht nur gut, sondern auch schnell. Du schaffst ganz bestimmt beides. Und außerdem helfe ich dir.« Lexie hörte einen Stift über Papier kratzen, offenbar schrieb ihre Freundin etwas auf. »Fiona Riordan aus Letterkenny, richtig? Da werde ich gleich mal ein bisschen recherchieren. Was weißt du noch über sie?«

Dankbar zählte Lexie ihrer Freundin die wenigen Details

noch einmal auf, die sie bis jetzt über ihre Mutter erfahren hatte. Bald wusste sie vielleicht schon mehr, denn Betty war absolut unschlagbar, wenn es darum ging, Dinge herauszufinden. Sie konnte sich richtig festbeißen an einem Thema.

»Und wie steht es mit Grayson Fitzgerald?«, wollte Betty wissen. »Ist er noch da?«

Lexie erhob sich aus dem Bett und trat ans Fenster. Es ging zum Hof hinaus, der im Mondlicht verlassen dalag.

»Ja, er ist noch hier«, antwortete sie. »Und ich fürchte, so schnell geht er auch nicht wieder.«

»Ach, mit dem wirst du fertig.« Betty klang sehr überzeugt, und Lexie hätte ihr gerne geglaubt. Doch als sie sich sein Gesicht und den harten Ausdruck in seinen Augen in Erinnerung rief, war sie sich da gar nicht mehr so sicher.

»Ich weiß nicht. Ich …« Sie hielt inne und starrte hinaus auf den Wehrturm. War da gerade ein Licht gewesen?

Mit angehaltenem Atem wartete sie, ohne das Fenster aus den Augen zu lassen, hinter dem gerade etwas aufgeleuchtet hatte. Da! Wieder blitzte etwas hinter der Scheibe auf, das aussah wie der Kegel einer Taschenlampe. Lexie sah zu der antiken Uhr auf dem Kaminsims hinüber, die anzeigte, dass es zwei Uhr morgens war. Wer schlich denn um diese Zeit durch den unbewohnten Teil der Burg?

»Lexie, bist du noch da?«, fragte Betty besorgt.

»Ja, ja, ich … war nur abgelenkt.« Lexie starrte immer noch auf den Wehrturm, doch hinter den Fenstern blieb alles dunkel.

»Hey, ich mache mir Sorgen um dich.« Bettys Bemerkung ließ Lexie seufzen.

»Dito«, sagte sie und war plötzlich sehr froh darüber, jemanden wie Betty in ihrem Leben zu haben. Jemanden, dem sie wichtig war. »Wie gesagt: Komm doch einfach her. Dann können wir gegenseitig aufeinander aufpassen.«

»Das kann wahrscheinlich nicht schaden.« Betty seufzte. »Ich versuch's, okay?«

Sie beteuerten beide, sich ganz bald beim anderen zu melden, und Lexie hatte das Gespräch gerade beendet, als sie erneut das Licht sah. Sie ließ das Handy sinken und starrte auf den tanzenden gelben Punkt, nicht sicher, was sie jetzt tun sollte. Wenn das ein Einbrecher war, dann musste sie jemandem Bescheid geben. Nur wem?

Lexie kaute auf ihrer Unterlippe herum. Der Wohntrakt der O'Donnells lag ein Stück entfernt, aber Agatha hatte erwähnt, dass Grayson Fitzgerald im Zimmer nebenan untergebracht war. Ihn hätte sie also sehr leicht alarmieren können, aber sie zögerte trotzdem, weil der Gedanke, um diese Zeit an seine Tür zu klopfen, befremdlich war. Die Vorstellung, durch die dunklen Flure bis ins Erdgeschoss zu laufen, schreckte sie jedoch noch mehr. Also blieb ihr nicht wirklich eine Wahl.

Hastig zog sie einen dünnen Cardigan über ihr Nachthemd und schlüpfte in ihre Ballerinas. Dann öffnete sie vorsichtig die Zimmertür.

Im Flur brannte kein Licht, aber der Schalter für die Lampe befand sich direkt gegenüber an der Wand. Lexie drückte ihn und ging die wenigen Schritte bis zur nächsten Tür. Zaghaft klopfte sie dagegen.

»Mr Fitzgerald?« Obwohl sie nicht laut gesprochen hatte, schien ihre Stimme in der Stille von den Wänden widerzuhallen.

Es kam keine Antwort, deshalb klopfte sie noch einmal etwas energischer.

»Hallo?« Schlief er so fest, dass er sie nicht hörte?

Zögernd legte sie eine Hand auf die Türklinke und drückte sie herunter. Die Tür schwang sofort auf, und ehe Lexie sichs versah, stand sie im Zimmer. Im Mondlicht konnte sie nicht genau erkennen, ob jemand im Bett lag, doch als sie das Licht anschaltete, sah sie, dass es nur zerwühlte Laken waren. Jemand hatte hier geschlafen, aber jetzt war das Bett leer.

Neugierig blickte Lexie sich um. Das Zimmer war ähnlich eingerichtet wie ihres, doch hier herrschte als Farbton ein helles Grün vor. Die Möbel waren alle aus dunklem Holz und wirkten insgesamt wuchtiger, vor allem das Bett mit den hohen geschnitzten Pfosten. Aber nicht nur deshalb erschien ihr das Zimmer maskuliner als ihr eigenes. Es lag auch an den Sachen, die Grayson Fitzgerald im Raum verteilt hatte. Sein dunkelblaues Jackett hing über dem Stuhl vor dem Sekretär, mehrere Hemden lagen auf dem Sessel vor dem Kamin. Außerdem stand ein schicker schwarzer Schalenkoffer hinter der Tür, und auf dem Nachttisch stapelten sich diverse Mappen mit Papieren. Ob sich darin auch etwas dazu fand, wie er es schaffen wollte, Andrew Dunmor Castle wegzuschnappen?

Lexies Kopfhaut prickelte plötzlich, als ihr klar wurde, dass das, was sie hier tat, gegen jede Regel verstieß. Grayson Fitzgerald war ein Konkurrent ihres Chefs. Und wenn sie einfach in sein Zimmer eindrang, würde das aussehen, als ob sie ihn ausspionieren wollte.

Hastig fuhr sie herum, um wieder zu gehen, und prallte beinahe gegen eine breite Männerbrust. Erschrocken blickte sie auf.

»Mr Fitzgerald! Da … sind Sie ja«, stammelte sie und starrte ihn an wie eine Erscheinung.

Im Gegensatz zu ihr trug er normale Straßenkleidung, doch er wirkte trotzdem irgendwie derangiert. Sein Hemd war nicht bis obenhin zugeknöpft, sondern stand ein Stück offen, was Lexie einen sehr guten Blick auf seine muskulöse Brust bescherte. Außerdem schien er mit den Händen nur eben durch sein Haar hindurchgefahren zu sein, um es zu richten. Alles in allem sah er aus, als wäre er vor Kurzem erst aufgestanden und hätte sich nur schnell etwas übergezogen. Was um diese Uhrzeit ja vielleicht auch der Fall war, überlegte sie, während sie seinem Blick standhielt, in dem neben Zorn auch echte Überraschung lag.

»Was zur Hölle machen Sie in meinem Zimmer?« Seine Stimme klang scharf. Okay, vielleicht doch eher wütend, dachte Lexie und zog den Cardigan enger um sich.

»Ich ... habe Sie gesucht.«

Er hob die Augenbrauen. »Mich? Oder etwas anderes?« Sein Blick wanderte zu den Geschäftspapieren, die auf dem Nachttisch lagen. »Dachten Sie, die Gelegenheit wäre günstig, um in meinen Unterlagen zu schnüffeln?«

»Nein!« Lexie schluckte hart und versuchte, nicht auf seine Brust zu starren. »Sie verstehen das völlig falsch. Ich ... habe ein Licht gesehen. Draußen im Turm. Da schleicht jemand herum, und ich wollte Ihnen nur Bescheid geben, für den Fall, dass es sich um einen Einbrecher handelt. Ich hätte selbst nachgesehen, aber ich ...« *... habe panische Angst im Dunkeln,* wollte sie sagen, ließ es aber. Es reichte, dass er eine ihrer Schwächen kannte.

Grayson runzelte die Stirn. »Und da dringen Sie einfach so in mein Zimmer ein?«

»Ich habe geklopft, aber Sie haben nicht aufgemacht«, rechtfertigte Lexie sich. »Ich dachte, Sie schlafen vielleicht zu tief. Die Tür war nicht verschlossen, und ich wollte nur nachsehen, ob Sie da sind.«

Er schnaubte. »Ach so. Und als Sie gemerkt haben, dass ich nicht da bin, haben Sie sich gleich mal ein bisschen umgesehen?«

»Ja ... Nein!« Lexie spürte, wie ihre Wangen heiß wurden. »Ich ... wollte gerade wieder gehen, als Sie hereingekommen sind. Da ist wirklich ein Licht im Wehrturm!« Hastig trat sie ans Fenster, um es ihm zu zeigen – und etwas Abstand zwischen sich und ihn zu bringen.

Doch als sie aus dem Fenster blickte, war draußen alles dunkel. Der Mond war hinter Wolken verschwunden, und der Turm zeichnete sich nur mehr als Schatten vor dem Nachthimmel ab. Die Fenster konnte man in der Mauer allenfalls noch erahnen, und dahinter tanzte kein Lichtkegel mehr.

»Es war da. Ganz sicher!« Unglücklich wandte Lexie sich zu Grayson um, der hinter sie getreten war und über ihre Schulter ebenfalls in den Hof blickte.

»Sind Sie sicher, dass es nicht nur einer Ihrer Alpträume war?« Er klang ein bisschen spöttisch, und Lexie hätte ihn sehr gerne in den vermutlich ziemlich durchtrainierten Bauch geboxt. Was problemlos möglich gewesen wäre, so nah, wie er nun wieder vor ihr stand.

»Ich war hellwach, als ich es gesehen habe.« Sie verschränkte die Arme vor der Brust. »Da war jemand im Wehrturm.«

»Aber jetzt ist er da offensichtlich nicht mehr«, erwiderte Grayson so ungerührt, dass Lexie stutzte. Wieso ließ ihn das so kalt? Hätte er sich nicht zumindest ein bisschen Sorgen machen müssen? Es sei denn …

»Wo waren Sie eigentlich?«

Sie konnte sich zwar nicht vorstellen, warum er selbst nachts mit einer Taschenlampe durch die Burg schleichen sollte, aber es war schon ungewöhnlich, dass er um diese Zeit noch auf war. Und er hatte heute Morgen etwas dagegen gehabt, dass sie sich den Wehrturm ansah. Gab es dort vielleicht etwas, das er verbergen wollte? Auf jeden Fall schien ihre Frage einen Nerv zu treffen, denn sein Gesicht verschloss sich.

»Ich wüsste nicht, warum ich Ihnen Rechenschaft schuldig wäre. Aber wenn Sie es unbedingt wissen müssen: Ich war im Dorf und habe den Arzt geholt. Meiner Großtante geht es nicht gut.«

»Oh!« Erschrocken starrte Lexie ihn an. »Was hat sie denn?«

»Doktor Turner sagt, es ist der Stress. Diese ganze Sache mit dem Verkauf der Burg nimmt Fanny sehr mit.« Der Vorwurf in seiner Stimme war nicht zu überhören, und Lexie fühlte sich plötzlich schlecht.

»Das tut mir leid. Ich … hoffe, sie erholt sich schnell.«

»Das hoffe ich auch«, sagte er, offenbar überrascht über ihr Mitgefühl. Für einen Moment wirkte er nicht mehr ganz so grimmig. Was Lexie mit Schrecken bewusst machte, dass sie schon wieder im Nachthemd vor ihm stand. Nur dass sie sich diesmal in seinem Schlafzimmer befanden …

»Ich gehe dann mal wieder«, sagte sie, ein bisschen zu hastig. »Wenn es Ihnen egal ist, wer nachts in Ihrer Burg herumgeistert, dann kann ich es auch nicht ändern.«

Sie drängte sich an ihm vorbei, doch er folgte ihr in den Flur und hielt sie am Arm fest. »Schön, dass Sie einsehen, dass es *meine* Burg ist. Und wenn ich das richtig sehe, dann sind Sie im Moment die Einzige, die hier herumgeistert.«

»Abgesehen von Ihnen!«, gab sie zurück und hielt seinem Blick stand. Der Ausdruck darin war grimmig, aber er wich unmerklich etwas anderem, das Lexies Knie plötzlich ganz weich werden ließ. Hastig machte sie sich von ihm los. »Gute Nacht, Mr Fitzgerald.«

Sie wirbelte herum und flüchtete zurück in ihr Zimmer, bevor er noch etwas erwidern konnte.

Er will dich loswerden, erinnerte sie sich und drehte den Schlüssel im Schloss. Das durfte sie nicht vergessen. Und vor allem durfte sie nicht mehr zu tief in diese blauen Augen blicken. Nicht dass sie noch auf dumme Ideen kam. Dass er sich für sie interessierte, zum Beispiel. Er ging mit Supermodels aus. Was sollte er also ausgerechnet mit ihr? Das bildete sie sich ein.

Noch einmal warf sie einen Blick durch das Fenster auf den dunklen Wehrturm. Dann legte sie sich wieder ins Bett und versuchte, ihren Herzschlag zu beruhigen und irgendwie noch ein bisschen Schlaf zu finden.

*****

Grayson trat zurück in sein Zimmer und ballte die Hände zu Fäusten. Herrgott, jetzt reiß dich zusammen, schalt er sich selbst. Aber es gelang ihm trotzdem nicht, Lexie Cavendishs Bild aus dem Kopf zu bekommen. Sie hatte so dicht vor ihm gestanden, dass er nur nach ihr hätte greifen müssen, und da war dieser verschleierte Ausdruck in ihren Augen gewesen, wann immer ihr Blick auf seinen offenen Hemdkragen gefallen war. Sie reagierte auf ihn, auch wenn sie sich dagegen wehrte.

Und er leider auch auf sie. Es hatte nicht viel gefehlt, und er hätte sie an sich gezogen, die Hände in ihrem langen Haar vergraben, das im Mondlicht wie flüssiges Gold schimmerte, und sie geküsst. Warum, wusste er selbst nicht. Verdammt, sie ist nicht mal mein Typ, erinnerte er sich. Trotzdem ließ ihn die Vorstellung, wie sie willig die Lippen für ihn öffnete, innerlich aufstöhnen, und er durfte gar nicht daran denken, wie weich ihr Körper sich an seinem anfühlen würde, wenn er sie an sich presste …

Ja, genau – denk nicht mal dran!, ermahnte er sich selbst. Er brauchte einen klaren Kopf, schließlich war das gerade mehr als knapp gewesen. Wenn sie die Papiere wirklich durchgesehen hätte, die auf dem Nachttisch lagen, dann hätte er ein Problem gehabt. Von der Tatsache, dass sie das Licht im Wehrturm bemerkt hatte, ganz zu schweigen.

Grayson stöhnte. Es war sicherer, wenn er Lexie Cavendish die nächsten Tage im Auge behielt. Aber zu nahe kommen sollte ich ihr dabei lieber nicht, dachte er und holte sein Handy heraus, das in seiner Hosentasche kurz gebrummt hatte.

Es war eine Nachricht von Doktor Turner, den er seit heute Clark nennen durfte.

Wo bleibst du? Ich schaffe das alleine nicht.

Grayson schob das Handy zurück in seine Tasche und trat vorsichtig in den Flur. Er lauschte auf Geräusche aus dem Nebenzimmer, doch es blieb alles ruhig, deshalb schloss er die Tür leise. Dann machte er sich so lautlos wie möglich auf den Weg zurück in den Wehrturm.

10

Guten Morgen, meine Liebe.« Agatha O'Donnell, die vor dem großen alten Ofen stand und in einer Pfanne rührte, lächelte freundlich, und Lexie erwiderte den Gruß, während sie zögernd die Küche betrat.

Es war schon nach acht, und sie hatte ein schlechtes Gewissen, weil sie viel zu lange geschlafen hatte. Eigentlich wollte sie um diese Zeit längst arbeiten, aber sie hatte vergessen, sich den Wecker zu stellen. Was nach den verwirrenden Ereignissen des gestrigen Tages eigentlich kein Wunder war. Das Frühstück schien sie aber zum Glück nicht verpasst zu haben.

»Setzen Sie sich!« Agatha deutete zum Esstisch, der sehr viel aufgeräumter wirkte als gestern. Das lag vor allem daran, dass die eine Hälfte nicht mehr als Arbeitsfläche diente. Die Kräutertöpfe und Obstschalen standen zwar noch darauf, aber am äußersten Rand, und auf der übrigen Fläche waren jetzt fünf Teller und Tassen gedeckt. Geröstetes Brot stand in silbernen Toasthaltern neben mehreren Töpfen mit Marmelade und Honig, und der Raum war erfüllt von einem köstlichen Duft nach gebratenem Speck.

Als Lexie sich auf einen der hochlehnigen Stühle sinken ließ, kam Agatha zum Tisch und nahm ihren Teller.

»Wie wäre es mit Schinken und Eiern?«

»Gerne, vielen Dank!« Lexie sah zu, wie Agatha ihren Teller mit einer großen Portion Speck und zwei von beiden Seiten gebratenen Eiern füllte und ihr brachte.

»Steht Ihnen gut«, sagte sie und deutete auf die dunkelblaue Seidenbluse, die Lexie zu einem hellblauen Bleistiftrock trug. »Und Ihr Haar ist offen auch schöner.«

»Es war noch feucht vom Duschen, deshalb konnte ich es nicht hochstecken«, erklärte Lexie.

»Ich finde, das sollten Sie auch nicht. So sieht es wirklich besser aus.«

Ein bisschen befangen erwiderte Lexie das Lächeln der alten Dame, froh und gleichzeitig verwirrt über deren Freundlichkeit. Schließlich war ihre Anwesenheit in Dunmor Castle der Vorbote einer Veränderung, die weder Agatha noch ihrer Schwägerin Fanny geheuer war. Agatha schien es ihr jedoch nicht zu verübeln, wofür Lexie sehr dankbar war.

»Es tut mir leid«, sagte sie spontan.

Agatha, die gerade an den Herd zurückkehren wollte, hielt in der Bewegung inne. »Was tut Ihnen leid?«

»Es muss Sie doch stören, dass ich hier bin«, sagte Lexie. »Schließlich wollen Sie nicht, dass Ihr Sohn die Burg an meinen Boss verkauft.«

»Das stimmt.« Verblüfft sah die alte Dame sie an. Sie hatte anscheinend nicht mit so viel Offenheit gerechnet. »Aber das bedeutet nicht, dass ich unhöflich zu Ihnen sein muss, oder? Sie machen doch nur Ihren Job.«

So einfach ist das, dachte Lexie und fragte sich, wieso nicht mehr Leute so verständnisvoll und weitsichtig sein konnten wie Agatha.

Die alte Dame kehrte an den Herd zurück, schlug neue Eier in die Pfanne und tat Speck dazu.

»Hat Ihre Schwägerin sich erholt?«, erkundigte sich Lexie und bereute ihre unbedachte Frage, als Agatha sich überrascht zu ihr umdrehte.

»Woher wissen Sie, dass es Fanny schlecht geht?«

Lexie schluckte. »Ich … habe gestern Nacht zufällig mitbekommen, dass Sie den Arzt aus dem Dorf geholt haben«, sagte sie und war froh, dass Agatha nicht nachhakte, sondern tief seufzte.

»Doktor Turner, ja. Kennen Sie ihn?«

»Flüchtig. Ich bin ihm gestern früh im Castle Inn begegnet«, erwiderte Lexie und strich über ihren Handrücken, der immer noch etwas empfindlich war. »Ich hatte mich verbrüht, und er hat sich das angesehen.«

»Ja, das klingt ganz nach Clark.« Agatha lächelte. »Eigentlich ist er längst im Ruhestand. Aber hin und wieder macht er eine Ausnahme, vor allem für Fanny. Sie ist schwierig, wenn es um Ärzte geht. Sie vertraut nur ihm, und weil er ein alter Freund der Familie ist, behandelt er sie immer noch.«

»Was genau hat sie denn?«, wollte Lexie wissen.

Agatha wendete den Speck und die Eier.

»Kreislaufprobleme. Bekommt sie hin und wieder. Liegt an ihrem zu niedrigen Blutdruck.«

»Aha.« Lexie konnte ihre Überraschung kaum verbergen. Irgendwie hatte es bei Grayson in der vergangenen Nacht viel dramatischer geklungen. Hatte er ihr nur ein schlechtes Gewissen machen wollen, und es war alles halb so wild? Oder wollte Agatha ihr nur nicht sagen, was wirklich mit ihrer Schwägerin los war? »Geht es ihr denn jetzt wieder besser?«

»Ja, ich glaube schon. Das ist alles einfach ein bisschen viel für sie.«

Agatha füllte einen neuen Teller mit einer Portion Speck und Eiern und stellte ihn zum Warmhalten in den Ofen. Dann setzte sie sich zu Lexie an den Tisch und nahm sich eine Scheibe Toast.

»Fanny hat ihr Leben lang auf Dunmor gelebt, wissen Sie«, fuhr sie nachdenklich fort, während sie Butter und Marmelade auf das Toastbrot strich. »Für sie wäre es undenkbar, hier wegzuziehen.«

»Sie ist die Schwester Ihres Mannes?«, fragte Lexie. Im Prinzip wusste sie das, aber sie wollte gerne mehr über die Familienverhältnisse der O'Donnells erfahren.

Agatha nickte. »Arthur und Fanny hatten ein sehr enges Verhältnis zueinander. Und ich war auch froh, sie zu haben, als ich nach meiner Heirat mit Arthur hergezogen bin. Fanny hat es mir leicht gemacht, mich hier einzuleben. Für mich ist sie längst wie eine Schwester.«

»Und sie war nie verheiratet?«, wollte Lexie wissen.

»Sie war mal verlobt«, erzählte Agatha. »George hieß er, ein smarter Politikstudent. Er hat Fanny sitzen lassen und ist untergetaucht. Angeblich hat er sich der IRA angeschlossen, aber das sind nur Gerüchte. Fanny ist nie darüber hinweggekommen. Sie hatte nach George noch einige Verehrer, aber sie hat keinem Mann mehr eine Chance gegeben.« Agatha schüttelte den Kopf, so als müsste sie einen unangenehmen Gedanken verscheuchen. Dann lächelte sie Lexie an. »Ach, reden wir lieber von Ihnen. Wie geht es Ihnen denn, meine Liebe? Haben Sie gut geschlafen?«

»Nein, nicht wirklich«, gestand Lexie.

Nach allem, was der Tag ihr gebracht hatte, war es eigentlich verwunderlich, dass sie anfangs überhaupt hatte einschlafen können. Aber nach dem nächtlichen Telefonat mit Betty und ihrer Begegnung mit Grayson war daran zuerst nicht mehr zu denken gewesen. Es gab so viele Fragen, auf die sie Antworten finden musste, und in den Stunden, die sie wach gelegen und darüber gegrübelt hatte, war ihr klar geworden, dass Bettys Einschätzung stimmte. Solange sie hier war, musste sie die Chance nutzen, mehr über ihre Herkunft zu erfahren. Das war mindestens so wichtig wie ihr Auftrag.

Und sie wollte auch mehr über Grayson Fitzgerald wissen, nicht nur weil er Andrews Konkurrent war und sie ihn im Auge behalten musste. Er übte eine Faszination auf sie aus, die angesichts der Situation ziemlich verheerend war. Tatsächlich war er sogar in dem Traum vorgekommen, den Lexie gehabt hatte, als sie dann doch noch einmal eingenickt war. Darin war sie Hand in Hand mit ihm über einen grünen Hügel bis ans Meer gelaufen. Es hatte sie nicht irritiert, dass sie sich so nah waren, im Gegenteil. Sie war glücklich darüber gewesen. Gestört hatte eigentlich nur Eileen Kelly, die ihnen gefolgt war und Lexie mit Bettys Stimme gewarnt hatte, dass sie Grayson nicht vertrauen durfte. Aber Lexie war mit ihm weitergelaufen, bis sie schließlich oben auf einer der Mauern von Dunmor Castle gestanden und auf das Meer hinabgeblickt hatten. Dann war Fiona Riordan ganz plötzlich vor ihnen aufgetaucht. Sie hatte ausgesehen wie auf dem Foto, das Lexie von Eileen bekommen hatte, und als Lexie den Arm nach ihr ausgestreckt hatte, um nach ihr zu greifen, war sie abgerutscht. Grayson hatte sie gerade noch zu fassen bekommen, so dass sie an seinem Arm über dem Abgrund hing. Sie hatte ihm zugerufen, dass er sie hochziehen sollte, aber er hatte sie nur aus diesen viel zu blauen Augen angesehen, während sein Griff immer lockerer geworden war. Mit einem Schrei war Lexie jäh in die Tiefe gestürzt – und schweißgebadet in ihrem Bett aufgewacht.

Der Traum war so verstörend gewesen, dass sie einen Moment gebraucht hatte, um zu sich zu kommen, nur um dann zu merken, dass es bereits halb acht war – und sie viel zu spät dran. Sie hatte kalt geduscht, so wie sie es immer tat, wenn sie die

Schrecken der Nacht abschütteln musste, aber so richtig geholfen hatte es nicht, denn sie fühlte sich immer noch wie gerädert.

»Oje«, meinte Agatha besorgt. »Ist Ihnen das Bett zu weich? Sollen wir Ihnen lieber ein anderes Zimmer geben?«

»Nein, nein!«, wehrte Lexie ab. »Am Bett liegt es nicht. Im Gegenteil. Ich fühle mich sehr wohl in dem Zimmer. Es ist ganz entzückend eingerichtet. Das hätte ich nicht besser hingekriegt. Haben Sie das gemacht?«

»Ich? Oh nein! Das war Fiona.«

Überrascht starrte Lexie die alte Frau an. »Meine Mutter?«

Agatha nickte. »Wir haben die Gästezimmer renoviert, als Fiona damals bei uns war. Es war ihre Idee, jedem Zimmer eine Art Farbthema zu geben, und sie hatte so viele Vorschläge, was die Einrichtung anging. Ihre Pläne gefielen uns, deshalb haben wir es am Ende ihr überlassen, die Wandfarbe und die Stoffe auszusuchen. Sie hat übrigens auch die kleinen Bildchen auf die Türen des Schranks gemalt, der in Ihrem Zimmer steht. Sie war eine richtige Künstlerin, und ich finde, das Ergebnis kann sich immer noch sehen lassen.« Sie lächelte Lexie an. »Wie es scheint, haben Sie dieses Talent von ihr geerbt.«

Lexie schluckte schwer. Bisher war der Gedanke, Fiona Riordans Kind zu sein, sehr theoretisch gewesen. Er hatte Neugier in ihr ausgelöst, aber kein Gefühl von Zugehörigkeit. Sie kannte diese Frau nicht, und bis gerade eben hatte sie geglaubt, dass es eigentlich keinen Unterschied machte, wer von den beiden Schwestern nun ihre Mutter war. Aber wenn es stimmte, was Agatha sagte, dann war sie Fiona ähnlich, und das machte die Sache auf eine unheimliche Weise real. Es tat plötzlich weh, ihrer Mutter nie begegnet zu sein, aber Lexie schob den Schmerz schnell beiseite. Sie hasste Selbstmitleid. Es kostete Energie und brachte nichts, das hatte sie auf die harte Tour lernen müssen.

Agatha schien ihr den inneren Konflikt anzusehen.

»Das ist alles ein bisschen viel, oder?« Die Sanftheit in ihrer Stimme ließ Lexie schlucken. »Und Sie wussten es vorher wirklich nicht?«

»Ich hatte keine Ahnung.« Lexie war bewusst, wie absurd das klang, deshalb zuckte sie mit den Schultern. »Ich sollte eigentlich gar nicht hier sein. Mein Chef hat erst in letzter Minute entschieden, doch lieber mich zu schicken und nicht meinen Kollegen, der den Auftrag eigentlich erledigen sollte. Wenn er das nicht getan hätte, dann …«

Sie beendete den Satz nicht und starrte ins Leere. Ob es vielleicht doch so etwas wie Schicksal gab?

»Dann hätten Sie es vielleicht nie erfahren«, beendete Agatha nachdenklich ihren Satz und schüttelte den Kopf. »Das muss alles ein großer Schock für Sie gewesen sein.«

Lexie nickte, dankbar für das Verständnis, dass sie in den Augen der alten Frau sah. Sie zögerte einen Moment.

»Kannten Sie meine Mutter gut?«

Gestern Abend beim Essen hatte sie sich noch nicht getraut, diese Frage zu stellen. Aber da hatte auch Duncan mit am Tisch gesessen, und Grayson war später dazugekommen. Vor beiden wäre ihr eine so persönliche Frage, die nichts mit ihrem Auftrag zu tun hatte, peinlich gewesen. Jetzt jedoch konnte sie ihre Neugier nicht mehr im Zaum halten.

Agatha lächelte versonnen. »Natürlich kannte ich Fiona, schließlich hat sie über ein Jahr lang hier gearbeitet. Und ich mochte sie auch, sehr sogar. Sie war eine ganz reizende junge Frau, freundlich und immer hilfsbereit. Ich hätte sie wirklich gerne behalten. Aber …«

Sie hielt inne.

»Aber was?«, hakte Lexie nach.

Agatha wich ihrem fragenden Blick aus. »Aber sie ist ja dann einfach gegangen.«

Lexie konnte nicht sagen, wieso, aber sie war plötzlich sicher, dass Agatha eigentlich etwas anderes hatte sagen wollen.

»Wissen Sie, weshalb?«

Ein Schatten huschte über Agathas Gesicht, aber bevor sie auf Lexies Frage reagieren konnte, betrat Duncan die Küche.

»Guten Morgen«, sagte er mit ernstem Gesicht.

»Guten Morgen! Dein Frühstück ist schon fertig!« Agatha stand auf und wollte zurück zum Herd gehen, um die Eier und den Speck aus dem Ofen zu nehmen. Doch Duncan hielt sie auf.

»Nein, lass, ich habe keine Zeit. Ich muss für zwei Tage nach Belfast. Ein dringender Termin.«

Enttäuscht musterte Agatha ihren Sohn. »Und das ist so eilig, dass du nicht mal etwas essen kannst?«

»Ja. Tut mir leid.« Duncan fuhr sich mit der Hand durchs Haar. Er wirkte ganz anders als gestern. Da war er auch ein bisschen nervös gewesen, aber das hatte Lexie auf die unerwartete Begegnung mit seinem Sohn zurückgeführt. Nun war sein Verhalten regelrecht fahrig, und kleine Schweißperlen standen ihm auf der Stirn, die er mit einem Taschentuch abtupfte.

»Was willst du denn nur immer in Belfast?« Agatha runzelte die Stirn. »Du warst in den letzten Wochen doch bestimmt schon fünf oder sechs Mal dort. Wen triffst du denn da?«

Duncan antwortete nicht, sondern wandte sich an Lexie. »Wie kommen Sie voran?«

»Ich fange heute erst an«, erinnerte sie ihn, ein bisschen irritiert über seinen beinahe vorwurfsvollen Tonfall.

»Gut. Ich hoffe, das geht alles möglichst schnell über die Bühne. Je eher, desto besser. Wenn Sie Fragen haben, wenden Sie sich an meine Mutter oder meine Tante. Übermorgen bin ich zurück.« Er nickte ihr und Agatha noch einmal zu. »Ich sehe noch schnell nach Fanny, dann fahre ich los. Bis dann.«

Als die Tür wieder hinter ihm zufiel, blickten die beiden Frauen sich an.

»Es tut mir leid«, entschuldigte sich Agatha. »Mein Sohn steht im Moment sehr unter Strom wegen des Verkaufs. Eigentlich ist er nicht so unfreundlich.«

Stimmt, dachte Lexie, denn sie hatte den jovialen, charmanten Duncan bei der Führung durch die Burg selbst erlebt. Allerdings konnte diese Freundlichkeit auch schnell verschwinden, wenn es um Themen ging, die ihm nicht behagten. Und seit er bei ihrem gemeinsamen Abendessen gestern Abend erfahren hatte, dass Eileens Behauptung stimmte und Lexie tatsächlich Fionas Tochter war, hatte sich sein Verhalten ihr gegenüber geändert. Er benahm sich plötzlich sehr viel kühler und distanzierter, und wenn er sie ansah, lag Misstrauen in seinem Blick, fast so als hätte sie mit dem Aufdecken ihrer wahren Herkunft die Seiten gewechselt. Lexie hätte wetten mögen, dass er sein Angebot, sie auf der Burg wohnen zu lassen, inzwischen bereute. Er schien es nämlich plötzlich gar nicht mehr abwarten zu können, sie wieder loszuwerden. Was kein schönes Gefühl war. Aber noch schlimmer fand Lexie, dass die Situation den beiden alten Damen so zusetzte.

»Hat Ihr Sohn das eigentlich mit Ihnen abgesprochen?«, fragte sie Agatha vorsichtig. »Wussten Sie, dass er Dunmor Castle verkaufen will?«

»Ja, das wussten wir.« Agatha blickte mit gesenktem Kopf ins Leere. »Die Burg kostet einfach zu viel Unterhalt. Das können wir uns nicht mehr leisten. Deshalb war mir schon länger klar, dass wir eine Lösung finden müssen. Ich hätte mir nur gewünscht, dass Duncan sich an Grayson gewandt hätte. Aber die beiden haben sich noch nie verstanden.«

»Warum nicht?« Lexie wollte das wirklich gerne wissen, auch wenn ihr bewusst war, dass es sie gar nichts anging.

Agatha seufzte jedoch nur. »Das ist eine lange Geschichte«, sagte sie, und es war klar, dass sie nicht vorhatte, sie Lexie zu erzählen, denn sie ging zurück zum Herd. Als sie von dort aus dem Fenster blickte, hellte ihre Miene sich auf.

»Ah, da kommt Mr Dearing! Er ist …«

»Ich weiß, wer er ist«, unterbrach Lexie sie. »Ich habe ihn gestern schon kennengelernt.«

Agatha nickte. »Er ist nett, oder? Ich fand ihn sehr sympathisch, als er sich vorgestellt hat, und ich möchte ihm gerne bei seiner Doktorarbeit behilflich sein. Anders als mein Sohn, der ihn am liebsten wieder los wäre. Ich durfte ihm nicht mal eines der Gästezimmer anbieten. Deshalb schläft der arme Junge im Castle Inn und muss jeden Tag hier rauffahren. Was sein klappriger kleiner Hyundai vermutlich nicht mehr lange durchhält.«

Wie um Agathas Worte zu bestätigen, hörte man von draußen den lauten Knall einer Fehlzündung. Dann klappte eine Autotür, und einen Augenblick später öffnete sich die Küchentür erneut, und der blond gelockte Aidan betrat den Raum.

»Morgen!«, rief er gut gelaunt. »Hier riecht es aber lecker!«

»Haben Sie Hunger?«, erkundigte sich Agatha. »Ich hätte nämlich noch eine Portion Speck mit Eiern.«.

»Ich habe immer Hunger«, erklärte Aidan und ließ sich mit einem Grinsen auf den Stuhl neben Lexie sinken. »Na, was macht die Arbeit? Hast du alles im Griff?«

Lexie lachte, erneut erstaunt über seine direkte Art, die sie zwar überraschend, aber sehr sympathisch fand.

»Ich bemühe mich«, erwiderte sie. »Und du?«

»Alles wunderbar. Ich komme sehr viel schneller voran, als ich dachte. Wobei ich natürlich trotzdem noch mindestens bis zum Ende der Woche brauchen werde«, fügte er hinzu und deutete mit einem Augenzwinkern auf das Badgers-T-Shirt, das er trug. Es war nicht dasselbe wie gestern, also besaß er offenbar mehrere davon. Dann muss er ein großer Fan sein, dachte Lexie. Kein Wunder, dass er sich das Festival auf keinen Fall entgehen lassen wollte.

»Meine Freundin steht auch auf die Badgers«, sagte sie, weil sie unwillkürlich an Betty denken musste. »Sie kommt vielleicht zum Konzert, wenn sie es schafft.«

»Und du?«, erkundigte sich Aidan. »Gehst du hin?«

Lexie zuckte mit den Schultern. »Ich weiß nicht. Mal sehen«, antwortete sie und blickte auf, als die Tür sich erneut öffnete und Fanny im Türrahmen erschien.

»Fanny, Liebes, du bist auf?« Agatha eilte sofort zu ihrer Schwägerin, die sehr blass aussah, und geleitete sie zum Tisch. »Solltest du nicht lieber im Bett bleiben?«

»Unsinn, mir geht es blendend.« Fanny schüttelte den Kopf, und ihre Wangen röteten sich, so als wäre ihr der ganze Aufruhr um ihre Person sehr peinlich. »Ihr müsst nicht so ein Theater um mich machen. Es ist doch nichts passiert!«

Agatha hob die Augenbrauen, so als würde sie das anders sehen, aber sie sagte nichts mehr dazu.

»Möchtest du Porridge?«, erkundigte sie sich stattdessen und ging, als Fanny nickte, zurück zum Herd, um aus einem Topf eine Portion des traditionellen irischen Getreidebreis zu holen, den sie offenbar schon vorbereitet hatte.

Sie servierte ihn Fanny und setzte sich wieder.

»Kommt Mr Fitzgerald auch zum Frühstück?« Lexie blickte auf den leeren Teller am Tischende, weil sie annahm, dass er für Grayson bestimmt war.

»Er wollte Clark runter ins Dorf bringen.« Fanny sah nicht von ihrem Porridge auf, das sie mit großem Appetit aß. Offenbar ging es ihr wirklich besser. »Ich glaube, er ist noch nicht zurück.«

Lexie wusste im ersten Moment nicht, ob sie erleichtert oder enttäuscht war. Beides irgendwie, und das war so irritierend, dass sie lieber nicht darüber nachdenken wollte, vor allem nicht über ihre Enttäuschung. Deshalb erhob sie sich und brachte ihren Teller zur Spüle.

»Vielen Dank für das Frühstück. Ich mache mich dann mal an die Arbeit«, sagte sie und verabschiedete sich von den anderen.

Erst als sie auf dem Weg nach oben in ihr Zimmer war, wurde ihr klar, dass Doktor Turner sehr lange an Fannys Bett verbracht haben musste, wenn Grayson ihn erst vor Kurzem wieder ins Dorf gebracht hatte. Oder dass Grayson schon vor Stunden losgefahren war. Ersteres schien nicht zum Zustand der alten Frau zu passen, die eigentlich ganz fit wirkte. Und Letzteres ergab auch keinen Sinn. Wo oder, besser gesagt, bei wem sollte Grayson sich so früh am Morgen aufhalten? Es sei denn, er wäre immer noch bei Doktor Turner – aber was hätten die beiden so lange zu bereden?

Das werde ich noch herausfinden, dachte Lexie. Aber jetzt musste sie erst mal ihre Arbeit erledigen. Deshalb holte sie Block und Stift aus ihrem Zimmer und machte sich auf den Weg zu ihrer eigenen Besichtigung der Burg.

11

Die Rhododendronhecke war so hoch, dass Lexie nicht darüberschauen konnte. Wenn man in den weitläufigen Beeten am Rande der Burgmauer herumlief, kam man sich beinahe vor wie in einem Irrgarten. Die Büsche und Stauden standen dicht an dicht, bildeten jedoch Gassen, die noch erkennen ließen, dass sie einst planvoll angelegt worden waren. Wahrscheinlich musste das alles nur zurückgeschnitten werden, um die Schönheit zu enthüllen, die dahintersteckte.

Aber das wird nicht passieren, dachte Lexie mit leisem Bedauern und strich über eines der dicken, dunkelgrünen Rhododendronblätter. Die gesamte Bepflanzung würde weichen müssen, um genug Platz zu schaffen für Parkplätze. Was schade war, denn das viele Grün machte den Außenhof lebendiger. Vielleicht kann man Pflanzenkübel aufstellen, überlegte sie und machte sich ein paar Notizen in ihrem Block, bevor sie ihn zurück in die kleine Handtasche steckte, die sie sich quer umgehängt hatte. Dann hob sie den Kopf und blinzelte in die Nachmittagssonne, die nur hin und wieder von vorbeiziehenden Wolken verdeckt wurde.

Es war wirklich angenehm warm heute, deshalb hatte Lexie schon vor einer ganzen Weile die Bluse und den Rock gegen ein luftiges rot geblümtes Kleid getauscht. Ihr Haar war inzwischen längst getrocknet, aber sie war Agathas Rat gefolgt und hatte es nicht hochgesteckt. Stattdessen fiel es nach wie vor offen über ihre Schultern und wurde vom Wind bewegt, der über den Hof wehte. Fühlt sich irgendwie besser an, dachte sie und wickelte sich gedankenverloren eine blonde Strähne um den Zeigefinger. Vielleicht sollte ich wirklich …

»Ich dachte, Sie machen einen Plan für die *Innen*ausstattung der Burg«, sagte jemand direkt hinter ihr, und noch bevor Lexie herumfuhr, wusste sie, dass es Grayson war. Das half ihr jedoch nicht dabei, sich gegen seinen Anblick zu wappnen. Herrgott, wieso musste dieser Mann nur so verdammt gut aussehen? Wenigstens stand der Kragen des weißen Hemdes, das er zu seiner Jeans trug, diesmal nicht offen. Aber seine Wirkung auf sie war hochgeschlossen leider die gleiche, auch wenn sie versuchte, sich das nicht anmerken zu lassen.

»Und ich dachte, dass es sich nicht gehört, sich von hinten an Leute anzuschleichen«, gab sie zurück und fragte sich, wo er auf einmal herkam. Den ganzen Vormittag und den frühen Nachmittag war er nämlich nicht aufgetaucht, was ziemlich widersprüchliche Gefühle in ihr geweckt hatte. Ein Teil von ihr war froh gewesen, sich nicht mit ihm und dem, was er in ihr auslöste, auseinandersetzen zu müssen. Aber sie hatte sich auch die ganze Zeit gefragt, wo er wohl steckte und ob er irgendetwas plante, um Andrews Deal platzen zu lassen. Wie es schien, machte er sie also nervös, egal ob er da war oder nicht. Was er natürlich nicht merken durfte, deshalb verschränkte sie die Arme vor der Brust und fixierte ihn vorwurfsvoll. »Sie haben mich erschreckt.«

»Das tut mir leid.« Er blieb ernst, aber in seinen blauen Augen lag ein Glitzern, das ihr sagte, dass er das durchaus absichtlich gemacht hatte.

»Was wollen Sie?«, fragte sie, nicht besonders freundlich.

Er zuckte mit den Schultern. »Ich frage mich, was Sie hier draußen treiben. Waren nicht die Räume das, was Sie sich anschauen sollten?«

Lexie fand plötzlich, dass es hier zwischen den Büschen viel zu eng war. Deshalb ging sie über den schmalen Pfad, der durch die Bepflanzung führte, zurück in den äußeren Burghof. Erst dort drehte sie sich wieder um und stellte fest, dass Grayson ihr gefolgt war.

»Ich soll mir alles ansehen, auch die Gartenanlagen hier draußen«, erklärte sie. »Oder ist das zu gefährlich? Gibt es hier vielleicht heimtückische Käfer, die mich fressen könnten? Oder noch ein ungesichertes Loch im Boden, in das ich hineinstürzen könnte? Wobei es Ihnen doch vermutlich gelegen käme, wenn ich mir den Hals breche, nicht wahr? Dann hätten Sie freie Bahn.«

»Ganz falsch.« Seine Mundwinkel zuckten, und Lexie bemerkte erst jetzt, dass sie sich nicht nur immer weiter in Rage geredet hatte, sondern dabei auch auf ihn zugegangen war. Jetzt stand sie dicht vor ihm, was ihn aber offenbar nicht beeindruckte, denn er beugte sich mit einem entwaffnenden Lächeln zu ihr herunter. »Tatsächlich möchte ich eben nicht, dass Sie sich Ihren hübschen Hals brechen.«

Wow, dachte Lexie und wich ein Stück zurück. Mit einem wütenden Grayson konnte sie gerade noch klarkommen. Aber wenn er anfing, charmant zu sein, wurde es wirklich schwierig. Deshalb erwiderte sie sein Lächeln lieber nicht.

»Sie werden mich nicht davon abhalten, mir alles anzusehen.«

»Und Sie werden mich nicht davon abhalten, Sie zu begleiten«, erwiderte er, was ein bisschen wie eine Drohung klang.

Lexie zuckte mit den Schultern. »Sie können tun, was Sie

wollen, solange Sie mich meine Arbeit machen lassen. Aber wenn Sie schon mal da sind, dann können Sie mir sicher sagen, wohin es da geht?« Sie deutete auf eine schmale Steintreppe links vom Tor zum Innenhof. Die Treppe schien hinauf auf die Wehrmauer der Burg zu führen und endete oben an einer Holztür.

Graysons Lächeln erlosch schlagartig. »Da können Sie nicht hin.«

Lexie stemmte die Hände in die Hüften. »Und ob ich das kann«, erklärte sie resolut und wollte sich auf den Weg zur Treppe machen. Aber Grayson hielt sie am Arm fest.

»Das ist keine gute Idee.«

»Geht das schon wieder los?« Lexie schüttelte den Kopf. »Man könnte glatt glauben, Sie haben hier auf der Burg etwas zu verbergen.«

Die Bemerkung hatte offenbar ins Schwarze getroffen, denn Grayson starrte sie erschrocken an.

»Also?« Lexie hob die Augenbrauen. »Wohin führt diese Treppe?«

»Auf die Galerie«, antwortete Grayson, und Lexie stutzte. Sie konnte sich nicht erinnern, dass Duncan bei ihrem Rundgang etwas von einem solchen Ort erwähnt hatte. Aber dann fiel ihr wieder ein, dass er einen Anruf erhalten hatte, als sie im Außenhof angekommen waren, und die Führung kurzfristig hatte beenden müssen.

»Und was ist so gefährlich an der Galerie?« Lexie gab sich keine Mühe zu verbergen, wie genervt sie von Graysons Verhalten war.

»Gehen Sie hin und finden Sie es heraus«, erwiderte er. »Aber sagen Sie nicht, ich hätte Sie nicht gewarnt.«

»Sie machen mir keine Angst!«, erklärte Lexie und hielt entschlossen auf die Treppe zu. So weit kommt es noch, dass ich mich von ihm einschüchtern lasse, dachte sie, während sie den Fuß auf die erste Stufe setzte. Das wäre ja …

Die blonde Frau tauchte so plötzlich vor ihrem inneren Auge auf, dass Lexie erschrocken innehielt. Es war Fiona, die sie besorgt ansah.

Hier darfst du nicht spielen, Lexie.

Die Stimme hallte durch ihren Kopf wie ein Echo, während das Bild der Frau wieder verschwamm.

Schockiert schnappte Lexie nach Luft.

»Alles in Ordnung? Was haben Sie?«

Grayson war zu ihr gelaufen und hatte sie an den Armen gepackt, so wie in der Nacht, als sie ihm beinahe vors Auto gelaufen war. Und das war auch ganz gut so, denn der Boden schien unter ihren Füßen zu schwanken.

»Ich … weiß nicht.« Sie griff sich an die Stirn, so als könnte sie festhalten, was sie gerade gesehen hatte. »Ich erinnere mich plötzlich.«

»An damals?« Er betrachtete sie mit einem Stirnrunzeln.

Lexie nickte. »Es war nur ein ganz kurzes Bild. Ich habe meine Mutter gesehen. Sie … wollte nicht, dass ich hier spiele.«

»Nein«, bestätigte Grayson. »Das durfte ich als Kind auch nie.«

Verblüfft sah Lexie ihn an. »Sie haben hier früher gelebt?«

Er nickte. »Seit ich sechs war, habe ich alle Ferien auf Dunmor verbracht.«

»Oh.« Lexie war ehrlich überrascht. Irgendwie war sie seit Andrews Bemerkung, er wäre ein uneheliches Kind, davon ausgegangen, dass er bei seiner Mutter aufgewachsen war. »Und den Rest der Zeit?«, erkundigte sie sich neugierig.

»War ich im Internat, weil mein Stiefvater Stuart fand, dass ich einen schlechten Einfluss auf meine beiden Halbschwestern habe. Er fand generell, dass ich nicht in seine Familie passte, deshalb hat er meiner Mutter eingeredet, dass ich unbedingt eine gute Schulbildung brauche. Bezahlen durfte es zwar Duncan, aber es war Stuarts Idee.« Graysons Stimme klang bitter. »Dass ich ihm dafür nicht dankbar bin, kann mein Stiefvater bis heute nicht verstehen. Er behauptete, das Internat wäre das Beste für mich gewesen.«

»Oh«, sagte Lexie erneut, und als Grayson sie ansah, glaubte sie für einen kurzen Moment, in seinen Augen etwas von der Einsamkeit aufblitzen zu sehen, die sie selbst nur zu gut kannte. Sie schluckte. »Und Sie fanden das nicht?«

Ihm schien erst jetzt aufzufallen, dass er sie immer noch festhielt. Abrupt ließ er sie los.

»Doch. Es war auf jeden Fall angenehmer, als sich wie ein fünftes Rad am Wagen zu fühlen«, sagte er und warf ihr einen Seitenblick zu, so als wäre er nicht sicher, warum er ihr das überhaupt erzählte.

Überrascht starrte Lexie ihn an. Sie wusste selbst nicht, wieso sie davon ausgegangen war, dass Grayson Fitzgerald durch nichts zu erschüttern war. Vielleicht, weil er so entschlossen wirkte. Sie konnte sich kaum vorstellen, dass er eine schwere Kindheit gehabt hatte, und wenn, dann schien er da einfach so durchmarschiert zu sein. Doch ganz so einfach war es wohl nicht für ihn gewesen. Er weiß, wie es ist, wenn einen keiner haben will, dachte sie, während sie Grayson die Treppe hinauffolgte.

Die schwere Holztür oben war verschlossen, aber Grayson holte einen großen rostigen Eisenschlüssel hinter einem Mauervorsprung hervor und öffnete sie damit.

Er ließ Lexie den Vortritt, und sie betrat die etwa zwei Meter breite Galerie, die hinter der Tür begann und eigentlich wie ein klassischer Wehrgang aussah: nach oben offen und mit Zinnen auf der Mauer, zwischen denen man zu beiden Seiten hindurchsehen konnte – in den Burghof auf der einen und zum Meer auf der anderen Seite. Nichts daran wirkte gefährlich, deshalb verstand Lexie die Warnungen nicht. Das änderte sich jedoch nach wenigen Metern, denn auf der Seeseite fehlte plötzlich ein langes Stück Mauer. Es war ersetzt durch eine provisorisch zusammengezimmerte Holzkonstruktion, die als Geländer fungierte. Die schmalen Bretter waren jedoch offenbar schon seit einer ganzen Weile dem Seewind ausgesetzt, denn sie wirkten verwittert. Die Lücken zwischen den Brettern waren außerdem so groß, dass man ungehindert auf die Klippen herunterblicken konnte, wo die Wellen gegen die zerklüfteten Felsen schlugen.

Das ist auf jeden Fall nichts für Leute, die unter Höhenangst leiden, dachte Lexie. Und jetzt war ihr auch klar, warum sie als Kind nicht auf der Galerie hatte spielen dürfen. Das Verbot war absolut nachvollziehbar, vor allem, weil der Wind so scharf wehte, dass es einem teilweise den Atem nahm. Unten im Hof spürte man kaum etwas davon, aber hier oben war man den Elementen ausgesetzt.

»Und? Nicht sehr gemütlich, oder?« Obwohl er neben ihr stand, musste Grayson laut sprechen, damit sie ihn hören konnte.

»Nein«, rief Lexie. »Aber ziemlich atemberaubend.« Ihr berufliches Gehirn war längst angesprungen, sie überlegte, wie man den Gang sicherer machen konnte, ohne die Aussicht zu verstellen. Mit Plexiglas vielleicht. Das wäre sicher ein Highlight für die Hotelgäste. Die Frage war nur, wieso es diese Lücke überhaupt noch gab.

»Warum wurde das hier nicht längst repariert?«, fragte sie Grayson.

»Weil das Loch kein Versehen ist«, erwiderte er. »Das wurde extra so angelegt.«

Fassungslos starrte Lexie ihn an. »Absichtlich? Aber das ist doch gefährlich.«

Er nickte. »Das stimmt. Aber der Duke of Bedford, der die Galerie entworfen hat, wollte es genau so haben.«

»Ist das nicht der Mann, der die Burg in ihrer jetzigen Form gebaut hat?«, fragte Lexie, weil sie sich wieder an das erinnerte, was Duncan ihr erzählt hatte.

»Genau. Er war ein sehr exzentrischer englischer Adliger mit zu viel Geld und einem Faible für Nervenkitzel«, erklärte Grayson. »Er ließ die Lücke in die Mauer hauen, um die Besucher, die er herbrachte, zu schockieren. Angeblich vornehmlich Damen, weil er hoffte, dass sie ihm vor Schreck freiwillig in die Arme sinken würden. Auch eine Methode, schätze ich.« Er hob einen Mundwinkel zu einem spöttischen Lächeln, und als ihre Blicke sich trafen, hatte Lexie plötzlich ein flaues Gefühl im Magen. »Damals gab es dieses Geländer übrigens noch nicht. Es wurde erst viel später aufgestellt, als ein Besucher zu wagemutig war und in die Tiefe stürzte. Aber geschlossen wurde die Mauer nie.«

Lexie runzelte die Stirn, weil sie noch etwas anderes beschäftigte. »Ihr Vorfahr war ein Engländer? Ich dachte, die O'Donnells wären Iren.«

Sie erinnerte sich noch genau, dass Duncan das während seiner Führung immer wieder betont hatte – ebenso wie die Tatsache, dass die Burg seit dem Umbau Mitte des 19. Jahrhunderts der Familie gehörte.

»Das sind sie auch«, erklärte Grayson. »Mein Ururgroßvater Seamus O'Donnell war ein Freund des Dukes. Die beiden waren leidenschaftliche Spieler, mit dem Unterschied, dass Seamus wusste, wann er aufhören musste. Der Duke spielte weiter, bis er pleite war. Woraufhin Seamus, der sich schon lange für die Burg interessiert hatte, ihm ein Kaufangebot machte.

Der Duke nahm es an, und seitdem ist Dunmor im Familienbesitz.«

Richtig, dachte Lexie, die sich nun doch erinnerte, dass Duncan das erwähnt hatte, als sie durch den Dienstbotentunnel gegangen waren. Sie war da nur zu abgelenkt gewesen, um sich das alles zu merken.

»Und was wurde aus dem Duke?«

»Er kehrte nach London zurück und nahm sich das Leben.«

Eine Windböe erfasste Lexies Haar und wehte es gegen Graysons Brust. Hastig strich sie es zurück und blickte zu ihm auf.

»Eine traurige Geschichte.«

Grayson drehte sich so, dass seine breiten Schultern den Wind abblockten und ihr Haar nicht mehr flog.

»Nur für den Duke of Bedford. Für meine Familie war es ein Glücksfall.« Sein Gesicht war ihrem viel zu nah, was sie ganz durcheinanderbrachte.

Aber vielleicht war das ja Absicht? Kannte er seine Wirkung und versuchte, sie abzulenken?

Lexie dachte an das, was Andrew gesagt hatte. *Du wärst nicht die Erste, die auf seinen Charme hereinfällt. Also lass dich nicht einwickeln.*

»Ich … muss jetzt weiter.«

Hastig wollte sie an Grayson vorbei zurück zur Tür gehen, doch sie blieb in der Eile mit dem Schuh an einer Kante in den Bodenplatten hängen und verlor das Gleichgewicht. Geistesgegenwärtig griff Grayson nach ihr, bevor sie stürzte, und ehe sie wirklich begriff, was passiert war, lag sie in seinen Armen und starrte in seine blauen Augen, in denen der gleiche Schreck lag, den sie auch empfand. Aber nur einen Herzschlag lang. Dann wurde der Ausdruck darin dunkler.

Lexie wollte etwas sagen, irgendetwas, aber sie brachte nichts heraus. Das Einzige, was sie wahrnahm, war, dass sein Mund sich ihrem näherte. Er wird mich küssen, dachte sie und spürte ein sehnsüchtiges Ziehen in der Brust, das sie ganz atemlos machte. Sie schloss die Augen und wartete darauf, dass seine Lippen ihre berührten. Doch stattdessen ließ Grayson sie abrupt wieder los und trat einen Schritt zurück.

»Wie es scheint, lag der Duke mit seiner Taktik gar nicht so falsch«, murmelte er, und als Lexie begriff, worauf er anspielte, spürte sie, wie ihre Wangen heiß wurden.

Oh Gott, dachte sie, entsetzt über sich selbst. Ich hätte es zugelassen, dass er mich küsst. Schlimmer noch – ich wollte es sogar! So sehr, dass sie im ersten Moment enttäuscht gewesen war über seinen Rückzug. Wie hatte sie sich so gehen lassen können, noch dazu bei Grayson Fitzgerald? Seine Wirkung auf sie war eindeutig verheerend.

»Es ... tut mir leid«, stammelte sie und bereute ihre Worte sofort. Was tat ihr leid – dass sie ihn so anziehend fand, dass sie in seiner Nähe nicht mehr klar denken konnte? Dass sie in seinen Armen geschmolzen war wie Butter in der Sonne? Herrgott, war das alles peinlich! »Ich meine, ich ... Danke. Dass Sie mich aufgefangen haben. Das war ... nett.«

Sie drehte sich um und ging – vorsichtig diesmal, um nicht wieder zu fallen – die wenigen Meter bis zur Tür.

»Miss Cavendish, warten Sie«, sagte Grayson hinter ihr, aber sie blieb nicht stehen, sondern lief die Treppe hinunter.

Als sie wieder unten im Außenhof ankam, sah sie Fanny O'Donnell durch das Burgtor auf sich zukommen.

»Ah, da sind Sie ja!«, rief die alte Dame und stutzte, als Grayson hinter Lexie die Treppe herunterkam. Aber sie kommentierte das nicht, sondern konzentrierte sich wieder auf Lexie. »Father Flaherty hat angerufen. Er möchte mit Ihnen sprechen und bittet Sie, sich zu melden. Soll ich Ihnen seine Nummer geben?«

»Nein, das ist nicht nötig«, erwiderte Lexie. »Ich … wollte sowieso runter ins Dorf. Dann gehe ich bei der Kirche vorbei.«

Das war glatt gelogen. Sie hatte in Cerigh nichts zu tun. Aber sie musste Grayson Fitzgerald ganz dringend entfliehen, deshalb nickte sie ihm kurz zu, ohne ihn wirklich anzusehen, und rief Fanny »Bis später« zu, bevor sie über den Hof zu ihrem Wagen lief.

12

Auf dem Dorfplatz parkten so viele Autos, dass Lexie zwei Mal im Kreis fahren musste, bis schließlich eine Lücke für ihren alten Golf frei wurde. Sie lag etwas abseits ganz in der Nähe des Castle Inns, so dass Lexie, nachdem sie ausgestiegen war, am Pub vorbeigehen musste.

Durch die Scheiben und die offen stehende Tür sah sie, dass der Gastraum drinnen gut besucht war. An einem der Tische weiter vorn entdeckte sie sogar ein bekanntes Gesicht: Aidan Dearing saß dort mit einem anderen jungen Mann, der ebenfalls ein Irish-Badgers-Shirt trug, und war in eine angeregte Unterhaltung vertieft. Offenbar ist er mit seiner Arbeit auf der Burg schon fertig und genießt den frühen Abend mit einem anderen Fan, dachte Lexie schmunzelnd.

Während sie weiterging, ließ sie den Blick über den Platz gleiten und bemerkte Eileen Kelly, die ganz in der Nähe der Pubtür stand. Ihre Tochter Janice war bei ihr, und beide unterhielten sich mit einer Frau, die Lexie den Rücken zuwandte.

Eileen entdeckte Lexie jetzt ebenfalls und winkte sie lächelnd zu sich. Doch Lexie zögerte, denn als die dritte Frau sich zu ihr umdrehte, erkannte sie, dass es diese Sheila aus dem Castle Inn war, die bei den beiden stand. Mit ihr hatte Lexie nach dem beschwerlichen Fußweg zum Rose Cottage zwar eigentlich noch ein Hühnchen zu rupfen, aber sie wollte vor den anderen keinen Streit anfangen. Deshalb winkte sie nur zurück, schloss das Auto ab und ging über den Platz. Als sie die Hälfte überquert hatte, rief sie jemand.

»Alexandra! Warte!«

Es war Eileen. Offenbar hatten die drei Frauen ihr Gespräch beendet, denn die Wirtin kehrte gerade in den Pub zurück, und Janice eilte jetzt in eine andere Richtung über den Platz, während Eileen zu Lexie aufschloss.

»Was machst du hier?«, fragte sie, ein bisschen außer Atem.

»Ich bin auf dem Weg zu Father Flaherty«, antwortete Lexie. »Er will mich dringend sprechen, deshalb dachte ich, dass ich schnell bei ihm vorbeigehe.«

Eileen runzelte die Stirn. »Ich kann dir sagen, was er will – dich für seine Gemeindearbeit einspannen. Dafür ist er berüchtigt. Er braucht ständig Freiwillige, und wenn man ihm den kleinen Finger reicht, nimmt er gleich die ganze Hand.«

Sie klang verärgert, und Lexie fragte sich, was zwischen ihr und dem Pfarrer vorgefallen sein konnte, dass sie so schlecht auf ihn zu sprechen war. Bevor sie danach fragen konnte, sprach Eileen jedoch schon weiter.

»Und? Ist dir noch irgendetwas eingefallen? Erinnerst du dich wieder?«

Lexie wollte ihr gerade von ihrem Erlebnis auf der Treppe zur Galerie erzählen, doch ihr Blick blieb an Sheila hängen, die in der Tür des Castle Inns stand und zu ihnen herübersah. Auf die Entfernung war der Gesichtsausdruck der Wirtin nicht genau zu erkennen, aber Lexie hätte wetten mögen, dass sie nicht besonders fröhlich guckte. Mit einem Seufzen wandte sie sich wieder Eileen zu – und stellte überrascht fest, dass diese ebenfalls zum Pub hinüberblickte.

»Magst du Sheila nicht?«, fragte Eileen, weil ihr Lexies Anspannung offenbar nicht entging.

Lexie zuckte mit den Schultern. »Es ist eher so, dass sie mich nicht mag.«

Sie erzählte Eileen noch einmal, wie falsch die Wirtin ihr den Weg zum Rose Cottage beschrieben hatte, und auch von ihren anderen Unfreundlichkeiten.

»Das wundert mich nicht«, sagte Eileen. »Wahrscheinlich erinnerst du sie an Fiona.«

»Und warum ist das schlimm?«, fragte Lexie entrüstet.

»Sheila Murphy ist eigentlich eine sehr nette, patente Frau, die ihr Leben und ihren Pub mühelos managt«, erklärte Eileen. »Sie hat nur eine Schwäche, und das ist ihr Mann Fred. Sie liebt ihn über alles. Leider hat Fred aber nicht nur eine Schwäche für sie, sondern für das ganze weibliche Geschlecht. Er stellt den Frauen nach, wann immer sich die Gelegenheit bietet, und Sheila ignoriert das, so gut sie kann. Aber bei deiner Mutter ...« Sie schüttelte den Kopf. »Fiona hatte es Fred wirklich angetan, weißt du. Damals waren Sheila und Fred noch nicht verheiratet, und ich glaube, das wäre auch nicht passiert, wenn Fiona Fred erhört hätte. Er war ganz verrückt nach ihr und ist ihr regelrecht nachgelaufen. Das ganze Dorf hat schon Witze darüber gemacht, wie verliebt er war.«

»Oh.« Lexie schluckte. »Hatten die beiden was miteinander?«

»Nein!« Vehement schüttelte Eileen den Kopf. »Fiona wollte nichts von Fred wissen. Aber das hat Sheila nicht davon abgehalten, sie zu hassen. Für sie war Fiona daran schuld, dass ihre Beziehung zu Fred auf der Kippe stand. Und diese negativen Gefühle projiziert sie jetzt offenbar auf dich.«

Das erklärt ihre Abneigung gegen mich, dachte Lexie. Nicht dass es die Sache weniger ärgerlich machte. Aber wenigstens verstand sie jetzt, warum die Wirtin so extrem unfreundlich zu ihr war. Was gleich die nächste Frage aufwarf.

»Hat meine Mutter gerne geflirtet? Ich meine, hat sie es darauf angelegt?«

Eileen seufzte. »Nein. Eigentlich nicht. Aber sie hatte diese Wirkung auf Männer. Wenn sie einen Raum betrat, dann zog sie die Aufmerksamkeit fast automatisch auf sich. Die Männer flogen auf sie.«

Das ist dann etwas, das ich nicht mit ihr gemeinsam habe, dachte Lexie mit einem schiefen Lächeln.

»Und was ist mit meinem Vater? Hat sie dazu je etwas gesagt?«

»Nein. Nicht ein Wort«, erwiderte Eileen. »Und glaub mir, ich habe oft versucht, sie auszufragen, weil ich es gerne gewusst hätte. Aber darüber wollte sie nicht reden.« Sie strich Lexie über den Arm. »Es tut mir leid. Soll ich vielleicht mal mit Sheila reden? Sie kann dich schließlich nicht für etwas bestrafen, was du gar nicht getan hast.«

»Nein, bitte nicht.« Lexie hob die Hand. »Wenn es nötig ist, dann mache ich das schon selbst.«

»Okay. Ich muss dann weiter, Janice ein bisschen im Laden helfen.« Eileen lächelte. »Komm doch mal vorbei, wenn du mit Father Flaherty gesprochen hast. Dann zeige ich dir alles. Und Janice freut sich sicher auch.«

»Danke. Ich schau mal«, sagte Lexie und blickte Eileen nach, die auf eines der Geschäfte am Rande des Dorfplatzes zuhielt. Der kleine Laden hatte hübsche weiß gestrichene Sprossenfenster, und über dem Schaufenster prangte ein Schild mit der Aufschrift: »The Rainbow Shop«.

Eigentlich war Lexie schon neugierig, wie es darin aussah, aber aus irgendeinem Grund war sie nicht besonders erpicht auf eine erneute Begegnung mit Janice Kelly. Die junge Frau war ihr einfach nicht sonderlich sympathisch. Was natürlich nichts mit Grayson Fitzgerald und der Tatsache zu tun hatte, dass er Janice nahestand. Oder doch?

Unwillig schüttelte Lexie den Kopf, weil sie darüber lieber nicht mehr nachdenken wollte, und ging weiter auf die Kirche zu. Das schmiedeeiserne Tor in der Kirchenmauer stand weit offen, und genau wie auf dem Platz tummelten sich auch hier auf dem Rasen eine ganze Menge Leute. Von Weitem sah es aus, als würden sie Kirmesbuden aufbauen, denn Lexie sah eine Art Glücksrad und einen Stand, an dem man Kokosnüsse, die auf Stangen lagen, mit Bällen herunterwerfen musste. In der Mitte der Wiese entstand außerdem ein großes, nach allen Seiten offenes Zelt mit Tischen und Stühlen darin, das vermutlich als eine Art Treffpunkt gedacht war.

Lexie war so vertieft in den Anblick des geschäftigen Treibens, dass sie den alten Mann, der auf der Parkbank direkt an der Kirchenmauer saß, erst bemerkte, als sie schon fast an ihm vorbeigelaufen war.

Er lächelte, als sie ihn erkannte. »Na, was macht Ihre Hand?«

»Doktor Turner! Sie erinnern sich an mich?«

Er nickte. »Ich habe Sie gleich erkannt, als ich Sie gerade aus dem Wagen steigen sah. Und? Haben Sie auf mich gehört und die Stelle gekühlt?«

Verlegen strich Lexie über ihren immer noch empfindlichen Handrücken, weil ihr der Rat des Arztes erst jetzt wieder einfiel.

»Es ist jedenfalls schon viel besser«, sagte sie ausweichend. »Und wie geht es Ihnen? Ich habe gehört, Sie hatten eine unruhige Nacht.«

Eigentlich hatte sie nur ein bisschen Konversation betreiben wollen, um das Thema zu wechseln. Doch sie schien ihn mit ihrer Frage zutiefst erschreckt zu haben.

»Woher wissen Sie das?« Sein Gesicht war plötzlich ganz weiß, und seine Stimme klang beunruhigt.

»Ich wohne im Moment oben auf der Burg und habe mitbekommen, dass Sie gestern Nacht zu Fanny O'Donnell gerufen wurden.« Lexie konnte sich nicht erklären, wieso er sich plötzlich so aufregte. War sein später Hausbesuch ein Geheimnis?

»Ich dachte, Sie wohnen im Pub«, sagte er, immer noch verwirrt.

»Da bin ich zuerst abgestiegen, das stimmt. Aber Mr O'Donnell war so freundlich, mir ein Zimmer auf der Burg anzubieten.«

»Ach so, natürlich«. Der alte Arzt zuckte mit den Schultern. »Tut mir leid. Ich war nur besorgt, wissen Sie. Fanny möchte nämlich nicht, dass ihr Zustand … na ja, Sie wissen schon. Im Dorf wird viel geredet.«

Lexie runzelte die Stirn. »Ich dachte, sie hätte bloß zu niedrigen Blutdruck.«

Für einen Moment starrte Doktor Turner sie mit leerem Blick an, so als wüsste er nicht, wovon sie redete. Dann nickte er.

»Ja, ja. Genau. Das stimmt. Aber es … beeinträchtigt sie, wissen Sie? Sie ist eine starke Frau, die nicht gerne zugibt, dass sie auch kleine Schwächen hat.« Er lächelte, aber es wirkte nicht so herzlich wie bei ihrem ersten Treffen im Pub. Dann wurde er wieder ernst und betrachtete Lexie aus zusammengekniffenen Augen, so als sei ihm gerade eine Erkenntnis gekommen, die ihm nicht gefiel. »Wenn Sie die Frau sind, die oben auf der Burg wohnt, dann müssen Sie Fionas Tochter sein.«

Inzwischen scheint es ja das ganze Dorf zu wissen, dachte Lexie, während sie nickte. Und eigentlich war das sogar gut. Schließlich war sie nicht nur hier, um vor Grayson Fitzgerald zu flüchten, sondern auch, um mehr über Fiona Riordan herauszufinden. So musste sie sich wenigstens nicht ständig erklären.

»Kannten Sie meine Mutter?«

»Nein. Ich meine, ja, doch.« Clark Turner kratzte sich am Kopf. »Anfangs ist sie zu mir in die Praxis gekommen, wenn sie krank war. Aber später hat sie es vorgezogen, sich in diesen Fällen von einem Kollegen in Letterkenny behandeln zu lassen.« Er stand auf. »Entschuldigen Sie mich, ich muss weiter. Wir sehen uns sicher noch!«

Mit einem Nicken verabschiedete er sich und ging langsam in Richtung Castle Inn. Lexie blickte ihm nach, nicht sicher, was sie von seiner Reaktion halten sollte. Wieso hatte er ihr Gespräch so abrupt beendet? Und was hatte es mit Fannys Kreislaufbeschwerden auf sich?

Lexie rief sich ihre letzte Begegnung mit der alten Dame im Hof in Erinnerung. Da hatte Fanny nicht mehr kränklich gewirkt. Und konnte man so etwas wie Blutdruckschwankungen nicht sehr gut mit Medikamenten einstellen? Dafür musste doch eigentlich kein Arzt mitten in der Nacht einen Hausbesuch machen. Oder?

Stirnrunzelnd trat Lexie durchs Tor auf das Gelände der Kirche. Es liefen zwar viele Leute herum, aber Father Flaherty war nirgends zu sehen. Dafür hatte seine Haushälterin Lexie entdeckt und kam ihr lächelnd entgegen.

»Miss Cavendish, wie schön! Was führt Sie zu uns?«

»Father Flaherty wollte mich sprechen«, sagte Lexie. »Ist er da?«

Mary Ward nickte. »Er ist drüben im Pfarrhaus. Kommen Sie, ich bringe Sie zu ihm.«

Während Lexie ihr um die Kirche herum folgte, überlegte sie, dass Mary eigentlich nicht aussah wie eine Haushälterin. Oder jedenfalls nicht so, wie Lexie sich eine Angestellte des Dorfpfarrers vorgestellt hatte. Sie hatte eine ältere Dame mit Dutt und Kittelschürze erwartet, aber nicht diese sportliche, schlanke Frau in Jeans und T-Shirt. So konnte man sich täuschen.

»Das Pfarrhaus ist da vorn«, erklärte Mary Ward und deutete auf ein kleines Cottage, das ganz am Ende des großen Kirchengrundstücks lag.

Während sie gingen, spürte Lexie, dass die Haushälterin sie immer wieder von der Seite ansah. Als ihre Blicke sich irgendwann trafen, hob Mary Ward die Hände.

»Entschuldigen Sie, dass ich Sie so anstarre. Aber ich kann immer noch nicht wirklich fassen, dass Sie Fionas Tochter sind. Es ist so erstaunlich, Sie nach all der Zeit wieder hier zu haben.« Sie zögerte. »Erinnern können Sie sich wahrscheinlich nicht mehr, oder?«

Lexie schüttelte den Kopf. »Nein, nicht wirklich.«

Mary Ward nickte verständnisvoll. »Sie waren ja auch noch so klein. Ich weiß noch, wie verstört Sie waren. Ich habe nämlich damals für eine Weile auf Sie aufgepasst.«

»Wirklich?« Überrascht sah Lexie sie an.

»Ja. Sie wurden zu uns gebracht, als man Sie oben in der Burg fand. An dem Tag, als Fiona ... Na ja, Sie wissen schon. Als sie plötzlich verschwand. Eileen und die anderen haben weiter nach ihr gesucht, sie gaben erst am Abend auf, als es dunkel wurde. So lange waren Sie in meiner Obhut.« Sie schüttelte den Kopf. »Sie haben viel geweint und waren ganz durcheinander. Das hat mir sehr leidgetan.«

Fassungslos sah Lexie sie an. Es war ein sehr merkwürdiges Gefühl, dass diese Frau, die eine vollkommen Fremde für sie war, mehr über ihre Vergangenheit wusste als sie selbst. *Hier in Cerigh kennt jeder Ihre Geschichte,* hörte sie Grayson wieder sagen. Offenbar war das so.

Sie hatten das Pfarrhaus erreicht, und Lexie erwartete beinahe ein weiteres Déjà-vu. Doch ihr kam nichts bekannt vor, als sie das kleine Haus betrat. Sie fand es einfach nur ziemlich ungemütlich. Die niedrige Decke mit den dicken Holzbalken und die dunklen Holzmöbel schufen eine eher bedrückende Atmosphäre, die Tapeten hatten einen vergilbten Ton, und ihr Muster war schon seit einer Ewigkeit nicht mehr modern. Die Gemälde an den Wänden zeigten allesamt religiöse Motive, und abgesehen von den frischen Blumen auf dem Tisch in der Küche, an der sie vorbeigingen, fehlte es an Dekorationen, die der Strenge, die alles hier ausstrahlte, eine sanftere Note hätten geben können.

»Hat Father Flaherty schon mal darüber nachgedacht, das Haus zu renovieren?« Lexie lächelte, als Mary Ward sie überrascht ansah. »Ich meine ja nur. Man könnte wirklich etwas aus den Zimmern machen. Mit etwas Farbe und ein paar Accessoires …«

»Father Flaherty gefällt es so«, erklärte Mary Ward mit ernster Miene. »Er ändert die Dinge nicht gerne. Es soll alles bleiben, wie es ist.«

»Aha.« Lexie konnte das gar nicht glauben. Auf sie hatte der Pfarrer eigentlich keinen sehr konservativen Eindruck gemacht. Aber das konnte natürlich täuschen.

Mary Ward blieb vor einer Tür stehen und öffnete sie nach einem kurzen Klopfen.

Dahinter lag ein kleines Arbeitszimmer. Jeder freie Platz an den Wänden war mit Bücherregalen bedeckt, wobei die älteren, ledereingebundenen Bücher hinter Glas standen. Sie behandelten, soweit Lexie das sehen konnte, vor allem religiöse und philosophische Themen.

Father Flaherty saß mit dem Rücken zum Fenster an einem wuchtigen Schreibtisch und wirkte mit seinem jungenhaften Lächeln wie ein Anachronismus in dem eher verstaubten Raum.

»Ah, Miss Cavendish!« Er kam um den Schreibtisch herum und gab ihr die Hand. »Aber Sie hätten wirklich nicht extra zu kommen brauchen. Ein Anruf hätte genügt.«

»Ich war sowieso gerade in der Gegend«, log Lexie und betrachtete ihn noch einmal näher. Wie gestern trug er ein schwarzes Hemd mit einem Priesterkragen und dazu eine passende schwarze Hose und Schuhe. Was ihm ziemlich gut stand. Überhaupt sah er nicht schlecht aus für einen Mann seines Alters.

»Setzen Sie sich doch.« Er deutete auf den Besucherstuhl vor seinem Schreibtisch und kehrte selbst wieder auf seinen Platz zurück. Dann nickte er seiner Haushälterin zu. »Danke, Mary!«

Die Frau verabschiedete sich mit einem Nicken und schloss die Tür hinter sich, während Lexie sich setzte.

»Sie wollten mich sprechen?«, fragte sie, weil der Priester das Schweigen zwischen ihnen auch nach mehreren Augenblicken nicht durchbrach, sondern sie aufmerksam musterte.

»Ja, genau.« Father Flaherty schien aus seinen Gedanken aufzuschrecken. »Entschuldigen Sie. Aber ich frage mich wirklich, wieso ich das nicht gleich gesehen habe. Sie haben sehr viel von Ihrer Mutter.«

Womit wir bei dem Thema wären, das ich ohnehin ansprechen wollte, dachte Lexie.

»Können Sie mir etwas über sie erzählen? Ich bin in Amerika aufgewachsen und wusste bis gestern nicht einmal, dass ich eigentlich aus Irland stamme. Oder was für ein Typ meine Mutter war. Ich würde so gerne mehr über sie erfahren.«

»Das ist verständlich.« Father Flaherty machte ein betroffenes Gesicht. »Ich habe schon gehört, wie schwer Sie es in Ihrer Jugend hatten. Das tut mir leid.«

Lexie zuckte nur mit den Schultern. »Kannten Sie Fiona

gut?«, hakte sie nach, weil sie lieber über ihre Mutter reden wollte als über sich.

Father Flaherty nickte. »Ja, ich kannte sie. Sie kam jeden Sonntag in die Messe. Außerdem sang sie im Chor. Sie war eine ganz außergewöhnliche junge Frau. Und Ihnen eine gute Mutter. Jedenfalls soweit ich das beurteilen kann«, schob er mit einem entschuldigenden Lächeln nach. Dann wurde seine Miene schlagartig ernst. »Fionas plötzliches Verschwinden hat uns alle sehr getroffen. Das passte eigentlich gar nicht zu ihr.«

Lexie schluckte. »Glauben Sie, ihr ist etwas passiert?«

»Nein!« Father Flaherty klang sehr sicher. »Ich denke, ihr ist einfach alles zu viel geworden. Sie wollte weg von hier. Und ich hoffe, dass sie irgendwo da draußen ihr Glück gefunden hat.«

Für einen Moment schwieg er, ganz in Gedanken versunken. Dann richtete er seine Aufmerksamkeit wieder auf Lexie.

»Tut mir leid. Das muss hart klingen, schließlich hat Fiona Sie im Stich gelassen. Aber sie war damals noch so jung. Ich denke, es war eine Kurzschlussreaktion. Sie … hat einfach nicht über die Konsequenzen nachgedacht.«

Lexie ballte die Hände zu Fäusten und versuchte, sich nicht anmerken zu lassen, wie sehr diese Einschätzung sie traf. »Und warum hat sie sich dann nie wieder gemeldet?«

Father Flaherty seufzte. »Manchmal ist es schwer, einen Fehler einzugestehen. Sie traut sich vielleicht nicht nach all den Jahren.«

Er schien wirklich davon überzeugt zu sein, dass Fiona noch lebte, und ein Teil von Lexie wünschte sich, dass er recht hatte. Sie hätte gerne die Chance gehabt, ihre Mutter kennenzulernen. Andererseits würde das bedeuten, dass Fiona sie tatsächlich einfach verlassen hatte …

»Aber nun zu meinem Anliegen.« Father Flaherty räusperte sich. »Die Gemeinde veranstaltet am Freitag im Rahmen des

Dorfjubiläums ein Gemeindefest, und dabei wird es auch einen Wettbewerb geben. Wir haben die Leute schon vor einiger Zeit dazu aufgerufen, die Kirche als Miniatur nachzubauen, und es gibt inzwischen einige tolle Einreichungen aus ganz unterschiedlichen Materialien. Eines ist sogar komplett aus Streichhölzern.«

»Dann werden Sie es ja schwer haben, sich zu entscheiden«, sagte Lexie, nicht sicher, worauf er hinauswollte.

»Eben«, erwiderte Father Flaherty. »Und da kommen Sie ins Spiel.« Er lächelte, als Lexie ihn verständnislos ansah. »Unsere Jury besteht bisher aus vier Leuten, aber das reicht natürlich nicht, um eine Mehrheitsentscheidung fällen zu können. Deshalb brauchen wir dringend noch jemanden, das Zünglein an der Waage, wenn Sie so wollen. Und da dachte ich an Sie.«

»An mich?« Verblüfft sah Lexie ihn an. »Wie kommen Sie denn ausgerechnet auf mich?«

»Na ja, als Innenarchitektin haben Sie doch bestimmt ein gutes Auge für Proportionen. Und es wäre tatsächlich schön, wenn wir jemand Neutrales in der Jury hätten, jemanden, der nichts mit der Gemeinde zu tun hat.« Er lächelte strahlend. »Also, was meinen Sie? Würden Sie uns den Gefallen tun und das Amt übernehmen?«

Lexie zögerte. »Ich weiß nicht. Ich habe eigentlich keine Zeit. Und außerdem bin ich wahrscheinlich nur noch bis Freitag hier.«

»Das passt doch«, freute sich der Pfarrer. »Wir küren den Sieger am Freitagnachmittag. Und morgen früh ist bereits der Annahmeschluss für die Modelle, die anschließend in der Kirche ausgestellt werden. Sie hätten also Zeit genug, sich alle Beiträge in Ruhe anzusehen und sich bis Donnerstagnachmittag zu entscheiden. Dann findet nämlich das Treffen der Jurymitglieder statt, bei dem die Entscheidung gefällt wird. Und es wäre natürlich schön, wenn Sie dann auch bei der Verleihung des Preises dabei sein könnten. Für den Sieger wird es einen Präsentkorb geben und eine CD mit geistlicher Musik. Nicht viel, ich weiß, aber mehr gibt die Gemeindekasse leider nicht her. Und es geht ja auch eher um die künstlerische Herausforderung und die Anerkennung, nicht wahr?«

Er lächelte, als er Lexies skeptischen Gesichtsausdruck sah. »Es kommt Ihnen sicher komisch vor, dass ich mich an Sie wende. Aber ich habe die Erfahrung gemacht, dass es gut ist, bei solchen Wettbewerben jemanden von außen dazuzuholen. Sie kennen die Leute nicht, die sich beteiligen, und entscheiden objektiv. Das ist viel wert. Und … na ja.« Er zögerte. »Ich dachte, es wäre auch ganz schön für Sie, das Dorf besser kennenzulernen. Schließlich haben Sie hier früher gewohnt.«

Erwartungsvoll sah er sie an, und Lexie brauchte plötzlich nicht mehr zu überlegen. Weil er recht hatte – es würde keine bessere Gelegenheit geben als so ein Gemeindefest, um die Leute nach Fiona zu fragen.

»Okay. Ich bin dabei.«

»Wirklich?« Father Flaherty eilte um den Schreibtisch herum und schüttelte ihr die Hand. »Oh, das ist wunderbar! Die Exponate werden ab morgen Mittag in der Kirche ausgestellt. Kommen Sie einfach vorbei, wann immer es Ihnen passt, und sehen Sie sich alles in Ruhe an. Am Donnerstagnachmittag um drei Uhr findet dann das Jury-Meeting statt, da stelle ich Ihnen Ihre Mitstreiter vor, und Sie entscheiden dann, wer gewinnt. Würde Ihnen das passen?«

Lexie nickte. »Ich denke, das kann ich einrichten«, sagte sie und musste unwillkürlich an Eileens Bemerkung denken. Father Flaherty war wirklich gut darin, Leute um einen Gefallen zu bitten. Er hatte etwas sehr Gewinnendes. Wahrscheinlich halfen die Leute ihm einfach gern.

Er begleitete sie noch bis zur Tür und verabschiedete sie herzlich, und als Lexie an den Ständen vorbei über die Wiese lief, spürte sie plötzlich so etwas wie Vorfreude. Es war ansteckend, die Begeisterung auf den Gesichtern der Leute zu sehen, die alle mit so viel Elan am Gelingen der Feierlichkeiten arbeiteten, und da sie jetzt offiziell mitmachte, fühlte sie sich wie ein Teil davon. Es muss schön sein, wenn man weiß, wohin man gehört, dachte sie und fand das Dorfleben auf einmal gar nicht mehr so furchtbar.

Beschwingt verließ sie das Kirchengelände und lief über den Dorfplatz, blieb jedoch abrupt wieder stehen, als sie Grayson Fitzgerald auf der anderen Seite des Platzes vor Janice' Laden stehen sah. Janice war bei ihm, und die beiden unterhielten sich angeregt.

Wo kommt der denn schon wieder her?, dachte Lexie aufgebracht. War er ihr nachgefahren? Nein, so wichtig war sie für ihn vermutlich nicht. Wahrscheinlich war er mit Janice verabredet, die ihren Laden offenbar gerade schloss. Die beiden schienen sich genauso blendend zu verstehen wie gestern vor Eileens Haus. Sie lachten und waren so vertieft in ihr Gespräch, dass sie nichts um sich herum wahrnahmen. Was Lexie einen unerwarteten Stich versetzte.

Eilig, weil sie von den beiden nicht gesehen werden wollte, wandte sie sich um und ging in Richtung ihres Autos.

Als sie am Pub vorbeikam, hörte sie drinnen aufgeregte Stimmen und lautes Poltern.

»Verschwinde hier!«, schrie jemand, und eine Sekunde später stolperte Aidan Dearing mit stark blutender Nase nach draußen und fiel Lexie genau vor die Füße.

13

Aidan!«

Entsetzt wollte Lexie sich zu ihm hinunterbeugen, aber sie musste zurückweichen, weil der Wirt in diesem Moment aus dem Pub kam und Aidan am Kragen packte und hochzog.

»So was wirst du gefällst nie wieder behaupten, hast du verstanden, du dämlicher kleiner Pisser?« Er schüttelte Aidan, der sich nicht wehrte, während hinter ihm ein Pulk von Leuten aus dem Pub drängte. Alle starrten entsetzt auf die beiden Streithähne.

»Jetzt lass ihn doch, Fred!«, rief einer. »Der hat genug!«

Aber der Wirt dachte gar nicht daran. Er schien die anderen nicht mal wahrzunehmen, sondern starrte nur Aidan an, der gar nicht mehr richtig bei sich war. Blut tropfte weiter aus seiner Nase, wo ihn die Faust des Wirts getroffen haben musste. Und Fred holte gerade erneut aus, um dem wehrlosen Aidan einen weiteren Schlag zu verpassen.

»Halt!« Lexie sprang dazwischen und griff nach dem Arm des Wirts. »Hören Sie auf! Sehen Sie denn nicht, dass er verletzt ist?«

Für schier endlose Sekunden starrte Lexie in die blassblauen Augen des Wirts, in denen flammender Hass stand. Er hatte die Faust immer noch erhoben, und Lexies Herz raste, weil sie Angst hatte, dass er sich jetzt gegen sie wenden würde.

»Fred! Nein!« Sheila kam aus dem Pub gelaufen und legte ihrem Mann die Hand auf den Rücken. »Lass es gut sein! Bitte!«

Der wilde Ausdruck wich vom Gesicht des Wirtes. Er ließ die Faust wieder sinken und lockerte den Griff, mit dem er Aidan festhielt, so dass dieser zu Boden glitt.

»Du setzt nie wieder einen Fuß in meinen Pub! Ist das klar?«, brüllte er Aidan an, dann blickte er sich um. »Was glotzt ihr denn so? Ihr habt doch gehört, was der Kerl behauptet hat! So was lasse ich mir nicht gefallen!«

Durch die Menge lief ein Raunen, das nicht nur zustimmend klang. Die meisten folgten Fred und Sheila jedoch wieder zurück in den Pub. Die anderen blieben um Aidan herum stehen.

Lexie kniete sich neben ihn hin und half ihm dabei, den Oberkörper aufzurichten.

»Alles in Ordnung?«, fragte sie besorgt und suchte in ihrer Handtasche hektisch nach Taschentüchern. Sie riss gleich mehrere aus der Packung und reichte sie Aidan, der sie sich unter die Nase hielt.

»Hab mich schon besser gefühlt.« Seine Stimme klang näselnd, und er verzog das Gesicht, weil er offensichtlich Schmerzen hatte.

»Kannst du aufstehen?«

Aidan nickte und ließ sich von Lexie und dem jungen Mann mit dem Badgers-T-Shirt helfen. Es war derselbe, den Lexie vorhin schon bei Aidan gesehen hatte. Er stellte sich ihr als Tom vor. Gemeinsam stützten sie Aidan und führten ihn zu einer nahe gelegenen Bank.

»Was zur Hölle war denn los?«, fragte Lexie, während sie Aidan weitere Taschentücher reichte. »Warum hast du dich mit dem Wirt geprügelt?«

»Ich habe mich nicht geprügelt – der Typ ist auf mich losgegangen. Und das nur, weil ich ihn darauf hingewiesen habe, dass er die junge Frau in Ruhe lassen soll.«

»Welche junge Frau?«

»Keine Ahnung, ich kannte sie nicht. Sie saß am Nebentisch, und wir haben uns ein bisschen unterhalten. Sie war auf der Suche nach einem Zimmer, aber das scheint in Cerigh gerade schwierig zu sein, deshalb war sie ziemlich frustriert. Ich habe versucht, sie aufzumuntern, während sie ihren Tee getrunken hat.« Er lächelte. »Sie war wirklich nett.«

»Und was hat Fred gemacht?«, hakte Lexie nach, worauf Aidans Miene sich sofort wieder verdunkelte.

»Er kam ständig vorbei, wischte den Tisch ab und schäkerte dabei mit ihr. Richtig angemacht hat er sie, was ihr offensichtlich unangenehm war. Aber er ließ nicht nach, bis sie schließlich aufgestanden und gegangen ist. An der Tür hat er ihr zum Abschied dann noch mal die Hand an ihren Hintern gelegt. Ich war so fassungslos, dass ich zuerst gar nichts sagen konnte. Das war so … vorgestrig und unkorrekt, und irgendwie konnte ich das so nicht stehen lassen. Deshalb habe ich ihn angesprochen, als er an unserem Tisch vorbeikam, und habe ihm gesagt, dass er ein verdammter Grabscher ist und das in Zukunft lassen soll. Wir haben gestritten, und dann hat er mich ganz plötzlich geschlagen und aus der Kneipe geworfen. Den Rest hast du ja mitbekommen.«

»Er ist einfach auf dich losgegangen? Ohne Vorwarnung?« Lexie schüttelte den Kopf. Es schauderte sie immer noch, wenn sie an den blanken Zorn in den Augen des Wirts dachte. Er hatte sich nicht mehr unter Kontrolle gehabt, und es war nur gutgegangen, weil seine Frau rechtzeitig eingegriffen hatte. Sonst säße ich hier jetzt vermutlich auch mit einer blutigen Nase, dachte Lexie.

»Du solltest den Kerl anzeigen, Aidan«, sagte Tom. »Ich hab alles gesehen, ich kann bezeugen, wie es war. Damit darf der Kerl doch nicht einfach so durchkommen.«

Der gleichen Meinung war Lexie auch, aber Aidan schüttelte den Kopf. »Nein, schon gut. Es ist ja nur eine gebrochene Nase. Das heilt wieder.«

»Aber …«, protestierte Lexie, brach jedoch ab, als Aidan die Hand hob.

»Ich hab's nicht so mit der Polizei, okay?«

Stirnrunzelnd musterte Lexie seinen ungewöhnlich ernsten Gesichtsausdruck. So eine Reaktion passte überhaupt nicht zu seiner ansonsten offenen, entspannten Art, aber sie kam nicht dazu, nachzufragen, was es damit auf sich hatte, denn in diesem Moment trat Eileen zu ihnen. Und sie hatte, wie Lexie mit Unbehagen feststellte, Janice und Grayson im Schlepptau. Alle drei wirkten außer Atem, so als seien sie hergelaufen.

»Herrje, was ist denn hier los?«, fragte Eileen. »Kann ich helfen?«

Lexie schilderte ihr kurz, was passiert war, und vermied es möglichst, zu Grayson zu blicken, der sie mit sehr ernster Miene musterte.

Während sie noch überlegten, wie sie Aidan am besten verarzten konnten, trat auf einmal die Wirtin aus dem Pub. Sie hielt ein sauberes weißes Tuch in der einen und eine große Reisetasche in der anderen Hand.

»Hier!« Sie drückte Aidan das Tuch in die Hand und stellte die Tasche neben ihm ab. »Ich habe Ihre Sachen zusammengepackt. Es ist alles da drin. Bezahlen müssen Sie nichts, aber wir wollen Sie im Castle Inn nicht mehr sehen.«

Sie warf Lexie noch einen wütenden Blick zu, so als wäre das alles ihre Schuld, und nickte Eileen zu. Dann drehte sie sich um und verschwand wieder im Pub.

»Tja«, meinte Aidan mit einem schiefen Lächeln. »Dann bin ich ab jetzt wohl obdachlos.«

»Sie können bei mir wohnen«, sagte Eileen.

Überrascht sah Lexie sie an.

»Wirklich? Das ginge?«

Eileen nickte. »Ich hatte ohnehin vor, meine freien Zimmer für Besucher zur Verfügung zu stellen. Es gibt einfach viel zu wenige Betten. Und wenn ich einem Opfer von Freds Jähzorn helfen kann, dann tue ich das sehr gerne«, fügte sie hinzu. »Mich hat er auch mal angeschrien, als ich ihn darauf hinwies, dass er mein Essen falsch abgerechnet hat. Der Kerl kann einem wirklich Angst machen.«

»Ich darf bei Ihnen wohnen?« Aidans Stimme wurde durch das dicke Tuch gedämpft, das er sich jetzt unter die Nase hielt. »Das wäre ja fantastisch. Ich bin auch nicht anspruchsvoll. Ein Bett reicht mir völlig.«

»Na, dann kommen Sie.« Eileen trat zu ihm und half ihm hoch.

Er hielt sich die Seite, wo ihn Freds Fäuste getroffen hatten, und humpelte auch ein bisschen, wie nicht nur Lexie besorgt bemerkte.

»Vielleicht solltest du dich erst mal im Krankenhaus untersuchen lassen«, meinte Tom.

»Was? Nein!« Vehement schüttelte Aidan den Kopf. »Es geht schon. Wirklich.«

Er schien nicht nur etwas gegen die Polizei, sondern auch gegen Krankenhäuser zu haben. Letzteres verstand Lexie gut, aber sie fragte sich trotzdem, was der Grund dafür sein mochte. Hatte er etwas zu verbergen?

»Mein Auto steht da vorn.« Aidan deutete auf den kleinen blauen Hyundai, der einige Beulen und Rostflecke aufwies. »Wenn Sie mir sagen, wo Sie wohnen, dann fahre ich …«

»Sie werden auf gar keinen Fall selbst fahren!« Eileens Stimme klang entschieden. »Janice kann Sie damit zu mir bringen. Ich komme mit meinem Auto nach.«

Janice schien dieser Vorschlag nur mäßig zu gefallen, denn ihr Blick glitt sofort zu Grayson, den sie offenbar nicht so gerne verlassen wollte. Grayson stimmte Eileen jedoch zu.

»Das ist sicher besser«, sagte er und stützte Aidan zusammen mit Tom. Gemeinsam brachten sie den Verletzten zu dessen Auto, während Lexie ihnen Aidans Tasche hinterhertrug.

Aus der Nähe sah der Hyundai ziemlich altersschwach aus, aber er sprang ohne Probleme an, als Janice sich hinter das Steuer setzte.

»Bei Eileen bist du in guten Händen«, versicherte Lexie Aidan, nachdem Grayson und Tom ihn ganz langsam auf dem Beifahrersitz niedergelassen hatten, und stellte seine Tasche auf den Rücksitz. Aidan nickte nur und lehnte sich zurück gegen die Kopfstütze.

»Danke«, sagte er leise und schloss die Augen.

Lexie sah dem Hyundai besorgt nach.

»Bist du sicher, dass er nicht zum Arzt muss?«, fragte sie Eileen. »Was, wenn er doch schwerer verletzt ist, als er denkt?«

»Ich beobachte ihn, und wenn es nötig ist, bringe ich ihn nach Letterkenny – ob er will oder nicht. Aber erst mal versuchen wir es mit viel Ruhe und etwas von meinem speziellen Heiltee. Der wirkt auch gegen die Schmerzen und wird ihm guttun«, erklärte Eileen, und Lexie spürte eine Welle der Zuneigung zu der eigentlich fremden Frau, die so freundlich zu ihr war.

»War dieser Fred immer schon so aggressiv?«

Eileen nickte. »Oh ja. Es gibt kaum jemanden, der jovialer und großzügiger ist als Fred Murphy. Aber wehe, man kommt ihm quer, dann wird er ausfallend und schlägt auch gerne mal um sich. Er ist wegen Körperverletzung sogar schon vorbestraft.«

Lexie schluckte. »Und was, wenn …« Sie zögerte und senkte ihre Stimme so, dass Grayson, der ganz in der Nähe stand und sich mit Tom unterhielt, es nicht hören konnte. »Was, wenn er so auch meiner Mutter gegenüber war? Du hast gesagt, dass er sie mochte, aber dass sie ihn abgewiesen hat. Was, wenn er das nicht ertragen konnte und ihr … etwas angetan hat?«

Eileen runzelte nachdenklich die Stirn.

»Zutrauen würde ich es ihm. Nur beweisen lässt sich das wohl nicht, schon gar nicht nach dieser langen Zeit … Alexandra, ist alles in Ordnung?«

Lexie konnte nicht antworten, weil vor ihren Augen ohne Vorwarnung ein Bild aufgetaucht war, ähnlich deutlich wie am Nachmittag auf der Burg. Sie sah wieder Fiona, aber diesmal stand in ihrem Gesicht blanke Panik.

Lauf, Lexie! Lauf weg!

»Was ist mit dir?« Eileen umfasste Lexies Arm so fest, dass es fast schmerzte. »Erinnerst du dich an etwas?«

Lexie nickte und erzählte, was sie gesehen hatte.

»Fiona hatte Angst?« Eileen starrte sie eindringlich an. »Vor wem?«

»Das weiß ich nicht«, antwortete Lexie. »Aber sie sah ganz verzweifelt aus.«

»Oh mein Gott!« Eileen ließ Lexies Arm los. »Das ist … das ist gut! Dann hast du es gar nicht vergessen. Deine Erinnerung ist wahrscheinlich nur verschüttet – und kommt langsam wieder, jetzt, wo du hier bist.«

Lexie nickte. »Ihr ist etwas zugestoßen, Eileen.«

Sie konnte sich selbst nicht erklären, wieso sie sich dessen auf einmal so sicher war. Stützen konnte sie es nur auf einen Erinnerungsfetzen, von dem sie nicht wusste, wie verlässlich er war. Aber er reichte aus, um ihre Entschlossenheit noch weiter zu festigen. Damals hatte vielleicht niemand aufklären können, was aus Fiona geworden war. Aber Lexie würde nicht so schnell aufgeben. Sie musste das Geheimnis um das Verschwinden ihrer Mutter lüften.

»Willst du noch mit zu mir kommen?« Eileen strich ihr über den Arm. »Wir könnten einen Tee zusammen trinken, sobald ich meinen neuen Hausgast verarztet habe. Und über deine Mum sprechen. Vielleicht weckt das ja noch mehr Erinnerungen.«

Lexie schüttelte den Kopf. »Ich muss jetzt wirklich zurück zur Burg.« Sie war sich zwar ziemlich sicher, dass sie heute nicht mehr an den Plänen weiterarbeiten würde, aber sie wollte trotzdem lieber allein sein und in Ruhe über alles nachdenken. »Ich komme morgen und sehe nach dem Patienten, und dann reden wir. Okay?«

Sie winkte dem Wagen noch nach, als Eileen einen Moment später ebenfalls losfuhr – und drehte sich erschrocken um, als ihr plötzlich jemand die Hand auf die Schulter legte.

Es war Grayson.

»Tom hat mir erzählt, dass Sie sich in den Streit zwischen Fred und dem Studenten eingemischt haben. Wissen Sie eigentlich, wie gefährlich das war? Wenn Fred jähzornig wird, ist er nicht zurechnungsfähig.«

»Das habe ich gemerkt.« Sie machte sich von ihm los. »Aber was hätte ich denn tun sollen? Zusehen, wie er Aidan weiter zusammenschlägt?«

»Aidan?« Grayson hob die Augenbrauen. »So gut kennen Sie den Studenten nach der kurzen Zeit schon, dass Sie ihn beim Vornamen nennen?«

Egal, was ich tue, er hat immer etwas dran auszusetzen, dachte Lexie und spürte, wie Wut in ihr aufstieg.

»Aidan ist kein Student, er ist Doktorand. Und er hat mir das gleich bei unserer ersten Begegnung angeboten. Es sind eben nicht alle Männer so steif wie Sie.«

Schon als sie sich das sagen hörte, bereute sie ihre Worte. Jetzt glaubte er wahrscheinlich, dass sie ihn unbedingt beim Vornamen nennen wollte. Was sie natürlich nicht wollte. Im Gegenteil. Je mehr Abstand sie zu ihm wahren konnte, desto besser, sei es nun räumlich oder sprachlich.

In Graysons Gesicht arbeitete es, und er setzte an, etwas zu sagen. Aber Lexie wollte das lieber nicht hören.

»Ich muss jetzt wieder rauf zur Burg. Wir sehen uns, Mr Fitzgerald.« Sie betonte den Nachnamen extra, drehte auf dem Absatz um und ging zurück Richtung Castle Inn.

Als sie auf ihren Parkplatz zulief, sah sie schon von Weitem, dass jemand gebückt neben ihrem Auto stand. Zuerst glaubte sie, dass einer der zahlreichen Besucher, die den Dorfplatz bevölkerten, etwas verloren hatte. Doch beim Näherkommen erkannte sie, dass es der alte Arzt war.

»Suchen Sie etwas, Doktor Turner?«

Ihre Frage ließ ihn hochfahren. »Nein. Ich meine, ja. Ich … habe meinen Schlüssel fallen lassen. Er ist unter Ihrem Auto gelandet, und ich kann mich so schlecht bücken.«

»Warten Sie, ich helfe Ihnen.« Lexie hockte sich hin und warf einen Blick unter den Wagen. Sie fand den Schlüssel direkt neben dem Reifen.

»Hier.« Sie reichte dem Arzt ihren Fund.

»Oh, vielen Dank! Sehr freundlich von Ihnen.«

»Gern geschehen«, sagte Lexie und sah zu, wie er sich über den Platz entfernte und in der Menschenmenge verschwand. Komischer Kerl, dachte sie. Den Schlüssel hätte er eigentlich problemlos selbst aufheben können. Aber vielleicht wurden alte Leute ja mit der Zeit ein bisschen wunderlich.

Sie stieg in den Golf und bahnte sich dann langsam ihren Weg durch die Gruppen von Menschen, die an verschiedenen Stellen auf dem Dorfplatz zusammenstanden. Als sie die Hauptstraße erreicht hatte, gab sie Gas.

Während sie den Weg zur Burg hinauffuhr, schossen ihr tausend Dinge gleichzeitig durch den Kopf. Die Begegnungen mit Doktor Turner und Father Flaherty, das Gespräch mit Mary Ward und die schlimme Prügelei im Castle Inn. Es war so viel passiert, und sie war völlig durcheinander, deshalb hielt sie etwa auf der Hälfte der Strecke in einer kleinen Parkbucht am Straßenrand und suchte in ihrer Tasche nach ihrem Handy, um Betty anzurufen. Ein Gespräch mit ihrer Freundin würde ihr vielleicht Klarheit bringen.

Aber das Handy war nicht in ihrer Handtasche. Irritiert kippte Lexie den gesamten Inhalt auf den Beifahrersitz und suchte noch einmal gründlicher – ohne Erfolg. Verdammt! Sie biss sich auf die Lippe, während sie überlegte, wo das Smartphone sein konnte. Sie hatte es noch gehabt, als sie ins Dorf gefahren war. Und sie hatte die Tasche nur einmal geöffnet – um die Taschentücher für Aidan herauszunehmen. Wenn das Handy dabei herausgefallen war, dann lag es vermutlich noch bei der Bank, auf der sie gesessen hatten. Falls es nicht längst jemand mitgenommen hatte.

Mit einem Stöhnen ließ Lexie den Motor wieder an. Sie fuhr noch ein Stück weiter den Berg rauf, bis sie die Kuppe erreicht hatte, wo ein schmaler Feldweg nach rechts abbog und ihr die Möglichkeit gab zu wenden. Dann lenkte sie den Golf wieder hinunter ins Tal.

So was kann auch nur mir passieren, dachte sie und stellte den Fuß auf die Bremse, weil sie sich einer ziemlich scharfen Kurve näherte und die Geschwindigkeit drosseln musste. Wenn das Handy weg war, würde es schwer werden, mit Andrew Kontakt zu halten. Von den gesamten Daten, die darauf gespeichert waren, ganz zu schweigen. Sie konnte wirklich nur hoffen, dass es vielleicht doch noch auf der Parkbank …

Lexie stutzte und trat noch einmal auf die Bremse. Aber es tat sich wieder nichts. Im Gegenteil. Sie konnte das Pedal ohne jeden Widerstand bis ganz nach vorne durchdrücken.

Mit viel zu hohem Tempo fuhr sie in die Kurve ein und schaffte es nur mit Mühe, den Golf auf der Straße zu halten. Voller Panik trat sie immer wieder mit dem Fuß auf das Bremspedal ein, aber der Wagen gewann auf der abschüssigen Straße nur noch weiter an Geschwindigkeit.

Oh mein Gott!, dachte sie und umklammerte das Lenkrad, als sie die nächste Kurve vor sich auftauchen sah.

14

Handbremse!, schoss es Lexie durch den Kopf. Die funktionierte, soweit sie wusste, unabhängig vom Bremssystem. Hastig löste sie die linke Hand vom Steuer, umklammerte den Griff der Handbremse und riss ihn nach oben. Es gab ein ratschendes Geräusch, und zu ihrer großen Erleichterung wurde der Golf tatsächlich langsamer. Aber er hielt nicht an, dafür war die Straße zu abschüssig. Trägheit der Masse, dachte Lexie verzweifelt und zog die Handbremse noch einmal fester an. Es gab einen lauten Knall, und der Wagen rollte wieder schneller.

»Verdammt!« Lexie spürte, dass der Hebel der Handbremse jetzt auch keinen Widerstand mehr besaß. Der Seilzug musste gerissen sein, wahrscheinlich weil sie zu heftig daran gezogen hatte. »Verdammt! Verdammt! Verdammt!«

Okay, was jetzt? Runterschalten. Das würde die Motorleistung drosseln. Sie trat die Kupplung durch und legte erst den zweiten und dann den ersten Gang ein. Der Motor jaulte auf, und der Wagen ruckelte, wurde aber tatsächlich langsamer, so dass sie die nächste Kurve schaffte. Sie musste sie jedoch ausfahren und kam dabei weit auf die Gegenfahrbahn. Danach schloss sich ein so steiles Stück Straße an, dass der Golf erneut an Fahrt gewann.

Lexie stand der Schweiß auf der Stirn. Sie wusste sich keinen Rat mehr. Vielleicht sollte ich den Motor ausmachen, dachte sie. Aber verlor sie dann nicht endgültig die Kontrolle über den Wagen? Ohne Bremse würde er am Berg trotzdem weiterrollen, und mit ausgeschaltetem Motor funktionierte die Servolenkung nicht mehr. Und die brauchte sie, denn sie konnte das Steuer wegen der Fliehkräfte in den Kurven auch so schon kaum noch halten.

Kurz überlegte sie, ob sie gegen irgendetwas fahren sollte, um das Auto anzuhalten. Aber rechts und links der Straße gab es nur hin und wieder mit Stacheldraht bespannte Holzzäune, die wenig Widerstand bieten würden. Und den Wagen gegen einen der herumliegenden Felsbrocken zu fahren war vermutlich keine besonders gute Idee. Deshalb hielt sie den Golf weiter auf der Straße und wappnete sich für die nächste, langgezogene Rechtskurve.

Und dann sah sie plötzlich das andere Auto. Es war ein schwarzer BMW, und er kam ihr auf der schmalen Straße entgegen. Oh Gott, das ist Graysons Wagen, dachte sie entsetzt und drückte auf die Hupe. Aber das würde nichts bringen. Er würde erst merken, dass sie nicht langsamer werden konnte und die gesamte Breite der Straße brauchte, wenn sie sich in wenigen Augenblicken in der Kurve begegneten. Dann würden sie entweder zusammenstoßen oder sich gegenseitig von der Fahrbahn drängen.

Hektisch blickte Lexie sich um. Rechts neben der Straße lag ein steiniges Feld mit einigen moosbewachsenen Felsen, das war also keine Option. Links befand sich eine Wiese mit hohem Gras. Schafe standen nicht darauf, so wie auf vielen anderen Flächen, an denen sie schon vorbeigekommen war, und es gab auch keinen Zaun oder Felsbrocken. Dafür fiel der Boden dort so steil ab, dass es schwierig werden würde, das Auto zum

Stehen zu bringen. Außerdem bestand sogar die Gefahr, dass es sich überschlug.

Graysons Wagen kam immer näher, deshalb blieb Lexie keine Zeit mehr, lange zu überlegen. Mit einem Ruck riss sie das Steuer herum und lenkte den Wagen von der Straße auf die Wiese. Sie spürte ein Ziehen im Magen, als das Auto kurz abhob. Dann landeten die Räder auf dem abschüssigen Untergrund, und der Golf begann zu schleudern, drehte sich mehrfach um die eigene Achse.

Lexie verlor die Orientierung, sah abwechselnd die Straße und die Wiese. Geistesgegenwärtig schaltete sie den Motor aus, weil sie ohnehin keine Kontrolle mehr über den Wagen hatte und er dann vielleicht doch zum Stehen kam. Der Gurt schnitt in ihre Schulter, weil sie hin und her geworfen wurde, und für einen Moment befürchtete sie, dass der Wagen sich doch noch überschlagen würde. Wie durch ein Wunder blieben die Räder jedoch am Boden, und der Golf rutschte immer langsamer über die Wiese, bis er schließlich auf einem etwas flacheren Stück zum Stehen kam.

Für einen Moment saß Lexie wie erstarrt hinter dem Steuer und konnte kaum fassen, dass es vorbei war. Dann versuchte sie, den Gurt zu lösen, doch ihre Finger zitterten so heftig, dass sie es einfach nicht schaffte. Ihr Herz raste, und sie bekam kaum noch Luft. Sie musste hier raus, sie musste …

Die Beifahrertür wurde aufgerissen, und Grayson beugte sich zu ihr in den Wagen. Er griff über sie hinweg und löste den Gurt, dann zog er sie aus dem Auto und half ihr, sich ein paar Meter entfernt auf die Wiese zu setzen.

»Alles in Ordnung?« Er kniete neben ihr und legte die Hand an ihre Stirn, dann strich er über ihre Arme, während er sie von oben bis unten musterte. Sein Gesicht war ganz blass. »Tut Ihnen irgendetwas weh?«

Lexie horchte in sich hinein. Ihre Schulter schmerzte an der Stelle, wo der Gurt sie gehalten hatte, und seitlich am Kopf fühlte sie eine dicke Beule, die sie sich geholt haben musste, als sie gegen die Tür geschleudert worden war. Aber mehr schien ihr nicht zu fehlen.

»Mein Kopf ...« Sie zögerte kurz. »Mein Kopf dröhnt ein bisschen. Aber sonst geht es.«

Grayson stieß die Luft aus. »Dann hatten Sie mehr Glück als Verstand! Warum zur Hölle haben Sie denn nicht gebremst?«

Lexie spürte, wie ihr Tränen in die Augen schossen.

»Das wollte ich ja. Aber es ging nicht.«

»Sie meinen, Sie haben zu spät gemerkt, dass Sie in der Kurve zu schnell waren?«

Sie schüttelte den Kopf. »Nein, ich meine, dass die Bremsen nicht funktioniert haben. Ich habe das Pedal ganz durchgetreten, aber der Wagen ist nicht langsamer geworden.«

Er starrte sie an. »Die Bremsen haben nicht funktioniert? Sind Sie sicher?«

Sie nickte. »Sonst hätte ich ja nicht auf die Wiese fahren müssen.«

»Sie haben das absichtlich gemacht?« Das schien er kaum fassen zu können.

Lexie nickte. »Sonst wäre ich mit Ihnen zusammengestoßen«, sagte sie und blickte zu dem Golf hinüber, der äußerlich kaum etwas abbekommen hatte. Ein Riss ging quer durch die Windschutzscheibe, aber sonst sah er noch genauso aus wie vorher. Was vermutlich nur daran lag, dass es auf der Wiese kein Hindernis gegeben hatte, gegen das sie geprallt war.

Das war verdammt knapp, dachte sie und spürte, wie ihr ein Schauer über den Rücken lief.

»Ich hatte solche Angst.« Ihre Stimme war nur noch ein Flüstern, und als sie zu Grayson aufblickte, schloss er die Arme um sie und zog sie an sich. Sein markanter Duft hüllte sie ein, und seine Hände strichen über ihren Rücken und ihre Arme, was sie wieder etwas entspannte.

»Wieso sind Sie überhaupt wieder zurückgefahren?« Lexie spürte, wie seine tiefe Stimme in seinem Brustkorb vibrierte. »Wollten Sie nicht rauf zur Burg?«

Sie seufzte tief. »Eigentlich schon. Aber dann habe ich gemerkt, dass mein Handy nicht da ist. Ich muss es im Dorf verloren haben und wollte es holen, bevor es weg ist.«

Grayson löste sich von ihr, griff in seine Brusttasche und zog ihr Smartphone heraus. »Hier. Es lag unter der Bank, auf der Sie diesen Aidan verarztet haben.«

»Sie wollten es mir bringen?« Lexie nahm das Handy entgegen und hielt es umklammert. Dann war er ihretwegen auf dem Weg zur Burg gewesen. Er hatte ihr einen Gefallen tun wollen. Und sie hätte ihn fast umgebracht. »Es tut mir leid.«

Er runzelte die Stirn. »Was?«

»Dass ich Sie in Gefahr gebracht habe.«

»Sie haben sich vor allem selbst in Gefahr gebracht.« Er streckte die Hand aus und strich ihr eine Haarsträhne hinter das Ohr. »Wieso zur Hölle tun Sie das immer?«

Seine Stimme klang rau, und Lexie schluckte unwillkürlich. Seine Augen waren einfach zu blau. Und jetzt lag auch kein Vorwurf mehr darin, sondern etwas anderes, das ihren Atem schneller gehen ließ …

Ein Hupen riss sie aus ihren Gedanken, und als sie sich umdrehte, sah sie, dass ein älterer Volvo-Kombi, den Lexie schon mehrmals im Burghof gesehen hatte, vor Graysons BMW am Straßenrand hielt. Agatha O'Donnell stieg aus und kam eilig zu ihnen gelaufen.

»Mein Gott! Was ist denn passiert?«

Lexie sah wieder zu Grayson, und erst in diesem Moment

wurde ihr klar, wie vertraut sie hier gerade zusammensaßen. Das muss der Schock sein, dachte sie und spürte, wie Röte in ihre Wangen schoss. Nur deshalb war sie unachtsam gewesen und hatte ihn so nah an sich herangelassen.

Hastig erhob sie sich, um Abstand zwischen sich und ihn zu bringen. Doch als sie wieder stand, schwankte die Erde unter ihren Füßen so bedrohlich, dass sie das Gleichgewicht verloren hätte, wenn Grayson, der ebenfalls aufgestanden war, sie nicht gestützt hätte. Was ihren ursprünglichen Plan, von ihm wegzukommen, sehr effektiv zunichtemachte. Aber sie war einfach zu schwach, um sich von ihm zu lösen, deshalb lehnte sie sich erneut an ihn, während er Agatha in wenigen Worten schilderte, was passiert war.

»Oh Gott!« Agatha legte die Hände vor den Mund und sah Lexie besorgt an. »Sie muss ins Krankenhaus, Grayson. Vielleicht hat sie innere Verletzungen.«

Grayson nickte. »Ich fahre sie gleich nach Letterkenny. Dann …«

»Was? Nein!«, protestierte Lexie und stemmte die Hände gegen Graysons Brust. »Auf gar keinen Fall! Mir fehlt nichts!«

Wie um ihre Worte Lügen zu strafen, sackten ihre Beine unter ihr weg, und vor ihren Augen verschwamm alles. Sie spürte, wie Grayson sie auffing und hochhob.

»Okay, das reicht!« Seine Stimme klang streng. »Ich fahre Sie definitiv nach Letterkenny.«

»Aber mein Auto.« Lexie schlang die Arme um seinen Hals und schloss die Augen. »Ich muss doch …«

»Das hat Zeit.« Grayson trug sie ein Stück, dann hörte sie eine Autotür aufgehen, und einen Augenblick später ließ er sie auf den lederbezogenen Beifahrersitz gleiten, beugte sich über sie und schnallte sie an. »Darum kümmern wir uns später.«

Wir, dachte Lexie, plötzlich bleiern müde, und lehnte sich in den Sitz zurück. Es gab kein »Wir«, jedenfalls nicht mit Grayson Fitzgerald. Aber so schwer ihr das fiel, sie würde seine Hilfe annehmen müssen, denn ihr war wirklich ziemlich schwindelig. Nur dieses eine Mal noch, schwor sie sich und hörte, dass er die Tür wieder schloss. Dann schlief sie ein.

*****

»Das arme Mädchen!« Agatha schüttelte den Kopf. »Ruf mich sofort an, wenn du weißt, was ihr fehlt.«

Grayson nickte, während er den Wagen umrundete, um auf der Fahrerseite einzusteigen. Kurz bevor er die Tür öffnete, hielt er noch einmal inne und blickte über das Autodach hinweg zu seiner Großmutter.

»Ihre Bremsen haben versagt, Grandma. Ich denke, jemand hat sich daran zu schaffen gemacht.«

»Oh nein!« Agathas Augen wurden groß. »Glaubst du, dass …«

Sie sprach nicht aus, was sie beide dachten.

»Ich weiß es nicht.« Grayson stieß die Luft aus. »Wir müssen auf jeden Fall vorsichtig sein.«

Agatha knetete die Hände. »Ich habe Angst, Grayson. Was soll denn jetzt nur werden?«

»Hey!« Er ging noch einmal um den Wagen herum und nahm seine Großmutter in die Arme. »Wir kriegen das hin. Ich kümmere mich um Miss Cavendish. Sie wird es nicht herausfinden. Und wenn doch … lasse ich mir etwas einfallen.«

Tränen traten in Agathas Augen. »Ach, Grayson. Ich bin so froh, dass du da bist. Ohne dich …«

Der unglückliche Ausdruck auf ihrem Gesicht versetzte Grayson einen Stich, und er wünschte plötzlich, Agatha und Fanny hätten ihn früher geholt. Es gab nicht viele Menschen, die es je hinter die Mauern geschafft hatten, die er schon vor vielen Jahren um sein Inneres gezogen hatte. Aber für seine Großmutter und seine Großtante würde er alles tun. Die beiden waren sein Anker gewesen, als er das Gefühl gehabt hatte, in einem Meer aus Gleichgültigkeit zu treiben. Sie waren immer für ihn da gewesen, aber er hatte sie allein gelassen. Er war Dunmor ferngeblieben, wohl wissend, dass dort vieles im Argen lag. Er hatte sich zu wenig interessiert für seine Familie. Jetzt musste er retten, was zu retten war.

»Du musst dir keine Sorgen machen.« Er lächelte sie aufmunternd an. »Es wird nichts passieren.«

Agatha nickte, aber er konnte ihr ansehen, dass sie ihm nicht glaubte.

»Ich muss los.« Er strich ihr über den Arm und ging zurück zum Auto.

Lexie Cavendish öffnete kurz die Augen, als er sich hinter das Steuer setzte, und stöhnte leise. Dann entspannte sie sich wieder und schien gar nicht mehr mitzubekommen, dass er losfuhr.

Erneut sah Grayson das Bild vor sich, wie ihr froschgrüner Golf von der Straße abgekommen und auf der Wiese außer Kontrolle geraten war. Es grenzte an ein Wunder, dass das Auto sich nicht überschlagen hatte, aber Grayson war trotzdem sicher gewesen, dass er sie blutüberströmt über dem Lenkrad hängend vorfinden würde, als er auf den Golf zugerannt war. Die Erleichterung, dass sie den Unfall – zumindest auf den ersten Blick – unverletzt überstanden hatte, machte ihn immer noch ganz schwach.

Er wollte nicht, dass ihr etwas passierte. Aber er war nicht sicher, ob er sie schützen konnte. Sie hat keine Ahnung, in was sie da hineingeraten ist, dachte er grimmig und jagte den Wagen so schnell wie möglich weiter in Richtung Letterkenny.

15

Ein lautes Donnern weckte Lexie, und als sie erschrocken die Augen öffnete, sah sie, dass sie neben Grayson im Auto saß. Es war schon dunkel, und draußen tobte ein heftiges Sommergewitter. Regen prasselte gegen die Windschutzscheibe, und man sah die Tropfen dicht an dicht durch die Lichtkegel der Scheinwerfer huschen. Von der Straße und der Landschaft konnte man nicht viel erkennen, aber Lexie bemerkte im Vorbeifahren ein Schild, das den Weg zu den Cerigh Cliffs anzeigte. Also waren sie schon fast wieder auf Dunmor.

Mühsam kämpfte Lexie sich im Sitz hoch, in den sie im Schlaf eingesunken war, und rieb sich über die Augen. Dabei rutschte ihr die Lederjacke von den Schultern, die Grayson ihr gegeben hatte, als sie aus dem Krankenhaus gekommen waren. Lexie schob sie wieder zurecht und lächelte schwach, als sie merkte, dass Grayson sie ansah.

»Entschuldigung. Ich ... war eingenickt.«

Er musterte sie skeptisch. »Was macht Ihr Kopf?«

»Es geht«, erwiderte sie und fasste sich mit der Hand an die Stirn. Sie hatte keine Schmerzen mehr, und auch der Schwindel war verschwunden. Aber sie spürte, dass ihr der Schreck noch immer in den Gliedern saß.

»Sie hätten auf den Arzt hören und im Krankenhaus bleiben sollen«, sagte Grayson. »Wenigstens für eine Nacht. Mit einer Gehirnerschütterung ist nicht zu spaßen.«

Das hatte er ihr auch im Krankenhaus mehrmals gesagt. Aber davon wollte sie immer noch nichts wissen.

»Auf keinen Fall! Dieser Doktor Millner meinte, es bestünde der *Verdacht* auf eine Gehirnerschütterung. Sicher war er sich nicht.«

Dabei hatte er Lexie unzähligen Tests und Untersuchungen unterzogen, von denen sie zumindest anfangs kaum etwas mitbekommen hatte. Aber mit der Zeit war es ihr wieder besser gegangen, und das passte zu dem Ergebnis, das bei der Prozedur am Ende herausgekommen war: dass sie unglaubliches Glück gehabt hatte. Es war nichts gebrochen, und abgesehen von einer Prellung an der Schulter, die vom Gurt herrührte, und der Beule an ihrem Kopf ging es ihr gut. Also würde sie sich ganz sicher nicht freiwillig in ein Krankenhausbett legen.

»Beobachten kann ich mich auch selbst«, erklärte sie trotzig. »Dafür brauche ich keine Ärzte, die am Ende doch das Wichtigste übersehen.«

Schon in der Sekunde, in der sie es aussprach, wusste Lexie, dass sie zu viel gesagt hatte.

»Ist das der Grund für Ihre Abneigung gegen Krankenhäuser?« Grayson hob überrascht die Augenbrauen. »Wurden Sie dort mal falsch behandelt?«

Sie zögerte, weil er vermutlich der Allerletzte war, dem sie so etwas Persönliches anvertrauen sollte. Aber die Erinnerungen überfluteten sie, und sie war zu müde und verwirrt, um das alles für sich zu behalten, deshalb ließ sie sich mit einem Seufzen wieder zurück in den Sitz sinken.

»Nein, ich nicht. Aber meine Pflegemutter.« Sie schloss kurz die Augen und rief sich das traumatische Ereignis ins Gedächtnis, ohne das ihr Leben vielleicht ganz anders verlaufen wäre. »Meine Pflegeeltern hatten einen Autounfall. Mein Pflegevater war sofort tot, aber meine Pflegemutter überlebte schwer verletzt. Damals war ich neun und habe die Ärzte angefleht, mich zu ihr zu lassen. Ich hatte schreckliche Angst, sie auch noch zu verlieren, und wollte bei ihr sein. Aber ich durfte nur eine halbe Stunde pro Tag an ihrem Bett sitzen, mehr haben sie mir nicht erlaubt. Und bei jedem meiner Besuche ging es ihr schlechter. Sie wurde immer blasser und schwächer, aber die Ärzte meinten die ganze Zeit nur, dass ich Geduld haben müsste. Also habe ich, wenn ich nicht bei ihr sein durfte, in dem langen, nach Bohnerwachs und Desinfektionsmitteln stinkenden Stationsflur gehockt und darauf gewartet, dass ein Wunder geschieht.«

Lexie ballte die Hände zu Fäusten. »Aber es passierte genau das Gegenteil. Anitas Werte wurde plötzlich schlechter, und es stellte sich heraus, dass sie an einer Sepsis litt. Wenn das früher entdeckt worden wäre, hätte man sie vielleicht retten können, aber so ...« Sie kämpfte mit den Tränen, die ihr plötzlich in die Augen stiegen. »Sie ist ganz allein gestorben. Ich hätte so gerne wenigstens ihre Hand gehalten, aber sie haben mir nicht Bescheid gesagt. Erst am nächsten Tag, als ich sie besuchen wollte, habe ich erfahren, dass sie in der Nacht gestorben war.«

Eine Sturmbö riss am Lenkrad, aber Grayson fing den Wagen ab, bevor er ausbrechen konnte, und lenkte ihn weiter die Hügel hinauf.

»Und seitdem haben Sie kein Vertrauen mehr in Krankenhäuser?«

»Nein.« Lexie suchte in ihrer Handtasche nach einem Taschentuch und putzte sich die Nase.

»Und danach?«, wollte er wissen. »Was passierte nach dem Tod Ihrer Pflegeeltern?«

Lexie seufzte tief. »Ich kam zu einer neuen Familie. Aber sie behielten mich nicht, weil ich ihnen zu schwierig war. Und so ging es mir mit der nächsten und der übernächsten Pflegefamilie auch. Irgendwann gaben es die Leute vom Jugendamt auf und steckten mich in ein Heim.«

»Das muss schlimm für Sie gewesen sein.«

Lexie zuckte mit den Schultern und schaute aus dem Seitenfenster.

»Eigentlich war es besser dort. Ich wollte nicht irgendeine Familie, ich wollte die Petersons. Und da das nicht ging, war ich lieber allein.«

Wie schwierig es für sie in der Zeit nach dem Tod von Herbert und Anita gewesen war, hatte sie bisher nur Betty erzählt. Sie wollte kein Mitleid, dafür war sie zu stolz. Aber Grayson schien sie nicht zu bemitleiden. Tatsächlich lag in seinem Blick etwas von der hilflosen Wut, die sie damals empfunden hatte.

»Wenn es die falsche Familie ist, dann ist man allein definitiv besser dran«, sagte er, und Lexie fiel wieder ein, was er ihr am Nachmittag über seine Mutter und deren neuen Mann erzählt hatte. Sie betrachtete ihn von der Seite und versuchte sich vorzustellen, wie er als kleiner Junge gewesen war. Es gelang ihr nicht richtig, aber sie fühlte sich ihm irgendwie trotzdem näher als zuvor.

Er hat ein schönes Profil, dachte sie verträumt, während sie weiter durch die Nacht fuhren. Und in seine Jacke eingehüllt zu sein gab ihr das gleiche sichere Gefühl wie in der Nacht, in der sie sich zum ersten Mal begegnet waren. Was es ihr noch ein bisschen schwerer machte, sich daran zu erinnern, dass er ihr Kontrahent war. Im Moment verhielt er sich nämlich viel eher wie ein Freund, und das verwirrte sie.

Vielleicht war es ja auch nur Pflichtgefühl, das ihn dazu gebracht hatte, sich um sie zu kümmern. Aber wenn, dann nahm er diese Pflicht sehr ernst. An die Hinfahrt ins Krankenhaus erinnerte Lexie sich kaum noch, sie war erst wieder aufgewacht, als Grayson sie aus dem Auto in einen Rollstuhl gehoben und in die Notaufnahme des Letterkenny University Hospitals gefahren hatte. Er war die ganze Zeit bei ihr geblieben, hatte ihr Kaffee geholt und draußen gewartet, während sie im Arztzimmer mit dem jungen, etwas übereifrigen Doktor Millner über ihre Diagnose diskutiert hatte. Und er hatte sich tatsächlich darum gekümmert, dass ihr Wagen abgeschleppt wurde, denn als sie jetzt an der Stelle vorbeikamen, wo der Unfall passiert war, und ein Blitz die Umgebung erhellte, sah sie, dass der Golf nicht mehr auf der Wiese stand.

»Wo ist mein Wagen noch mal?«, fragte sie, weil sie sich nicht mehr genau daran erinnerte, was Grayson ihr erzählt hatte.

»Bei den Wright-Brüdern. Ihnen gehört die Autowerkstatt in Cerigh. Sie sehen sich den Schaden genauer an und melden sich, sobald sie Näheres zur Unfallursache wissen. Und bei der Versicherung habe ich den Unfall auch gemeldet.«

Lexie dachte daran, wie lange sie gezögert hatte, ihm die notwendigen Daten zu nennen, obwohl er immer wieder angeboten hatte, sich um alles zu kümmern. Schließlich hatte sie jedoch einsehen müssen, dass sie viel zu durcheinander war, um es selbst zu tun. Und er schien ihr Vertrauen nicht enttäuscht zu haben.

»Und die Polizei?« Innerlich sträubte sich immer noch alles in Lexie gegen den Gedanken, dass eine Ermittlung überhaupt nötig war. Es kam ihr so unwirklich vor, dass ihr jemand absichtlich Schaden zufügen wollte. Deshalb glaubte sie lieber daran, dass ein technischer Defekt schuld an dem Unfall war. Aber letztlich musste sie Gewissheit haben.

»Da habe ich noch nicht angerufen. Ich kenne Sergeant Sumner. Er wird erst aktiv, wenn klar ist, dass es sich lohnt.«

Überrascht sah Lexie ihn an. »Wie meinen Sie das?«

Er zuckte mit den Schultern. »Na ja, Cerigh ist klein und beschaulich. Hier passiert nicht viel, und Sergeant Sumner ist genau der Typ Polizist für so einen Ort. Er leitet die Garda-Station schon seit Jahren und hat sich nie versetzen lassen, weil er die Ruhe hier liebt. Er ist ein wirklich netter Kerl, gutmütig, gelassen und freundlich. Deswegen mögen ihn alle. Es darf eben nur nichts passieren, was seine heile Welt stört. Dann gerät Sumner schnell an seine Grenzen.«

»Soll das heißen, dass er keine Lust hat, die Sache mit meinem Wagen zu untersuchen?«, fragte Lexie ungläubig.

»Nein, das nicht. Aber er ist eben nicht unbedingt das, was man einen hartnäckigen Ermittler nennt.«

Einen Moment lang schwieg Lexie betroffen.

»Hat dieser Sergeant Sumner das damals bei meiner Mutter auch so gemacht? Hat er gar nicht wirklich nach ihr gesucht?«

Daran, dass mangelhafte Polizeiarbeit schuld sein könnte, dass das Rätsel um Fionas Verschwinden bis heute nicht aufgeklärt war, hatte sie noch überhaupt nicht gedacht.

Grayson schwieg einen Moment. »Ich war damals noch nicht alt genug, um das beurteilen zu können.«

»Sie waren hier, als sie verschwand.« Lexie starrte ihn an, weil ihr das jetzt erst klar wurde. Es war während der Sommerferien passiert, und die hatte Grayson auf Dunmor verbracht. »Wie alt waren Sie damals?«

»Zwölf«, antwortete er.

Lexie rechnete im Kopf nach. Dann war er jetzt zweiunddreißig. Tatsächlich hätte sie ihn etwas älter geschätzt, und es nötigte ihr noch einmal auf neue Weise Bewunderung ab, dass er es in dem Alter schon zum Chef eines großen Unternehmens gebracht hatte.

»Dann … kannten Sie meine Mutter?« Sie hatte sich das

nie gefragt, vielleicht, weil sie zu sehr damit beschäftigt gewesen war, sich wegen seiner Rolle beim Verkauf der Burg Sorgen zu machen.

»Ja, ich kannte Fiona. Und wir beide sind uns auch schon begegnet.« Er hob einen Mundwinkel, als Lexie ihn überrascht ansah. »Ich habe sogar hin und wieder auf Sie aufgepasst, wenn Ihre Mutter etwas erledigen musste.«

»Auf mich?« Lexie konnte es kaum fassen.

Er nickte. »Aber ich hätte Sie nicht wiedererkannt. Und ich war ehrlich gesagt auch kein besonders begabter Babysitter. Eigentlich habe ich das nur gemacht, weil ich Ihre Mutter mochte. Sie war immer nett zu mir.«

Lexie schüttelte den Kopf. »Es ist aber nicht nett, sein eigenes Kind im Stich zu lassen.«

»Nein, ist es nicht.« Er stieß die Luft aus. »Manche Mütter tun das aber auch, wenn sie da sind.«

Lexie zuckte zusammen, als ein lauter Donner direkt auf den Blitz folgte, der draußen alles erhellte. Aber ihr entging nicht der bittere Zug um Graysons Mund.

»Ihre Mutter muss doch stolz auf Sie sein.«

»Keine Ahnung.« Er zuckte mit den Schultern. »Seit ich aus Irland weg bin, habe ich kaum noch Kontakt zu ihr.«

»Dann machen Sie sich nicht viel aus Ihrer Familie?«

»Das kommt darauf an, wie man Familie definiert«, erwiderte er. »Meine Mutter hatte in ihrer neuen Familie keinen Platz mehr für mich. Deshalb sind mir vor allem meine Großmutter und meine Großtante wichtig. Die beiden sind meine Familie.«

»Und was ist mit Ihrem Vater?«, wollte Lexie wissen.

Grayson verzog den Mund. »Wir kommen nicht besonders gut miteinander aus. Aber ich denke, das haben Sie schon gemerkt.«

Lexie schluckte, weil er plötzlich wieder so grimmig guckte. »Warum nicht? Was ist denn zwischen Ihnen vorgefallen?«

Ihr war bewusst, dass diese Frage viel zu persönlich war, aber sie musste es einfach wissen.

Wieder hob er einen Mundwinkel zu einem Lächeln, das seine Augen diesmal jedoch nicht erreichte.

»Sie sind ganz schön neugierig. Reden wir doch lieber mal über Sie. Was bringt eine Amerikanerin dazu, nach Irland zu kommen und ausgerechnet für Andrew Howard zu arbeiten?«

»Er ist ein sehr guter Chef«, erklärte Lexie, weil Graysons Tonfall eindeutig abfällig gewesen war und sie plötzlich das Gefühl hatte, Andrew verteidigen zu müssen. »Aber dass ich bei ihm gelandet bin, liegt an meiner Freundin Betty. Wir kennen uns aus dem Kinderheim und stehen uns sehr nahe. Sie ist der Liebe wegen nach Irland gezogen und hatte schon bei Howard Enterprises angefangen, als ich kam. Den Job hat sie mir besorgt, weil ich gerne wieder in ihrer Nähe sein wollte. Für mich ist sie meine Familie.«

»Dann wissen Sie ja, wie das ist.« Grayson sah sie an, und für einen kurzen Moment verhakten sich ihre Blicke, was ein warmes Gefühl in Lexies Magen auslöste. Dann zuckte erneut ein heller Blitz über den Himmel und beleuchtete die Burg, die sie fast erreicht hatten.

Es regnete immer noch heftig, deshalb fuhr Grayson den Wagen im Innenhof der Burg dicht an die Tür heran, hinter der die Küche lag. Nass wurde er trotzdem, als er um den Wagen herumlief und Lexie heraushalf, die von seiner Jacke geschützt wurde. Nach wenigen Schritten erreichten sie den rettenden Flur.

»Da seid ihr ja endlich!« Agatha hatte sie offenbar gehört und kam ihnen durch den Flur entgegen. »Ich habe mir schon Sorgen gemacht!«

»Die Untersuchungen haben ewig gedauert«, erklärte Grayson, während er Lexie aus der Lederjacke half.

»Und?« Agatha betrachtete Lexie prüfend. »Alles in Ordnung?«

Lexie nickte. »Ich musste nicht über Nacht dableiben.«

Grayson war in die Küche gegangen, um die Jacke über eine der Stuhllehnen zu hängen.

»Der Arzt hat aber gesagt, dass sie sich hinlegen soll. Sie braucht Ruhe«, sagte er, als er zu ihnen zurückkehrte, und wandte sich an Lexie. »Ich bringe Sie rauf.«

Agatha schien das für eine gute Idee zu halten, denn sie nickte und verschwand wieder durch die Tür, die zu ihren Privaträumen führte, während Lexie und Grayson die Treppe hinauf zu den Gästezimmern gingen.

Als sie ungefähr die Hälfte der Stufen erklommen hatten, fingen die Lampen plötzlich an zu flackern. Erschrocken blieb Lexie stehen und starrte zur Decke. Es dauerte jedoch nur einen Moment, dann brannten sie weiter wie zuvor.

»Das ist früher bei Gewitter oft passiert«, erklärte Grayson, der ebenfalls nach oben blickte. »Die Leitungen sind alt und leider anfällig für Störungen. Mein Vater wollte das instand setzen lassen, aber wie es scheint, ist er dazu noch nicht gekommen.«

Sorgen schien es ihm jedoch nicht zu bereiten, denn er legte die Hand in ihren Rücken und schob Lexie mit sanftem Druck weiter. Und sie ließ es sich gefallen. Die Müdigkeit, die sie auf der Rückfahrt hatte einnicken lassen, überwältigte sie erneut, und sie konnte nicht mehr richtig denken. Fühlen ging aber noch, denn sie spürte Graysons Hand ganz deutlich durch den dünnen Stoff ihres Kleides.

Als sie ihre Zimmertür erreichten, ließ er sie los, und Lexie musste unwillkürlich daran denken, dass sie schon einmal mit ihm im Flur vor ihrem Zimmer gestanden hatte. Damals war sie genauso verwirrt gewesen wie jetzt – und sie hatte genauso in seiner Schuld gestanden.

»Danke.« Sie zuckte mit den Schultern. »Wie es aussieht, sind Sie ziemlich gut darin, mich zu retten.«

Er lächelte. »Man könnte fast annehmen, Sie machen das absichtlich, um mich in Atem zu halten.«

Lexie seufzte innerlich, während sie seinen Blick erwiderte. Als wenn ich das könnte, dachte sie. Er dagegen war ziemlich gut darin, ihr den Atem zu nehmen, so viel stand fest. Und gerade deswegen wurde es höchste Zeit, sich von ihm zu verabschieden.

»Tja, dann.« Sie legte die Hand an die Türklinke, hielt jedoch inne, als die Lampen plötzlich erneut flackerten. Diesmal sprangen sie jedoch nicht wieder an, sondern verloschen nach einem kurzen Moment ganz, so dass es mit einem Schlag stockdunkel war.

»Verdammt!«, hörte sie Grayson sagen. »Es muss die Sicherung erwischt haben. Aber das kann ich in Ordnung bringen. Ich bin gleich wieder da.«

Er entfernte sich von ihr, oder er wollte es, aber sie griff nach ihm und zog ihn zu sich zurück, als sie den Stoff seines Hemdes zu fassen bekam.

»Nein, bitte nicht!« Ihre Stimme war nur noch ein heiseres Flüstern. »Bitte gehen Sie nicht. Ich … kann im Dunkeln nicht allein sein.« Sie hasste es, das zugeben zu müssen. Aber ihre Angst war größer als ihre Scham. Wenn sie doch wenigstens die Taschenlampe an ihrem Handy hätte anschalten können! Aber der verfluchte Akku war entladen gewesen, als Grayson ihr nach dem Unfall das Smartphone zurückgegeben hatte. »Ich brauche Licht.«

»Moment.« Sie hörte, wie er auf seine Taschen klopfte und

dann unterdrückt fluchte. »Verdammt, mein Handy ist in meiner Jacke. Soll ich es …«

»Nein!« Lexie krallte die Hände noch fester in sein Hemd und spürte, wie Panik in ihr aufstieg. Ihr Herz raste, doch es beruhigte sich wieder etwas, als sie merkte, wie sich seine Arme um sie schlossen.

»Wollen Sie mitkommen zum Sicherungskasten? Dann wären Sie nicht allein«, schlug er vor, aber Lexie schüttelte heftig den Kopf. Auf keinen Fall wollte sie jetzt durch irgendwelche dunklen Flure laufen. Sie war sich nicht mal sicher, ob sie Grayson wieder loslassen konnte.

Sein Kinn berührte ihr Haar, und seine Hände strichen sanft über ihren Rücken. »Hey, Sie zittern ja.«

Lexie vergrub ihr Gesicht an seiner Brust. »Es tut mir leid«, murmelte sie, beschämt darüber, dass sie seine Nähe so dringend brauchte.

»Schon gut.« Grayson zog sie noch ein bisschen dichter an sich. »Meine Großmutter kümmert sich wahrscheinlich schon um die Sicherung. Wir haben bestimmt gleich wieder Strom.«

Der Stoff seines Hemdes rieb an Lexies Wange, als sie nickte, und sie atmete seinen Duft ein, hörte sein Herz dicht an ihrem Ohr schlagen. Und das half, genauso wie es ihr vorhin nach dem Unfall geholfen hatte. Sie fühlte sich sicher in seinen Armen, und das vertrieb die kalte, lähmende Angst und ließ die Schwärze, die ihr so unheimlich war, nicht mehr ganz so bedrohlich wirken.

Tatsächlich achtete sie nach einer Weile gar nicht mehr darauf, dass es um sie herum finster war, sondern konzentrierte sich ganz auf Grayson. Es gab nur noch ihn und seine Berührungen, doch sie waren plötzlich nicht mehr beruhigend wie am Anfang, sondern machten sie auf eine ganz neue Weise atemlos. Still stand sie da, während seine Hand langsam über ihren Rücken nach oben wanderte und sich unter ihr Haar schob. Ganz sanft liebkosten seine Fingerspitzen die empfindliche Haut ihres Nackens, was wohlige Schauer über ihren Rücken schickte.

Du musst das beenden, dachte sie, weil sie ahnte, was passieren würde, wenn sie es nicht tat. Aber sie konnte sich dem Zauber dieses intimen Moments nicht entziehen, deshalb hob sie stattdessen den Kopf. Es war zu dunkel, um sein Gesicht zu erkennen, aber seine raue Wange streifte ihre, was eine Schockwelle durch ihren Körper jagte. Ihre Knie wurden weich, als sie spürte, wie seine Lippen über ihre Augenbrauen strichen und weiter über ihre Wange wanderten. Dicht vor ihrem Mund hielt er inne. Ihr Atem mischte sich und machte die Spannung, die plötzlich zwischen ihnen herrschte, fast unerträglich. Und dann lag sein Mund auf ihrem und ließ heiße Sehnsucht wie eine Stichflamme durch Lexies Körper schießen.

Seine fordernde Zunge verlangte Einlass, und als sie ihre Lippen für ihn öffnete, war es, als würde ein Damm in ihrem Innern brechen. Eine Flut von Gefühlen durchströmte sie und löschte alles, was sie bis dahin in den Armen eines Mannes empfunden hatte. Ohne darüber nachzudenken, drängte sie sich an ihn, vergrub die Hände in seinem Haar und erwiderte seinen Kuss mit einem Feuer, von dem sie selbst nicht geahnt hatte, dass es in ihr schlummerte. Sie brauchte ihn plötzlich, viel dringender als die Luft zum Atmen, und genoss die Berührungen seiner Hände, die ihren Körper erkundeten.

Doch dann löste Grayson sich plötzlich von ihr, und als Lexie überrascht und enttäuscht die Augen aufschlug, sah sie, dass es nicht mehr dunkel war. Die Lampen über ihnen leuchteten wieder und holten sie schlagartig zurück in die Realität.

Schwer atmend stand sie vor Grayson, dessen Brustkorb sich genauso hektisch hob und senkte wie ihrer, und kämpfte mit sich. Ein Teil von ihr wollte nämlich ganz dringend zurück in seine Arme, während der andere gerade vor Scham am liebsten im Boden versunken wäre. Wie konntest du ihn nur küssen?, schalt sie sich. Und dann auch noch so leidenschaftlich, dass sie alles um sich herum vergessen hatte. Mein Gott, er musste doch jetzt annehmen, dass sie nur bei ihm Schutz gesucht hatte, um sich an ihn heranzumachen. Aber so war es nicht gewesen. Sie konnte nur einfach nichts gegen dieses Gefühl tun, das sie zu ihm hinzog. Und das Schlimmste an der Sache war, dass es ihr nicht mal wirklich leidtat. Es hatte sich richtig angefühlt. Aber es war trotzdem ein großer Fehler gewesen.

»Ich ... wollte das nicht«, stammelte sie und suchte in seinen blauen Augen nach der Antwort, ob es ihm ebenso ging. Aber der Ausdruck darin war zu dunkel, um ihn zu deuten.

»Grayson?« Die Stimme, die durch den Gang hallte, gehörte Agatha, und einen Moment später kam ihnen die alte Dame durch den Flur entgegen.

»Die Sicherung«, sagte Grayson. »Hast du ...?«

»Ja, ja, das ist alles erledigt«, unterbrach sie ihn, ganz außer Atem. »Du musst mitkommen, Grayson. Es ... ist wieder passiert.« Sie warf Lexie einen kurzen Blick zu. »Du weißt schon«, fügte sie leise hinzu.

Das tat Grayson offensichtlich, denn seine Miene wurde schlagartig sehr ernst.

»Komm.« Agatha griff nach seinem Arm und zog ihn in Richtung Treppe. Aber Grayson blieb noch einmal stehen und sah über die Schulter zurück zu Lexie.

»Ich komme gleich noch mal vorbei und sehe nach dir.« Es klang wie ein Versprechen.

Lexie schluckte. »Das ist nicht nötig!«, erwiderte sie mit zittriger Stimme und öffnete ihre Zimmertür. »Gute Nacht.«

Sie schlüpfte in den Raum und schloss die Tür, bevor er etwas erwidern konnte. Dann lehnte sie das Ohr gegen das Türblatt und lauschte auf Geräusche im Flur. Aber der Regen, der gegen das Fenster trommelte, und der rollende Donner übertönten, was immer Grayson und Agatha besprachen. Wahrscheinlich waren sie längst gegangen, deshalb löste Lexie sich von der Tür. Mit zitternden Fingern stellte sie ihre Handtasche auf das Bett und holte ihr Handy heraus. Sie schloss es an das Ladekabel an, dann trat sie ans Fenster und blickte hinaus auf den Hof.

Ich komme gleich noch mal vorbei und sehe nach dir.

Graysons Stimme hallte durch ihren Kopf, und sie sah den dunklen Ausdruck in seinen Augen. Der Gedanke, was passieren würde, wenn sie wieder mit ihm allein war, schickte einen prickelnden Schauer über ihren Rücken, aber sie verdrängte dieses Gefühl hastig. Okay, er konnte gut küssen. Sehr gut sogar. Aber das bedeutete nicht, dass sie wiederholen würden, was sie gerade getan hatten. Das war ein Versehen gewesen. Ein unbedachter Moment. Sie hatte sich hinreißen lassen, und das durfte nicht noch mal …

Das Handy stieß nacheinander mehrere Töne aus, die anzeigten, dass diverse Nachrichten eingegangen waren. Lexie griff danach, weil sie davon ausging, dass Andrew sich endlich zurückgemeldet hatte. Doch als sie auf das Display blickte, sah sie, dass sechs ihrer acht verpassten Anrufe von Betty stammten.

Beunruhigt wollte Lexie die Nummer ihrer Freundin wählen, doch bevor sie dazu kam, klingelte ihr Handy. Ohne nachzusehen, wer der Anrufer war, ging sie dran.

»Lexie? Herrgott, wieso hast du mich nicht zurückgerufen?« Andrews Stimme klang verärgert. »Hast du meine Nachrichten nicht bekommen?«

»Tut mir leid. Der Akku war alle, und ich konnte das Handy erst jetzt wieder ans Ladekabel hängen.«

»Dann sorg ab sofort dafür, dass du erreichbar bist!« Er klang so aufgebracht, dass Lexie erschrak.

»Ist was passiert?«

»Ja, verdammt. Unsere Investoren aus Dubai wollen Dunmor Castle jetzt doch nicht mehr kaufen«, sagte er. »Und ich wette, dass Fitzgerald da seine Finger im Spiel hat!«

16

Lexie schluckte. »Aber ich dachte, die Übernahme durch El Hazad wäre schon sicher. Hast du nicht gesagt, dass die ganz wild darauf sind, die Burg zu kaufen?«

»Das ist es ja, was mich so misstrauisch macht. Bis gestern konnten sie es gar nicht abwarten, das Geschäft perfekt zu machen. Und jetzt heißt es plötzlich, dass sie Bedenkzeit brauchen.«

Andrew stöhnte, und Lexie sah förmlich vor sich, wie er sich mit der Hand durchs Haar fuhr. Das tat er immer, wenn ihn etwa sehr aufregte.

»Das ist eine Katastrophe, Lexie. Die Verhandlungen hier in Frankreich laufen zäher, als ich dachte. Der Abschluss verzögert sich wahrscheinlich, deshalb hatte ich darauf gebaut, dass der Deal mit El Hazad steht. Ich brauche einen Investor, weil ich es mir nicht leisten kann, dieses Projekt lange vorzufinanzieren. Wenn das jetzt auf der Kippe steht, dann ...«

Er beendete den Satz nicht, aber Lexie wusste auch so, was dann passieren würde. Howard Enterprises konnte in eine finanzielle Schieflage geraten. Und von da war es nicht mehr weit bis zur Insolvenz.

»Und was jetzt?«

Andrew schwieg für einen Moment. »Ich werde nach Dubai fliegen, sobald die Verhandlungen hier durch sind, und versuchen, die Sache zu klären. Das bedeutet, dass es noch ein bisschen dauern wird, bis ich kommen kann. Solange musst du da oben die Stellung halten, hörst du? Du darfst diesen Fitzgerald nicht aus den Augen lassen. Er hat etwas vor, das spüre ich.«

»Aber was könnte er denn getan haben, um den Deal zu ruinieren?«, fragte Lexie. »Hat er auch Kontakt zu El Hazad?«

»Ich habe keine Ahnung«, erwiderte Andrew. »Alles, was ich weiß, ist, dass ich ein Problem habe. Und wenn so etwas in letzter Zeit vorkam, dann hatte Fitzgerald immer etwas damit zu tun.«

»Das glaube ich nicht«, sagte Lexie, ohne darüber nachzudenken, und bereute es sofort, als ihr klar wurde, dass es klang, als würde sie Grayson verteidigen. »Ich meine, ich glaube nicht, dass er dafür die Zeit hatte. Er hat hier auf der Burg genug eigene Probleme.«

Andrew schwieg für einen langen Moment. »Wie gut hast du ihn denn schon kennengelernt?«

»Nicht gut«, versicherte Lexie ihm hastig. »Aber soweit ich das mitbekommen habe, hat sich an der verfahrenen Situation zwischen ihm und seinem Vater nichts geändert.«

»Das ist beruhigend.« Andrew hörte sich zufrieden an. »Ich traue dem Kerl trotzdem nicht, Lexie. Er ist gerissen, und ich kann es mir diesmal nicht leisten, das Nachsehen zu haben. Versprich mir, dass du wachsam bist. Okay?«

Lexie schluckte. »Okay.«

Ihre Antwort schien Andrew zumindest etwas zu entspannen. »Und wie läuft es sonst?«, erkundigte er sich, jetzt deutlich ruhiger. »Kommst du voran mit dem Konzept?«

»Es geht.« Lexie berichtete ihm in kurzen Worten von dem

Unfall, erwähnte jedoch lieber nichts von der Rolle, die Grayson dabei gespielt hatte.

»Mein Gott, Lexie!« Er klang ehrlich erschrocken. »Und dir ist wirklich nichts passiert?«

»Nein, mir geht es gut«, versicherte sie ihm. »Ich bin mit dem Schreck davongekommen.«

»Davon musst du dich trotzdem erst mal in Ruhe erholen«, beharrte Andrew. »Ich werde Ryan sagen, dass er den Auftrag übernehmen soll. Er war dafür ja ohnehin vorgesehen. Dann kannst du zurück nach Dublin fahren.«

»Was? Aber wieso denn?« Lexie war vollkommen überrumpelt. »Ich dachte, es wäre dir wichtig, dass ich das Konzept für Dunmor entwickle. Deswegen wolltest du den Auftrag doch unbedingt mir geben.«

»Nein, das stimmt nicht. Ich wollte, dass du mit mir nach Frankreich kommst, und Ryan sollte nach Dunmor fahren«, widersprach er. »Aber dieser O'Donnell hat darauf bestanden, dass ich dich schicke.«

Lexie spürte, wie ihr ein kalter Schauer über den Rücken lief. »Duncan O'Donnell wollte mich?«

»Er hat ausdrücklich nach dir verlangt«, bestätigte Andrew. »Und ich habe ihm den Gefallen getan. Schließlich wollte ich den Deal nicht gefährden.«

Völlig perplex sank Lexie aufs Bett. Die Tatsache, dass Andrew ihr das Projekt nicht anvertraut hatte, weil er Wert auf ihre Arbeit legte, sondern weil er sich dazu genötigt gesehen hatte, enttäuschte sie. Die Gründe für Duncans Wunsch waren ihr jedoch völlig schleierhaft. »Warum wollte er das denn?«

Andrew schien zu überlegen. »Das hat er nicht gesagt. Ich habe eine Mail von ihm bekommen, in der er darum bat, dass ich dich schicke. Ich dachte, er hat dich vielleicht mal am Telefon gehabt und wäre begeistert von dir gewesen. Was ich durchaus verständlich fände.«

»Aber ich habe ihn erst hier kennengelernt«, wandte Lexie ein, ohne auf seine letzte Bemerkung einzugehen.

»Dann wirst du ihm empfohlen worden sein«, erwiderte Andrew. »Es hat sich sicher schon rumgesprochen, wie gut du bist.«

Lexie bezweifelte, dass das der Grund war, aber sie würde noch herausfinden, was wirklich dahintersteckte. Fest stand nur eins: Sie war nicht zufällig hier. Und sie würde bleiben, bis sie mehr über diese ganze Sache wusste.

»Hör zu, ich will nicht, dass du Ryan schickst. Ich will hierbleiben und das Projekt selbst zu Ende bringen.« Sie holte tief Luft. »Es ist nämlich so, dass ...«

Sie brach ab, weil es in der Leitung raschelte und eine zweite Stimme erklang. Offenbar hatte Andrew das Handy vom Ohr genommen und redete mit einem anderen Mann auf Französisch. Dann war er wieder da.

»Lexie? Tut mir leid, ich muss Schluss machen. Die Verhandlungen gehen weiter«, sagte Andrew. »Bist du sicher, dass du bleiben willst?«

»Ja, ganz sicher.«

»Also gut.« Er seufzte. »Eigentlich ist mir das auch lieber. Aber du brauchst es nur zu sagen, falls du deine Meinung änderst. Und richte O'Donnell aus, dass er nicht mal daran denken soll, an seinen Sohn zu verkaufen. Wir haben eine Abmachung, und es ist in seinem Interesse, sich daran zu halten. Erinnere ihn daran!«

Es klang ein bisschen wie eine Drohung, aber er hatte aufgelegt, bevor Lexie ihn fragen konnte, was es damit auf sich hatte. Wie vor den Kopf geschlagen, legte sie das Handy zurück auf den Nachttisch und starrte ins Leere.

Welchen Grund konnte Duncan O'Donnell für seine Bitte gehabt haben? Hatte er doch schon vorher gewusst, wer sie war? Nein, er schien genauso überrascht gewesen zu sein wie alle anderen, und das Thema Fiona war ihm sichtlich unangenehm. Warum also sollte er Lexie dann extra herbestellen und damit die Geschichte von damals wieder ans Licht zerren?

Das wurde alles immer undurchsichtiger und verwirrender. Und es gab nur eine Person, mit der sie jetzt darüber reden wollte. Und die musste sie sowieso zurückrufen, deshalb wählte sie hastig Bettys Nummer.

Ihre Freundin meldete sich schon nach dem zweiten Klingeln.

»Lexie, endlich! Ich konnte dich nicht erreichen. War dein Akku schon wieder platt?«

»Ja, leider«, bestätigte Lexie. »Was ist denn los? Ist was mit Ken?«

Betty seufzte. »Ja, natürlich ist was mit ihm. Er bedrängt mich die ganze Zeit und will von einer Trennung nichts wissen. Ich soll ihm verzeihen, sagt er, und dass er mir von jetzt an immer treu sein wird.«

»Genau das hat er dir beim letzten Mal auch versprochen«, erinnerte Lexie sie. »Du darfst ihm das nicht glauben.«

»Ich weiß. Aber du kennst ihn doch. Er kann so unglaublich charmant sein, wenn er will. Und ich habe Angst, dass ich doch wieder weich werde. Deshalb dachte ich, dass es das Beste ist, wenn ich dein Angebot annehme.«

Lexie runzelte die Stirn. »Heißt das, du kommst?«

»Nein, es heißt, dass ich schon da bin«, erklärte Betty.

Lexie sprang vom Bett auf. »Was? Seit wann?«

»Seit heute Nachmittag. Aber ich habe kein Zimmer mehr bekommen. In Cerigh ist wegen des Festivals alles ausgebucht. Und dich konnte ich nicht erreichen. Deshalb bin ich durch die Orte in der Nähe gefahren, bis ich schließlich ein Bed and Breakfast gefunden habe, in dem noch was frei war.«

Lexie schüttelte fassungslos den Kopf. »Du bist wirklich hier? Oh, Betty, ich freue mich so!«

»Freu dich nicht zu früh. Die Pension liegt über eine halbe Stunde von Cerigh entfernt. Das wird ein ganz schöner Aufwand, wenn ich jedes Mal so weit fahren muss, um dich zu sehen.«

»Das musst du nicht.« Lexie strahlte, denn ihr war gerade eine Lösung eingefallen. »Du kannst bei Eileen wohnen. Sie hat mir erst vor ein paar Stunden gesagt, dass sie in ihrem Haus Zimmer vermieten will. Und bisher hat sie nur einen Mieter. Ich rufe sie gleich morgen früh an. Wenn wir Glück haben, hat sie noch einen Platz für dich.«

»Die Eileen, die mit deiner Mutter befreundet war?«, fragte Betty skeptisch. »Hast du nicht gesagt, sie wäre so eine komische Kräuterhexe?«

»Sie gibt Kurse über Kräuterheilkunde. Und sie ist wirklich nett. Ich werde sie gleich morgen früh fragen, ob du bei ihr wohnen kannst. Das klappt bestimmt.«

»Das wäre toll.« Betty schwieg einen Moment. »Wie geht es dir denn jetzt?«, fragte sie. »Und was macht dieser Grayson?«

Lexie seufzte, unglaublich erleichtert darüber, ihre beste Freundin jetzt wieder so nah bei sich zu haben.

»Ach, Betty, du wirst nicht glauben, was passiert ist!«, sagte sie und begann zu erzählen.

*****

Grayson ging neben seiner Großmutter durch den langen Flur. Er merkte, dass sie ihn ansah, aber er starrte weiter geradeaus.

»Läuft da was zwischen dir und Miss Cavendish?«, wollte

Agatha wissen, als sie außer Hörweite von Lexies Zimmer waren. Ihre Stirn war gerunzelt, aber in ihren Augen stand Neugier.

»Nein!«, erwiderte er grimmig. Ein Kuss war schließlich noch keine Affäre. Und da Agatha davon zum Glück nichts mitbekommen hatte, brauchte er nicht mal den einzugestehen.

Sie musterte ihn trotzdem prüfend.

»Aber du machst dir Sorgen um sie«, beharrte Agatha. »Ich habe gesehen, wie du sie vorhin angesehen hast. Du interessierst dich für sie.«

Grayson stieß die Luft aus. »Natürlich interessiere ich mich für sie und ihre Geschichte. Sie ist Fionas Tochter.«

»Das meine ich nicht«, sagte Agatha. »Sie gefällt dir, stimmt's?«

»Mir gefallen viele Frauen.«

»Aber die meisten anderen hättest du nur zum Krankenhaus gefahren. Du wärst nicht dageblieben und hättest auf sie gewartet. Bei Janice hast du das nicht getan.«

Er schüttelte den Kopf. »Das war doch etwas völlig anderes. Sag mir lieber, wie schlimm es diesmal ist«, forderte er sie auf, um das Thema zu wechseln.

Aber Agatha ließ sich nicht ablenken. Sie blieb stehen und legte ihm die Hand auf den Arm.

»Überleg dir gut, wie weit du mit Miss Cavendish gehst, Grayson. Du weißt, was auf dem Spiel steht.«

Ja, verdammt, das wusste er. Und er hatte auch gar nicht vorgehabt, etwas mit Lexie anzufangen. Es hatte ihn einfach völlig überrumpelt, dass sie in der Dunkelheit bei ihm Schutz gesucht hatte. Ihre Angst hatte sich echt angefühlt, aber das konnte auch nur ein Trick gewesen sein. War sie vielleicht viel raffinierter, als er wahrhaben wollte?

Er stieß die Luft aus. »Ich habe das im Griff, Grandma.«

Agatha ließ seinen Arm wieder los und seufzte. »Das hoffe ich für dich. Ich mag sie, und sie hat wirklich schon genug durchgemacht. Aber sie darf es nicht merken, Grayson. Wir müssen sie irgendwie ablenken.«

»Ich weiß«, murmelte er und überlegte kurz, ob Küssen als Methode geeignet war. Dann konzentrierte er sich wieder auf das aktuelle Problem und folgte seiner Großmutter die Treppe hinunter und in den Hof.

Es hatte aufgehört zu regnen, und die Luft roch frisch und salzig, was in Grayson Erinnerungen an seine Kindheit wachrief. Er hatte es geliebt, nach dem Regen draußen im Burghof zu sein, wenn alles noch nass glänzte und man das Meer stärker roch als sonst.

Wie von selbst wanderte sein Blick nach oben zu Lexies Zimmer, in dem Licht brannte. Jetzt wusste er, warum sie es nie ausschaltete …

Agatha blieb abrupt stehen.

»Da!«, flüsterte sie und deutete zum Wehrturm, wo hinter einer der zerbrochenen Fensterscheiben kurz ein Licht aufleuchtete.

Grayson spürte, wie sein Magen sich zusammenzog. So ging das einfach nicht mehr weiter. Wenn wir nicht bald eine Lösung finden, dann endet das alles in einer verdammten Katastrophe, dachte er, während er zusammen mit Agatha auf die Wehrturmtür zu rannte.

17

Ein lautes Klopfen weckte Lexie und ließ sie erschrocken im Bett hochfahren. Für einen Moment glaubte sie, dass es Grayson war, der da vor ihrer Tür stand. Aber dann hörte sie Agatha O'Donnells Stimme.

»Miss Cavendish? Dürfen wir hereinkommen?«

Schlaftrunken rieb Lexie sich die Augen und merkte erst jetzt, dass es draußen längst hell war. Sie griff nach ihrem Handy, das auf dem Nachttisch lag, und sah, dass es schon fast halb zehn war. Mein Gott, sie hatte nach dem langen Telefonat mit Betty schon wieder vergessen, sich den Wecker zu stellen. Und nach den Aufregungen des gestrigen Tages war sie offenbar so erschöpft gewesen, dass sie verschlafen hatte.

Hastig fuhr sie sich mit den Fingern durch die Haare, um sie ein bisschen zu richten, und zog die Bettdecke höher.

»Ja, bitte«, rief sie in dem Moment, in dem die Türklinke bereits heruntergedrückt wurde und die beiden alten Damen im Türrahmen erschienen. Agatha trug ein Tablett, und Fanny hielt eine Teekanne in der rechten Hand. Um die linke trug sie einen Verband. Beide Frauen lächelten freundlich.

»Wir wollten nach Ihnen sehen – und Ihnen das Frühstück bringen.« Agatha stellte das Tablett mit den ausklappbaren Füßen vor Lexie aufs Bett. Darauf standen Toast, Marmelade, Eier und Speck sowie ein Glas Orangensaft.

»Aber das wäre doch nicht nötig gewesen«, sagte Lexie, völlig überwältigt. Der Toast duftete so herrlich, dass ihr das Wasser im Mund zusammenlief, und sie stellte fest, dass sie wirklich sehr hungrig war. Trotzdem war ihr der Aufwand peinlich, den die beiden alten Damen für sie betrieben hatten. »Vielen Dank!«

»Gern geschehen.« Agatha tätschelte ihren Arm. »Sie müssen doch noch ganz erschöpft sein von gestern. Und da dachten wir, dass es gut wäre, wenn Sie sich ein bisschen stärken. Wie geht es Ihnen denn heute?«

Lexie tastete ihre Schulter ab und verzog das Gesicht, als sie die Stelle berührte, die vom Gurt gequetscht worden war. Aber der Schmerz war auszuhalten, und auch ihr Kopf brummte nicht mehr.

»Es geht mir gut. Und ich wollte auch gar nicht so lange schlafen.«

»Oh, aber Sie müssen sich doch ausruhen nach dem Schreck gestern!«, widersprach Agatha. »Grayson hat uns extra gesagt, dass wir Sie nicht zu früh stören sollen.«

Die Erwähnung seines Namens ließ Lexies Herz schneller schlagen. Er ist nicht zurückgekommen, dachte sie und redete sich ein, dass sie froh darüber war. Schließlich hatte sie ihm gesagt, dass er es nicht tun sollte. Wobei er eigentlich nicht der Typ war, der sich aufhalten ließ, wenn er etwas wollte. Wahrscheinlich hatte er es einfach vergessen, weil ihr Kuss für ihn keine große Bedeutung gehabt hatte. Er küsste bestimmt eine Menge Frauen, so gut, wie er das konnte. Aber sie selbst würde dieses Erlebnis nicht so schnell vergessen können. Dafür war sie viel zu sehr erschüttert. *Pass bloß auf, dass du dich nicht in ihn verliebst,* hatte Betty am Telefon gesagt, und Lexie hatte das weit von sich gewiesen. Aber wenn sie jetzt schon Herzklopfen bekam, sobald sie nur seinen Namen hörte …

»Möchten Sie Tee?« Fanny hatte die Teekanne auf dem kleinen Sekretär abgestellt. Als Lexie nickte, griff sie nach dem Becher, der ebenfalls auf dem Tablett stand, und wollte ihn befüllen, doch Agatha nahm ihr den Becher wieder ab.

»Lass nur, ich mach das schon. Das kannst du mit deiner Hand nicht so gut.«

»Was ist denn passiert?«, erkundigte sich Lexie.

»Ihr war wieder schwindelig, und als das Licht ausging, hat sie sich erschrocken und ist gefallen«, erklärte Agatha anstelle von Fanny. »Doktor Turner sagt, sie hat sich dabei das Handgelenk verstaucht.«

Sie stellte eine volle Tasse Tee auf das Tablett. Den Duft erkannte Lexie sofort, weil sie die Sorte besonders gern mochte.

»Ist das Irish Breakfast Tea?«

»Ja.« Diesmal war es Fanny, die antwortete. »Aggie hat darauf bestanden. Ich hätte Ihnen viel lieber etwas von der Spezialmischung gekocht, die Eileen für mich zusammengestellt hat. Für innere Ruhe und Ausgeglichenheit.«

»Den probiere ich gerne nächstes Mal«, sagte Lexie und lächelte schief bei dem Gedanken, dass sie einen Tee mit dieser Wirkung eigentlich gut hätte gebrauchen können. »Vielen Dank!«

Fanny nickte und blickte mit gerunzelter Stirn auf das Tablett. »Ach, herrje! Wir haben die Milch vergessen, Aggie! Ich gehe sie schnell holen!«

»Lass nur, ich mache das schon«, erklärte Agatha und war aus der Tür, ehe Lexie sie aufhalten konnte.

»Ich hätte den Tee auch ohne Milch getrunken. Deswegen hätte Ihre Schwägerin nicht extra noch mal nach unten laufen müssen.«

»Ach, das ist doch kein Problem.« Fanny setzte sich auf die Bettkante. »Essen Sie, Kindchen, sonst wird es noch kalt.«

Lexie probierte von den Eiern mit Schinken, die genauso lecker schmeckten, wie sie dufteten, während Fanny ihr aufmerksam zusah. Es war das erste Mal, dass sie mit Graysons Großtante allein war, und es erstaunte Lexie, dass die alte Dame ihr gegenüber so aufgeschlossen war. Sie schien die Reserviertheit, mit der sie Lexie zuerst begegnet war, abgelegt zu haben, und Lexie wollte sich gerade darüber freuen. Doch Fannys nächste Bemerkung holte sie auf den Boden der Tatsachen zurück.

»Ihr Boss wird uns doch hier wohnen lassen, oder? Dafür werden Sie sorgen, nicht wahr?«

Lexie schluckte. War die alte Dame nur so freundlich zu ihr, weil sie hoffte, dass Lexie Einfluss auf Andrew nehmen konnte?

»Ich habe das leider nicht zu bestimmen«, antwortete sie, weil sie nichts versprechen wollte, was sie nicht halten konnte. »Aber ich rede noch mal mit ihm.«

Das hatte sie sich ohnehin schon vorgenommen. Sie hoffte wirklich, dass es diese Klausel im Vertrag gab, weil sie nicht wollte, dass die beiden alten Damen ihr Zuhause verloren, das ihnen offensichtlich so viel bedeutete. Aber eigentlich hielt Andrew seine Zusagen ein, und sie konnte sich nicht vorstellen, dass er dieses Mal gelogen hatte. Einfacher wäre es natürlich gewesen, wenn Grayson Dunmor Castle übernommen hätte, denn er würde seine Großmutter und seine Großtante ganz sicher nicht vor die Tür setzen.

»Wieso will Ihr Neffe die Burg eigentlich nicht an seinen Sohn verkaufen?«

Die Frage war Lexie so rausgerutscht, und für einen Moment fürchtete sie, dass sie damit eine Linie überschritten hatte. Doch Fanny zuckte nur mit den Schultern.

»Duncan ist manchmal ein Sturkopf. Genau wie sein Vater es war. Aber er ist ein guter Junge. Er kann nichts dafür, wissen Sie. Er weiß es ja nicht.«

»Wie meinen Sie das?« Irritiert sah Lexie sie an. »Was weiß er nicht?«

Aber Fanny ging nicht auf ihre Frage ein, sondern starrte nachdenklich ins Leere.

»Es ist so schwer, seit George nicht mehr da ist, wissen Sie. Er war meine große Liebe. Aber er wollte mich nicht.«

»George?« Lexie runzelte die Stirn, doch dann fiel ihr wieder ein, was Agatha über Fanny erzählt hatte. »Er war Ihr Verlobter, nicht wahr?«

Die alte Dame nickte und sah so traurig aus, dass sie Lexie leidtat. Offenbar war sie tatsächlich noch nicht darüber hinweg, dass dieser George damals einfach gegangen war.

»Aber das ist doch schon so lange her«, sagte Lexie, weil ihr nichts anderes einfiel, um Fanny zu trösten. Es schien jedoch nicht zu wirken, denn die alte Dame seufzte nur tief.

»Aggie sagt auch immer, dass ich die Vergangenheit ruhen lassen muss. Aber das kann ich nicht. Ich bin schließlich schuld. Ich habe alles zerstört.«

Lexie stutzte. »Sie? Aber ich dachte, Ihr Verlobter hätte Sie verlassen.«

Fanny reagierte nicht, sondern starrte weiter vor sich hin. »Ich war es. Ich habe es getan. Und Duncan hat keine Ahnung.« Sie griff nach Lexies Hand und sah sie eindringlich an. »Duncan hat nichts mit dem Verschwinden Ihrer Mutter zu tun. Das müssen Sie mir glauben.«

»Was erzählst du denn da, Fanny!« Agatha kehrte mit einem Kännchen Milch in der Hand in das Zimmer zurück und stellte es auf Lexies Tablett. Dann zog sie Fanny wieder auf die Füße und strich ihr über die Oberarme. »Wie wär's, wenn du dich ein bisschen hinlegst? Du musst Schlaf nachholen nach dem Schreck gestern Nacht. Hm?«

Fanny nickte. »Wenn du meinst. Aber vorher schäle ich noch die Kartoffeln für das Mittagessen.«

»Okay. Wie du willst.« Agatha wartete, bis Fanny den Raum verlassen hatte, dann setzte sie sich ebenfalls auf die Bettkante. »Sie müssen Fanny entschuldigen. In letzter Zeit ist sie manchmal etwas durcheinander.«

»Ging es ihr letzte Nacht wieder schlecht?«, erkundigte sich Lexie.

Agatha nickte. »Grayson musste noch mal Doktor Turner holen. Wir machen uns wirklich Sorgen.«

Lexie konnte für einen Moment nichts sagen, weil sie die Information erst mal sacken lassen musste. Dann war Grayson nur deshalb nicht wiedergekommen, weil er sich um seine Tante kümmern musste? Und wenn Fanny nicht gestürzt wäre …

Sie schluckte. »Das tut mir leid.«

Agatha seufzte tief. »Ach, das wird schon. Aber Sie dürfen nicht alles ernst nehmen, was meine Schwägerin sagt.«

Lexie dachte an Fannys letzte Bemerkung.

»Wie hat sie das gemeint, dass Duncan nichts mit dem Verschwinden meiner Mutter zu tun hat?«

Wieder seufzte Agatha. »Ach, nur diese Gerüchte. Als Ihre Mutter verschwand, haben die Leute natürlich wild spekuliert. Fiona war jung und hübsch, und Duncan mochte sie. Aber mehr war da nicht, das schwöre ich. Was die Dorfbewohner allerdings nicht davon abgehalten hat, ihm eine Affäre mit Fiona anzudichten. Es hieß, sie sei seinetwegen gegangen, weil er sie nicht heiraten wollte. Und da sie sehr beliebt war im Dorf, waren viele für eine ziemlich lange Zeit nicht gut auf ihn zu sprechen. Das hat ihn damals fertiggemacht.«

Lexie starrte Agatha an und rief sich noch einmal Duncans

Reaktionen in Erinnerung. War er deshalb so entsetzt gewesen, als sie ihn nach Fiona gefragt hatte? Befürchtete er, dass die Geschichte wieder hochkochte? Das würde zumindest erklären, wieso sich sein Verhalten gegenüber Lexie so verändert hatte. Aber es erklärte nicht, warum er darum gebeten hatte, dass Andrew ausgerechnet sie schicken sollte, um den Auftrag zu erledigen.

»Ach, lassen Sie uns lieber von etwas anderem reden«, sagte Agatha, der dieses Thema offenbar unangenehm war. »Ich hätte da nämlich eine große Bitte.«

Sie zögerte einen Moment und schien zu überlegen, wie sie ihre Frage formulieren sollte.

»Es geht um unser Wohnzimmer. Wissen Sie, wenn man schon so lange am selben Ort wohnt wie wir, dann sammelt sich über die Jahre sehr viel an. Man trennt sich nur ungern von etwas, aber es kommen immer neue Sachen dazu, na ja, und irgendwann ist dann alles ziemlich ... vollgestellt.« Sie seufzte. »Ich weiß nicht, ob es vielleicht nur mein Eindruck ist, aber ich glaube, die Möbel stehen einfach nicht ideal. Es ist zu eng, und gerade jetzt, wo Fanny so oft schwindelig ist, habe ich Angst, dass sie wieder fällt. Deshalb hatte ich gehofft, dass Sie uns Tipps geben könnten, wie wir das Zimmer so einrichten, dass mehr Platz ist. Ich weiß, Sie haben eigentlich keine Zeit, und ich würde auch nicht fragen, wenn es nicht so dringend wäre. Mir fällt sonst niemand ein, der uns da helfen könnte. Was meinen Sie? Würden Sie sich das Zimmer vielleicht mal ansehen?«

Lexie sah sie überrascht an. »Also, ich ... ja, wenn Sie wollen.« Streng genommen gehörte es nicht zu ihren Aufgaben, aber letztlich würde sie auch dadurch etwas für die Innenausstattung der Burg tun. Was ja nicht schaden konnte. Außerdem wollte sie die alte Dame, die immer so nett zu ihr war, auf keinen Fall enttäuschen.

»Oh, sehr gut!« Agatha strahlte. »Sagen Sie einfach Bescheid, wenn Sie Zeit haben. Aber jetzt essen Sie erst mal!«

Sie stand auf und wollte gehen, blieb an der Tür jedoch noch einmal stehen.

»Ach, bevor ich es vergesse! Artie Wright von der Autowerkstatt hat eben angerufen wegen Ihres Wagens. Er möchte, dass Sie vorbeikommen.«

Lexie spürte, wie ihr Magen sich zusammenzog. »Weiß er schon, was mit den Bremsen nicht stimmte?«

»Das habe ich nicht gefragt. Er meinte nur, dass es das Beste wäre, wenn Sie sich den Schaden selbst ansehen.« Agatha runzelte die Stirn. »Aber wie kommen Sie denn ins Dorf ohne Auto?«

Sie fuhr herum, als es an der Tür klopfte.

»Ja, bitte?«, rief Lexie erneut und stieß einen Freudenschrei aus, als eine junge Frau mit schulterlangen roten Haaren das Zimmer betrat.

»Betty!« Sie streckte ihrer Freundin die Arme entgegen, und diese lief zu ihr und umarmte sie fest. »Du bist schon da? Ich dachte, du wolltest mich anrufen, wenn du losfährst.«

»Ach, ich war so früh wach und dachte, du schläfst bestimmt noch nach der ganzen Aufregung.« Betty grinste. »Womit ich, wie es scheint, gar nicht so unrecht hatte.«

Besorgt sah Lexie ihre Freundin an. »Aber ich habe Eileen noch gar nicht angerufen und gefragt, ob sie ein Zimmer für dich hat.«

Betty machte eine wegwerfende Handbewegung. »Kannst du ja gleich noch machen. Das klappt schon«, sagte sie, optimistisch wie immer, und Lexie spürte, wie das Gewicht sich hob, das bis eben noch auf ihren Schultern gelastet hatte. In ihrer Erleichterung vergaß sie fast, dass sie gar nicht allein waren.

»Das ist meine Freundin Betty Michaels«, erklärte sie Agatha, die immer noch neben der Tür stand.

»Freut mich«, sagte Agatha und gab Betty die Hand. »Wie lange bleiben Sie denn?«

»Auf jeden Fall so lange wie Lexie«, erklärte Betty entschlossen.

»Das ist schön. Da werden Sie ja sicher viel Spaß zusammen haben.«

Agatha wirkte so zufrieden, dass Lexie sich unwillkürlich fragte, ob die alte Dame ein Interesse daran haben könnte, sie zu beschäftigen. Die Bitte von gerade eben fiel ihr wieder ein. Wollte Agatha sie damit von ihrer eigentlichen Arbeit abhalten? Falls es so war, konnte Lexie es ihr nicht verübeln.

»Ich denke, ich lasse Sie dann mal allein.« Agatha lächelte noch einmal freundlich, dann verließ sie den Raum.

Sobald die Tür ins Schloss fiel, drehte Betty sich zu Lexie um und riss die Augen auf.

»Ich glaube, Grayson Fitzgerald hat mir gerade die Tür aufgemacht. Groß, dunkelhaarig, wunderschöne blaue Augen. Das ist er doch, oder?« Sie grinste breit, als Lexie nickte. »Kein Wunder, dass du bei ihm schwach geworden bist. Der Typ haut einen ja um, so gut sieht er aus.« Sie grinste. »Den würde ich mir an deiner Stelle nicht durch die Lappen gehen lassen.«

»Betty, bitte!« Lexie merkte, dass ihre Wangen erneut brannten. »Das hier ist kein Spaß. Es geht um die Zukunft der Firma, und ich habe keine Zeit, mir über Grayson Fitzgeralds Sixpack Gedanken zu machen.«

»Also hast du schon gesehen, dass er eins hat?« Betty grinste. »Sorry, ich weiß, der Auftrag ist wichtig. Aber das schaffst du sicher mit links. Da wird doch wohl hin und wieder auch mal Zeit für etwas anderes sein. Schließlich müssen wir auch noch der Sache mit deiner Mutter auf den Grund gehen.«

»Aber …«

»Nichts aber«, beharrte Betty. »Du isst jetzt in Ruhe dein Frühstück und ziehst dich an. Und währenddessen erzähle ich dir, was ich über deine Mutter rausgefunden habe.«

Lexies Herz schlug schneller. »Was denn?«

»Erst wird gegessen!«, befahl Betty lächelnd, und Lexie gab sich geschlagen.

18

Als sie den Fuß des Berges erreichten und Betty ihren roten Mini Clubman auf die Landstraße Richtung Cerigh lenkte, fiel Lexie wieder ein, was Agatha ihr gesagt hatte.

»Können wir noch schnell bei der Werkstatt vorbeischauen, bevor wir zu Eileen fahren? Es gibt offenbar Neuigkeiten über mein Auto.«

»Klar. Das Zimmer hab ich ja jetzt sicher.« Betty schaltete hoch und gab Gas.

Sie waren beide sehr froh gewesen über Eileens spontane Zusage. Und mit Aidan würde Betty sich gut verstehen, da war Lexie ganz sicher.

»Wo ist diese Werkstatt denn?«, fragte Betty.

»Keine Ahnung.« Lexie zuckte mit den Schultern, als ihr klar wurde, dass sie die Adresse nicht kannte. »Aber ich glaube, die wird nicht schwer zu finden sein. Falls doch, fragen wir einfach im Dorf, die Leute können uns sicher den Weg zeigen.«

»Wieso weißt du nicht, wo die Werkstatt ist?«, fragte Betty irritiert.

»Weil Grayson sich darum gekümmert hat, dass der Wagen abgeschleppt wird, während ich im Krankenhaus war.«

»Ich dachte, er war mit dir da.«

»Das war er auch. Ich schätze, er hat das telefonisch geregelt.«

Betty warf ihr einen Seitenblick zu. »Schon ein toller Typ, oder?«

»Ach, jetzt hör schon auf«, schimpfte Lexie. »Ich werde nichts mit Grayson Fitzgerald anfangen. Das ... geht einfach nicht. Und selbst wenn es ginge, wohin sollte das führen? Ich bin viel zu kompliziert für eine Beziehung.«

»Nach allem, was du mir über ihn und seine Familienverhältnisse erzählt hast, scheint er auch nicht gerade einfach zu sein.« Betty grinste. »Insofern passt ihr doch perfekt zusammen.«

Lexie stöhnte. »Es ist völlig müßig, darüber zu spekulieren. Wir reden hier von Grayson Fitzgerald, Betty. Der Typ kann Frauen kriegen, die fünfmal so hübsch sind wie ich und zehnmal weniger neurotisch. Warum sollte er sich da ausgerechnet für mich interessieren?«

»Du bist nicht neurotisch!«, widersprach Betty. »Und was macht dich so sicher, dass er diese Supermodels haben will? Wahrscheinlich findet er dich viel spannender.«

Lexie schnaubte. »Ja. Weil ich für Andrew arbeite und er Angst hat, dass er die Burg nicht übernehmen kann.«

»Nein, weil du ihm gefällst. Wieso gehst du eigentlich immer davon aus, dass du nicht liebenswert bist?«

Lexie seufzte innerlich. Sie hätte wirklich gerne geglaubt, dass Grayson anders war als das Bild, das sie von ihm hatte. Dass er sich ernsthaft für sie interessierte. Aber das tat er bestimmt nicht. Und wenn doch, dann sicher nicht für sehr lange. Sie konnte einen Mann wie ihn nicht halten, davon war sie überzeugt, und das Risiko, enttäuscht zu werden, wollte sie nicht eingehen. Deshalb wechselte sie hastig das Thema.

»Was hat diese Mrs Sawyer denn noch erzählt? Kannte sie

meine Mutter gut? Und wie hast du die Frau überhaupt gefunden?«

Betty grinste. »Ach, das war reines Glück. Ich habe einfach alle Riordans in Letterkenny durchtelefoniert und nach Fiona gefragt. Irgendwann hatte ich dann bei einem Anschluss, der auf eine Rose Riordan eingetragen war, diese Jane Sawyer dran. Sie sagte, sie wäre die Nachbarin der verstorbenen Rose und würde jetzt in deren Wohnung leben. Offenbar wurde der Telefonanschluss nie umgemeldet – oder ich hatte ein altes Verzeichnis. Auf jeden Fall konnte sie sich noch an deine Familie erinnern und war sehr redselig. Ich musste im Grunde nur zuhören.«

Lexie konnte immer noch nicht fassen, dass es Betty tatsächlich gelungen war, mit jemandem zu sprechen, der ihre Familie gekannt hatte. Auch wenn nicht eben viel dabei herausgekommen war. Und das bisschen, was sie erfahren hatte, war auch noch ziemlich traurig, denn offenbar hatte die verwitwete Rose Riordan das Verschwinden ihrer jüngeren Tochter nicht verwunden. Sie war ohnehin schon krank gewesen, weshalb das Jugendamt ihr Lexie damals nicht hatte anvertrauen wollen. Als dann später auch noch die Nachricht kam, dass ihre ältere Tochter an einer Überdosis Drogen gestorben war, hatte Rose den Lebensmut verloren und war nur sechs Monate nach Susan ebenfalls gestorben. Weitere lebende Verwandte schien es nicht zu geben, was Lexie sehr schade fand. Und zu ihrem Vater hatte Jane Sawyer auch nur einige vage Hinweise geliefert.

»Und diese Frau glaubt, dass meine Mutter verliebt war?«

Betty nickte. »Sie sagt, es wäre Fiona deutlich anzusehen gewesen. Sie hätte gestrahlt und rundum glücklich gewirkt, aber auf Nachfrage immer geleugnet, dass es einen Mann in ihrem Leben gab. Bis sie dann mit dir schwanger war.«

»Und es gab nie Gerüchte, wer mein Vater sein könnte? Sie muss sich doch mit ihm getroffen haben.«

Betty schüttelte den Kopf. »Es gab offenbar eine Reihe von Verehrern, die sehr an Fiona interessiert waren. Aber keinen davon hat sie erhört. Jedenfalls hat diese Jane das behauptet. Sie ist der Meinung, dass es ein verheirateter Mann gewesen sein muss.«

Frustriert stieß Lexie die Luft aus. »Ich fürchte, wir werden es nie herausfinden.«

»Wir haben doch gerade erst angefangen zu suchen«, erwiderte Betty und deutete durch die Scheibe nach draußen. »Sieh mal, ich glaube, da ist es.«

Sie hatten den Ortseingang inzwischen passiert, und eines der ersten Gebäude auf der rechten Seite war eine etwas von der Straße zurückgesetzte Halle mit einem eingezäunten Hof. Hinter dem Zaun standen diverse Autos, und über dem geöffneten Tor war ein breites Schild angebracht, auf dem in schwarz-weißer Schrift »Wright Bros. Car Service« stand.

Betty parkte den Mini am Straßenrand, und gemeinsam gingen sie durch das Tor auf den Hof, der verlassen dalag. Auch das Rolltor vor der großen Halle war geschlossen.

»Hallo?«, rief Lexie laut.

Ein Mann kam durch eine Tür seitlich neben dem Tor. Er war klein und gedrungen, trug zu seinem blauen Overall eine passende Baseballkappe und hatte eine breite Lücke zwischen den Frontzähnen.

»Ja?«, fragte er, ein bisschen schroff, aber als Lexie ihm erklärte, wer sie war, taute er sichtlich auf.

»Der Golf, ja, natürlich. Warten Sie!« Er verschwand wieder durch die Tür. Kurz danach hob sich das Rolltor und gab den Blick in das Innere der Halle frei.

Es gab einen Diagnosegraben, über dem ein alter Mercedes stand, und eine Hebebühne, auf der sich Lexies Golf befand. Die Frontscheibe des Autos fehlte, genau wie die beiden Vorderreifen, die abmontiert waren und seitlich an der Wand neben einem Werkzeugwagen und diversen fahrbaren Messgeräten lehnten.

»Und?«, fragte Lexie. »Woran hat es gelegen, dass ich nicht bremsen konnte?«

»Tja.« Der Mann, der sich ihnen als Artie Wright vorgestellt hatte, nahm die Kappe ab und rieb sich mit seinen schwarz verschmierten Fingern über die beginnende Glatze. Dann setzte er die Kappe wieder auf. »Die Bremsschläuche sind kaputt.«

Irritiert sah Lexie ihn an, weil sie glaubte, dass noch eine Erklärung folgen würde. Aber Artie Wright starrte nur weiter auf das Auto.

»Passiert so etwas manchmal?«, fragte sie.

Er schüttelte den Kopf und machte dabei ein so ernstes Gesicht, das Lexie schluckte.

»Sie meinen … da hat jemand nachgeholfen?«

Diesmal nickte Artie. »Das war definitiv Absicht«, sagte er, und Lexie merkte, wie ihr Herz sich vor Schreck zusammenzog.

19

Wie bitte?« Betty stemmte die Hände in die Hüften. »Das ist ein Scherz, oder? Wer sollte Lexie denn absichtlich die Bremsschläuche durchtrennen?«

»Kann ich Ihnen nicht sagen. So was sehe ich auch nicht alle Tage.« Der Mechaniker ging zu dem Werkzeugwagen und holte eine Taschenlampe. Dann stellte er sich unter den abmontierten linken Vorderreifen und winkte Lexie und Betty zu sich. »Hier, sehen Sie sich das an.«

Als die beiden Frauen zu ihm traten, leuchtete er auf eine Stelle an dem Schlauch, der innen an der Verschalung entlanglief. Erkennen konnte Lexie jedoch nur, dass es eine dunklere, feuchte Stelle gab, wo die Bremsflüssigkeit ausgetreten sein musste.

»Da war jemand mit dem Messer dran.« Artie knipste die Taschenlampe wieder aus und schüttelte den Kopf, so als könnte er es selbst nicht glauben. »Einfach aufgeschlitzt.«

Lexie spürte, wie ihr kalt wurde. »Und der Schlauch kann nicht einfach geplatzt sein?«

Der Mechaniker schüttelte den Kopf. »Da war jemand dran.«

»Aber wer macht denn so was?« Betty war immer noch

sichtlich aufgebracht. »Ich meine, die meisten wüssten doch gar nicht, wo der Bremsschlauch ist, geschweige denn, wie man ihn durchschneidet.«

»Oh, Sie würden sich wundern.« Der Mechaniker ging zurück zum Werkzeugwagen, legte die Taschenlampe wieder zurück an ihren Platz und griff nach einem Schraubenzieher. »Das ist nicht besonders kompliziert. Wenn man sich ein bisschen damit auskennt, sind das nur ein paar Handgriffe. Mein Cousin hat eine Werkstatt in Dublin, und der sieht so was häufig. Die Leute haben mehr kriminelle Energie, als man denkt.«

»Mein Gott!« Lexies Hände zitterten plötzlich. »Aber ... dann war das ja ...«

»Ein Mordanschlag!«, ergänzte Betty, als sie nicht weitersprach.

Artie Wright nickte. »Zumindest hat derjenige, der Ihnen die Bremskabel angeritzt hat, billigend in Kauf genommen, dass Sie mit dem Wagen einen Unfall bauen. Er wollte, dass Sie verunglücken.« Sein Gesicht war jetzt sehr ernst. »Sie sollten das der Polizei melden.«

Lexie war so schockiert, dass sie gar nichts sagen konnte. Allein der Gedanke, dass sie jemand umbringen wollte, war zu absurd, um ihn zuzulassen. Betty hingegen schien das Ganze schon detaillierter zu durchdenken.

»Okay. Und wann?«

Der Mechaniker blickte sie verständnislos an.

Betty seufzte, so wie sie es immer tat, wenn jemand ihren Gedankensprüngen nicht folgen konnte.

»Wann wurde der Schlauch durchgeschnitten? Direkt vor dem Unfall oder früher? Wenn wir herausfinden wollen, wer dafür verantwortlich ist, dann müssen wir den Zeitpunkt eingrenzen.«

Das Argument schien dem Mechaniker einzuleuchten. Er nahm erneut die Kappe ab und kratzte sich am Kopf, bevor er sie wieder aufsetzte.

»Also, wie schnell die Bremsen versagen, hängt ganz davon ab, wie viel Bremsflüssigkeit ausläuft. Wenn jemand den Schlauch komplett kappt, geht das natürlich schneller, als wenn nur ein Loch im Schlauch ist. Dann ist ja in der Regel noch Flüssigkeit im Bremskreislauf, und es dauert entsprechend länger, bis die Bremsen nicht mehr greifen.«

»Und in Lexies Fall?«, drängte Betty.

»Sind es mehrere Löcher in beiden Schläuchen. Dann versagen die Bremsen nicht sofort, weil es dauert, bis der Wagen die entsprechende Menge an Bremsflüssigkeit verloren hat. Aber wie lange genau, lässt sich unmöglich sagen. Zwischen einer Stunde und einem Tag ist da alles drin.«

Lexie überlegte, wo sie in den letzten 24 Stunden mit dem Wagen gewesen war. Das schränkte den Kreis an möglichen Verdächtigen allerdings nicht ein.

»Dann kann es so gut wie jeder gewesen sein.«

»Tut mir leid.« Der Mechaniker zuckte mit den Schultern. »Genauer lässt es sich wirklich nicht sagen.«

»Vielen Dank«, sagte Betty. »Das hilft uns trotzdem. Wann ist das Auto denn fertig?«

Der Mann überlegte kurz. »In ein oder zwei Tagen, denke ich. Ich musste einen neuen Seilzug für die Handbremse bestellen, den hatte ich nicht da.«

»War die Handbremse auch manipuliert?«, fragte Betty entsetzt und sprach damit den Gedanken aus, der auch Lexie gerade in den Sinn gekommen war.

»Nein. Die reißt schon mal, wenn man zu heftig daran zieht«, erklärte der Mechaniker. »Bei älteren Autos kommt das sogar häufig vor.«

Diese Auskunft tröstete Lexie nur wenig. Aber sie hatte ohnehin genug gehört.

»Sagen Sie einfach Bescheid, wenn ich den Wagen abholen kann«, bat sie den Mann und schrieb ihm ihre Handynummer auf einen Zettel, den er sich in eine der vielen Taschen seines Overalls steckte.

Als sie kurz darauf wieder in Bettys Auto saßen, sah Lexie, dass Artie Wright zu ihnen herüberblickte. Dann wandte er sich ab und arbeitete weiter.

Er wirkt nicht wie ein Klatschmaul, dachte sie. Aber wahrscheinlich würde es trotzdem nicht lange dauern, bis sich in Cerigh herumgesprochen hatte, was sie selbst kaum glauben konnte.

»Jemand hat versucht, mich umzubringen, Betty.« Es auszusprechen machte die Bedrohung noch realer und schickte ihr einen kalten Schauer über den Rücken. »Warum nur?«

»Ich habe keine Ahnung.« Betty startete den Motor. »Aber wir fahren jetzt sofort zur Polizei. Weißt du, wo die Wache ist?«

Lexie nickte, weil sie sich erinnerte, schon daran vorbeigefahren zu sein. »Ganz in der Nähe des Dorfplatzes. Du musst da vorne rechts abbiegen.«

Während Betty den Mini durch die engen Straßen lenkte, kehrten Lexies Gedanken immer wieder zu dem einen Punkt zurück, der sie einfach nicht losließ.

»Denkst du, das alles hat etwas mit meiner Mutter zu tun?« Sie schluckte. »Vielleicht möchte ja jemand nicht, dass ich herausfinde, was mit ihr passiert ist.«

Betty schüttelte den Kopf. »Ja, oder irgendjemand in diesem Kaff hat nicht alle Latten am Zaun. Das kann auch ein Verrückter gewesen sein.«

Überrascht sah Lexie sie an. »Du denkst, das war alles bloß

ein Zufall und es hätte auch jemand anderen treffen können?«

»Ich denke gar nichts.« Betty blinkte und lenkte den Mini in eine Parklücke. »Ich weiß es nicht. Deshalb ist es ja so wichtig, dass wir die Polizei einschalten. Die müssen den Kerl kriegen, bevor er so etwas noch mal macht.«

»Vielleicht war das ja gar kein Mann«, gab Lexie zu bedenken. Sie wusste auch nicht, wieso sie plötzlich an das hassverzerrte Gesicht dieser Sheila Murphy denken musste. »Und wenn es doch gegen mich gerichtet war?«

Wenn jemand so weit ging, ihr auf diese Weise zu schaden, und sogar ihren Tod in Kauf nahm, dann hütete er oder sie ein Geheimnis, das auf gar keinen Fall ans Licht kommen durfte.

»Ich glaube, meiner Mutter ist etwas zugestoßen«, sagte sie, nachdem sie ausgestiegen und ein Stück die Straße hinuntergegangen waren. »Etwas Schreckliches. Ich habe gestern plötzlich dieses Bild vor mir gesehen, wie sie am Boden saß und mir zurief, ich solle weglaufen. Es war eine Warnung, verstehst du? Sie hatte Angst um mich.«

»Eine Warnung?« Betty runzelte die Stirn. »Und vor was?«

»Das weiß ich ja eben nicht. Aber ich bin ganz sicher, dass alles miteinander zusammenhängt.«

Betty wirkte nicht überzeugt, aber sie zuckte mit den Schultern. »Wir werden es auf jeden Fall herausfinden«, sagte sie und blieb stehen. »Hier ist es.«

Lexie blickte an dem kleinen, lachsfarben gestrichenen Häuschen hoch, das auf den ersten Blick so gar nicht wie eine Polizeiwache wirkte. Doch neben der Tür hing die typische Laterne mit dem Garda-Symbol auf dunkelblauem Glas, an der man die meisten irischen Polizeistationen gut erkennen konnte. Außerdem parkte vor dem Haus ein weißer Polizeiwagen, ein Ford Mondeo, mit dem neongelb-blau gemusterten Streifen auf der Seite.

»Also dann.« Lexie atmete noch mal tief durch und wollte die Wache betreten, aber in diesem Moment ging die Glastür von innen auf, und ein Mann in Uniform trat heraus. Er musste weit über fünfzig sein, hatte rotes Haar, durch das silberne Strähnen liefen, und einen deutlichen Bauchansatz. Er nickte den Freundinnen kurz zu und wollte dann zum Wagen gehen. Doch Lexie hielt ihn zurück.

»Entschuldigen Sie, wir würden gerne eine Anzeige aufgeben.«

Nur sehr widerwillig blieb der Mann stehen und musterte sie.

»Das geht jetzt nicht«, sagte er. »Kommen Sie morgen noch mal wieder. Oder noch besser nach dem Wochenende. Dann habe ich wieder Zeit.«

Er ging weiter und schloss den Polizeiwagen auf. Doch bevor er einsteigen konnte, war Betty bei ihm und hielt ihn am Arm fest.

»Hören Sie, es geht hier nicht um ein geklautes Fahrrad oder irgendeinen Nachbarschaftsstreit. Am Auto meiner Freundin wurden die Bremsschläuche durchgeschnitten, und sie ist deshalb gestern Abend verunglückt. Sie hätte dabei sterben können. Das möchten wir anzeigen, und zwar jetzt.«

Im Gesicht des Polizisten arbeitete es. »Okay«, sagte er, immer noch ziemlich missmutig, und schloss den Polizeiwagen wieder ab. Er ging zurück zum Eingang und ließ Lexie und Betty in die überschaubar große Wache.

Es gab einen Empfangsraum mit einem Tresen, von dem zwei Türen abgingen. Die eine war verschlossen, durch die andere führte der Polizist sie in ein Büro. Es enthielt diverse Aktenschränke und einen großen Schreibtisch nieder, vor dem zwei Besucherstühle standen. Der Polizist bot sie Lexie und Betty an, dann ließ er sich hinter den Schreibtisch nieder, auf dem ein Schild mit der Aufschrift »Sergeant Sumner« stand, und griff zum Telefon.

»Ja, Carl, hier ist Eddie. Tut mir leid, ich schaffe es nicht pünktlich. Mir ist was dazwischengekommen. Hast du auch in einer halben Stunde noch Zeit?« Der Mann am anderen Ende der Leitung schien das zu bestätigen, denn Sergeant Sumner nickte zufrieden. »Okay, dann bis gleich.«

Er legte wieder auf und schaltete den Bildschirm seines Computers an.

»Na, dann legen wir mal los«, sagte er mit einem tiefen Seufzen.

Er bat Lexie um ihre Personalien, kontrollierte ihren Ausweis und bat sie anschließend, ihm den Unfallhergang zu schildern.

»Ist sonst jemand zu Schaden gekommen?«, erkundigte er sich, als sie geendet hatte.

»Nein. Nur ich und mein Auto.«

Er schwieg einen Moment nachdenklich. »Und es ist wirklich erwiesen, dass die Bremsschläuche manipuliert wurden?«

Lexie nickte. »Wir kommen gerade von der Werkstatt.«

»Hm.« Er legte den Kopf schief. »Das ist natürlich ärgerlich.«

»Ärgerlich?«, mischte Betty sich ein. »Ich denke, wenn jemand das Leben meiner Freundin auf diese Weise gefährdet, dann ist es etwas mehr als ärgerlich«, sagte sie auf diese resolute Art, die Lexie so an ihr mochte. »Das war ein Anschlag. Sie müssen die Leute warnen, dass da draußen ein Irrer rumläuft, der Bremsschläuche durchschneidet.«

»Na, na, jetzt wollen wir mal nicht gleich übertreiben.« Sergeant Sumner lehnte sich in seinem Stuhl zurück, dessen Lehne weit nach hinten nachgab, und musterte Lexie und Betty skeptisch. »Im Moment wimmelt es in Cerigh nur so vor Besuchern.

Alle freuen sich auf das Festival am Wochenende, und ich werde einen Teufel tun, ohne konkrete Beweise für eine Massenpanik zu sorgen. Ich habe Ihre Anzeige aufgenommen und werde mich darum kümmern.«

»Und wie?«, fragte Lexie. »Was genau wollen Sie unternehmen?«

»Ich werde Artie noch mal befragen. Und vielleicht melden sich ja noch Zeugen, auch wenn ich in dieser Hinsicht keine großen Hoffnungen hege. Es ist im Moment zwar voller im Ort als sonst, aber dadurch achten die Leute auch nicht so sehr aufeinander. Und falls es jemand von den Besuchern war, dann ist es fast unmöglich, den Fall aufzuklären.«

Das klang nicht so, als wenn er vorhätte, sich bei der Suche nach dem Täter besonders viel Mühe zu geben.

Lexie spürte, wie Wut in ihr aufstieg. »Und wenn es keiner von den Besuchern war, sondern jemand aus dem Dorf? Doktor Turner zum Beispiel. Ich habe ihn an meinem Wagen gesehen, kurz bevor der Unfall passiert ist. Er hat sich zu den Reifen runtergebeugt, weil er seinen Schlüssel verloren hatte. Aber vielleicht hat er ihn absichtlich unter das Auto geworfen, damit er sich in Ruhe an den Bremsschläuchen zu schaffen machen kann.«

Ihr fiel wieder ein, wie merkwürdig der alte Arzt sich gestern bei ihrem Treffen vor der Kirchenmauer verhalten hatte, und sie fragte sich, ob es da vielleicht einen Zusammenhang gab.

Sergeant Sumner schien ihre Vermutung jedoch für so absurd zu halten, dass er laut schnaubte.

»Clark Turner würde so etwas niemals tun. Er ist Arzt. Und außerdem gehört er zu den angesehensten Bürgern von Cerigh.«

»Das heißt nicht, dass er es nicht gewesen sein kann«, beharrte Lexie, doch davon wollte der Polizist nichts wissen.

»Wenn Sie Beweise für Ihre Anschuldigungen haben, dann

zeigen Sie sie mir. Ansonsten möchte ich Sie bitten, keine wilden Verdächtigungen zu äußern. Vor allem dann nicht, wenn sie sich gegen verdiente Mitbürger richten. Cerigh ist ein ruhiger kleiner Ort. Hier laufen keine Verbrecher rum, die hätte ich nämlich längst geschnappt.«

»So wie denjenigen, der für das Verschwinden meiner Mutter verantwortlich ist?«

Lexie ballte die Hände auf ihrem Schoß zu Fäusten und sah den irritierten Polizisten unverwandt an. Dann wurden seine Augen plötzlich schmal, weil er offenbar gerade richtig kombiniert hatte, wer sie war.

»Sie sind Fiona Riordans Tochter? Ich habe schon gehört, dass Sie hier sind. Aber falls Sie damit andeuten wollen, dass ich damals im Fall Ihrer Mutter nicht richtig ermittelt habe, dann verbitte ich mir das! Fiona ist einfach gegangen, deshalb gab es da nichts aufzuklären.«

Die Adern an Sergeant Sumners Hals traten jetzt deutlich hervor, und seine Wangen waren hochrot angelaufen. Aber sein Blick flackerte unruhig hin und her, was Lexie als Zeichen deutete, dass sie mit ihrer Vermutung, er hätte nichts unternommen, richtiglag.

»Und was macht Sie da so sicher? Ihr könnte auch etwas zugestoßen sein.«

»Ach, so ein Unsinn. Dann hätten wir sie doch längst gefunden.« Er stand auf. »Ich denke, wir sind hier erst mal fertig«, sagte er und bedeutete Lexie und Betty, dass sie gehen sollten.

Während er sie zur Eingangstür geleitete, spürte Lexie seine Anspannung. Draußen schien er sich jedoch wieder beruhigt zu haben, denn er lächelte entschuldigend.

»Es tut mir leid, im Moment weiß ich wirklich nicht, wo mir der Kopf steht. Der Feuerwehrchef wartet auf mich, weil wir überprüfen müssen, ob die Sicherheitsvorschriften beim Bau der

Festivalbühne eingehalten wurden. Und nachher muss ich noch die Kollegen aus Letterkenny in Empfang nehmen, die mich am Wochenende unterstützen sollen. Im Moment herrscht hier Ausnahmezustand, und ich habe einfach keine Kapazitäten frei. Aber sobald wieder Zeit ist, tue ich, was ich kann.«

Was nicht viel ist, dachte Lexie, nachdem sie sich von ihm verabschiedet hatten. Letztlich war es wohl, wie Grayson gesagt hatte: In Sergeant Sumners Welt kamen keine Verbrechen vor, und wenn es kompliziert wurde, war er überfordert.

»So was!« Betty schüttelte den Kopf, nachdem der bullige Polizist in seinen Wagen gestiegen und weggefahren war. »Ich schätze, von dieser Seite können wir wenig Hilfe erwarten.«

»Und was soll ich jetzt machen?« Lexie verschränkte die Arme vor der Brust und rieb sich mit den Händen über die Oberarme.

»Du machst weiter«, sagte Betty. »Etwas anderes bleibt dir ja nicht übrig. Aber wir werden nicht aufgeben. Jetzt erst recht nicht.«

Lexie nickte und lächelte ihre Freundin an. »Es ist schön, dass du da bist.«

Betty grinste. »Na, komm, dann fahren wir jetzt zu dieser Eileen. Nicht dass sie mein Zimmer sonst doch noch anderweitig vermietet. Wo wohnt sie denn?«

Lexie beschrieb ihr den Weg, und sie erreichten das Rose Cottage schon nach wenigen Minuten. Im Sonnenschein wirkte es noch ein bisschen malerischer als beim letzten Mal, und Betty war sichtlich begeistert, als sie ihren Mini hinter Eileens Kastenwagen abstellte.

»Das ist ja ein hübsches Haus! Nur ein bisschen klein. Aber die Lage gefällt mir.«

»Was darf es denn sein für dich? Ein Herrenhaus? Oder doch lieber gleich ein Schloss?«, scherzte Lexie.

»Also, ein Herrenhaus wäre schon fein. Nicht so einsam gelegen wie Dunmor Castle. Aber schon auf dem Land, mit ein paar schicken Ländereien drum herum. Das wäre doch eine feine Sache.«

Lexie lachte. »Und ich dachte, du bist ein Stadtmensch. Du hast doch noch nie auf dem Land gelebt!«

»Das heißt nicht, dass ich es nicht gerne mal ausprobieren würde«, erwiderte Betty grinsend und stieg aus.

Noch bevor sie die Haustür erreichten, wurde diese aufgerissen, und Eileen starrte ihnen mit großen Augen entgegen.

»Alexandra! Oh mein Gott, ich habe gerade gehört, was passiert ist! Warum hast du denn am Telefon nichts gesagt?« Sie musterte Lexie von oben bis unten. »Ist dir wirklich nichts passiert?«

»Nein. Es ist gut gegangen.« Lexie war die Aufregung ein bisschen unangenehm. »Woher weißt du es denn?«

»Von Janice. Grayson war vorhin bei ihr im Laden und hat es ihr erzählt. Ich habe gerade vor einer Minute mit ihr telefoniert und konnte es kaum glauben.« Fassungslos schüttelte Eileen den Kopf. »Wie können die Bremsen denn einfach versagen?«

»Jemand hat sich daran zu schaffen gemacht«, sagte Lexie.

»Was? Wer sagt das?«

Lexie berichtete kurz, zu welchem Schluss der Automechaniker gekommen war, was den entsetzten Ausdruck auf Eileens Gesicht noch verstärkte.

»Mein Gott! Warst du schon auf der Wache?«

Lexie nickte und tauschte einen Blick mit Betty. »Ja. Aber Sergeant Sumner ist im Moment sehr mit dem Festival beschäftigt. Deshalb konnte er uns keine großen Hoffnungen machen, was die Suche nach dem Täter angeht.«

Eileen stieß die Luft aus. »Das sieht Eddie ähnlich! Er ist

wirklich nett, aber kein besonders guter Polizist.« Sie lächelte. »Na ja, kommt erst mal rein.«

Sie trat zur Seite und wartete, bis Lexie und Betty im Flur standen.

»Das ist meine Freundin Betty Michaels«, erklärte Lexie, als ihr klar wurde, dass sie die Vorstellung ganz vergessen hatte.

Betty streckte Eileen die Hand entgegen. »Freut mich sehr. Und vielen Dank, dass ich bei Ihnen unterkommen kann.«

»Natürlich! Es ist mir eine Freude, dich hierzuhaben! Und bitte nenn mich Eileen.« Sie schüttelte Bettys Hand. »Herzlich willkommen im Rose Cottage.«

Betty lächelte zwar, aber Lexie kannte sie gut genug, um zu sehen, dass es ein bisschen halbherzig war. Was vielleicht daran lag, dass Eileen heute einen sehr weiten und sehr bunten Kaftan trug und ihre Haare mit einem Tuch zu einer Art Turban hochgesteckt hatte. Dadurch wirkte sie wie ein Hippie, was Betty offenbar ein bisschen befremdete.

»Sie ist wirklich sehr nett«, raunte Lexie ihrer Freundin zu, während sie Eileen durch den Flur folgten. Betty hob jedoch nur die Augenbrauen und formte mit den Lippen das Wort »merkwürdig«.

Eileen, die davon nichts mitbekam, drehte sich lächelnd zu ihnen um. »Aidan wird sich freuen, dass ihr da seid. Ich habe ihm Ruhe verordnet, aber ich glaube, er fängt schon an, sich zu langweilen.«

»Wie geht es ihm denn?«, erkundigte sich Lexie.

»Oh, schon viel besser. Aber überzeug dich ruhig selbst.«

Eileen führte sie in den Salon, wo Aidan auf dem Sofa saß. Seine Nase war immer noch ein bisschen geschwollen, und unter seinem linken Auge hatte sich ein Bluterguss gebildet. Er blätterte in einer Zeitschrift, blickte jedoch auf, als er sie hereinkommen sah, und lächelte strahlend.

»Lexie! Ich dachte schon, du hast mich ver…«

Er brach seinen Satz ab und starrte Betty an, die hinter Lexie das Zimmer betreten hatte.

»Was … machen Sie denn hier?«

20

Ihr kennt euch?«, fragte Lexie verblüfft.

Betty nickte. »Ja, wir sind uns gestern im Pub begegnet. Aber ich habe es da nicht so lange ausgehalten, weil der Wirt mich ständig angebaggert hat.« Sie konnte den Blick nicht von Aidan abwenden. »Was ist dir denn passiert?«

Aidan legte die Finger an seine Nase und zuckte mit den Schultern. »Ach, das. Na ja …«

»Die dicke Nase und das blaue Auge hat er deinetwegen, Betty.« Lexie begriff plötzlich, wie das alles zusammenhing, und wandte sich an Aidan. »Betty ist die junge Frau, wegen der du dich mit dem Wirt geprügelt hast, stimmt's?«

Aidan nickte. »Also, eigentlich bin ich eher verprügelt worden. Viel konnte ich gegen diesen Schrank ja leider nicht ausrichten.« Er lächelte schief. »Aber wenn der Kerl es sich das nächste Mal überlegt, ob er eine hübsche junge Frau belästigt, dann war es das auf jeden Fall wert.«

»Oh mein Gott!« Betty ließ sich neben ihm auf das Sofa sinken und starrte ihn fassungslos an. »Du hast den Wirt darauf angesprochen? Und er hat dich verprügelt? Meinetwegen?«

»Er hat dir an den Hintern gefasst. Das konnte ich ihm doch nicht einfach so durchgehen lassen.«

Betty schüttelte den Kopf. »Das ist das Coolste, was jemals irgendjemand für mich getan hat. Aber ich wünschte trotzdem, es wäre nicht passiert. Tut es sehr weh?«

Ihre Worte schienen Aidans Schmerzen auf ein Minimum zu reduzieren, denn er strahlte jetzt über das ganze Gesicht.

»Nein. Ist gar nicht schlimm.« Er blickte zu Lexie auf. »Und ihr beide kennt euch?«

»Wegen ihr bin ich hier.« Betty erklärte ihm, wie lange sie schon mit Lexie befreundet war, und nach kurzer Zeit waren Aidan und sie so in ihr Gespräch vertieft, dass sie Eileen und Lexie gar nicht mehr wahrnahmen.

»Hilfst du mir beim Teekochen?«, fragte Eileen, weil offensichtlich war, dass sie in der Nähe der zwei nur störten.

Lexie nickte lächelnd und folgte der älteren Frau.

»So habe ich meine Freundin noch nie erlebt«, sagte sie, als sie mit Eileen in der kleinen, aber sehr gemütlichen Cottage-Küche stand.

Tatsächlich war der freundliche Doktorand gar nicht Bettys Typ. Sie flog normalerweise eher auf die Bad Boys. Wie Ken. Je cooler, desto besser. Andererseits war das, was Aidan getan hatte, tatsächlich sehr mutig gewesen. Und es freute Lexie, dass die beiden sich auf Anhieb so gut verstanden. Schließlich konnte Betty nach der Enttäuschung mit Ken ein paar positive Erfahrungen mit Männern gebrauchen.

»Ja, da haben sich wohl zwei gefunden.« Eileen stellte den Wasserkocher an, dann lehnte sie sich an die Arbeitsplatte und betrachtete Lexie. »Ist wirklich alles in Ordnung mit dir? Das muss doch ein schlimmer Schock gewesen sein, als deine Bremsen versagt haben.«

Lexie nickte. »Ich darf gar nicht daran denken, wie knapp das war.«

»Und es gibt wirklich keinerlei Hinweis darauf, wer dafür

verantwortlich ist?« Eileen schüttelte den Kopf. »Es muss doch wenigstens einen Verdacht geben. Fällt dir niemand ein, der in Frage käme?«

Lexie dachte an den alten Arzt. »Doktor Turner«, sagte sie, aber genau wie Sergeant Sumner schien auch Eileen diese Möglichkeit absurd zu finden.

»Clark Turner tut keiner Fliege was zuleide. Du musst dich irren.«

Lexie sah zu, wie Eileen den Wasserkocher ausstellte und eine Kanne mit Tee befüllte, in die sie vorher ein Tee-Ei mit einer Kräutermischung gehängt hatte. Die Luft war plötzlich erfüllt von einem angenehmen, aber ungewöhnlichen Duft, der Lexie ein bisschen zu Kopf stieg.

»Das hat Sergeant Sumner auch gesagt«, erzählte sie. »Aber ich habe Doktor Turner bei meinem Auto gesehen. Ich wüsste nur nicht, warum er das tun sollte.« Lexie schwieg für einen Moment und dachte an das Gespräch zurück, das sie mit ihm gestern vor der Kirche geführt hatte. »Er hat gesagt, dass meine Mutter nur kurz seine Patientin war und dann zu einem Arzt in Letterkenny gewechselt hat«, fuhr sie dann fort. »Gab es dafür einen bestimmten Grund?«

Eileen nickte. »Sie fand einfach, dass er kein guter Arzt ist. Vor allem wie er Fanny behandelt hat, war ihr ein Dorn im Auge. Sie fand seine Methode falsch und wollte, dass Fanny zu einem Spezialisten nach Dublin geht. Aber Doktor Turner hat sich geweigert, sie zu überweisen. Darüber haben die beiden kurz vor Fionas Verschwinden gestritten.«

Lexie schluckte. »Hast du das damals Sergeant Sumner erzählt?«

»Das hätte ich sicher, aber er hat mich nicht danach gefragt«, erwiderte Eileen. »Und ich wollte den Doktor auch nicht denunzieren. Gerüchte entstehen hier schnell und halten sich lange. Das wollte ich ihm nicht antun, solange nicht erwiesen ist, dass er wirklich etwas mit Fionas Verschwinden zu tun hat.« Sie zuckte mit den Schultern. »Außerdem kann ich mich erinnern, dass Doktor Turner an dem Tag damals alle Hände voll zu tun hatte. Father Flaherty ging es nicht gut, und der Doc musste sich um ihn kümmern. Deshalb konnten die beiden auch nicht bei der Suche helfen. Sie können eigentlich nichts mit Fionas Verschwinden zu tun haben.«

Lexie lächelte schief. »Wäre ja auch zu einfach gewesen.«

Sie war nicht sicher, ob für sie damit auch schon der Verdacht ausgeräumt war, dass Doktor Turner etwas mit ihren kaputten Bremsschläuchen zu tun hatte. Es kam ihr allerdings nicht mehr ganz so wahrscheinlich vor.

Und die Erwähnung des Pfarrers erinnerte sie siedend heiß an etwas anderes.

»Herrje, ich habe Father Flaherty doch versprochen, mir vor dem Jurytreffen morgen die Kirchenmodelle für den Gemeindefestwettbewerb anzusehen! Das hätte ich fast vergessen!«

»Du bist in der Jury?«, fragte Eileen erstaunt. »Na so was, Janice auch!« Sie schüttelte den Kopf. »Ich sage es ja, dieser Father Flaherty schafft es immer, die Leute für seine Zwecke einzuspannen. Umsonst natürlich, weil die Kirche nie Geld hat.«

»Besonders viel Arbeit ist es nicht«, rechtfertigte sich Lexie. »Außerdem hat er sehr nett gefragt.«

»Das tut er immer«, beharrte Eileen. »Das ist seine Masche.«

Lexie erwiderte nichts darauf, fragte sich aber erneut, wieso die sonst so tolerant wirkende Eileen den Pfarrer so wenig leiden konnte. Zwischen den beiden musste mal etwas vorgefallen sein, anders konnte Lexie sich das nicht erklären. War Father Flaherty vielleicht doch nicht der freundliche, offene Mann, für den Lexie ihn hielt? Sie musste da vielleicht wirklich wachsamer sein. Aber einen Rückzieher konnte sie in Sachen Jury definitiv nicht mehr machen.

»Wie dem auch sei, ich hab's versprochen«, sagte sie und ging aus der Küche in den Flur. Als sie sich dem Salon näherte, hörte sie die Stimmen von Betty und Aidan. Die beiden unterhielten sich immer noch, und sie schienen viel Spaß dabei zu haben, denn Betty lachte gerade herzlich über eine von Aidans Bemerkungen.

Der Klang erinnerte Lexie daran, dass ihre Freundin in den letzten Tagen nichts zu lachen gehabt hatte. Es war gut, wenn Betty für eine Weile auf andere Gedanken kam, und so entspannt wie mit Aidan hatte Lexie sie mit einem Mann noch nie erlebt. Die Chemie zwischen den beiden schien wirklich zu stimmen, und Lexie beschloss spontan, ihre Freundin nicht aus dem Gespräch zu reißen, das sie offenbar so sehr genoss. Deshalb drehte sie um und kehrte in die Küche zurück.

»Ich gehe lieber zu Fuß, dann muss ich Betty nicht stören. Die beiden unterhalten sich gerade so nett.«

Eileen sah sie überrascht an.

»Wenn du willst, kann ich dich bringen«, sagte sie. »Dann bist du schneller da.«

Lexie dachte an den Weg über die Hügel. Aber der Gedanke, ihn noch einmal zu laufen, schreckte sie nicht, deshalb schüttelte sie den Kopf.

»Betty hat hinter deinem Auto geparkt. Wenn wir sie bitten, den Wagen umzusetzen, dann wird sie darauf bestehen, mich zu fahren. Dabei tut mir die frische Luft gut.«

Eileen deutete auf die beiden Becher, die sie schon gefüllt und auf den Küchentisch gestellt hatte.

»Aber dein Tee! Willst du den nicht schnell noch trinken?«

Lexie schüttelte den Kopf. »Nein, danke. Sei mir nicht böse, aber ich möchte das gerne so bald wie möglich erledigen. Würdest du Betty ausrichten, dass sie mich nachher an der Kirche abholen soll? Aber sie muss sich nicht beeilen, sie kann erst noch in Ruhe Tee trinken.«

»Natürlich.« Eileen brachte Lexie zur Tür. Sie stand dort noch, als Lexie den ersten Hügel erklommen hatte, und winkte ihr, bevor sie wieder ins Haus ging.

Diesmal fiel Lexie der Weg viel leichter, was nicht nur an den flacheren Schuhen lag, die sie trug, oder daran, dass sie jetzt wusste, was sie erwartete. Das Wetter machte auch einen großen Unterschied. Es war zwar eher kühl, aber die Sonne strahlte von einem blauen Himmel und ließ die Hügel grün leuchten, was Lexies Stimmung hob. Sie atmete tief durch, wenn sie stehen blieb, um den Ausblick zu genießen, und spürte, wie die Angst wich, die sie seit ihrem Besuch in der Werkstatt begleitet hatte. Es war schön hier, und alles wirkte so friedlich, deshalb konnte sie sich gar nicht vorstellen, dass sie wirklich jemand bedrohte. Sie dachte an das, was Eileen ihr über ihre Mutter erzählt hatte. Dass Fiona aufgeblüht war und sehr glücklich gewirkt hatte, nachdem sie hergezogen war. Das konnte Lexie ihr nachfühlen, obwohl es sie selbst erstaunte. Diese Landschaft tat der Seele gut, sie ließ einen zur Ruhe kommen, und das war genau das, was Lexie jetzt brauchte.

Schon komisch, dachte sie, als Cerigh in Sicht kam und sie das letzte Stück des Weges ging. Vorgestern wollte ich noch möglichst schnell wieder weg, und jetzt kann ich mir gar nicht vorstellen abzureisen. Aber es gab ja auch so vieles, das sie klären musste. Und dann war da noch Grayson …

Denk lieber nicht so viel über ihn nach, ermahnte sie sich, aber sie konnte nicht verhindern, dass sein Gesicht vor ihrem inneren Auge auftauchte. Es war für sie immer noch unfassbar, wie stark sie auf ihn reagiert hatte, und sie wagte sich gar nicht auszumalen, wie weit sie gegangen wäre, wenn sie weiter im Dunkeln gestanden hätten.

Bis gestern noch war sie sich sicher gewesen, dass sie keine besonders sinnliche Frau war. Das Zusammensein mit ihrem Kurzzeit-Ehemann Matt war eher etwas gewesen, von dem sie gewusst hatte, dass es dazugehörte. Und Matts Küsse hatten niemals auch nur annähernd solche Gefühle in ihr ausgelöst. Es war, als wäre sie in Graysons Armen eine ganz andere gewesen, als hätte er etwas in ihr erweckt, von dem sie gar nicht gewusst hatte, dass es in ihr steckte. Aber nun, wo es einmal wach war, ließ es sich nicht wieder einsperren und quälte sie ständig mit Gedanken, in denen Grayson und seine Lippen und Hände eine prominente Rolle spielten. Wieso zog er sie nur so an?

Unwillig schüttelte Lexie den Kopf. Du darfst dieser Sehnsucht nicht nachgeben, erinnerte sie sich. Ein Ausrutscher war okay, aber noch einmal sollte sie ihm nicht so nahkommen. Denn das würde definitiv nicht gut für sie enden.

Sie hatte inzwischen den Ort erreicht und überquerte den Dorfplatz. Vor der Kirche waren die Stände schon fast fertig aufgebaut, und man konnte ahnen, was für ein fröhliches Treiben es dort am Freitag geben würde. Anders als gestern waren jedoch weniger Leute da, wahrscheinlich, weil es nicht mehr wirklich viel zu tun gab, bevor das Gemeindefest losging. Deshalb begegnete Lexie auf ihrem Weg in die Kirche niemandem. Als sie das langgezogene Kirchenschiff betrat, war sie jedoch nicht mehr allein, denn Mary Ward stand vorne am Altar und wechselte die Blumen in den großen Vasen. Als sie Lexie bemerkte, lächelte sie.

»Kann ich Ihnen helfen, Miss Cavendish?«

»Ich suche die Kirchenmodelle«, erwiderte Lexie, erleichtert darüber, dass sich ihr Unfall bis hierher offenbar noch nicht herumgesprochen hatte. »Father Flaherty meinte, sie wären hier ausgestellt. Ich wollte sie mir ansehen, weil ich doch jetzt zur Jury gehöre.«

»Ich weiß.« Für einen kurzen Moment huschte ein Schatten über Mary Wards Gesicht, und Lexie fragte sich, ob ihr das vielleicht nicht recht war. Aber dann lächelte die Haushälterin wieder freundlich. »Die Modelle sind in der Sakristei, hinter der Tür dort. Wir sind noch nicht dazu gekommen, sie rüber ins Kirchenschiff zu tragen.«

Sie deutete in den Altarraum, an dessen Seite sich, wie Lexie jetzt erst bemerkte, tatsächlich eine Tür befand.

»Gehen Sie ruhig hinein, und sehen Sie sich die Modelle an, ich bringe schnell die Blumen weg und sage Father Flaherty Bescheid. Er möchte, dass ich ihn hole, wenn Sie da sind.«

Komisch, dachte Lexie, während sie der Frau nachsah. Täuschte sie sich, oder fand die Haushälterin auch das nicht gut? Aber warum sollte sie etwas gegen ein weiteres Treffen zwischen ihr und Father Flaherty haben? Nein, da irrst du dich, beruhigte sie sich selbst und machte sich auf den Weg zu der Tür, die Mary Ward ihr gezeigt hatte.

Dahinter befand sich ein Raum, der so etwas wie das Vorbereitungszimmer des Pfarrers zu sein schien. Ein heller Talar mit einem bunt bestickten Schal hing an einem großen Einbauschrank, und es fanden sich auch sonst mehrere Schränke, die aussahen, als würden dort Utensilien für die Messe aufbewahrt. Es roch ziemlich streng nach Weihrauch, und das dunkle Holz, aus dem die Schränke gezimmert worden waren, erinnerte Lexie an die Möbel drüben im Pfarrhaus. Beide Einrichtungen schienen aus der gleichen Zeit zu stammen, in der Kirche mit den hohen Decken passte das Mobiliar jedoch und wirkte nicht so bedrückend wie im Pfarrhaus.

Aber das muss ja jetzt auch nicht deine Sorge sein, erinnerte sie sich und wandte sich dem großen Tisch vor dem Fenster zu, auf dem die sieben Modelle standen.

Eins davon stach ihr sofort ins Auge, weil es aus Hunderten von aneinandergeklebten Streichhölzern gemacht war. Der Nachbau war nur mit Klarlack überzogen und nicht bemalt, aber er hatte genau die Form der Kirche. Da steckt sicher sehr viel Arbeit drin, dachte Lexie.

Etwas besser gefiel ihr aber trotzdem ein Modell aus Pappe, das wie ein Miniaturebenbild der echten Kirche aussah. Der Erbauer hatte nicht nur jede Einzelheit des Gebäudes, sondern auch den gesamten Kirchhof inklusive der Grabstätten mit den keltischen Kreuzen und das angrenzende Pfarrhaus genau nachempfunden. Außerdem war das Modell zusätzlich in liebevoller Kleinarbeit bemalt worden, was sicher auch sehr viel Mühe gemacht hatte. Die restlichen fünf Modelle konnten da nicht wirklich mithalten. Eines war aus Ästen zusammengezimmert und wirkte relativ grob, auch wenn es die Proportionen der Kirche grundsätzlich traf, und ein weiteres hatte jemand aus Kieselsteinen und sehr viel Kleber zusammengesetzt, wobei das Dach aus Strohhalmen bestand. Das war zwar eine ausgefallene Idee, hielt aber nicht, denn der halbe Turm war bereits wieder eingestürzt. Die restlichen Modelle waren alle ebenfalls aus Pappe, aber längst nicht so gut ausgestaltet wie Lexies Favorit.

»Miss Cavendish! Wie schön, dass Sie es einrichten konnten!«

Lexie war so in Gedanken versunken gewesen, dass sie erschrocken zu Father Flaherty herumfuhr, der mit einem strahlenden Lächeln auf sie zukam.

»Es tut mir leid, dass wir es noch nicht geschafft haben, die Modelle rüberzutragen. Da hätten Sie mehr Platz gehabt, um sie sich anzusehen.«

»Ach, das ist kein Problem«, versicherte ihm Lexie.

Er betrachtete sie. »Hübsch sehen Sie aus. Der Rock steht Ihnen gut.«

Lexie sah an sich herunter, fand aber, dass der schwarze Rock und die cremefarbene Bluse, über die sie den beigefarbenen kurzen Cardigan trug, nichts Besonderes waren.

»Danke«, erwiderte sie, nicht ganz sicher, was sie von diesem Kompliment halten sollte. Durften katholische Priester Frauen sagen, dass sie hübsch aussahen?

Andererseits hatte sie nicht das Gefühl, dass Father Flaherty mit ihr flirtete. Er schien sich einfach nur zu freuen, dass sie gekommen war. Stolz deutete er auf die Modelle.

»Und? Welches gefällt Ihnen am besten?«

Wieder sah Lexie ihn überrascht an. »Darf ich das denn schon verraten?«

»Sie müssen es nicht, wenn Sie nicht wollen. Aber ich sage es niemandem weiter – Beichtgeheimnis, Sie wissen schon. Es würde mich einfach interessieren, das ist alles.«

Er zwinkerte ihr zu, aber Lexie fühlte sich davon nicht belästigt. Es ist keine Anmache, dachte sie. Er wollte offenbar einfach nur nett sein, deshalb entspannte sie sich und erwiderte sein Lächeln.

»Na ja, die Modelle sind natürlich auf ihre Art alle sehr schön, aber ich glaube, ich mag das hier besonders gern.« Sie deutete auf das filigrane Pappmodell. »Es hat so viele Details und sieht der Kirche mit Abstand am ähnlichsten.«

Der Pfarrer grinste zufrieden. »Wie schön! Das ist nämlich auch mein Lieblingsmodell.« Er senkte die Stimme etwas. »Es stammt von Woody Fletcher, wissen Sie, und obwohl ich da als Pfarrer natürlich grundsätzlich neutral bleiben muss, würde es mich schon sehr freuen, wenn er den Wettbewerb gewinnt. Woody hatte es in den letzten Jahren sehr schwer. Er ist eigentlich Maurer, aber er musste seinen Job aufgeben, weil er vom

Gerüst gefallen und nur knapp an einer Querschnittslähmung vorbeigeschrammt ist. Er hat schon zig Operationen hinter sich und ständig Schmerzen. Deshalb geht er kaum noch aus dem Haus. Aber er bastelt sehr gerne.«

»Und das kann er auch wirklich sehr gut«, bestätigte Lexie, die spontan beschloss, dass sie diesen Mann sehr preiswürdig fand. »Und das hier?« Sie deutete auf das Modell aus Streichhölzern. »Wer hat das gemacht?«

»Oh, das stammt von unserem Organisten Marcus O'Keefe. Er arbeitet in einem Architektenbüro in Letterkenny, und diese Streichholzgebäude sind eines seiner Hobbys. Er ist wirklich ein Überflieger, unser Marcus. Hochmusikalisch, clever, handwerklich geschickt und auch noch sehr sympathisch. Was will man mehr?« Father Flaherty zuckte mit den Schultern. »Das wird sicher keine einfache Entscheidung für Sie.«

Doch, das wird es, dachte Lexie. Sie kannte diesen Marcus nicht, und er war bestimmt sehr nett. Aber sie hatte schon immer ein Herz für die Underdogs gehabt, vielleicht weil sie selbst so lange um ihren Platz im Leben hatte kämpfen müssen. Deshalb war sie jetzt schon sicher, dass sie ihre Stimme dem Modell von Woody Fletcher geben würde, obwohl sie dem Pfarrer weiter zuhörte, der ihr zu den anderen teilnehmenden Modellbauern auch noch etwas sagte.

Als er geendet hatte, zuckte er mit den Schultern. »Entschuldigen Sie, dass ich Ihnen das alles so ausführlich erzähle. Aber ich dachte, ein wenig Hintergrundwissen wäre gut. Die anderen Jurymitglieder kennen die Teilnehmer ja persönlich, und es sollten alle auf dem gleichen Stand sein.«

»Wer sitzt denn eigentlich noch in der Jury?«, fragte Lexie, weil ihr auffiel, dass sie darüber noch gar nicht gesprochen hatten. »Eileen Kelly hat mir gerade erzählt, dass ihre Tochter Janice dabei ist.«

Der Pfarrer nickte. »Und dann ist da noch Douglas Thornton. Er ist der stellvertretende Bürgermeister von Cerigh, ein netter Mann und sehr engagiert in der Gemeinde. Außerdem ist Doktor Turner dabei, der hier früher Arzt war. Er ist ...«

»Ich habe Doktor Turner schon kennengelernt.« Lexie schluckte und dachte an ihren Verdacht, was den alten Arzt anging. Sie konnte sich zwar immer noch nicht vorstellen, aus welchem Grund er ihr die Bremsschläuche hätte durchschneiden sollen, aber der Gedanke, mit ihm in der Jury zu sitzen, war trotzdem nicht angenehm. Andererseits konnte sie auf diese Weise vielleicht mehr über den alten Arzt herausfinden.

»Und dann ist auch noch Sheila Murphy dabei«, ergänzte Father Flaherty.

»Die Wirtin vom Castle Inn?« Lexie konnte ihr Entsetzen nicht verbergen.

»Ja. Ist das ein Problem?«, fragte er besorgt.

»Nein, nein, alles in Ordnung«, versicherte Lexie ihm, stöhnte jedoch innerlich auf.

Das kann ja heiter werden, dachte sie und verfluchte sich dafür, dass sie einfach Ja gesagt hatte, ohne sich vorher nach der Besetzung der Jury zu erkundigen. Nun war es zu spät, um noch einen Rückzieher zu machen.

Für einen Moment schwiegen sie beide, dann gab Lexie sich einen Ruck.

»Father Flaherty, darf ich Sie etwas fragen?«

Der Pfarrer lächelte. »Natürlich. Nur zu.«

Unsicher suchte Lexie nach den richtigen Worten.

»Eileen Kelly hat mir von dem Tag erzählt, als meine Mutter verschwand. Sie sagte, dass es Ihnen da nicht gut ging und Doktor Turner bei Ihnen war. Und dass Sie sich beide deshalb nicht an der Suche nach meiner Mutter beteiligen konnten. Stimmt das?«

Sie war einfach neugierig, wollte möglichst viel über diesen Tag erfahren, deshalb hoffte sie, der Pfarrer würde ihr etwas mehr erzählen. Er schien jedoch nicht sehr glücklich über ihre Frage zu sein, denn sein Lächeln erlosch schlagartig.

»Ja, das stimmt. Es war sehr heiß an dem Tag, und ich war durch eine Virusgrippe geschwächt. Dann erhielt ich außerdem eine Nachricht, die mich sehr getroffen hat. Ich schätze, alles zusammen war einfach ein bisschen zu viel für mich. Jedenfalls bin ich in meinem Arbeitszimmer zusammengebrochen. Mary hat daraufhin Doktor Turner gerufen, und er war so nett, sich um mich zu kümmern.«

Lexie schluckte. »Was war das für eine Nachricht?«

Sie wusste, dass sie das eigentlich nichts anging. Wenn er es dir hätte sagen wollen, dann hätte er das getan, dachte sie. Aber aus irgendeinem Grund war sie ganz sicher, dass die Antwort wichtig war.

Father Flaherty rang sichtlich mit sich. Doch gerade als er etwas sagen wollte, steckte Mary Ward den Kopf durch die Tür.

»Peter, könntest du kurz kommen? Da möchte dich jemand sprechen.«

»Ja, natürlich.« Er stieß die Luft aus, und Lexie konnte den Ausdruck auf seinem Gesicht nicht richtig deuten. Er wirkte irgendwie erleichtert, aber auch … traurig. »Entschuldigen Sie mich.«

Er ging an Mary Ward vorbei, die an der Tür stehen geblieben war, und die beiden tauschten einen langen Blick. Dann verschwand er im Kirchenschiff, während die Haushälterin zu Lexie kam.

»Und? Haben Sie sich alle Modelle angesehen?« Sie lächelte so freundlich wie immer, aber Lexie fragte sich trotzdem, ob es Zufall war, dass sie den Pfarrer gerade jetzt gerufen hatte. Die

Tür war nur angelehnt gewesen. Hatte die Haushälterin draußen gelauscht?

Überhaupt schien die Verbindung zwischen Father Flaherty und Mary Ward sehr eng zu sein. Sie wirkte jedenfalls sehr besitzergreifend, was ihn anging, auch wenn sie nach außen stets freundlich blieb. Aber vielleicht war sie auch einfach nur eine sehr neugierige Person.

»Ja, ich bin fertig«, sagte Lexie.

»Gut. Dann trage ich die Modelle rüber. Die Stehtische sind jetzt nämlich da.«

»Kann ich Ihnen helfen?«, bot Lexie an.

»Oh, das wäre großartig!«, freute sich Mary Ward. »Wenn Sie auch welche nehmen, dann geht es viel schneller.«

Sie wies Lexie an, welche Modelle sie zuerst transportieren wollte, und jede von ihnen trug eins durch das Kirchenschiff zu den Stehtischen hinüber, die unter dem Glockenturm aufgebaut waren.

Auf dem Weg kamen sie am Eingangsportal vorbei, und als Lexie durch die geöffnete Tür blickte, sah sie Father Flaherty mit einem anderen Mann auf der Wiese stehen. Es hatte ihn also tatsächlich jemand sprechen wollen. Und es war kein Unbekannter, denn als sie genauer hinsah, erkannte sie Duncan O'Donnell, der offenbar früher zurückgekehrt war als geplant. Die beiden Männer wirkten sehr vertraut miteinander und schienen in ein ernstes Gespräch vertieft zu sein.

»Sind Father Flaherty und Duncan O'Donnell befreundet?«, fragte Lexie auf dem Rückweg in die Sakristei.

»Oh ja. Die beiden kennen sich aus Studienzeiten«, bestätigte Mary Ward. »Sie sind enge Freunde, und ich glaube, Father Flahertys Entscheidung, nach Cerigh zu kommen, hatte auch etwas mit Mr O'Donnell zu tun. So gut verstehen sich die beiden.« Sie seufzte tief.

Das erklärt, wieso Duncan den Rat des Pfarrers angenommen hat, überlegte Lexie.

»Deshalb ist es auch so schlimm für Peter … ich meine, Father Flaherty, dass Mr O'Donnell im Dorf so unbeliebt ist«, fuhr Mary fort. »Er versucht wirklich alles, um die Meinung der Leute zu ändern, aber Sie wissen ja, wie das ist. Wenn der Ruf erst mal ruiniert ist …«

Lexie runzelte die Stirn. »Warum ist Mr O'Donnell denn so unbeliebt?«

»Ach, da gibt es verschiedene Gründe.« Mary Ward griff sich ein weiteres Modell. »Viele finden ihn sehr arrogant, weil er kaum Kontakt zu den Dorfbewohnern sucht. Außerdem geht das Gerücht, dass er dabei ist, das Familienvermögen zu verprassen. Angeblich spielt er gerne. Und dann ist da ja noch die Sache mit seinem unehelichen Sohn.« Sie seufzte. »Es war nicht anständig von ihm, die arme Melissa Fitzgerald damals nicht zu heiraten, als klar war, dass sie von ihm schwanger ist. Sie stammte zwar nicht von hier, aber es hat die Leute trotzdem aufgeregt. So etwas gehört sich einfach nicht. Immerhin hat Duncan den Jungen später zu sich geholt. Nur seinen Namen durfte er nie tragen, der arme Kerl. Und gekümmert hat Mr O'Donnell sich auch nicht um ihn. Kein Wunder, dass die beiden sich so viel gestritten haben. Es heißt, es hätte ständig geknallt zwischen ihnen, und dann war Grayson plötzlich weg und ward nicht mehr gesehen.«

Lexie spürte, wie ihr Herz schneller schlug. Dass diese Mary Ward so redselig war, bot ihr eine einmalige Chance, endlich mehr über Grayson und seine Geschichte zu erfahren.

»Warum ist er denn gegangen?«

Mary Ward zuckte mit den Schultern. »Das weiß ich nicht. Es hieß, er hätte sich endgültig mit seinem Vater überworfen. Aber ich könnte mir auch vorstellen, dass es etwas mit Janice

Kelly zu tun hatte. Die beiden waren ein Paar, wissen Sie … Passen Sie auf!«

»Oh!« Lexie blieb vor Schreck stehen und sah, dass sie fast vor eine der Kirchenbänke gelaufen war. Was dem Pappmodell, das sie trug, sicher nicht gut bekommen wäre. Vorsichtig setzte sie ihren Weg fort. »Die beiden waren zusammen?«, hakte sie nach, als das Modell ebenfalls sicher an seinem Platz stand.

Mary Ward nickte. »Janice war total verknallt in ihn. Grayson war ja auch damals schon ein schmucker Kerl. Aber ernst gemeint hat er es nicht mit ihr, und das hat sie sehr mitgenommen. Nach der Trennung war das arme Mädchen sogar ein paar Jahre in Therapie.«

Lexie schluckte. »Wirklich?«

»Ja. Es wundert mich ehrlich gesagt, dass die beiden jetzt wieder so gut miteinander auskommen. Es ist, als wäre nichts gewesen. Aber damals …« Mary Ward schüttelte den Kopf. »Es hätte Janice fast zerstört, dass Grayson gegangen ist. Und er hat nicht mal zurückgeblickt. Wenn Sie mich fragen, dann ist er genauso herzlos wie sein Vater!«

Lexie versuchte, sich nicht anmerken zu lassen, wie sehr Mary Wards Worte sie trafen. Konnte das wirklich sein? War Grayson so kaltherzig? Sie hatte ihn ganz anders erlebt. Oder war das seine Taktik? Verdrehte er den Frauen zuerst den Kopf, um sie dann sitzen zu lassen?

Jetzt hör schon auf, schimpfte sie mit sich selbst, während sie mit Mary Ward auch noch die anderen Modelle holte. Grayson Fitzgerald ist sowieso tabu für dich. Absolut tabu. Also brauchst du auch nicht darüber nachzudenken, was passieren würde, wenn du mit ihm zusammen wärst. Sie durfte einfach nicht noch mal schwach werden. Dann konnte auch nichts passieren.

»Ich hoffe nur, er tut es nicht wieder«, sagte Mary Ward, die in Gedanken offenbar auch noch bei Grayson und Janice war. »Das würde die Arme nicht überstehen, wenn er ihr noch mal das Herz br… Oh!«

Sie war abrupt im Gang stehen geblieben und sah zu der jungen Frau hinüber, die gerade die Kirche betreten hatte.

»Hallo, Janice!«, sagte sie mit einem Lächeln und setzte ihren Weg fort. »Willst du dir auch die Modelle ansehen?«

Janice antwortete nicht sofort, sondern blickte mit ernster Miene zwischen Lexie und der Haushälterin hin und her. Hatte sie Marys letzte Bemerkung gehört? Lexie war nicht sicher, wie weit ihre Stimmen in dem hohen Gebäude trugen, in dem alles, was man sagte, immer ein wenig nachhallte. Auf jeden Fall schien Janice nicht besonders guter Laune zu sein, denn ihr Lächeln war eher säuerlich.

»Ja, genau.« Sie deutete auf die Modelle. »Sind das alle?«

»Nein, eins steht noch hinten. Ich hole es schnell.« Mary Ward lief noch einmal zurück in die Sakristei und ließ Janice und Lexie allein.

»Ich habe gehört, du bist auch in der Jury«, sagte Janice nach einem kurzen Schweigen, das Lexie sehr unangenehm fand. »Komisch. Ich hätte nicht gedacht, dass Father Flaherty jemand Fremdes dazuholt.«

»Er meinte, es wäre gut, eine Perspektive von außen zu haben«, erklärte Lexie.

Janice musterte sie von oben bis unten. »Grayson hat mir erzählt, dass du einen Unfall hattest. Aber wie es aussieht, war es nicht so schlimm.«

»Ja, es ist gut gegangen«, erwiderte Lexie irritiert, weil die letzte Bemerkung wie ein Vorwurf geklungen hatte. »Ich hatte Glück.«

»Und du hattest auch Glück, dass Grayson da war und dich ins Krankenhaus gefahren hat.« Janice betrachtete sie skeptisch.

»Obwohl er sich den Weg ja hätte sparen können, wenn dir gar nichts passiert ist.«

Lexie war so perplex über die Feindseligkeit, mit der Janice sie anstarrte, dass sie für einen Moment nichts sagen konnte. Ihr war natürlich klar gewesen, dass Eileens Tochter in Grayson verliebt war, aber dieser unterschwellige Hass ihr gegenüber erschreckte sie. Eins war jedoch offensichtlich: Die beiden konnten kein Paar sein. Denn dann könnte Janice sich ja entspannen, was mich angeht, dachte Lexie und versuchte, über diese Erkenntnis nicht erleichtert zu sein.

»So, da ist das gute Stück«, verkündete Mary Ward, die gerade mit dem letzten Modell durch das Kirchenschiff auf sie zukam. Sie stellte es auf den letzten freien Stehtisch und wandte sich dann wieder an Janice. »Jetzt kannst du dir alle in Ruhe anschauen.«

Doch Eileens Tochter achtete gar nicht auf sie, sondern fixierte immer noch Lexie, und nun schien auch Mary Ward die Spannung zu registrieren, die im Raum lag.

»Alles in Ordnung?«, fragte sie irritiert.

»Ja, ja, alles gut«, erklärte Lexie. »Ich ... muss dann jetzt auch weiter.«

Sie drehte sich um und ging, weil sie absolut keine Lust mehr hatte, sich mit Janice auseinanderzusetzen. Aber diese schien durchaus noch etwas zu sagen zu haben, denn sie holte Lexie kurz vor dem Eingangsportal ein.

»Ich weiß, was du vorhast«, sagte sie. »Aber du wirst Grayson nicht kriegen.«

Lexie schüttelte den Kopf. »Keine Ahnung, was du dir da einbildest, Janice. Ich will nichts von Grayson. Und ich wollte auch nicht ins Krankenhaus«, erklärte sie. »Grayson hat darauf bestanden.«

»Hah!« Janice schnaubte. »Also, wenn ich mich recht erinnere, dann musste meine Mutter ihn beim letzten Mal erst lange überreden, bevor er dich mitgenommen hat.« Sie schüttelte den Kopf. »Aber ich hätte die Gelegenheit an deiner Stelle vermutlich auch genutzt. Mach dir nur nicht zu viele Hoffnungen. Grayson ist kein Typ, in den man sich verlieben sollte. Er geht, wenn es ernst wird. Also lass besser gleich die Finger von ihm.«

Erschrocken über die unverhohlene Warnung wich Lexie einen Schritt zurück.

»Ich weiß zwar nicht, was dich das angeht, Janice. Aber falls es dich beruhigt: Ich habe nicht vor, mit Grayson Fitzgerald etwas anzufangen.«

Ihre Stimme hallte durch das Kirchenschiff, weil sie viel zu laut gesprochen hatte, und im gleichen Moment merkte sie, dass jemand hinter ihr stand. Jemand Großes, der einen langen Schatten warf.

»Das ist gut zu wissen«, sagte eine tiefe Stimme, und als Lexie herumfuhr, sah sie in Grayson Fitzgeralds viel zu blaue Augen.

21

Entsetzt spürte Lexie, wie ihre Wangen rot anliefen. Was Grayson nicht entging, denn er hob einen Mundwinkel zu einem schiefen Lächeln.

»Grayson!« Janice drängte sich neben Lexie und lächelte zum ersten Mal, seit sie in die Kirche gekommen war, strahlend. »Ich dachte, du wolltest nach Letterkenny.«

»Ich musste meine Pläne ändern«, sagte er und sah sich um. »Habt ihr meinen Vater gesehen? Ich muss ihn dringend sprechen. Er hat meiner Großmutter gesagt, dass er sich mit dem Pfarrer treffen wollte.«

»Das stimmt. Er war gerade noch hier und hat mit Father Flaherty geredet«, erklärte Lexie, der jetzt erst auffiel, dass die beiden Männer verschwunden waren. »Sie sind vielleicht ins Pfarrhaus gegangen.«

»Dann werde ich dort mal nachsehen«, sagte er und wollte gehen, aber Janice hielt ihn zurück.

»Ich schaue mir gerade die Beiträge für den Wettbewerb an, von dem ich dir erzählt habe. Willst du nicht kurz mitkommen und einen Blick darauf werfen? Da sind ein paar sehr interessante Modelle dabei.«

Grayson schüttelte den Kopf. »Tut mir leid, ich kann nicht.

Vielleicht ein anderes Mal«, sagte er und ging in Richtung Pfarrhaus. Auf halber Strecke drehte er sich jedoch noch einmal um und sah Lexie an. »Bis dann!«

»Bis dann«, flüsterte Lexie und blickte ihm nach.

Hatte er gerade wirklich gelächelt? Obwohl sie gesagt hatte, dass sie nichts von ihm wollte? Fand er das lustig? Oder glaubte er ihr nicht? Was es auch war, es hatte den Schwarm Schmetterlinge in ihrem Bauch wieder aufgescheucht.

»Tja, dann.« Janice drehte sich um und ging zurück in die Kirche, allerdings nicht ohne Lexie noch einen letzten giftigen Blick zuzuwerfen, so als wäre sie schuld daran, dass Grayson ihren Vorschlag abgelehnt hatte.

Sie ist komisch, dachte Lexie und überlegte, wie es sein konnte, dass die nette Eileen eine so unsympathische Tochter hatte. Und nun musste Lexie sich auch noch morgen Nachmittag mit ihr treffen. Als wären Sheila Murphy und Doktor Turner als Jurykollegen nicht schon schlimm genug …

Sie hielt inne, als sie Grayson zurückkommen sah.

»Im Pfarrhaus ist niemand«, sagte er. »Jedenfalls macht keiner auf.«

Lexie zuckte mit den Schultern und zwang sich, ganz ruhig zu bleiben. »Dann sind die beiden vermutlich weggefahren.«

»Vermutlich.«

Grayson blieb vor ihr stehen, und als er sie diesmal ansah, lag wieder dieser Ausdruck in seinen Augen, der Lexie weiche Knie machte.

»Ich musste mich gestern Nacht um meine Großtante kümmern. Es ging ihr nicht gut.«

Lexie schluckte. »Ich weiß. Deine Großmutter hat es mir erzählt.«

Er hob die Hand und griff nach einer von Lexies Haarsträhnen, spielte kurz damit, bevor er sie wieder losließ. »Dabei hätte ich lieber etwas ganz anderes gemacht.«

Lexie schluckte, während sie sich in seinem Blick verlor. Die Bilder, die seine Worte in ihrem Kopf auslösten, schickten prickelnde Schauer über ihren Rücken. Sie hatte sich noch nie so gefühlt, so absolut hilflos, was die körperliche Anziehungskraft eines Mannes anging. Es war, als hätte Grayson Magnete in seiner Brust, die speziell darauf ausgelegt waren, ihren Willen zu schwächen. Und je näher er ihr kam, desto stärker war diese Wirkung. Was er vermutlich wusste …

Hastig machte Lexie einen Schritt zurück. »Ja, aber ich fand es gut so. Ich hätte nicht gerne etwas anderes gemacht. Als schlafen, meine ich.«

Sie hielt seinem Blick stand und hoffte, dass er das glauben würde. Aber er lächelte schon wieder auf diese unverschämt charmante Weise.

»Hallo! Ich hoffe, ich störe nicht?«

Lexie fuhr erschrocken herum, als sie Bettys Stimme plötzlich hinter sich hörte. Ihre Freundin kam gerade den Weg zur Kirche hoch und grinste, als sie Lexie und Grayson erreichte.

»Eileen meinte, ich soll dich hier abholen.«

»Ja. Das ist nett von dir.« Lexie hakte Betty unter. »Wir müssen jetzt auch los«, erklärte sie Grayson und zog ihre Freundin wieder zurück in Richtung Dorfplatz. »Bis dann.«

Grayson erwiderte nichts, sondern sah ihnen nur nach, wie Lexie feststellte, als sie einen Blick über die Schulter warf.

»Was war denn das?«, fragte Betty, als sie außer Hörweite waren. »Hattet ihr eine kleine Aussprache?«

»Wenn du damit meinst, ob wir geklärt haben, wie weit das mit uns gehen wird, dann ja.«

Lexie warf noch einen Blick über die Schulter zurück, aber Grayson stand nicht mehr am Eingang. Wahrscheinlich ist er zu Janice in die Kirche gegangen, dachte sie und ignorierte den kurzen Stich in ihrer Brust.

»Und zu welchem Schluss seid ihr gekommen?«, wollte Betty wissen. »Nein, sag es mir nicht. Ich würde es dir sowieso nicht glauben. Ich hab nämlich Augen im Kopf, weißt du.«

»Da ist nichts zwischen uns, Betty. Ich weiß nicht mal, ob ich ihm trauen kann. Und außerdem … würde er mich sowieso nicht wollen.«

»Und warum nicht?«

Lexie zuckte mit den Schultern. »Weil ich zu kompliziert bin.«

»Hey.« Betty strich ihr über den Arm. »Das hat dir dieser Matt Cavendish eingeredet, aber das ist Blödsinn. Nicht alle Männer sind so unsensible Idioten.«

Lexie seufzte. »Ich weiß. Aber Grayson Fitzgerald könnte einer sein. Deshalb riskiere ich es lieber nicht. Und dein Ken ist auf jeden Fall einer.«

»Das kannst du laut sagen.« Betty holte ihr Handy aus der Handtasche. »Hier, guck dir das an. Dreiundzwanzig Nachrichten, seit ich weg bin. Er gibt einfach nicht auf.«

Sie sah aus, als würde sie sich darüber freuen, was Lexie ziemlich besorgte.

»Du fällst nicht wieder auf ihn rein, hörst du? Er wird sich nicht ändern.«

»Ich weiß«, seufzte Betty.

»Du weißt es, aber du glaubst es nicht. Wach auf, Betty, bitte. Da draußen gibt es ganz bestimmt jemanden, der dich nicht so behandelt wie dein Exverlobter. Jemanden wie Aidan Dearing zum Beispiel.« Sie grinste. »Ich hab nämlich auch Augen im Kopf, weißt du.«

Bettys Wangen röteten sich ein ganz klein wenig. »Er ist wirklich nett. Und er hat sich meinetwegen geprügelt.« Das schien sie immer noch nicht fassen zu können. »Er sitzt übrigens im Wagen«, fügte sie hinzu.

»Wer? Aidan?«

»Ja. Er sagt, hier in der Nähe gibt es ein Folk Village, eine Art lebendiges Museum, wo man sich ansehen kann, wie irische Dörfer früher aussahen. Das will er mir zeigen.«

»Okay.« Lexie lächelte. »Setzt ihr mich dann vorher noch an der Burg ab?«

»Kannst du nicht mitkommen?« Bettys Blick wurde flehend.

»Warum? Aidan ist sehr nett. Da brauchst du dir keine Sorgen zu machen«, versicherte Lexie ihr.

»Das ist es nicht. Ich ... würde mich einfach wohler fühlen, wenn du dabei bist. Bitte, Lexie!«

»Das geht nicht. Ich muss weitermachen. Schließlich war ich jetzt schon den halben Tag unterwegs.«

»Ich weiß. Aber geht es nicht trotzdem?«, bettelte ihre Freundin. »Es dauert sicher nicht lange. Höchstens eine Stunde. Bitte.«

Lexie seufzte tief. »Wenn es dir so wichtig ist.«

»Oh, danke!« Betty fiel ihr um den Hals. »Dafür lasse ich dich danach auch total in Ruhe. Dann kannst du alles nachholen, ja?«

Lexie nickte. Jedem anderen hätte sie diesen Gefallen abgeschlagen. Aber bei Betty konnte sie einfach nicht anders. Sie wusste, dass die meisten Menschen glaubten, ihre Freundin wäre selbstsicher, und meistens war Betty das auch. Aber es gab Situationen, in denen sie diese Sicherheit verlor, und zwar immer dann, wenn Gefühle im Spiel waren. Und nach der Enttäuschung mit Ken fehlte ihr vermutlich das Vertrauen in sich selbst. Deshalb konnte Lexie sie jetzt nicht im Stich lassen.

Betty hakte sich bei ihr unter, während sie zum Auto gingen.

»Ist doch gut, wenn du hier mal rauskommst. Im Folk Village gibt es nämlich garantiert keine Leute, die dir die Bremskabel durchschneiden oder sonst wie zu Leibe rücken.« Sie legte den Kopf auf Lexies Schulter. »Ich hab ein bisschen Angst um dich.«

»Das musst du nicht. Ich passe schon auf mich auf«, versprach Lexie und schluckte den Kloß herunter, der ihr plötzlich im Hals saß. Sie hatte auch Angst. Aber sie würde sich davon nicht unterkriegen lassen. Dafür war das, was sie hier über ihre Herkunft erfahren konnte, viel zu wichtig.

»Aber nur eine Stunde«, erinnerte sie Betty, als sie das Auto erreichten und einstiegen.

Die Fahrt nach Glencolmcille dauerte jedoch länger als angenommen, genauso wie die Besichtigung des Museumsdorfs, und so war es schon später Nachmittag, als sie zurückfuhren. Dafür kamen sich Betty und Aidan zusehends näher, und Lexie war ganz sicher, dass sie die beiden bei ihrem nächsten Ausflug nicht mehr begleiten musste.

Dass Betty Ken während der ganzen Zeit nicht einmal erwähnt hatte, bedeutete allerdings leider nicht, dass sie nicht mehr an ihn dachte. Und er schien ihr auch weiterhin ständig Nachrichten zu schicken, denn Lexie hatte beobachtet, wie jedes Mal, wenn Betty auf ihr Handy sah, ein Schatten über ihr Gesicht huschte. Aber zumindest hatte sie nicht zurückgeschrieben, und das wertete Lexie als gutes Zeichen.

»Tja, dann mache ich mich jetzt mal an die Arbeit«, sagte Lexie seufzend und blickte auf die Burg, die vor ihnen auftauchte. Die sinkende Sonne stand so, dass die Silhouette der Türme sich wie ein Schattenriss vor dem langsam dunkler werdenden Himmel abzeichnete, und für einen Moment war sie wieder gefangen von der Schönheit dieses Ortes. Es würde Spaß machen, dem Gebäude auch von innen noch ein bisschen mehr Glanz zu verleihen.

»Also, ich arbeite heute ganz sicher nicht mehr«, verkündete Aidan, der auf der Rückbank saß und grinste, als Lexie sich zu ihm umdrehte. »Hey, mich hetzt ja keiner. Meine Doktorarbeit läuft mir nicht weg. Und außerdem muss ich mich noch von den Kinnhaken des Grabschers erholen.«

»Ich kümmere mich schon um dich«, sagte Betty, und die beiden tauschten einen innigen Blick im Rückspiegel, der Lexie nicht entging.

Ganz kurz dachte sie daran, wie Aidan reagiert hatte, als es darum ging, wegen der Prügelei die Polizei einzuschalten. Ihr war immer noch nicht klar, wieso er den Gesetzeshütern lieber aus dem Weg ging, und das machte ihr ein bisschen Sorgen. Nicht dass ihre Freundin vom Regen in die Traufe kam, weil Aidan vielleicht netter als Ken, aber dafür ein gesuchter Krimineller war. Aber noch sind sie ja kein Paar, tröstete sie sich. Vorläufig reichte es, wenn die beiden sich gut verstanden und wenn Aidan Betty ein bisschen von ihrem Kummer mit Ken ablenkte. Mehr musste daraus ja nicht werden.

Betty überquerte mit dem Mini die Zufahrt zur Burg und den Vorhof. Kurz vor dem Torbogen, der in den Innenhof führte, blieb sie jedoch stehen.

»Wie hat der denn geparkt?« Verärgert deutete sie auf Graysons BMW, der quer im Hof stand anstatt wie sonst vor dem Wehrturm bei den anderen Autos. »So kann ich da doch gar nicht vernünftig wenden.«

Lexie kämpfte gegen das ungute Gefühl an, das in ihr aufstieg, während sie den schräg stehenden Wagen betrachtete. Es sah so aus, als hätte Grayson es sehr eilig gehabt. Aber aus welchem Grund? Sie dachte an die kranke Fanny.

»Ich kann auch hier aussteigen«, sagte sie hastig und öffnete die Tür. Dann umarmte sie Betty noch einmal. »Wir telefonieren, ja?«

»Worauf du dich verlassen kannst!«, versprach Betty.

Lexie winkte dem Mini noch nach, der kurz darauf wieder in Richtung Cerigh fuhr, und ging durch den Torbogen in den Innenhof.

Wegen der hohen Mauern drang kaum noch Licht in den Hof, der entsprechend dämmrig wirkte, deshalb wunderte Lexie sich nicht, dass hinter dem Küchenfenster bereits Licht brannte. Als sie auf die Eingangstür zuging, hörte sie laute Stimmen. Besorgt lief sie die letzten Schritte und öffnete die Tür, blieb dann jedoch im Flur stehen.

Im ersten Moment dachte sie, dass es bei dem Gespräch um Fanny ging, doch dann erkannte sie, dass es Graysons und Duncans Stimmen waren, die sie gehört hatte. Und die beiden sprachen auch nicht über den Zustand der alten Dame. Sie stritten miteinander, und zwar heftig.

Vorsichtig ließ Lexie die Tür wieder ins Schloss fallen und näherte sich der angelehnten Küchentür.

»Sag endlich die Wahrheit, Dad! Wieso bist du an den Deal mit Howard Enterprises gebunden?« Graysons Stimme klang scharf.

Lexie hatte nicht lauschen wollen, aber als der Name ihrer Firma fiel, blieb sie unwillkürlich stehen.

»Ich bin dir keine Rechenschaft schuldig, wem ich die Burg verkaufe!«, erwiderte Duncan, genauso laut.

»Aber Grandma und Fanny schon. Und sie wollen wissen, warum du einen Fremden mir vorziehst.« Lexie hörte Grayson schnauben. »Aber das bin ich wahrscheinlich auch für dich, oder? Ein Fremder. Der deinen Namen nicht tragen darf und auf Dunmor ansonsten nur geduldet ist. Du wolltest mich hier nie, und du willst auch nicht, dass ich dein Erbe antrete. Warum hast du mich überhaupt hier wohnen lassen, wenn ich dir so zuwider bin?«

Für einen langen Moment herrschte Stille. »Du wolltest damals gehen«, sagte Duncan.

»Weil du mich vor die Wahl gestellt hast«, erwiderte Grayson. »Ich hätte nur bleiben können, wenn ich nicht mehr in Frage stelle, was du tust. Aber das konnte ich nicht.«

»Nein, das konntest du nicht. Du musstest mich ständig angreifen«, brüllte Duncan. »Für alles sollte ich mich rechtfertigen! Ich bin dein Vater, verdammt! Und ich hatte keine Lust, mich mit einem Achtzehnjährigen darüber zu streiten, was ich darf und was ich nicht darf.«

Grayson schnaubte. »Du hast dich nie verhalten wie mein Vater! Und ich hatte jedes Recht, dich zur Rede zu stellen. Spielsucht ist eine Krankheit, und du warst dabei, dich zu ruinieren – und alle anderen gleich mit.«

»Nur weil ich hin und wieder gerne am Roulettetisch sitze, bin ich noch nicht krank«, widersprach Duncan. »Ich weiß, wann ich aufhören muss.«

»Nein, das wusstest du nie«, erwiderte Grayson. »Soll ich dir sagen, warum ich mich selbstständig gemacht habe? Warum ich schon seit Jahren fast rund um die Uhr arbeite, um meine Firma aufzubauen? Weil ich genug Geld haben wollte, um Grandma und Fanny zu helfen, wenn du es zu weit treibst. Ich habe damit gerechnet, dass du Dunmor eines Tages verkaufen musst. Dann wollte ich die Summe aufbringen können, damit Grandma und Fanny ihr Zuhause nicht verlieren. Dass du mich als Käufer übergehen könntest, hatte ich allerdings nicht bedacht. Aber ich hätte vermutlich wissen müssen, dass du die Burg lieber an jeden anderen verschacherst, als sie mir anzuvertrauen.«

Lexie schluckte, weil ihr plötzlich klar wurde, welchen Stellenwert Fanny und Agatha für Grayson hatten. Er würde vermutlich alles tun, um sie zu schützen.

»Darum geht es doch nicht.« Duncan stieß die Luft aus, und

es hörte sich an, als würde die Wut aus seiner Stimme weichen, denn er wurde plötzlich sehr viel leiser. »Es geht nicht um dich. Mir bleibt einfach keine andere Wahl. Ich kann nicht an dich verkaufen, Grayson. Selbst wenn ich wollte.«

»Wieso nicht? Hat dieser Howard etwas gegen dich in der Hand? Wenn ja, dann breche ich diesem Kerl jeden Knochen im Leib, das schwöre ...«

»Miss Cavendish! Wo waren Sie denn so lange?«, sagte jemand laut neben ihr.

Erschrocken fuhr Lexie herum und sah, dass Fanny O'Donnell aus ihrem Zimmer gekommen war. Die alte Dame lächelte freundlich und schien sich nicht darüber zu wundern, dass Lexie vor der angelehnten Küchentür stand.

»Wir haben Sie schon gesucht. Möchten Sie etwas essen? Es sind noch ein paar Scones übrig.«

»Nein, ich ...«

Die Küchentür wurde aufgerissen, und Grayson stand mit grimmiger Miene vor Lexie. Im Gegensatz zu seiner Großtante ahnte er offenbar, dass sie gelauscht hatte.

»Nein, ich ... möchte nichts. Aber vielen Dank für das Angebot«, antwortete sie Fanny, bevor Grayson etwas sagen konnte, und floh dann hastig über die Treppe hinauf in ihr Zimmer.

Ihr Herz schlug wild, als sie die Tür hinter sich schloss und sich dagegenlehnte. Sie war immer noch verwirrt von dem, was sie eben gehört hatte. Da war so viel Bitterkeit in den Stimmen der beiden gewesen. Kein Wunder, dass ihr Verhältnis zerrüttet war. Und dann war da noch Graysons Bemerkung über Duncans Spielsucht gewesen, die ein völlig neues Licht auf die Tatsache warf, dass er Dunmor Castle veräußern wollte. Musste er das vielleicht tun? Und warum konnte er nicht an Grayson verkaufen, selbst wenn er wollte?

Es klopfte an der Tür. Eigentlich hämmerte es eher, und

Lexie hatte gerade noch Zeit, von der Tür wegzutreten, bevor sie aufgerissen wurde und Grayson eintrat.

»Sind das die Methoden, die ihr bei Howard Enterprises anwendet? Reicht es nicht, dass du dich in mein Zimmer schleichst? Musst du auch noch private Gespräche belauschen?«

Sein Gesicht war so wutverzerrt, dass Lexie zurückwich. »Ich ... wollte das nicht, ehrlich. Aber dann fiel der Name Howard Enterprises, und ich dachte ...« Sie schluckte. »Es tut mir leid.«

Das schien Grayson nicht zu beruhigen.

»Nein, mir tut es leid«, sagte er. »Mir tut es sogar sehr leid, dass ich nicht rechtzeitig da war, um zu verhindern, dass Andrew Howard seine gierige Hand nach Dunmor ausstreckt. Wusstest du, dass er bei den letzten drei Objekten, bei denen wir Konkurrenten waren, jedes Mal versucht hat, mir den Deal mit irgendwelchen Tricks wegzuschnappen? Er hat den Verkäufern falsche Informationen über meine Firma zugespielt und es sogar mit Bestechung versucht, als das nicht fruchtete. Damit ist er nicht durchgekommen, aber ihm ist grundsätzlich jedes Mittel recht, um ein Geschäft abzuschließen.«

»Das glaube ich nicht«, sagte Lexie aus einem Reflex heraus, denn in Wahrheit erschütterten Graysons Worte ihr Bild von ihrem Boss sehr. Aber sie fühlte sich Andrew verpflichtet, deshalb verschränkte sie die Arme vor der Brust und hielt Graysons wütendem Blick stand. »So etwas würde Andrew nicht tun.«

»Doch, so etwas tut er. Und du arbeitest für ihn. Also, raus damit! Womit hat er meinen Vater in der Hand? Er zwingt Dad, die Burg an ihn zu verkaufen, und ich will wissen, wie er das geschafft hat!«

Er hatte sich vor ihr aufgebaut, und für einen Moment befürchtete Lexie, dass er sie packen und schütteln würde. Aber er rührte sie nicht an.

»Ich weiß es nicht«, sagte sie, erschrocken über seine Vehemenz. »Ich habe wirklich keine Ahnung. Mir hat Andrew nur gesagt, dass die Verhandlungen so gut wie abgeschlossen sind. Ich bin als Innenarchitektin bei ihm angestellt. Über solche Dinge redet er nicht mit mir.«

Grayson musterte sie skeptisch. »Lüg mich nicht an!«

»Ich lüge nicht!«, verteidigte sich Lexie. »Ich war völlig überrascht, als ich erfuhr, dass du Duncans Sohn bist, und ich habe mich sehr darüber gewundert, dass dein Vater unbedingt an Andrew verkaufen will. Aber die Gründe dafür kenne ich nicht. Ich habe einen Auftrag, den ich erledigen soll. Mehr weiß ich nicht.«

Für einen langen Moment hielt Grayson ihren Blick fest. Dann stieß er die Luft aus, und damit schien ein Teil seiner Wut zu verrauchen. Fertig war er jedoch noch nicht mit Lexie.

»Dann rede mit ihm«, sagte er. »Frag ihn, ob er es wirklich ernst meint, dass meine Familie hier wohnen bleiben darf, auch wenn das Gebäude ein Hotel ist. Frag ihn, ob er sein Wort halten wird. Das glaube ich nämlich nicht.«

»Genau das habe ich vor«, gab Lexie zurück. »Ob du es glaubst oder nicht, ich möchte nicht, dass deine Großmutter und deine Großtante die Burg verlassen müssen. Aber wenn Andrew deinem Vater zugesichert hat, dass sie hierbleiben dürfen, dann ist das auch so. Da bin ich ganz sicher.«

Grayson musterte sie für einen langen Moment und schien darüber nachzudenken, ob er ihr das glauben sollte.

»Wenn dir wirklich etwas an Grandma und Fanny liegt, dann sorg dafür, dass dein Boss von dem Deal zurücktritt.«

»Das kann ich nicht, und das weißt du«, erwiderte Lexie. »Oder würdest du wollen, dass deine Mitarbeiter statt deiner Interessen die deines Konkurrenten vertreten?«

»Nein, aber ich erwarte von meinen Mitarbeitern, dass sie

erkennen können, was richtig ist. Und dass Andrew Howard Dunmor Castle bekommt, ist falsch.«

Lexie schluckte. Er hat recht, dachte sie. Ihr Gefühl sagte ihr das Gleiche. Aber das durfte sie sich auf gar keinen Fall anmerken lassen.

»Es geht hier doch nicht um Richtig oder Falsch. Das ist ein Geschäft, und in diesem Fall gewinnt eben mein Boss.«

»Er gewinnt mit unfairen Mitteln, Lexie. Aber ich schätze, es ist müßig, das mit jemandem zu diskutieren, der Andrew Howard für einen guten Menschen hält.«

Bevor Lexie etwas darauf antworten konnte, stürmte Grayson aus dem Zimmer und warf die Tür hinter sich zu.

Für einen langen Moment starrte Lexie auf das hellblaue Türblatt und wartete, bis sich ihr wild klopfendes Herz wieder etwas beruhigt hatte. Dann holte sie ihr Handy aus der Tasche, wählte Andrews Nummer und trat ans Fenster. Während sich der Anruf aufbaute, blickte sie in den Burghof, wo Graysons BMW immer noch quer vor dem Eingang stand.

Sie landete jedoch direkt auf Andrews Mailbox.

»Mist.« Lexie legte wieder auf und wollte Andrew eine Nachricht schreiben. Doch dann hielt sie inne, als sie unten im Hof eine Bewegung wahrnahm.

Es war Grayson, der aus dem Haus kam und zu seinem Wagen ging. Er stieg ein, ließ den Motor aufheulen und wendete, dann fuhr er durch das Burgtor davon.

Lexie lehnte die Stirn an das kühle Fensterglas und seufzte, während sie dem Wagen nachstarrte.

Sie wusste einfach nicht mehr, was sie denken sollte. Stimmte es, was Grayson über Andrew gesagt hatte? Oder behauptete er das nur, um ihr Vertrauen in Andrew zu erschüttern? Und wenn es stimmte, was sollte sie dann tun? Andrew war ihr Boss, und er hatte ihr eine große berufliche Chance geboten. Sie verdankte ihm viel, deshalb würde sie, solange das Gegenteil nicht bewiesen war, bei ihrer guten Meinung über ihn bleiben. Dass er zu Dingen wie Bestechung oder Betrug fähig war, wollte sie einfach nicht glauben.

Noch einmal seufzte Lexie tief, dann löste sie sich vom Fenster. Diese ganze Grübelei brachte ohnehin nichts. Sie würde Andrew fragen müssen, was er zu Graysons Vorwürfen sagte. Und bis sie dazu Gelegenheit bekam, sollte sie endlich das tun, weswegen sie hergekommen war. Mal ganz abgesehen davon, dass sie dringend etwas brauchte, um sich von Grayson Fitzgerald abzulenken, an den sie viel zu viel denken musste.

Sie holte ihr Notizbuch und ihren Skizzenblock, dann setzte sie sich an den kleinen Sekretär. Noch einmal las sie durch, was sie sich gestern auf ihrem Rundgang durch die Burg zu den Zimmern notiert hatte, dann griff sie nach ihrem Skizzenblock und fing an zu zeichnen.

Wie immer, wenn sie das tat, nahmen die Ideen schnell konkrete Formen an. Es machte Spaß, alles, was sie bis jetzt nur in ihrem Kopf vor sich gesehen hatte, auf Papier festzuhalten. Außerdem halfen diese Skizzen, die sie später noch auf dem Computer entsprechend umsetzen würde, nicht nur ihr selbst, sondern auch den Kunden, die sich die geplanten Veränderungen dann konkreter vorstellen konnten.

Je länger sie an den Zeichnungen saß, desto detailreicher erschienen die Formen und Farben, auf die sie bei ihrem Konzept setzen wollte, vor ihrem inneren Auge, und bald war sie so in ihre Arbeit versunken, dass sie gar nicht merkte, wie draußen die Sonne unterging.

*****

Bleib stehen. Lauf nicht weg.

Der Schatten rief nach ihr, lockend und leise wie immer, und Lexie wollte weglaufen. Aber sie wusste, dass es nichts nützen würde. Sie musste sich verstecken. Irgendwo Schutz suchen.

Ich tue dir nichts.

Das war eine Lüge. Sie hatte gesehen, dass der Schatten ihrer Mutter wehgetan hatte. Und jetzt war er hinter ihr her.

Ihr Herz raste, während sie in die große schwarze Öffnung hinabstieg. Sie hörte den Schatten rufen, aber er klang nicht mehr so nah. Es war kalt hier unten und so dämmrig, dass man kaum etwas sehen konnte, aber sie lief weiter, bis sie die Nische erreichte.

Dort roch es muffig, und der Staub kitzelte in ihrer Nase. Es war gerade genug Platz zwischen den Kisten, dass sie noch hindurchpasste. Sie kroch bis ganz nach hinten und hockte sich hinter den großen Glaskasten. Ein Tuch hing darüber, und sie schlüpfte darunter, kauerte sich dicht an die Scheibe. Im Dämmerlicht konnte sie die Löwen nicht sehen, die dahinter lauerten. Sie fürchtete sich vor ihnen. Aber Löwen waren stark. Sie konnten sie vor dem Schatten beschützen.

Schritte hallten durch die Dunkelheit, und sie brachten Licht mit. Lexie konnte durch das Tuch sehen, wie es immer heller wurde.

Komm raus. Du musst keine Angst haben.

Vorsichtig lugte Lexie unter dem Tuch hervor und sah, dass der Schatten sie erreicht hatte. Nur dass es kein Schatten mehr war. Es war ein Mensch, der vor ihr stand. Es war … Grayson.

Entsetzt wollte Lexie aufschreien, brachte jedoch keinen Ton heraus. Sein Bild verschwamm vor ihren Augen, und alles war plötzlich nur noch hellblau.

Es dauerte einen langen Moment, bis ihr klar wurde, dass sie das alles nur geträumt hatte. Und bis sie begriff, dass sie vor ihrer Zimmertür stand, die Hand schon an der Klinke. Die Nachttischlampe brannte, und in ihrem Schein sah Lexie das zerwühlte Bett, auf dem zahlreiche Zeichenblätter verstreut lagen.

Sie konnte sich noch erinnern, dass sie irgendwann vom Schreibtisch ins Bett umgezogen war, weil sie die Beine ausstrecken wollte. Wie im Rausch hatte sie weiter gezeichnet, aber irgendwann musste sie so müde gewesen sein, dass ihr die Augen zugefallen waren.

Ein Schauer lief ihr über den Rücken, als die Traumbilder wieder vor ihr auftauchten. Der Schatten hatte sie verfolgt, so wie immer, aber diesmal war es anders gewesen. Sie war nicht panisch weggelaufen wie sonst, sondern hatte ihre Umgebung wahrgenommen. So als würde sie sich plötzlich erinnern.

Hatte Eileen nicht erzählt, dass Lexie nach dem Verschwinden ihrer Mutter im Dienstbotentunnel gefunden worden war? Vielleicht war sie damals ja wirklich hinter die Vitrine mit den Löwen gekrochen. Oder hatte ihr Gehirn nur Eileens Information verarbeitet und daraus diesen Traum gemacht?

Mit einem Stöhnen lehnte Lexie sich gegen das Türblatt und dachte an Graysons Rolle in ihrem Traum. Aber das war völlig unmöglich. Er konnte nicht der Schatten sein, er war damals selbst noch ein Kind gewesen. Ihr Gehirn mischte da offenbar Dinge zusammen, so wie es oft in Träumen vorkam. Und dennoch hatte sich alles so erschreckend real angefühlt. Der Geruch, der Staub in der Luft, das kalte Glas …

Auf zittrigen Beinen schleppte Lexie sich zurück zum Bett. Sie schob die Skizzen zusammen und legte sie auf den Schreibtisch zu den anderen, dann ließ sie sich erschöpft auf das Bett fallen.

Das war knapp, dachte sie. Es hätte vermutlich nicht mehr viel gefehlt, und sie wäre wieder schlafwandelnd herumgeirrt.

Die Tür war nämlich nicht abgeschlossen gewesen, daran hatte sie in den letzten Nächten nicht gedacht, weil so viel passiert war.

Ein Blick auf die Uhr zeigte ihr, dass es tatsächlich schon fast sechs Uhr morgens war. So spät wachte sie sonst selten aus ihren Alpträumen auf, und sie fürchtete, dass es schwer werden würde, um diese Zeit noch einmal einzuschlafen. Deshalb raffte sie sich wieder auf und kehrte an den Schreibtisch zurück. Wenn ich schon keine Ruhe finde, dann kann ich wenigstens noch ein bisschen arbeiten, dachte sie und fing an, die Skizzen durchzusehen.

22

Lexie hatte die fertigen Skizzen auf ihrem Bett ausgebreitet und ordnete sie gerade, als es an der Tür klopfte.

»Herein!«, rief sie, weil sie sicher war, dass es Agatha sein musste, und sie plötzlich ein schlechtes Gewissen plagte.

Sie hatte nämlich nach ihrem Alptraum tatsächlich nicht mehr schlafen können und war um kurz nach sieben runter in die Küche gegangen, um etwas zu essen. Agatha war schon wach gewesen, und während ihres gemeinsamen Frühstücks war die alte Dame noch mal darauf zu sprechen gekommen, dass Lexie sich ihr Wohnzimmer ansehen sollte. Lexie hatte versprochen, das im Laufe des Vormittags zu tun, aber das war jetzt über drei Stunden her, weil sie erneut so vertieft in ihre Arbeit gewesen war, dass sie die Zeit ganz vergessen hatte. Sicher war die alte Dame inzwischen ungeduldig geworden, deshalb tauschte Lexie nur noch schnell zwei Skizzen gegeneinander aus und drehte sich dann mit einem entschuldigenden Lächeln um.

»Tut mir leid, ich bin sofort fertig, und dann können wir …«

Sie stockte, weil es gar nicht Agatha war, die an der Tür stand. Sondern Grayson.

Er schob die Hände in die Hosentaschen. »Störe ich?«

Lexie musterte ihn misstrauisch. Er sah immer noch viel

zu gut aus in seiner Jeans und dem blauen Hemd, das fast den gleichen Farbton hatte wie seine Augen. Aber wütend schien er nicht mehr zu sein.

»Was willst du hier?« Sie stemmte die Hände in die Hüften, auch um sich gegen das Gefühl zu wehren, das ihr schon wieder die Knie ganz weich machte. »Ich dachte, ich bin der Feind.«

»Nein. Du arbeitest nur für den Feind.« Er hob einen Mundwinkel zu einem Lächeln, das den Schmetterlingsschwarm in ihrem Bauch in Bewegung setzte. »Das ist ein Unterschied.«

»Soll das heißen, du glaubst mir, dass ich nicht weiß, was Andrew mit deinem Vater ausgehandelt hat?«

Er zuckte mit den Schultern. »Ich schätze, ich würde das gerne glauben. Und ich glaube auch, dass du noch einsehen wirst, wer in diesem Fall der Böse ist.«

Lexie legte den Kopf schief und fragte sich, was er mit diesem plötzlichen Sinneswandel bezweckte. Wieso war er auf einmal so freundlich? Wenn er damit ihr Misstrauen gegen ihn zerstreuen wollte, dann gelang ihm das leider ganz ausgezeichnet. Aber sie würde einen Teufel tun und ihn das merken lassen.

»Und ich glaube, dass ich sehr gut in der Lage bin, das selbst zu entscheiden«, sagte sie, ohne sein Lächeln zu erwidern, und verschränkte die Arme vor der Brust. »Außerdem hast du meine Frage noch nicht beantwortet. Was machst du hier?«

»Meine Großmutter hat mich gebeten, dir dabei zu helfen, ihr Wohnzimmer umzuräumen«, erklärte er. »Sie sagt, du hättest ihr versprochen, dich darum zu kümmern.«

Lexie stöhnte innerlich auf. Natürlich, dachte sie. Wahrscheinlich hatte Agatha ihm aufgetragen, freundlich zu ihr zu sein. Deswegen war er plötzlich so lammfromm.

»Ja. Ich … bin gleich so weit«, sagte sie und ärgerte sich, dass es sie trotzdem freute, nicht mehr mit ihm streiten zu müssen.

Sie sammelte die Entwürfe zusammen, die noch auf dem

Bett lagen, aber das dauerte einen Moment, weil sie darauf achten musste, dass sie in der richtigen Reihenfolge blieben. Was Grayson die Gelegenheit gab, einen Blick darauf zu werfen. Er griff nach einem Blatt und betrachtete es näher.

»Das ist gut«, sagte er, so als sei das ganz erstaunlich.

»Was dachtest du denn?«, fragte Lexie, nicht sicher, ob sie sich über das Kompliment freuen oder wegen seiner Überraschung beleidigt sein sollte.

Er zuckte mit den Schultern. »Dass Andrew nur Leute beschäftigt, die es einfach nicht draufhaben«, erklärte er ungerührt.

»Wie arrogant ist das denn?« Lexie rupfte ihm die Skizze aus der Hand. »Und so viel zum Thema Herumschnüffeln!«

»Dann sind wir jetzt quitt.« Sein Lächeln machte sie kurz ein bisschen atemlos.

Vorsicht, Lexie, warnte sie sich selbst. Er hat irgendwas vor, deshalb solltest du dich nicht von ihm einwickeln lassen. Das war allerdings leichter gesagt als getan, denn seinem Charme hatte sie wenig entgegenzusetzen.

Zumindest schaffte sie es, nicht zu lächeln, als sie zur Tür deutete.

»Wollen wir dann?«

Grayson ließ ihr den Vortritt, und während sie zusammen den Gang entlangliefen, beschloss Lexie, dass sie den Spieß einfach umdrehen würde. Wenn er sie manipulieren wollte, damit sie ihm entgegenkam, dann würde sie den Waffenstillstand zwischen ihnen nutzen, um mehr über ihn und seine Familie herauszufinden.

»Hier ist es.« Grayson öffnete eine der Türen, die von dem Flur abgingen, an dem auch die Küche lag.

»Ich weiß«, sagte Lexie, schließlich war sie schon hier gewesen, als Duncan ihr an ihrem ersten Tag die Burg gezeigt hatte. Aber damals hatte sie nicht auf die Details geachtet, weil sie nicht davon ausgegangen war, dass sie hier etwas verändern sollte. Das war jetzt anders, deshalb sah sie sich aufmerksam in dem Raum um.

Er war vom Stil her den Gästezimmern nicht unähnlich. Allerdings wirkte alles vollgestopft und unübersichtlich. Die zierliche, mit rotgelbem Chintz bezogene Sitzgruppe, die aus einem Sofa und zwei schmalen Sesseln bestand, war vor einer Regalwand in der Nähe des Kamins platziert, wodurch sie nicht wirklich zur Geltung kam. Außerdem passten die Bezüge nicht zu den beiden Ohrensesseln, die auf der anderen Seite des Raumes eine weitere Sitzgruppe bildeten. Überall an den Wänden gab es außerdem Regale und Kommoden, auf denen Dekorationen standen. Porzellanfigürchen, Schalen und Vasen waren dabei, und jede einzelne war hübsch anzuschauen. Aber insgesamt ergab sich dadurch ein sehr chaotisches Bild.

»Okay«, sagte Lexie. »Ich denke, wir sollten zuerst mit deiner Großmutter und deiner Großtante sprechen, damit ich sie fragen kann, wie genau sie sich das alles vorstellen und worauf sie besonderen Wert legen. Wo sind die beiden denn?«

»Sie sind nach Letterkenny gefahren. Doktor Turner wollte für Fanny schon lange einen Termin bei einem Spezialisten machen, aber das hat erst nicht geklappt. Vorhin rief die Praxis an, dass kurzfristig etwas frei geworden ist, deshalb sind die beiden direkt mit ihm hingefahren.«

Lexie runzelte die Stirn. »Doktor Turner ist mitgefahren?«

Grayson nickte. »Fanny hat es lieber, wenn er dabei ist.«

Für einen Moment wunderte Lexie sich über dieses Engagement, aber dann erinnerte sie sich wieder daran, dass Agatha den Arzt als alten Freund der Familie bezeichnet hatte.

Die Tatsache, dass die beiden alten Damen nicht hier waren, verunsicherte sie etwas. »Aber jetzt habe ich doch gar keinen

Anhaltspunkt. Ich hatte deiner Großmutter gesagt, dass sie mir da schon ein bisschen was an die Hand geben muss.«

»Sie meinte, dass sie dir vertraut und dass du alles so machen sollst, wie du es für richtig hältst«, erklärte Grayson. »Sie möchte nur, dass hinterher mehr Platz ist.«

»Okay.« Lexie war verblüfft, aber auch geschmeichelt. Allerdings lastete damit auch viel Verantwortung auf ihren Schultern. Sie wollte die alten Damen schließlich nicht enttäuschen. Deshalb ging sie mehrmals durch den Raum und betrachtete die Möbel und alle Accessoires genauer. In ihrem Kopf fügte sich dabei langsam ein Bild zusammen, das immer klarer wurde, und nach ein paar Minuten hatte sie einen Plan.

»Also gut, dann stellen wir jetzt die beiden Ohrensessel und dieses Tischchen raus. Der Raum ist zu klein für zwei Sitzgruppen. Wir sollten lieber eine richtig in Szene setzen, und zwar diese hier.« Sie deutete auf das zierliche Sofa und die beiden schmalen Sessel. »Gibt es davon vielleicht noch weitere Teile?«

Grayson überlegte. »Ja, ich glaube, es steht noch ein Sessel in Grandmas Zimmer.«

»Den brauchen wir«, entschied Lexie. »Vielleicht könntest du ihn gegen einen der Ohrensessel tauschen, wenn das passt?«

»Willst du dir das Zimmer ansehen?«, fragte Grayson. »Dann kannst du dir selbst einen Eindruck verschaffen.«

Lexie zögerte kurz, dann nickte sie und folgte ihm in Agathas Schlafzimmer, das sich links an das Wohnzimmer anschloss und in das sie beim letzten Mal nur einen ganz kurzen Blick geworfen hatte.

Es war kleiner als der Wohnraum und mit dem Queensize-Bett mit den hübschen Pfosten, dem eher zierlichen Schrank und einem kleinen Sekretär sehr hübsch ausgestattet. Der Sessel, den Lexie gerne tauschen wollte, stand in einer Ecke, und tatsächlich fand sie, dass der Ohrensessel dort viel besser passte.

»Soll ich dir tragen helfen?«, fragte sie, aber Grayson schüttelte den Kopf.

»Das schaffe ich schon.« Er knöpfte sein Hemd auf, zog es aus und legte es auf das Bett. Darunter trug er ein eng anliegendes weißes T-Shirt, unter dem sich sein gut gebauter Oberkörper ziemlich genau abzeichnete. Er war kein Muskelprotz, aber er hatte an den entscheidenden Stellen die richtige Menge Muskeln. Deshalb war es für ihn auch kein Problem, den Sessel zu packen und in das Wohnzimmer zu tragen.

Lexie folgte ihm und versuchte, nicht ständig auf seine kräftigen Unterarme zu starren, die er sonst immer unter Hemdsärmeln versteckte. Und er hatte schöne Hände mit langen Fingern und ...

Herrgott, nun hör schon auf, ermahnte sie sich selbst und spürte, wie ihre Wangen rot anliefen, als Grayson sie ansah.

»Bei dem Ohrensessel könnte ich Hilfe gebrauchen«, sagte er. »Den tragen wir besser zu zweit.«

»Ja, natürlich.« Lexie wollte auf die andere Seite des Sessels gehen, um mit anzupacken. Weil die Möbel so dicht standen, musste sie sich dafür sehr eng an Grayson vorbeischieben. Sie versuchte, ihn nicht zu berühren, aber das war quasi unmöglich, und als ihr Arm seinen streifte und sie seine Haut an ihrer spürte, hielt sie unwillkürlich den Atem an.

»Ziemlich wenig Platz hier«, befand er, und sie konnte ihm nicht ansehen, ob ihn dieser kurze Hautkontakt auch so aus der Fassung gebracht hatte.

»Das sollen wir ja ändern«, erwiderte sie, froh darüber, dass ihre Stimme nicht zitterte.

Sie trugen den Ohrensessel gemeinsam in Agathas Schlafzimmer hinüber und stellten ihn an seinen Platz, dann sah Lexie sich auch noch Fannys Schlafzimmer an, das auf der anderen Seite des Wohnzimmers lag. Es war noch kleiner als das von

Agatha, und es stand nur ein schmales Bett darin. Aber der krasseste Unterschied waren die Fotos. In Agathas Raum hing nur das Porträt eines Mannes an der Wand, bei dem es sich vermutlich um ihren verstorbenen Ehemann Arthur handelte. Fannys Zimmer hingegen war mit gerahmten Fotos übersät. Sie standen auf dem Fensterbrett und dem Nachttisch und hingen an den Wänden. Auf den Bildern waren meist Duncan und Grayson in verschiedenen Phasen ihres Lebens zu sehen. Vor allem die von Grayson fand Lexie sehr spannend, weil sie ihn sich nicht als kleinen Jungen vorstellen konnte. Aber da er neben ihr stand, riskierte sie nur einen kurzen Blick darauf.

Ein Foto stach jedoch aus der Masse heraus. Es war in einen überdimensional dicken goldenen Rahmen gefasst und zeigte Fanny in jungen Jahren zusammen mit einem Mann, den Lexie nicht kannte. Die beiden wirkten innig miteinander, hielten sich an den Händen und sahen sich verliebt an.

»Ist das George?«

Überrascht sah Grayson sie an. »Du weißt von George?«

Sie nickte. »Fanny hat mir von ihm erzählt. Sie hatte ihn sehr gern, oder?«

Grayson antwortete nicht darauf. Als Lexie ihn ansah, zuckte er mit den Schultern. »Das ist lange her«, sagte er. »Muss hier auch etwas rausgetragen werden?«

Offenbar wollte er über dieses Thema nicht sprechen, deshalb ging Lexie nicht weiter darauf ein.

»Nein, hier kann alles so bleiben, wie es ist«, erklärte sie.

»Und was jetzt?«, fragte Grayson, als sie wieder im Wohnzimmer standen.

»Jetzt müssen wir noch ein bisschen umräumen«, erklärte Lexie und begann damit, den Plan, den sie im Kopf schon entworfen hatte, in die Tat umzusetzen.

Grayson führte die meisten ihrer Anweisungen aus, ohne sie

zu hinterfragen, was Lexie fast ein bisschen wunderte. Er wirkte nicht wie jemand, der gerne Befehle erhielt, und manchmal war er auch nicht einverstanden mit ihren Vorschlägen. Dann diskutierten sie und probierten verschiedene Stellmöglichkeiten aus, bis sie beide zufrieden waren. Und das machte Lexie erstaunlich viel Spaß.

»Und wohin bringen wir jetzt die hier?«, fragte sie, als sie endlich fertig waren, und deutete auf den Ohrensessel, die beiden Tische und die kleine Kommode, die sie aussortiert hatten und die jetzt im Flur standen.

»Die können dort rein«, erklärte Grayson und zeigte auf eine Tür etwas weiter den Flur hinunter. Dahinter befand sich eine kleine Abstellkammer, die allerdings schon ziemlich voll war. Dennoch schafften sie es, die Tische und die Kommode hineinzustellen. Der Ohrensessel passte ebenfalls gerade noch hinein, doch als sie ihn bis nach hinten durchschoben, klemmte Lexie sich den Finger zwischen der Lehne und einer Kommode.

»Au!« Erschrocken zog sie die Hand zurück und betrachtete ihren Daumen, der unangenehm pochte.

»Lass mal sehen!« Grayson war sofort bei ihr und nahm ihre Hand in seine.

Die Berührung seiner Finger prickelte auf ihrer Haut und sandte Schauer durch ihren Körper. Und als er den Kopf hob und ihre Blicke sich begegneten, wurde es nicht besser.

»Tut mir leid«, sagte er, während er sanft über die Innenfläche ihrer Hand strich, was ein ganzes Feuerwerk an Gefühlen in Lexie auslöste.

»Das … war nicht deine Schuld.« Ihre Stimme klang so atemlos, wie sie sich fühlte, und ihr Blick wanderte wie von selbst zu seinen Lippen. Vielleicht wäre es etwas anderes gewesen, wenn sie nicht in dieser kleinen, fensterlosen Kammer gestanden hätten, die gerade genug Platz für sie ließ. Wenn sie einen Schritt zurück hätte machen können. Aber Lexie war gar nicht sicher, ob sie das dann auch getan hätte. Eigentlich wollte sie nicht von ihm weg.

Grayson ließ ihre Hand wieder los, aber ihre Blicke trennten sich nicht. Für einen Moment verharrten sie regungslos, und es lag so viel Spannung in der Luft, dass Lexie es kaum noch aushielt. Sie wusste, dass es keine gute Idee war, Grayson noch mal zu küssen. Aber ihr Körper hatte die Kontrolle übernommen und strebte ihm entgegen. Sie wollte seine Lippen noch einmal auf ihren spüren, wollte ihn schmecken und sich davontragen lassen von diesem wilden Gefühl, das sie erneut erfasste und ihr den Boden unter den Füßen wegzog …

Der Klingelton eines Handys zerriss die Stille in der Kammer und brach den Bann. Erschrocken über sich selbst, wollte Lexie zurückweichen, stieß dabei jedoch gegen das Regal in ihrem Rücken.

Mit einem unterdrückten Fluchen zog Grayson das Handy aus einer Tasche und sah auf das Display. Dann nahm er den Anruf entgegen.

»Ja?«, fragte er so grimmig, dass Lexie fast ein bisschen Mitleid mit dem Anrufer hatte, und trat aus der Kammer zurück in den Flur.

Lexie folgte ihm auf zittrigen Beinen. Herrje, das war knapp, dachte sie und blickte auf Graysons breiten Rücken, den er ihr zugewandt hatte. Noch einen Moment länger, und sie hätte wieder in seinen Armen gelegen. Es wäre ihr nicht möglich gewesen, das aufzuhalten, und diese Erkenntnis erschütterte sie.

Weil Grayson immer noch telefonierte und sie nicht wieder lauschen wollte, ging sie zurück in das Wohnzimmer der beiden alten Damen und betrachtete ihr Werk.

Die zierliche Sitzgruppe bildete jetzt den Mittelpunkt des Raumes, der viel luftiger und größer wirkte als zuvor. Es gab weniger Stolperfallen, und auch die Dinge in den Regalen, die Lexie neu angeordnet hatte, kamen nun besser zur Geltung. Eigentlich fehlten nur noch ein paar Kissen und Blumen und …

»Grandma und Fanny werden den Raum nicht wiedererkennen.«

Erst als er es sagte, merkte Lexie, dass Grayson hinter sie getreten war. Was sich sofort auf die Festigkeit ihrer Knie auswirkte.

»Denkst du, es wird ihnen gefallen?«, fragte sie unsicher.

»Machst du Witze? Sie werden es lieben. Du hast wirklich ein Auge für so etwas.«

Er schien das ernst zu meinen, denn sein Gesichtsausdruck wirkte ehrlich. Oder sagte er das mit Hintergedanken? War das alles Teil einer Strategie, die sie noch nicht durchschaute?

»Hast du wirklich gedacht, Andrew beschäftigt nur Dilettanten?«, fragte sie.

Er hob einen Mundwinkel zu einem entspannten Lächeln. »Ich habe jedenfalls nicht gedacht, dass seine Mitarbeiter so gut sind. Vielleicht sollte ich dich abwerben.«

Lexie schluckte. »Ich habe schon einen Job«, sagte sie und versuchte, nicht darüber nachzudenken, wie es wäre, für Grayson zu arbeiten.

Sein Handy klingelte erneut.

»Entschuldige. Ich muss da drangehen«, sagte er, nachdem er aufs Display gesehen hatte.

Lexie nickte. »Ich gehe so lange in die Küche«, sagte sie. »Willst du auch einen Tee?«

Er nickte, dann wandte er sich ab.

»Was zur Hölle ist denn jetzt schon wieder?«, hörte Lexie ihn sagen, als sie den Wohnraum verließ und hinüber in die Küche ging.

Sie hatte Agatha am Morgen bei der Zubereitung beobachtet und wusste, wo die alte Dame die Utensilien und die Teemischungen aufbewahrte, deshalb war es kein Problem für sie, eine Kanne Irish Breakfast Tea aufzubrühen. Als sie diese gerade auf den Tisch stellen wollte, kam Grayson herein.

Er ließ sich auf einen der Stühle sinken und warf sein Handy vor sich auf den Tisch. Dann stieß er die Luft aus und fuhr sich mit der Hand durchs Haar.

»Gibt es ein Problem?«, fragte sie, während sie ihm einen Becher hinstellte und ihm Tee eingoss.

»Ich wünschte, es wäre nur eins«, brummte er und griff nach dem Handy, das schon wieder klingelte. Diesmal blieb er allerdings sitzen, während er telefonierte, deshalb bekam Lexie mit, dass es um irgendein Projekt in Kanada ging.

Wenn du mehr über ihn erfahren willst, dann ist das jetzt deine Chance, dachte sie und setzte sich zu ihm an den Tisch.

»Ärger im Büro?«, fragte sie, nachdem er das Gespräch beendet hatte.

Er griff nach seinem Tee.

»Nur das übliche Chaos. Das passiert immer, wenn ich länger unterwegs bin. Aber eigentlich ist das eine gute Bewährungsprobe für meinen neuen Bürochef. Er wird das schon hinkriegen.«

Grayson klang müde und fast ein bisschen so, als wäre es ihm letztlich egal. Lexie dachte an das, was er im Streit zu Duncan gesagt hatte. Darüber, dass er seit Jahren jede freie Minute in die Firma steckte.

»Stimmt es, dass du die Fitzgerald Holding nur gegründet hast, damit du genug Geld hast, um Dunmor zu übernehmen?«

Er hob den Kopf und musterte sie scharf. »Das hast du gehört?«

Sie hob die Hände. »Es tut mir leid. Aber ich war nun mal

zufällig dort, und da habe ich es mitbekommen. Stimmt es denn?«

Er stieß die Luft aus. »Das war einer der Gründe. Und ich wollte unabhängig sein. Auf eigenen Füßen stehen.«

Lexie dachte daran, wie oft sich Andrew schon über den Erfolg von Graysons Firma geärgert hatte. Die Fitzgerald Holding war jünger als Howard Enterprises, hatte den Konkurrenten jedoch bereits überholt, was den Umsatz anging.

»Sind ganz schön große Füße geworden«, sagte sie und spürte, wie ihr Herz schneller schlug, als er ihr Lächeln erwiderte. »Arbeitest du wirklich rund um die Uhr? Nimmst du dir nie frei?«

Er zuckte mit den Schultern. »Wozu?«

»Keine Ahnung. Um mal ein bisschen zu entspannen oder Spaß zu haben.«

»Wer sagt, dass ich keinen Spaß habe?« Seine Mundwinkel hoben sich, und Lexie spürte einen Stich, als ihr klar wurde, dass er ganz sicher nicht so einsam und allein war, wie sie es sich gerade vorstellte. Und dennoch schien etwas in seinem Leben zu fehlen.

»Und was ist mit einer Familie? Und Kindern?«

Sie wusste, dass die Frage eigentlich zu persönlich war. Aber es würde vielleicht keine andere Gelegenheit geben, sie zu stellen, und sie wollte es gerne wissen.

Grayson verzog das Gesicht. »Kommt in meiner Lebensplanung nicht vor«, sagte er. »Das ist nichts für mich.«

Es klang rigoros, so als hätte er das schon sehr lange abgehakt. Was bei dem, was Lexie über seine Familienverhältnisse mitbekommen hatte, vielleicht sogar verständlich war.

»Und du?«, fragte er zurück.

»Ich wollte immer eine Familie. Ich schätze, deswegen habe ich so früh geheiratet«, gestand sie mit einem Seufzen. »Aber außer dem Namen ist mir von meinem Exmann nicht viel geblieben. Eine Frau, die nachts herumgeistert und Angst im Dunkeln hat, war auf Dauer nichts für den Quarterback des Footballteams. Er wollte es lieber wieder unkompliziert haben und mit seinen Kumpels feiern gehen. Und wahrscheinlich ist es auch besser so. Ich schätze, für mich ist das mit der Familie wohl auch nichts.«

Lexie hatte keine Ahnung, wieso sie Grayson das alles erzählte. Außer mit Betty hatte sie noch nie mit jemandem über die Gründe für ihre Trennung gesprochen. Aber Grayson kannte ihre Geheimnisse ohnehin schon. Also spielte es eigentlich keine Rolle.

»Dann sind wir ja schon zwei«, meinte er, und als ihre Blicke sich trafen, stand ein Verständnis in seinen Augen, das sie überraschte und ein warmes Gefühl in ihr auslöste.

Vergiss nicht, wer er ist, ermahnte sie sich, als ihr klar wurde, dass sie auf dem besten Weg war, Grayson Fitzgerald sehr viel netter zu finden, als gut für sie war. Deshalb trank sie hastig ihren Tee aus.

»Okay. Ich muss dann mit meiner Arbeit weitermachen. Mit dem Zimmer sind wir ja fertig.« Sie stand auf und stellte den Becher in die Spüle. »Vielen Dank, dass du mir geholfen hast.«

»Ich hoffe, Grandma und Fanny haben noch etwas von ihrem neuen Wohnzimmer«, sagte er, als Lexie schon fast an der Tür war. Überrascht blieb sie stehen.

»Wie meinst du das?«

Er zuckte mit den Schultern. »Wie ich schon sagte: Ich glaube nicht, dass Andrew die beiden hier wohnen lässt, wenn das Hotel erst fertig ist.«

»Warum sollte er das nicht tun?«, erwiderte Lexie. »Wenn er es versprochen hat, dann wird er sich daran auch halten.«

Grayson erhob sich ebenfalls und kam zu ihr. »Das hoffe ich

für ihn. Denn ich werde nicht zulassen, dass die beiden die Burg verlassen müssen. Fanny würde das nicht überleben.«

Für einen kurzen, schwachen Moment wollte Lexie ihm versprechen, dass das nicht passieren würde. Dass er die Burg übernehmen konnte, damit die alten Damen sich ab sofort keine Sorgen mehr machen mussten. Aber dann wurde ihr klar, dass sie so etwas nicht mal denken durfte. Es ging hier nicht darum, was sie richtig fand. Sie musste Andrews Interessen vertreten und nicht die von Grayson und seiner Familie. Deshalb wich sie seinem Blick aus.

»Andrew wird bestimmt Wort halten«, sagte sie und wünschte, ihre Stimme hätte bei dieser Aussage etwas fester geklungen.

Grayson legte die Hände um ihre Oberarme und zwang sie, ihn wieder anzusehen.

»Er darf die Burg nicht kriegen, Lexie. Er darf hier nicht alles auf den Kopf stellen. Das wäre eine Katastrophe.« In seinem Blick lag echte Verzweiflung, und Lexie wurde plötzlich klar, dass noch mehr hinter dieser Sache stecken musste. Es ging nicht nur um den Familiensitz, den er nicht verlieren wollte.

»Wieso?«, fragte sie. »Was passiert denn dann?«

»Das wüsste ich auch gerne«, sagte Duncan, der in diesem Moment die Küche betrat.

23

Grayson ließ Lexie los und starrte seinen Vater an. Ihm schien jetzt erst klar zu werden, dass er mehr gesagt hatte, als er eigentlich wollte, denn seine Miene verschloss sich wieder.

»Grayson?«, drängte Duncan ihn. »Was passiert dann?«

Für einen Moment schien Grayson mit sich zu ringen, aber dann schüttelte er den Kopf.

»Das siehst du ja dann«, sagte er nur und sah Lexie noch einmal an. Dann verließ er mit großen Schritten die Küche.

Duncan war sichtlich erschüttert. »Wissen Sie, was er meint?«, fragte er Lexie.

Sie schüttelte den Kopf. »Vielleicht sollten Sie noch mal mit ihm reden.«

Eigentlich wusste sie, dass das nicht in ihrem Interesse war. Schließlich bestand die Gefahr, dass Vater und Sohn sich versöhnten und Andrew die Burg am Ende doch nicht kaufen konnte. Aber Duncan tat ihr leid. Und sie hätte selbst sehr gerne herausgefunden, was Grayson umtrieb.

Duncan verzog den Mund, und für einen Moment befürchtete Lexie, dass er sie für diese spontane Bemerkung zurechtweisen würde. Doch tatsächlich lächelte er nur traurig.

»Das hätte wenig Sinn«, sagte er und ließ sich auf den Stuhl sinken, auf dem Lexie vorher gesessen hatte. »Sie haben doch mitbekommen, wie die Gespräche mit meinem Sohn enden. Wir können nicht miteinander reden, ohne zu streiten.«

Lexie betrachtete ihn genauer und bemerkte die Ränder unter seinen Augen. Schon bei ihrer letzten Begegnung hatte er gehetzt ausgesehen, aber jetzt wirkte er zusätzlich bedrückt und niedergeschlagen.

»Möchten Sie einen Tee?« Lexie war bewusst, dass sie in diesem Haus nicht die Gastgeberin war, aber er schien eine Stärkung gebrauchen zu können. Deshalb holte sie einen Becher und goss ihm aus der Kanne ein, als er nickte. Er nahm den Becher entgegen, trank aber nicht daraus, sondern stellte ihn vor sich ab und starrte ins Leere.

Lexie räumte Graysons Becher, der noch auf dem Tisch stand, in die Spüle, dann setzte sich sie auf den Platz Duncan gegenüber.

»Wieso wollen Sie die Burg eigentlich nicht an Ihren Sohn verkaufen?«

Sie wusste, dass sie die Letzte war, die ihm diese Frage stellen durfte. Und Duncan schien das genauso zu sehen, denn in seinem Blick lag neben Verwunderung auch Zorn.

»Das müssten Sie doch am besten wissen«, blaffte er sie an.

»Ich weiß es aber nicht«, konterte Lexie. »Andrew, ich meine, Mr Howard hat mir nur gesagt, dass es da eine Abmachung gibt und dass Sie das nicht vergessen sollen.«

»Dann richten Sie ihm aus, dass er sich keine Sorgen zu machen braucht.« Duncans Stimme klang bitter. »Es wird alles so laufen wie besprochen.«

Lexie schwieg für einen Moment betroffen. »Würden Sie denn lieber an Ihren Sohn verkaufen?« Sie musste das einfach wissen.

Er seufzte tief. »Es geht hier schon lange nicht mehr darum, was ich möchte.«

»Worum geht es dann?«, hakte sie nach. »Die Burg gehört Ihnen, und Sie können sich aussuchen, an wen Sie verkaufen. Es muss doch nicht Howard Enterprises sein.«

Duncan schnaubte. »Weiß Ihr Boss eigentlich, dass Sie das so sehen? Ich schätze, ich hätte ihn lieber nicht darum bitten sollen, ausgerechnet Sie zu schicken.«

Lexie schluckte, als ihr wieder einfiel, was Andrew ihr erzählt hatte.

»Und warum haben Sie das gemacht? Wir kennen uns doch gar nicht.«

Duncan zuckte mit den Schultern. »Weil Sie mir empfohlen worden sind.«

Lexie schluckte. »Von wem?«

»Von einem Freund. Als ich in einem Gespräch erwähnte, dass ich mit Howard Enterprises in Verbindung stehe und dass die Firma ein neues Konzept für die Innenausstattung erstellen würde, meinte er, dass ich darauf bestehen soll, dass Sie damit beauftragt werden. Er meinte, er hätte nur Gutes von Ihnen gehört.« Duncan schob den Becher mit dem Tee von sich weg. »Vielen Dank, aber ich muss jetzt weiter.«

Er war schon an der Tür, bevor Lexie reagieren konnte.

»Warten Sie! Wer hat mich empfohlen?«

Duncan zögerte einen Moment, so als wäre er nicht sicher, ob er ihr das sagen durfte. Dann zuckte er mit den Schultern.

»Father Flaherty.«

Er verließ die Küche. Völlig perplex starrte Lexie ihm nach. Der Pfarrer hatte sie Duncan empfohlen?

Sie dachte zurück an ihre erste Begegnung mit Father Flaherty, damals an der Kirchenmauer. Er hatte gewusst, dass sie von einer Firma kam, die sich um die Burgrenovierung kümmern sollte. *Ich habe schon von Ihnen gehört,* hatte er gesagt. Lexie hatte das auf die Firma bezogen und nicht auf sich selbst. War es möglich, dass Father Flaherty mit einem ihrer anderen Kunden in Kontakt stand und dadurch etwas über sie wusste?

Es klopfte, und kurz darauf betrat Betty die Küche. »Hey! Dieser griesgrämige Mann, der mir gerade im Hof entgegengekommen ist, meinte, dass du in der Küche wärst. War das Graysons Vater?«

Lexie nickte. »Wieso bist du denn schon hier?«, fragte sie erstaunt.

»Na, um dich zu diesem Jurytreffen zu fahren«, erklärte Betty.

Lexie runzelte die Stirn. Darum hatte sie ihre Freundin heute Morgen tatsächlich gebeten. Aber es war doch erst …

»Oh mein Gott!«, rief sie erschrocken, als ihr Blick auf die Uhr fiel, die über der Tür an der Wand hing, und sie sah, dass die Zeiger auf halb drei standen. »Ich habe die Zeit total vergessen! Aber so kann ich da nicht hingehen, ich muss mich erst umziehen.«

Betty folgte ihr nach oben, und Lexie ging schnell ins Bad. Sie musste nach dem anstrengenden Umräumen unbedingt noch mal duschen, deshalb dauerte es am Ende doch über zwanzig Minuten, ehe sie fertig umgezogen war.

»Kann ich so gehen?«, fragte sie Betty und zupfte nervös an ihrem dunkelblauen Hemdblusenkleid. »Oder wäre es besser, wenn ich mir die Haare hochstecke?«

»Es wäre besser, wenn du die ganze Sache abbläst«, sagte Betty und zuckte mit den Schultern, als Lexie sie ansah. »Ich meine ja nur. Du triffst dich gleich freiwillig mit zwei Frauen, die dich aus unterschiedlichen Gründen offensichtlich hassen, und einem Mann, der dir vielleicht die Bremsschläuche durchgeschnitten hat. Ich weiß nicht, ob das eine gute Idee ist, Lexie.«

»Ich finde die Aussicht, mich mit Sheila Murphy und Janice Kelly an einen Tisch zu setzen, auch nur mäßig verlockend«, gestand Lexie. »Gegen die beiden ist Doktor Turner harmlos. Außerdem war er es wahrscheinlich gar nicht. Im Grunde könnte es jeder gewesen sein.«

»Und das macht es besser?« Betty hob die Augenbrauen. »Lexie, wenn das wirklich ein gezielter Anschlag auf dich war, dann läuft da draußen jemand rum, der vorhat, dich aus dem Weg zu räumen. Ich will einfach, dass du vorsichtig bist, okay? Ich könnte es nämlich nicht gut verkraften, wenn dir was passiert.«

Lexie ging zu ihr und umarmte sie fest. »Ich passe schon auf«, versprach sie und versuchte zu verbergen, wie sehr Bettys Worte sie erschüttert hatten. Aber sie würde sich nicht unterkriegen lassen. Und deshalb war es wichtig, dass sie zu diesem Treffen ging. »Fährst du mich jetzt?«

Betty nickte und folgte ihr die Treppe hinunter.

»Hast du eigentlich was von Andrew gehört?«

»Nein«, erwiderte Lexie und holte das Handy aus ihrer Tasche. Sie tippte auf das kleine Symbol für die Nachrichten, weil sie hoffte, dass Andrew ihr geantwortet hatte. Aber da war nichts, weil sie ihm, wie ihr jetzt erst klar wurde, nie geschrieben hatte. Sie hatte das vorgehabt, aber in der ganzen Aufregung hatte sie vergessen, ihm die Nachricht auch wirklich zu schicken. Schnell holte sie das nach und hoffte, dass er sich bald melden würde.

Sie erreichten das Erdgeschoss und gingen durch den Flur. Draußen hörte man Stimmen, und als sie die Eingangstür öffneten, standen sie Agatha und Fanny gegenüber, die offenbar gerade von ihrem Arzttermin zurückgekehrt waren.

»Ah, Miss Cavendish!« Agatha strahlte. »Hatten Sie schon Gelegenheit, sich unser Wohnzimmer anzusehen?«

Lexie nickte. »Ist alles fertig. Ich hoffe, es gefällt Ihnen. Grayson meinte, Sie würden mir freie Hand lassen. Aber wir können das sonst natürlich auch wieder ändern.«

»Ich bin sicher, das wird nicht nötig sein«, sagte Agatha. »Vielen Dank, meine Liebe.« Sie wandte sich an ihre Schwägerin. »Wollen wir es uns ansehen, Fanny?«

Fanny nickte. »Aber erst muss ich zu George«, sagte sie und ging an Lexie und Betty vorbei ins Haus.

»George?«, fragte Lexie irritiert und sah Agatha an. »Meint sie ihren Verlobten?«

»Ja.« Die alte Dame seufzte. »Fanny ist ein bisschen durcheinander in letzter Zeit. Sie bildet sich manchmal ein, George wäre noch hier. Und ich lasse ihr den kleinen Spleen.«

»Kleinen Spleen?«, meinte Betty, als auch Agatha im Haus verschwunden war und sie zu Bettys Mini gingen. »Also, wenn du mich fragst, dann ist das eine ziemlich große Meise.«

Lexie zuckte mit den Schultern. »Ich mag die beiden. Sie sind harmlos.«

»Wenn du meinst.« Betty, die auf der Fahrerseite des Minis stand, blickte sie über das Autodach hinweg an. »Trotzdem wünschte ich, du wärst ein bisschen misstrauischer. Noch wissen wir schließlich nicht, wer den Anschlag auf dich verübt hat.«

Lexie erwiderte nichts darauf, sondern stieg ein. Betty hat natürlich recht, überlegte sie, während sie die gewundene Straße hinunter in den Ort fuhren. Im Grunde musste sie jeden verdächtigen. Sie dachte an die kryptische Bemerkung, die Grayson eben gemacht hatte. Er verschwieg offenbar nicht nur ihr, sondern auch seinem Vater etwas. Und bevor sie nicht herausgefunden hatte, was das war, sollte sie vielleicht wirklich nicht zu vertrauensselig sein. Von einer weiteren Annäherung ganz zu schweigen.

»Dann hast du den Tag also mit Grayson Fitzgerald verbracht?«, fragte Betty, so als hätte sie geahnt, um wen sich Lexies Gedanken gerade drehten. »Und? War es sehr schlimm?«

»Nein«, gestand Lexie. »Er ist ... anders, als ich dachte.«

»Sag ich doch.« Betty gab Gas, als sie den Fuß des Hügels erreichten und auf die Straße Richtung Cerigh bogen.

»Ich dachte, ich soll misstrauisch sein«, beschwerte sich Lexie. »Was ist, wenn auch er mir nur etwas vormacht?«

Betty zuckte mit den Schultern. »Bisher hat er dich eher gerettet als in Gefahr gebracht. Oder?«

Da war was dran, das musste Lexie zugeben. Aber trotzdem bedeutete es nicht, dass sie Grayson Fitzgerald blind vertrauen konnte. Und sie sollte auch nicht so viel über ihn nachdenken, deshalb schob sie den Gedanken an ihn beiseite.

»Und was hast du den ganzen Tag gemacht?«, fragte sie ihre Freundin. »Oder sollte ich lieber sagen: Was habt ihr gemacht?«

Betty lachte. »Erwischt«, antwortete sie und berichtete von ihrem Ausflug mit Aidan. Die beiden waren an einen nahe gelegenen Strand gefahren und hatten dort mehrere Stunden verbracht.

»Klingt nach Spaß«, sagte Lexie schmunzelnd. »Aber eigentlich müsste er weiter für seine Doktorarbeit recherchieren. Davon solltest du ihn nicht abhalten.«

Betty grinste. »Sprach die Frau, die gerade den halben Tag nicht an ihrem Projekt gearbeitet hat.«

»Ich bin schon fast fertig«, verteidigte Lexie sich. »Und im Übrigen gehörte die Umräumaktion mit zu meinem Auftrag. Wenn ich ein Konzept für die Räume entwerfen soll, dann betrifft das auch das Wohnzimmer von Agatha und Fanny.«

»Okay, okay«, lenkte Betty ein. »Um Aidan brauchst du dich trotzdem nicht zu sorgen. Ich glaube, so eilig hat er es mit seiner wissenschaftlichen Karriere nicht.«

»Wie kommst du darauf?«, fragte Lexie überrascht.

»Kann ich gar nicht genau sagen. Es ist seine Art, weißt du? Er weiß unglaublich viel über irische Kunstgeschichte, das ist echt sein Thema, und da könnte ich ihm wirklich stundenlang zuhören. Aber ich hatte nicht das Gefühl, dass er unter Zeitdruck steht. Ich weiß nicht, irgendwie scheint diese ganze Recherche eher eine Art Zeitvertreib zu sein. Wirklich wichtig ist ihm eigentlich nur der Auftritt der Badgers am Samstagabend.«

Wieder dachte Lexie an Aidans Reaktion auf die Aussicht, zur Polizei gehen zu müssen. Sie hätte Betty gerne gesagt, dass sie vielleicht auch ein bisschen misstrauischer sein musste. Aber ihre Freundin wirkte so gelöst und glücklich wie lange nicht mehr, und Lexie wollte ihr keine Angst machen. Vielleicht irrte sie sich ja auch, und es gab eine ganz einfache Erklärung für Aidans komisches Verhalten.

»Und Ken?«, fragte sie. »Hat er Ruhe gegeben?«

Betty nickte. »Bis heute Mittag hat er mir ständig geschrieben. Er wollte wissen, wo ich bin. Aber das habe ich ihm natürlich nicht gesagt. Seitdem rührt er sich nicht mehr.« Sie sah aus, als wäre sie nicht sicher, ob sie das gut fand oder nicht. »Wahrscheinlich tröstet er sich jetzt mit dieser Trisha.«

»Das wäre doch gut, dann wärst du ihn los«, sagte Lexie, aber sie glaubte nicht daran. Ken mochte ein verlogener Bastard sein, aber er gab nicht so schnell auf. Beim letzten Mal hatte er Himmel und Hölle in Bewegung gesetzt, um Betty zurückzugewinnen, und Lexie konnte sich nicht vorstellen, dass es diesmal anders sein würde. Betty durfte nur nicht noch mal darauf hereinfallen.

»Da sind wir.« Betty hielt vor der St. Patrick's Church. »Ruf mich an, wenn du fertig bist.«

Lexie nickte und verabschiedete sich, dann ging sie auf die Kirche zu.

Janice und Sheila standen bereits vor dem Eingang mit einem kleinen, leicht untersetzten Mann in einem schwarzen Anzug zusammen. Er musste ungefähr Mitte vierzig sein, und Lexie nahm an, dass es der stellvertretende Bürgermeister Douglas Thornton war, der ebenfalls zur Jury gehörte. Und tatsächlich stellte er sich ihr so vor, als sie zu den dreien trat.

»Na, dann sind wir ja fast vollzählig. Ah, und da kommt auch Clark!« Thornton winkte dem alten Arzt, der jetzt ebenfalls über den Weg auf sie zukam.

Doktor Turner begrüßte alle, und obwohl Lexie sehr genau hinsah, konnte sie nicht feststellen, dass er sich ihr gegenüber irgendwie merkwürdig verhielt. Im Gegenteil. Er war wieder so freundlich und jovial wie bei ihrer ersten Begegnung.

Dafür musterten Janice und Sheila sie abschätzig, und vor allem Sheila wirkte wenig begeistert über ihre Anwesenheit.

Douglas Thornton, dem die angespannte Stimmung zwischen den Frauen völlig entging, klatschte in die Hände. »Ich denke, dann können wir anfangen.«

»Wollen wir nicht noch auf Father Flaherty warten?«, fragte Lexie überrascht.

Douglas Thornton schüttelte den Kopf. »Nein, er muss leider überraschend einen Besuch machen. Ich soll ihn entschuldigen.«

Enttäuscht folgte Lexie den anderen in die Kirche. Sie hatte Father Flaherty fragen wollen, wieso er sie Duncan empfohlen hatte. Und sie wäre froh darüber gewesen, ihn dabeizuhaben, weil sie fast sicher war, dass Sheila und Janice in seinem Beisein anders mit ihr umgegangen wären. Aber wie es aussieht, muss ich mit den beiden allein fertigwerden, dachte sie, als sie bei den Modellen ankamen.

»Father Flaherty hat mich gebeten, dieses Treffen zu leiten«, erklärte Douglas Thornton. »Deshalb frage ich mal in die

Runde, ob alle die Modelle kennen? Oder braucht jemand noch Zeit, um sie sich anzusehen?«

Lexie schüttelte wie die anderen den Kopf.

»Gut.« Wieder klatschte er in die Hände, was eine Angewohnheit von ihm zu sein schien. »Dann sagt am besten jeder, welchen Favoriten er hat, und wir sehen mal, ob wir zu einem Ergebnis kommen.«

»Also, ich finde, da brauchen wir gar nicht lange zu diskutieren.« Janice deutete auf das Modell aus Streichhölzern. »Dieses hier ist das mit Abstand aufwändigste. Da steckt am meisten Arbeit drin, und es sieht wunderschön aus, deshalb finde ich, dass es den ersten Preis verdient hat.«

»So sehe ich das auch«, erklärte Sheila.

Die beiden Männer nickten, aber bevor einer von ihnen etwas sagen konnte, mischte Lexie sich ein.

»Ich sehe das anders.« Sie deutete auf das filigrane Modell aus bemalter Pappe. »Für mich ist dieses hier das schönste. Es ist ein unglaublich detailgetreuer Nachbau der Kirche, und da steckt mindestens so viel Arbeit drin wie in dem aus Streichhölzern.«

Die beiden Männer schienen auch dieses Argument einleuchtend zu finden, denn sie nickten erneut.

»Aber es ist aus Pappe.« Sheila verschränkte die Arme vor der Brust und musterte Lexie herausfordernd. »Das ist doch vom Aufwand her überhaupt nicht zu vergleichen.«

»Das Material war nicht vorgegeben«, erwiderte Lexie. »Außerdem sollen wir nicht das Modell küren, das am schwersten herzustellen war, sondern das, was die Kirche am besten abbildet. Und für mich erfüllt dieses Modell das Kriterium am besten.«

»Ich finde, da hat Miss Cavendish recht.« Doktor Turner trat neben Lexie. »Dieses Modell hat viel mehr Details als das andere.«

Janice stieß einen genervten Laut aus. »Ja, das mag sein, aber selbst wenn wir dieses Modell gewinnen lassen würden, wen sollen wir denn dann zum Sieger küren? Woody Fletcher geht nie aus dem Haus. Er kommt ganz sicher nicht zur Preisverleihung.«

»Genau«, stimmte Sheila ihr zu. »Zeichnen wir lieber Marcus aus. Ohne sein Orgelspiel wären die Messen längst nicht so schön. Außerdem lieben die Leute ihn. Er wäre ein würdiger Preisträger.«

»Es ist zwar eigentlich kein Kriterium, weil es um die Modelle geht und nicht um die Persönlichkeit des Wettbewerbers. Aber wenn wir schon danach gehen, dann wäre Mr Fletcher auch ein würdiger Preisträger«, wandte Lexie ein. »Father Flaherty hat mir erzählt, dass Mr Fletcher es in den letzten Jahren nicht leicht hatte. Da würde ihn eine solche Auszeichnung sicher sehr freuen. Aber ich stimme nicht deswegen für ihn, sondern weil ich finde, dass er die Aufgabenstellung am besten erfüllt hat.«

Es herrschte betretenes Schweigen, als Lexie die anderen Jurymitglieder ansah. Nur in Sheilas Augen blitzte jetzt blanker Hass auf.

»Wie kommen Sie eigentlich dazu, uns zu belehren?«, fuhr sie Lexie an. »Wir kennen die Leute im Ort seit Jahren, im Gegensatz zu Ihnen. Sie sind nur zu Besuch, also können Sie die Teilnehmer doch gar nicht beurteilen!«

»Und genau das wird der Grund gewesen sein, warum Father Flaherty mich in die Jury geholt hat«, erwiderte Lexie. »Weil ich objektiv bin und nur das beurteile, was ich sehe.«

Sheila schnaubte. »Soll das heißen, wir tun das nicht?«

»Es soll heißen, dass es sicher nicht schadet, jemanden von außen in so eine Entscheidung miteinzubeziehen«, erklärte Lexie.

»Wusste ich es doch!« Sheila gab sich keine Mühe, ihre Verachtung zu verbergen. »Wie die Mutter, so die Tochter!«

Schockiert sah Lexie sie an. »Was soll das denn heißen?«

»Dass wir uns alle noch gut an Fiona Riordan erinnern können.« Sheila hob die Augenbrauen. »Sie war genauso. Hat die Nase hochgetragen und sich für etwas Besseres gehalten. Dabei hatte sie ein uneheliches Kind. Aber anstatt sich zu schämen, hat sie den Kerlen reihenweise den Kopf verdreht. Sogar meinem Fred. Sie war ein arrogantes Flittchen, ja, das war sie.«

»Sheila, ich muss doch sehr bitten«, sagte Doktor Turner.

»Ist doch wahr«, beharrte die Wirtin. »Man weiß doch, wie diese ledigen Mütter sind. Wahrscheinlich hatte sie etwas mit einem verheirateten Mann. Oder einem, der sie nicht heiraten wollte. Und weil sie den Vater nicht halten konnte, hat sie nach einer Alternative gesucht. Sie wollte sich einen von unseren Männern angeln. Und als sie merkte, dass ihr das nicht gelingen würde, ist sie abgehauen.«

»Das stimmt nicht«, widersprach Lexie wütend. »Eileen hat mir gesagt, dass es genau umgekehrt war. Die Männer wollten etwas von ihr, aber meine Mutter ist nicht darauf eingegangen.«

»Hah!« Sheila lachte auf. »Eileen war genauso betroffen. Vor ihrem Mann hat Fiona doch auch nicht Halt gemacht.«

»Jetzt reicht es, Sheila!« Der alte Arzt stellte sich vor Lexie und fixierte die Wirtin mit einem strengen Blick. »Wir wollen nicht vergessen, dass wir hier in einer Kirche sind.«

Wieder herrschte kurz betretenes Schweigen.

»Vielleicht sollten wir dann jetzt abstimmen«, mischte sich Douglas Thornton ein, der das Treffen offenbar lieber beenden wollte, bevor der Streit weiterging.

»Ich bin für das Modell von Marcus O'Keefe«, erklärte Janice und stellte sich neben die Streichholzkirche.

»Ich auch«, stimmte Sheila ihr zu und trat zu ihr.

»Und ich schließe mich Miss Cavendishs Meinung an und stimme für das Modell von Woody Fletcher«, verkündete Doktor Turner und sah Lexie mit einem aufmunternden Lächeln an. Dann wandte er sich an den stellvertretenden Bürgermeister. »Jetzt liegt es an dir, Doug. Wer soll den Preis gewinnen?«

Douglas Thornton war die Tatsache, dass er sich auf eine Seite schlagen musste, sichtlich unangenehm, denn er ließ den Blick immer wieder zwischen Lexie und Sheila hin- und herwandern. »Tja, also …«

Noch einmal trat er dicht an die beiden Favoriten heran und betrachtete sie ausgiebig.

»Ich stimme auch für dieses Modell«, sagte er und zeigte auf die bunte Pappkirche.

»Dann haben wir einen Gewinner«, sagte Doktor Turner und zwinkerte Lexie zu.

Sie erwiderte sein Lächeln und fühlte sich in ihrer Annahme bestätigt, dass er nichts mit ihrem Unfall zu tun hatte. Wenn er ihr wirklich hätte schaden wollen, dann war es doch wohl kaum wahrscheinlich, dass er sich in dieser Situation auf ihre Seite schlug. Aber wenn er es nicht war, wer dann?, dachte sie mit einem mulmigen Gefühl im Bauch und blickte zu der Wirtin hinüber, die sie immer noch hasserfüllt anstarrte.

»Lächerlich«, murmelte Sheila, gerade laut genug, dass Lexie es hören konnte. Dann wandte sie sich grußlos ab und verließ die Kirche. Janice schien die Entscheidung genauso wenig zu gefallen, aber sie verabschiedete sich wenigstens noch, auch wenn sie Lexie dabei ziemlich giftig ansah.

Beiden traute Lexie den Anschlag deshalb eher zu als Doktor Turner, der ihr zum Abschied die Hand schüttelte, als sie wieder vor der Kirche standen.

»Sehr gut argumentiert«, sagte er anerkennend, was Douglas Thornton durch heftiges Nicken bestätigte.

Lexie verzog den Mund. »Ich hoffe, Sie bekommen jetzt keinen Ärger meinetwegen.«

»Mit Sheila? Ach was!« Der alte Arzt lachte. »Ich werde vermutlich eine Woche lang etwas länger auf meinen Tee warten. Aber danach hat sie das wieder vergessen.«

Auf so viel Nachsicht darf ich vermutlich nicht hoffen, dachte Lexie und nahm sich vor, für die Dauer ihres Aufenthalts das Castle Inn lieber zu meiden.

»Wie lief es denn?«, fragte Betty, als sie Lexie kurze Zeit später abholte.

Lexie zuckte mit den Schultern. »Wenn Janice und Sheila mich nicht schon vorher gehasst hätten, dann wäre das spätestens jetzt der Fall«, sagte sie und berichtete, was passiert war.

Als sie die giftigen Bemerkungen der Wirtin für ihre Freundin wiederholte, rann ihr ein kalter Schauer über den Rücken. Sollte Sheila Murphy hinter dem Anschlag stecken, dann war die Gefahr ganz sicher noch nicht vorbei.

»Unglaublich!« Betty schüttelte den Kopf. »Hey, willst du noch mit zu Eileen kommen? Sie hat vorhin ausdrücklich gesagt, dass ich dich mitbringen soll. Sie würde sich freuen.«

Lexie schüttelte den Kopf. »Nein, besser nicht. Nachher begegne ich dort Janice. Außerdem möchte ich noch ein bisschen an meinen Skizzen arbeiten. Und ich muss eigentlich noch mit Andrew sprechen – wenn ich ihn denn erreiche.«

»Okay«, sagte Betty seufzend, und für einen Moment bereute Lexie ihre Entscheidung. Aber die Aussicht, sich noch einmal mit Janice auseinandersetzen zu müssen, schreckte sie zu sehr. Außerdem würde sie Betty am nächsten Tag auf dem Gemeindefest sehen.

»Wann findet die Preisverleihung noch mal statt?«, fragte Betty, als sie kurz darauf den Innenhof der Burg erreicht hatten.

Lexie, die schon ausgestiegen war, beugte sich noch einmal

in den Wagen. »So gegen sechs. Aber ich denke, dass ich schon etwas früher hingehe.«

»Soll ich dich wieder abholen?«

»Nein, das brauchst du nicht. Agatha hat mir angeboten, dass ich mit ihr und Fanny fahren kann. Die beiden wollen auch hin.« Lexie runzelte die Stirn. »Du kommst doch trotzdem, oder?«

»Natürlich! Und Aidan auch«, versicherte Betty ihr. »Jemand muss doch auf dich aufpassen.«

Ich hoffe, das wird nicht nötig sein, dachte Lexie, während sie dem Wagen nachsah. Als der Mini aus ihrem Blickfeld verschwunden war, wandte sie sich um und ging zur Tür. Es waren nur wenige Schritte, doch auf der Hälfte blieb sie stehen und sah sich um, weil sie plötzlich das unangenehme Gefühl hatte, beobachtet zu werden.

Aber das bildete sie sich wahrscheinlich nur ein.

24

Also, so voll war es bei unserem Gemeindefest wirklich noch nie!« Father Flaherty deutete strahlend auf die zahlreichen Besucher, die sich in und um die Kirche herum aufhielten. »Wir haben den gesamten Kuchen verkauft, und die Leute stehen jetzt schon Schlange für die Sandwiches. Wenn das so weitergeht, dann haben wir gar nicht genug für alle.«

»Ich glaube, darüber müssen Sie sich keine Sorgen machen. Ihre Haushälterin scheint das alles gut im Griff zu haben.«

Lexie blickte zu dem großen Zelt hinüber, wo die Leute sich etwas zu essen kaufen konnten. Auf der langen Theke, auf der vorher der Kuchen gestanden hatte, reihten sich jetzt mehrere Tabletts mit Sandwiches aneinander, und die Warteschlange davor wurde immer länger. Genauso war es am Getränkestand, wo es neben Tee auch Alkoholisches zu kaufen gab. Mary Ward lief ständig zwischen beiden Ständen hin und her, redete mit den freiwilligen Helfern, organisierte den Nachschub und sorgte dafür, dass alles reibungslos lief.

»Ja, wenn ich Mary nicht hätte.« Father Flaherty seufzte. »Ohne sie wäre ich wirklich verloren.«

Lexie atmete noch mal tief durch. »Father Flaherty, was ich Sie noch fragen wollte ...«

»Wie gefällt es Ihnen denn bis jetzt?«, unterbrach er sie. »So ein Gemeindefest wirkt wahrscheinlich eher provinziell, wenn man wie Sie aus Dublin kommt, oder?«

»Nein, gar nicht«, erwiderte Lexie. »Ich finde, es ist ein sehr gelungenes Fest.«

Tatsächlich hatte der Trubel um sie herum etwas Heiteres. Überall sah man nur fröhliche Gesichter, die Sonne schien von einem strahlend blauen Himmel, und Lexie fand die gelöste Atmosphäre ansteckend. Aber nach einer ziemlich schlaflosen Nacht, in der sie viel gegrübelt, und einem arbeitsreichen Tag, an dem sie sich noch einmal sehr intensiv mit dem Konzept für die Innenausstattung beschäftigt hatte, war das vermutlich kein Wunder. Bis auf Agatha, die ihr Frühstück gemacht und sich erkundigt hatte, ob sie einen Tee wollte, hatte sie dabei nämlich niemanden zu Gesicht bekommen.

Hier jedoch schienen sich alle versammelt zu haben, die Lexie kannte: Agatha und Fanny halfen Mary Ward beim Verkauf der Sandwiches, Duncan unterhielt sich mit einem weißhaarigen Mann im Tweedanzug, den Father Flaherty ihr als den hiesigen Bürgermeister vorgestellt hatte. Sheila bediente zusammen mit Fred am Getränkestand, und Eileen lief mit einem Bollerwagen herum und bot ihre Teemischungen an oder half Janice, die einen der Spielstände betreute. Doktor Turner und Douglas Thornton hatte Lexie auch schon gesehen, als sie kam. Nur Betty und Aidan fehlten, aber Betty hatte Lexie gerade eine Nachricht geschickt, dass sie auf dem Weg waren.

Grayson war ebenfalls nicht da. Lexie hatte ihn seit gestern Nachmittag nicht mehr gesehen, und da Agatha und Fanny auch nicht zu wissen schienen, wo er war, machte sie sich langsam Sorgen. Er konnte nicht abgereist sein, das hätte er seiner Familie sicher gesagt. Aber was tat er dann? Lexie versuchte sich einzureden, dass sie das nur wissen wollte, um sicherzugehen, dass er nicht irgendetwas gegen Andrew plante. Aber das erklärte nicht das ziehende Gefühl in ihrem Magen, das sich immer einstellte, wenn sie glaubte, Grayson in der Menge zu entdecken. Oder die Enttäuschung, die sie empfand, wenn sie feststellte, dass sie sich getäuscht hatte …

»Na ja, dass so viele Leute hier sind, liegt ja weniger am Gemeindefest als an der Tatsache, dass heute Abend das große Folkfestival startet und die Besucher sich bei uns bis dahin noch ein bisschen die Zeit vertreiben.« Father Flahertys Bemerkung, die sich immer noch auf ihr Lob bezog, riss Lexie aus ihren Gedanken. Er lächelte. »Aber solange sie Kuchen und Sandwiches kaufen und damit für unsere Gemeindekasse spenden, sollte ich mich wohl nicht beklagen.«

»Wie kommt es eigentlich, dass die Badgers hier auftreten?«, wollte Lexie wissen, weil sie sich das schon länger fragte.

»Sie meinen, wieso spielt eine so bekannte Band in einem so kleinen, unbedeutenden Ort?« Father Flaherty grinste. »Das haben wir der Tatsache zu verdanken, dass Sean Fraser aus Cerigh stammt.«

»Der Leadsänger der Band? Wirklich?«

Der Pfarrer nickte. »Sean hat sofort zugesagt, als das Festkomitee ihn angeschrieben hat. Dabei hat er nur ein paar Jahre hier gewohnt, bevor seine Eltern weggezogen sind.« Er zuckte mit den Achseln, und sein Lächeln wurde eine Spur trauriger. »Ein bisschen wie Sie.«

Lexie holte tief Luft und unternahm noch einen Versuch, etwas über seine Empfehlung an Duncan O'Donnell herauszufinden.

»Father Flaherty, ich würde Sie gerne etwas fra…«

»Oh, sehen Sie doch – da ist ja Woody Fletcher!« Der Pfarrer deutete auf einen Mann mittleren Alters, der auf eine Krücke gestützt gerade das Gelände der Kirche betrat. »Ich hätte nicht gedacht, dass er kommt.«

»Ich habe ihm gesagt, dass ihm die Bewegung guttun wird. Ärztliche Anordnung sozusagen«, mischte sich Doktor Turner ein, der in diesem Moment zu ihnen trat. »Er ahnt natürlich nichts. Aber wenn er schon gewinnt, dann sollte er auch dabei sein, nicht wahr?«

Lexie lächelte den alten Arzt an, der ihr auch diesmal freundlich zuzwinkerte, und fragte sich erneut, wie sie ihn hatte verdächtigen können. Er verhielt sich ihr gegenüber jetzt wieder ausgesprochen herzlich, und es fiel Lexie schwer, Bettys Ratschlag zu berücksichtigen und auch ihm gegenüber misstrauisch zu bleiben.

»Eine sehr gute Idee!«, fand Father Flaherty und lief auf den Mann mit der Krücke zu. »Woody, wie schön, dass du da bist!«

Doktor Turner folgte ihm, und Lexie sah den beiden seufzend nach. Wie es aussah, würde bei dem Trubel wohl erst mal nichts aus ihrem Gespräch mit dem Pfarrer werden. Aber vielleicht ergab sich später noch eine Gelegenheit.

Sie schlenderte weiter und blieb überrascht stehen, als sie jemand am Arm festhielt. Es war Eileen.

»Alexandra! Ich dachte schon, du kommst nicht mehr!«, sagte sie, fast ein bisschen vorwurfsvoll. »Hattest du so viel zu tun?«

Lexie nickte und deutete auf den Bollerwagen.

»Und du? Wie laufen denn die Geschäfte?«

»Zum Glück gut«, erwiderte Eileen und blickte zu Father Flaherty hinüber, der sich immer noch mit Woody Fletcher unterhielt. »Ich muss einen Teil meiner Einnahmen nämlich an das Hilfsprojekt für Waisenkinder in Ruanda spenden, das unser werter Pfarrer ins Leben gerufen hat. Das war seine Bedingung dafür, dass ich meine Tees hier anbieten darf.«

»Also immer noch keine große Liebe zwischen dir und Father Flaherty?«, meinte Lexie amüsiert.

»Nein.« Eileens Miene verdüsterte sich, und sie wollte noch etwas sagen. Aber Father Flahertys Stimme, die von einem Megafon verstärkt erklang, übertönte sie.

»Kommen wir nun zur Verleihung des Preises für das beste Miniaturmodell unserer Kirche. Ich bitte die Jurymitglieder und die Teilnehmer zu mir, damit wir anfangen können.«

Lexie entschuldigte sich bei Eileen und eilte zum Festzelt, wo die anderen sich bereits versammelten.

Die Modelle waren inzwischen aus der Kirche hertransportiert worden und standen alle auf einem großen Tisch. Während Father Flaherty jedes einzelne kurz vorstellte und erklärte, wer es gefertigt hatte, stand Lexie rechts von dem Tisch bei den übrigen Jurymitgliedern. Janice und Sheila tuschelten währenddessen leise miteinander, und die Blicke, die sie Lexie zuwarfen, sagten ihr eindeutig, dass es bei dem Gespräch um sie ging. Sie versuchte, sich davon nicht beirren zu lassen, und betrachtete die Wettbewerbsteilnehmer, die auf der anderen Seite des Tisches die Verkündung des Siegers erwarteten. Woody Fletcher war dabei, aber er hatte sich ganz an den Rand gestellt, so als wollte er möglichst schnell wieder gehen, sobald es vorbei war.

»Und dieses wunderschöne Modell aus Streichhölzern wurde von unserem talentierten Organisten Marcus angefertigt. Marcus, sag uns doch, wie viele Stunden du dafür gebraucht hast.«

Father Flaherty bat einen jungen Mann nach vorn, den Lexie auf Ende zwanzig schätzte. Er sah gut aus, war allerdings eher schmächtig mit ziemlich schmalen Schultern. Jedenfalls im Verhältnis zu Grayson, dachte Lexie und ärgerte sich ein bisschen, dass sie in letzter Zeit jeden Mann mit ihm verglich. Auf jeden Fall hatte dieser Marcus ein sehr sympathisches Lächeln, und sein gesamtes Auftreten wirkte selbstbewusst und freundlich.

Kein Wunder, dass alle ihn mochten. Er wusste wahrscheinlich gar nicht, wie es war, wenn man abgelehnt wurde …

»Ich glaube, da möchte Sie jemand auf sich aufmerksam machen«, flüsterte Doktor Turner neben Lexie und deutete mit dem Kinn auf Betty, die mitten in der Menge stand und ihr zuwinkte. Aidan war ebenfalls da, und als die beiden schließlich ganz vorn standen, sah Lexie, dass er Bettys Hand hielt. Als Betty bemerkte, dass Lexie es gesehen hatte, zuckte sie lächelnd mit den Schultern.

Father Flaherty bat jeden Teilnehmer einzeln nach vorn und ließ ihn zumindest kurz etwas zu seinem Modell sagen. Dann war es so weit.

»Und der Gewinner ist … Woody Fletcher«, verkündete Father Flaherty nach einer dramatischen Pause. »Woody, komm zu mir.«

Woody Fletcher war so überrascht, dass er zuerst nicht reagierte. Dann humpelte er nach vorn und nahm unter dem Applaus der Zuschauer den großen Präsentkorb entgegen, den Father Flaherty ihm überreichte. Er war sichtlich gerührt, vor allem, als Doktor Turner nach vorne trat und als Vertreter der Jury noch einmal die Vorzüge seines Modells hervorhob und erklärte, warum die Entscheidung auf ihn gefallen war.

»Marcus hätte gewinnen müssen«, zischte Sheila, laut genug, dass Lexie es hören konnte, und bedachte sie noch einmal mit einem bösen Blick, bevor die Menge sich zerstreute.

Lexie nahm sich die Zeit, Woody Fletcher auch noch einmal persönlich zu gratulieren, dann wollte sie hinüber zu Betty gehen. Doch ihre Freundin war nirgends zu sehen.

Überrascht, weil sie eigentlich davon ausgegangen war, dass Betty auf sie warten würde, ging Lexie sie suchen. Was nicht so einfach war, denn überall standen oder gingen Leute.

»Lexie!« Als sie eine tiefe Stimme ihren Namen rufen hörte,

fuhr sie herum und sah Grayson auf sich zukommen. Sofort schlug ihr Herz doppelt so schnell, während sie seinen Anblick in sich aufsog.

Er trug diesmal ein schwarzes Hemd zu einer dunklen Jeans. Die Ärmel hatte er aufgekrempelt, und als er näher kam, sah Lexie, dass Bartschatten auf seinen Wangen lagen. Überhaupt wirkte er angespannt, so als hätte er einen langen, stressigen Arbeitstag hinter sich. Nicht dass ihn das unattraktiver gemacht hätte, im Gegenteil. Seine muskulösen Unterarme waren immer noch ziemlich sehenswert. Leider, dachte Lexie und seufzte innerlich, als er vor ihr stehen blieb.

»Hast du mit deinem Boss gesprochen?« Sein Gesicht war ernst, und er musterte sie aufmerksam.

»Ich habe ihn noch nicht erreicht«, erwiderte Lexie und dachte an ihre mindestens fünf Anrufversuche, die jedes Mal auf der Mailbox gelandet waren. Und zurückgerufen hatte Andrew auch nicht, was sicher kein gutes Zeichen war. Dann liefen die Verhandlungen in Frankreich vielleicht noch, und es gab Komplikationen. »Wieso?«

»Weil es in dem Vertrag, den er mit meinem Vater abschließen will, keine Klausel gibt, die meiner Familie ein lebenslanges Wohnrecht zusichert.« Grayson schnaubte. »Er hat gelogen, Lexie. Er wird die drei rauswerfen.«

Lexie starrte ihn an. Dass die Klausel fehlte, war erschreckend, aber noch viel erschreckender fand sie die Tatsache, dass Grayson darüber Bescheid wusste.

»Woher kennst du den Vertrag?«

Grayson griff nach ihren Schultern. »Das spielt doch keine Rolle. Es steht nicht drin, Lexie. Genau wie ich vermutet hatte.« Diese Tatsache machte ihn sichtlich wütend.

»Vielleicht hat dein Vater Andrew falsch verstanden«, sagte Lexie. »Oder es wird noch reingeschrieben.«

»Oder dein Boss hat gelogen.« Grayson schien das für sehr viel wahrscheinlicher zu halten. »Ich traue ihm nicht, Lexie. Wer weiß, was er meinem Vater sonst noch alles verschweigt.«

Lexie schluckte. »Und was ist mit dir?« Sie sah ihn scharf an. »Du verschweigst doch auch etwas. Wieso ist es eine Katastrophe, wenn Dunmor renoviert wird?«

Er ließ sie wieder los und wandte sich ab. »Weil es Fanny das Herz brechen würde. Sie will nicht, dass sich etwas verändert. Es ist für sie sehr wichtig, dass alles so bleibt, wie es ist.«

Das klang nach einer Begründung. Aber es passte nicht zu der großen Sorge, die beim letzten Mal in seiner Stimme gelegen hatte. Er war sicher kein Mann, der schnell in Panik geriet, aber da war Angst in seinen Augen gewesen. Er fürchtete etwas, und die Begründung, die er ihr gerade geliefert hatte, war dafür einfach zu schwach.

Lexie wollte etwas dazu sagen, als plötzlich Janice neben ihnen auftauchte und Grayson die Hand auf den Arm legte. Ihre Augen strahlten.

»Da bist du ja endlich! Wo warst du denn den ganzen Tag?«

»Ich musste ein paar geschäftliche Dinge erledigen«, antwortete er, und Lexie fragte sich sofort, wie viel davon mit Howard Enterprises zu tun gehabt hatte. Offenbar durfte man Grayson als beruflichen Gegner nicht unterschätzen.

»Komm mit, ich stelle dich einer Freundin vor.« Janice hakte sich bei ihm ein. »Ich habe ihr schon so viel von dir erzählt, dass sie extra aus Letterkenny angereist ist, um dich kennenzulernen.«

Die Nähe zwischen den beiden versetzte Lexie einen Stich, deshalb wandte sie den Kopf ab und sah gerade noch, wie Father Flaherty hinter der Kirche verschwand. Dort lag das Pfarrhaus, wie Lexie sich erinnerte.

»Entschuldigt mich. Ich muss noch was mit dem Pfarrer besprechen.«

Sie wandte sich ab, bevor Grayson oder Janice etwas sagen konnten, und lief um die Kirche herum, froh darüber, der Situation entkommen zu sein. Sie hatte nämlich absolut keine Lust, zuzusehen, wie Grayson sich von Janice einwickeln ließ. Außerdem verunsicherte er sie immer mehr, was Andrew anging. Deshalb würde sie ab sofort lieber wieder Abstand zu ihm halten.

Eine Blaskapelle fing an zu spielen, und kurz darauf stimmte der Chor, der sich vor dem Kirchenportal versammelt hatte, in die Melodie ein. Die Musik drang laut über die Wiese und zog die Leute an, die zu der Darbietung strebten. Lexie jedoch lief weiter, bis sie die Rückseite der Kirche erreichte. Von Father Flaherty war allerdings nichts mehr zu sehen. War er vielleicht doch durch den Seiteneingang zurück in die Kirche gegangen?

Lexie beschloss, es trotzdem beim Pfarrhaus zu versuchen, und setzte ihren Weg zu dem kleinen Cottage fort. Sie musste mit Father Flaherty reden, und zwar möglichst allein.

Von außen wirkte das Häuschen auch bei ihrem zweiten Besuch sehr hübsch. Vor allem der eingezäunte Garten, den sie jetzt erst wirklich wahrnahm, war sehr schön angelegt und schien weitläufiger zu sein, als sie ihn von ihrem letzten Besuch in Erinnerung hatte.

Sie klopfte an die Tür. »Father Flaherty?«

Von drinnen kam keine Antwort, auch nicht, als sie es noch mal etwas lauter versuchte.

Dann ist er wohl doch in der Kirche, dachte Lexie und wollte wieder gehen, als sie plötzlich hinter dem Haus ein Geräusch hörte. Sie zögerte, doch dann siegte ihre Neugier, und sie öffnete das Tor, das an der rechten Seite des Hauses in den Garten führte.

»Father Flaherty?«, rief sie erneut, während sie über den

Rasen um das Haus herumging. Auf der Rückseite befand sich eine überdachte Terrasse, auf der eine Bank mit einem Tisch davor zum Verweilen einlud.

Den Platz schien Father Flaherty vor gar nicht allzu langer Zeit genutzt zu haben, denn auf dem Tisch lagen mehrere aufgeschlagene Bücher und ein Block, dessen oberste Seite bis zur Hälfte mit Notizen beschrieben war. Außerdem waren die Kissen ein bisschen verrutscht, und die Abdrücke zeigten, dass dort jemand gesessen hatte.

War er vielleicht doch da und hatte nur ihr Klopfen nicht gehört? Lexie trat dicht an die Glasscheibe heran und blickte in den Wohnraum, der dahinterlag. Dabei bemerkte sie, dass die Tür nur angelehnt war. Sie schob sie auf und machte einen zaghaften Schritt ins Haus.

»Father Flaherty?«

Noch immer kam keine Antwort, aber Lexie ging trotzdem weiter, fasziniert von dem Salon, in dem sie stand. Auch hier beherrschten dunkle alte Möbel den Raum, aber im Gegensatz zu den Zimmern, die sie schon gesehen hatte, gab es einige persönliche Dinge, die dafür sorgten, dass die Atmosphäre aufgelockert wurde. In den Regalen standen mehrere Sportpokale, die belegten, dass der Pfarrer in seiner Jugend ein sehr guter Ruderer gewesen war. Er hatte nämlich nicht nur für seine Schulmannschaft in Letterkenny, sondern auch für das Team der Universität in Dublin mehrere Preise gewonnen. Außerdem zeigten die gerahmten Bilder ihn vor verschiedenen Kirchen und mit diversen Gruppen von Leuten. All diese Fotos markierten vermutlich bedeutsame Punkte in seinem Berufsleben. Auf einem der Bilder stand hinter ihm ein Chor, und da Lexie am Hintergrund erkannte, dass es drüben in der Kirche aufgenommen worden war, sah sie genauer hin. Tatsächlich, da stand Fiona, sogar ganz in der Nähe des Pfarrers, und lachte in die Kamera.

Der Anblick fuhr Lexie wie ein Schock in die Glieder. Hastig stellte sie das Bild zurück und wollte wieder gehen. Aber dann fiel ihr Blick auf eine Mappe, die auf dem kleinen Couchtisch lag und auf die jemand mit schwarzem Textmarker zwei Buchstaben geschrieben hatte.

F.R.

Fiona Riordan, dachte Lexie unwillkürlich. Zumindest waren es die Initialen ihrer Mutter, deshalb konnte sie nicht anders und griff nach der Mappe. Beim Hochnehmen rutschten einige der Papiere seitlich heraus, und ein Foto landete direkt vor Lexie auf dem Tisch. Es zeigte Fiona mit einem blond gelockten Kleinkind auf dem Arm. Sie küsste das Kind, das in die Kamera lächelte, gerade auf die Wange, und Lexie erkannte sich selbst in dem kleinen Mädchen.

Sie schluckte schwer, denn dieses Bild drückte so viel Liebe aus. Auf dem Foto, das Eileen ihr gezeigt hatte, saß sie vor ihrer Mutter auf dem Boden, so als gehörten sie gar nicht zusammen. Hier dagegen spürte man die innige Verbindung, und das schnitt Lexie ins Herz. Doch dann wurde ihr klar, dass da etwas nicht stimmte.

Wieso besaß der Pfarrer ein Bild von ihrer Mutter und ihr selbst?

In der Mappe musste noch mehr sein, und Lexie wollte gerade danach greifen, als sie hinter sich ein Geräusch hörte. Bevor sie sich umdrehen konnte, traf sie etwas hart am Kopf, und sie spürte noch, wie ihr die Beine wegsackten, bevor alles um sie herum dunkel wurde.

25

Miss Cavendish? Hören Sie mich?«

Die Stimme klang drängend, deshalb kämpfte Lexie sich mühsam aus der Dunkelheit heraus. Licht blendete sie, als sie die Augen aufschlug, und sie musste mehrmals blinzeln, bevor sie ihren Blick wieder scharf stellen konnte. Erst dann erkannte sie, dass es Father Flaherty war, der sich über sie beugte.

»Mein Gott, was ist mit Ihnen?«, fragte er. »Sind Sie gestürzt?«

Lexie brauchte einen Moment, bis sie sich wieder daran erinnern konnte, was passiert war. Vorsichtig tastete sie nach der schmerzenden Stelle an ihrem Hinterkopf und fühlte eine Beule.

»Nein. Ich glaube, ich wurde niedergeschlagen.«

»Was? In meinem Haus?« Father Flaherty schien das nicht fassen zu können, aber Lexie nickte, weil die Erinnerung jetzt wieder zurückkam.

»Da war plötzlich jemand hinter mir. Und dann habe ich einen Schlag auf den Kopf bekommen.«

Der Pfarrer musterte sie prüfend. »Und wie sind Sie reingekommen?« Trotz seiner Sorge schien ihm nicht entgangen zu sein, dass sie hier eigentlich nichts zu suchen hatte.

»Durch die Terrassentür.« Es war Lexie unangenehm, das zugeben zu müssen. Aber es ließ sich nicht ändern. »Ich wollte mit Ihnen sprechen, aber es hat niemand aufgemacht. Dann habe ich ein Geräusch im Garten gehört. Die Terrassentür stand offen, und ich bin ins Haus gegangen, weil ich dachte, dass Sie vielleicht doch da sind. Und dann …« Sie dachte an das Foto von Fiona und ihr. Und an die Sammlung von Unterlagen. Doch als sie jetzt auf den Couchtisch blickte, neben dem sie saß, war er leer. »Die Mappe!«, rief sie erschrocken. »Sie ist weg!«

Father Flaherty schüttelte den Kopf. »Ich weiß nicht, wovon Sie sprechen. Was für eine Mappe?«

Lexie konnte nicht genau sagen, woran es lag, aber sie war plötzlich ganz sicher, dass er log. Vielleicht weil seine ganze Körperhaltung auf einmal Abwehr ausdrückte. Er war ihr nicht mehr so zugewandt wie gerade eben noch. Und er wich ihrem Blick aus, sah stattdessen zu Mary Ward auf, die in diesem Moment den Salon betrat.

»Ich habe Eileen gebeten, nach Doktor Turner zu suchen. Sie bringt ihn her, wenn sie ihn gefunden hat«, verkündete die Hausangestellte.

»Wir dachten, es wäre gut, wenn er Sie untersucht«, erklärte Father Flaherty an Lexie gewandt. »Sie waren schließlich bewusstlos, als wir Sie fanden, und könnten schwerer verletzt sein.«

»Mir geht es gut«, versicherte Lexie ihm und versuchte aufzustehen.

»Warten Sie, ich helfen Ihnen.« Der Pfarrer erhob sich und stützte Lexie, bis sie sicher stand, dann begleitete er sie zu einem der Sessel, in den sie sich sinken ließ. Als sie den Kopf wieder hob, sah sie, dass Mary sie immer noch anstarrte. Im Gesicht der Haushälterin stand allerdings keine Sorge. Sie sah eher verärgert aus.

»Wieso sind Sie hier einfach eingedrungen?« Der Vorwurf in ihrer Stimme war nicht zu überhören. »Was wollten Sie hier?«

Lexie zuckte mit den Schultern. »Ich wollte mit Father Flaherty sprechen«, erklärte sie erneut. »Und dann sah ich die Mappe. Sie lag hier auf dem Couchtisch, und die Initialen meiner Mutter standen drauf. F. R. Was haben Sie damit gemacht?«

»Da lag keine Mappe, das sagte Father Flaherty doch schon.« Mary verschränkte die Arme vor der Brust. »Und selbst wenn da eine Mappe gewesen wäre, dann hätten Sie immer noch kein Recht gehabt, einfach reinzukommen und darin herumzuschnüffeln.«

Lexie wusste, dass die Haushälterin recht hatte – sie hätte hier nicht ungefragt eindringen dürfen. Aber wieso bestritten die beiden, dass es diese Mappe gab?

»Das habe ich mir doch nicht eingebildet«, murmelte sie.

Oder hatte ihre Fantasie ihr einen Streich gespielt? Sie dachte an das Foto. Nein, dieses Bild von Fiona und ihr selbst hatte sie wirklich gesehen, und wenn es jetzt zusammen mit den anderen Unterlagen verschwunden war, dann hatte es jemand mitgenommen. Das mussten nicht Father Flaherty und Mary Ward gewesen sein. Aber Lexie hätte schwören können, dass die beiden genau wussten, welche Unterlagen sie meinte.

Hier stimmt etwas nicht, dachte sie und spürte, wie ihr ein Schauer über den Rücken lief, als ihr klar wurde, dass der Pfarrer und seine Haushälterin ihr vielleicht nur Theater vorspielten. Es war gut möglich, dass einer von beiden sie niedergeschlagen hatte. Und sie waren vielleicht sogar für den Anschlag auf ihr Auto verantwortlich …

Plötzlich hatte Lexie das Gefühl, den ganzen Ort gegen sich zu haben. Es gab so vieles, was sie nicht wusste, und sie hatte keine Ahnung, wem sie trauen konnte. Ich muss wirklich vorsichtiger sein, dachte sie.

»Ich glaube, ich sollte gehen«, sagte sie und erhob sich. »Meine Freundin sucht mich sicher schon.«

Sie wollte in Richtung Flur gehen, doch Father Flaherty trat ihr in den Weg.

»Sie sollten bleiben, bis Doktor Turner Sie untersucht hat, Miss Cavendish. Nur zur Sicherheit.« Er lächelte, aber es beruhigte Lexie nicht.

»Mir fehlt nichts«, stellte sie klar und drängte sich an ihm vorbei. Weiter kam sie jedoch nicht, weil Mary Ward immer noch im Türrahmen stand und sie nicht durchließ.

»Father Flaherty hat recht. Sie warten besser auf den Arzt.«

Lexie spürte Angst in sich aufsteigen, als ihr bewusst wurde, dass Father Flaherty hinter ihr stand. Wenn die beiden sie festhalten wollten, dann hatte sie keine Chance …

»Hallo?« Eine Stimme drang zu ihnen, und Lexie blickte über Marys Schulter in den Flur zur Haustür. Die Tür war offenbar nur angelehnt gewesen, denn nun ging sie auf und plötzlich erschien Grayson im Türrahmen. Als er Lexie entdeckte, kam er mit großen Schritten durch den Flur und drängte Mary Ward zur Seite, um zu ihr zu gelangen.

»Lexie!« Er legte die Hände um ihre Oberarme und musterte sie prüfend. »Was ist mit dir? Eileen sagt, du brauchst Doktor Turner? Bist du verletzt?«

Lexie war völlig egal, dass sie vorhin noch wütend auf ihn gewesen war. Jetzt war sie einfach nur froh, dass er da war, und für einen kurzen, schwachen Moment hätte sie sich gerne in seine Arme geflüchtet. Aber es reichte schon, dass sie nicht mehr mit dem Pfarrer und seiner Haushälterin allein war.

»Nein, ich … war nur kurz bewusstlos.«

»Was?« Grayson packte ein bisschen fester zu. »Wieso?«

»Sie wurde niedergeschlagen«, antwortete Father Flaherty für Lexie.

»Behauptet sie jedenfalls«, schob Mary mit immer noch ziemlich verkniffener Miene nach. »Vielleicht ist sie auch einfach nur unglücklich gefallen.«

Lexie versuchte, in den Gesichtern der beiden zu lesen. Sie konnte jedoch nicht erkennen, ob sie ihr etwas vorspielten oder nicht. Ich muss hier raus, dachte sie und blickte zu Grayson auf, der sie wieder losgelassen hatte und anscheinend von ihr erwartete, dass sie ihm erklärte, welche der beiden Varianten stimmte.

»Ich … weiß es nicht mehr«, sagte sie, weil sie nicht noch länger mit der Haushälterin diskutieren wollte. »Und es geht auch schon wieder.« Sie wandte sich noch einmal an Father Flaherty und Mary Ward. »Es tut mir leid, dass ich Ihnen Umstände gemacht habe. Ich sollte jetzt wieder zurück zum Fest gehen. Meine Freundin sucht mich sicher schon.«

»Aber Sie wollten doch was von mir«, sagte Father Flaherty. »Sie haben gesagt, Sie wären gekommen, um mit mir zu reden.«

»Ja, aber … das hat Zeit«, sagte Lexie zögernd, weil sie nicht mehr sicher war, ob sie ihn wirklich danach fragen wollte, warum er sie Duncan als Innenarchitektin empfohlen hatte. Der Grund dafür machte ihr nämlich plötzlich Angst.

Was, wenn er das alles absichtlich so arrangiert hatte? Wenn er doch schon vorher gewusst hatte, wer sie war? Sie dachte an das Foto, das aus der Mappe gefallen war. Father Flaherty wusste mehr über ihre Mutter, als er zugab, und solange sie den Grund dafür nicht kannte, war es vielleicht besser, ihm nicht zu verraten, dass sie von seiner Empfehlung an Duncan wusste. Außerdem musste sie sich erst mal sammeln und die Ereignisse in Ruhe überdenken. Deshalb ging sie nach einem kurzen Abschiedsgruß durch den Flur zur Eingangstür. Grayson folgte ihr, und sie verließen gemeinsam das Haus. Auf der Wiese hielt er sie am Arm fest und zwang sie, stehen zu bleiben.

»Du wurdest niedergeschlagen?« Offenbar glaubte er nicht an Marys Einwand, sie könnte gestürzt sein. »Von wem?«

Lexie zuckte mit den Schultern. »Keine Ahnung. Da war plötzlich jemand hinter mir, und ehe ich mich umdrehen konnte, hat mich etwas am Kopf getroffen. Ich weiß nicht, wer es war, aber es könnte Mary Ward gewesen sein. Oder Father Flaherty. Die beiden behaupten, dass sie mich gefunden haben, aber vielleicht waren sie vorher auch schon im Haus. Da war nämlich diese Mappe.«

Sie erzählte Grayson von ihrem inzwischen verschwundenen Fund.

»Das ist doch merkwürdig, oder? Wieso liegt so etwas im Pfarrhaus? Und wieso behaupten die beiden, dass es diese Mappe nicht gibt, obwohl ich sie mit eigenen Augen gesehen habe? Sie verheimlichen mir etwas!«

Grayson runzelte die Stirn. »Und du hast nicht gesehen, wer da hinter dir stand?« Das schien ihn viel mehr zu beschäftigen als Lexies Thesen. »Ganz sicher nicht?«

»Nein. Und das macht mir Angst«, gestand sie. »Wenn ich über die Terrasse ins Haus gelangen konnte, dann war das auch jedem anderen möglich. Vielleicht waren es gar nicht Father Flaherty oder Mary Ward. Vielleicht war es dieselbe Person, die auch meine Bremsleitungen durchgeschnitten hat.« Sie sah an seinem Blick, dass er davon schon wusste. Ein Schauer lief ihr über den Rücken. »Denkst du, dass ich in Gefahr bin? Was ist, wenn …«

Grayson zog sie an sich, hielt sie für einen Moment ganz fest.

»Hey, jetzt beruhige dich erst mal«, sagte er an ihrem Haar. »Das war sicher ein schlimmer Schock.«

Lexie lehnte den Kopf an seine Brust und spürte, wie sie sich etwas entspannte. Aber das schmerzhafte Ziehen in ihrer Brust, das sie quälte, seit sie das Foto gefunden hatte, wollte einfach nicht weichen. Erneut sah sie es vor sich, sah den liebevollen Ausdruck in Fionas Augen und ihr eigenes, lachendes Gesicht.

»Was ist mit meiner Mutter passiert, Grayson?« Ihre Stimme klang belegt. »Wieso ist sie nicht mehr da?«

Er ließ sie wieder los, und als ihre Blicke sich trafen, stand ein betroffener, fast schuldbewusster Ausdruck in seinen Augen.

»Lexie, ich …«

»Alexandra! Oh, Gott sei Dank! Geht es dir gut?« Ganz außer Atem kam Eileen bei ihnen an. »Mary meinte, du wärst verletzt. Sie hat mir aufgetragen, nach Doktor Turner zu suchen, aber ich kann ihn nirgends finden. Er scheint nicht mehr auf dem Fest zu sein.«

»Schon gut. Ich brauche keinen Arzt«, versicherte ihr Lexie.

Eileen wollte etwas erwidern und sich vermutlich erkundigen, was passiert war. Doch in diesem Moment fiel Lexies Blick auf die hübsche junge Frau mit den roten Haaren, die sich ihnen näherte.

»Entschuldigt mich«, sagte sie und lief Betty entgegen, die ganz außer Atem war.

»Verdammt, Lexie, wo warst du denn?«, fragte Betty vorwurfsvoll. »Ich habe dich schon überall gesucht.«

»Ich dich auch.«

Lexie lächelte Aidan an, der Betty gefolgt war und neben ihr stehen blieb. Er erwiderte ihr Lächeln jedoch nicht, und erst jetzt fiel Lexie auf, dass auch ihre Freundin nicht besonders glücklich aussah.

»Was ist los?«

Betty sah kurz zu Aidan auf, dann zuckte sie mit den Schultern. »Ken ist hier. Er hat mich eben angerufen.«

»Was?« Entsetzt sah Lexie ihre Freundin an. »Aber wieso? Er weiß doch gar nicht, wo du bist.«

»Leider doch.« Betty seufzte. »Ich hatte meine Kollegen

extra angewiesen, ihm nicht zu sagen, wo ich hinfahre, falls er anruft, weil ich mir schon gedacht habe, dass er sich bei ihnen erkundigen wird. Aber scheinbar hat Charlene ihm erzählt, dass ich dich besuche, und Ken hat irgendwie herausbekommen, wo Andrew dich hingeschickt hat. Frag mich nicht, wie, du kennst ihn ja. Wahrscheinlich hat er Miranda so lange umschmeichelt, bis sie es ihm verraten hat.«

Miranda war Andrews Vorzimmerdame und mit ihren fast sechzig Jahren eigentlich zu erfahren, um auf Kens Charme hereinzufallen. Lexie tippte daher eher darauf, dass ihre Kollegin Anne es ihm verraten hatte. Letztlich war es auch egal, wie er an die Information gelangt war, seine Ankunft war in jedem Fall eine Katastrophe, denn Betty wirkte völlig durcheinander.

»Was heißt, er ist hier?«, wollte Lexie wissen. »Hier auf dem Gemeindefest?«

Betty schüttelte den Kopf. »Nein. Er wartet im Pub auf mich.«

»Du willst dich mit ihm treffen?« Lexie war ehrlich entsetzt. »Betty, bitte, tu das nicht! Dann verspricht er dir wieder, dass er sich ändern wird, und du weißt, dass das nicht stimmt. Du darfst dich nicht wieder von ihm einwickeln lassen!«

»Ja, ich weiß.« Betty seufzte tief. »Und ich wollte auch erst nicht. Aber er ist den ganzen Weg hierhergefahren. Es ist ihm wichtig, Lexie. Ich muss noch mal mit ihm reden. Das schulde ich ihm. Und vorher geht er sowieso nicht wieder.«

Lexie biss sich auf die Lippe. Sie wollte dieses Gespräch gerne verhindern, weil sie fürchtete, dass Betty wieder schwach werden würde. Aber ihre Freundin hatte recht. Ken würde nicht einfach wieder abreisen. Wenn sie ihn wieder loswerden wollte, dann würde Betty mit ihm reden müssen.

»Soll ich mitkommen?«, fragte sie, weil sie ihrer Freundin beistehen wollte.

»Nein. Das schaffe ich schon. Ich muss jetzt auch los. Ich wollte dir nur Bescheid sagen.« Betty runzelte die Stirn. »Bei dir ist doch alles in Ordnung?«

Lexie zögerte, weil sie ihrer Freundin am liebsten erzählt hätte, was passiert war. Aber dann würde Betty sicher darauf bestehen, bei ihr zu bleiben – und sich zerrissen fühlen, weil sie in Gedanken bei Ken war. Davon hatten sie dann beide nichts.

»Sag Ken, dass er ein verlogener Mistkerl ist.« Lexie lächelte schief. »Und vergiss nicht, mich anschließend anzurufen.«

»Dann sorg du dafür, dass dein Handy geladen ist. Im Moment erreicht man dich nämlich mal wieder nicht.«

Betty umarmte sie und gab ihr einen Kuss auf die Wange. Dann blickte sie noch einmal zu Aidan auf und legte ihm kurz die Hand auf den Arm.

»Tut mir leid.«

Er nickte und sah ihr gemeinsam mit Lexie nach, als sie über die Wiese lief.

Erst jetzt fiel Lexie auf, dass es längst nicht mehr so voll war wie vorhin und dass die Leute an den meisten Ständen bereits zusammenräumten. Das Gemeindefest neigte sich offenbar dem Ende zu, und als Lexie einen Blick auf ihre Armbanduhr warf, stellte sie überrascht fest, dass es schon nach sieben war. Es dämmerte sogar schon.

»Sie hat nicht erwähnt, dass sie einen Freund hat«, sagte Aidan unvermittelt.

»Ken ist nicht mehr ihr Freund«, stellte Lexie richtig. »Die beiden haben sich getrennt.«

»Aber er will sie zurück, oder?«

»Ich fürchte, ja. Wobei er sie wirklich nicht verdient hat.«

Aidan seufzte tief. »Ich hatte mich darauf gefreut, mit ihr zum Badgers-Konzert zu gehen.«

»Vielleicht klappt das ja auch«, erwiderte Lexie und fasste

sich an den Kopf, weil ihr plötzlich doch ein bisschen schwindelig war. Die Umgebung verschwamm vor ihren Augen, aber nur für einen kurzen Moment. Dann hatte sie sich wieder gefangen.

»Alles in Ordnung?« Aidan, der ihre Unsicherheit bemerkt hatte, legte ihr den Arm um die Schultern, um sie zu stützen. »Ist dir nicht gut?«

»Doch, es geht schon wieder. Ich …«

»Ich bringe dich besser zurück zur Burg.« Grayson stand plötzlich neben ihr und legte ihr die Hand auf den Arm. Er warf Aidan einen so grimmigen Blick zu, dass dieser Lexie sofort wieder losließ. Stattdessen legte Grayson seinen Arm um sie. »Du solltest dich ausruhen.«

»Du kannst auch mit zu mir kommen«, wandte Eileen ein, die ebenfalls wieder zu ihnen getreten war. »Ich habe gehört, was passiert ist. Ich kann mich um dich kümmern, bis du dich ein bisschen erholt hast. Außerdem habe ich eine schöne Teemischung, die dir guttun wird.« Sie sah Grayson an. »Du bist auch herzlich willkommen. Janice freut sich sicher.«

»Nein, danke«, erklärte Lexie hastig, weil sie keine Lust hatte, Eileens Tochter zu begegnen. Dafür ging es ihr im Moment wirklich zu schlecht. »Ich denke, Grayson hat recht. Ich sollte mich hinlegen.«

»Dann komm.« Grayson führte sie entschlossen von den anderen weg, deshalb blieb Lexie nur noch Zeit, ihnen einen kurzen Abschiedsgruß zuzurufen.

»Also, ich gehe gerne mit«, hörte sie Aidan hinter sich zu Eileen sagen. »Wobei ich etwas Stärkeres als Tee gebrauchen könnte. Und in den Pub darf ich ja leider nicht mehr.«

Eileens Antwort bekam Lexie nicht mehr mit, weil sie zu weit weg waren. Sie dachte an den Ausdruck in Aidans Gesicht, als er Betty vorhin nachgeblickt hatte. Es hat ihn schwer erwischt, dachte sie und hoffte plötzlich noch aus einem anderen Grund, dass Betty es schaffte, nicht wieder auf Ken hereinzufallen.

Und sie selbst musste auch aufpassen. Sie durfte sich nicht zu sehr daran gewöhnen, dass Grayson immer da zu sein schien, wenn sie Hilfe brauchte. Und sie durfte auch nicht zu viel in die Tatsache hineininterpretieren, dass er sie gerade quasi im Arm hielt. Schließlich war er immer noch ihr Gegenspieler. Aber im Moment war sie einfach zu schwach, um sich gegen dieses warme Gefühl zu wehren, das immer in ihr aufstieg, wenn sie ihm so nahe kam. Ein Gefühl, das auch schnell heißer werden konnte, dessen war sie sich bewusst. Trotzdem hatte sie nicht die Kraft, sich von ihm zu lösen.

Als sie den BMW erreichten, der in einer Seitenstraße geparkt war, ließ sie sich mit einem Seufzen auf den schon vertrauten weichen Beifahrersitz sinken. Kurz darauf setzte sich Grayson hinter das Steuer, ließ den Wagen an und fuhr durch den Ort in Richtung Burg.

»Hast du Eileen von der Mappe erzählt?«, fragte Lexie.

»Ich habe gar nicht mit Eileen gesprochen«, erwiderte er und zuckte mit den Schultern, als sie ihn überrascht ansah. »Sie hat mich nicht gefragt. Während du mit deiner Freundin geredet hast, ist sie ins Pfarrhaus gegangen. Ich nehme an, dass Mary und Father Flaherty ihr berichtet haben, was passiert ist. Ob die beiden die Mappe erwähnt haben, weiß ich nicht.«

Dann muss ich es Eileen noch erzählen, wenn ich das nächste Mal mit ihr allein bin, dachte Lexie und schloss für einen Moment die Augen. Eileen würde ihr sicher helfen, das Rätsel um Fiona zu lösen. Vielleicht wusste sie Rat, wie Lexie weiter vorgehen sollte und was sie …

Eine Hand legte sich warm auf ihr Bein und ließ Lexie hochschrecken.

»Wir sind da«, sagte Grayson, und Lexie sah überrascht, dass sie tatsächlich schon im Innenhof der Burg standen.

»Tut mir leid, ich glaube, ich bin eingenickt.« Ihr Blick fiel auf die Eingangstür. »Oh nein!«, rief sie entsetzt. »Ich habe vergessen, Agatha und Fanny Bescheid zu sagen, dass ich mit dir gefahren bin. Die beiden wollten mich doch mitnehmen und suchen mich jetzt sicher.«

»Sie sind schon hier«, erwiderte Grayson. »Fanny fühlte sich nicht so gut. Sie wollte nach Hause. Deshalb hat Agatha mich gebeten, dich zu fahren.«

Erst jetzt bemerkte Lexie Agathas alten Volvo-Kombi, der ebenfalls auf dem Hof stand. Die beiden alten Damen waren also tatsächlich schon zurückgekehrt.

»Ach so.« Lexie war nicht sicher, ob es ihr gefiel, dass Grayson sie offenbar nur aus Pflichtgefühl mitgenommen hatte. Wahrscheinlich wäre er lieber mit zu Eileen gegangen, um Janice zu treffen, dachte sie, während er um den Wagen herumging und ihr die Tür öffnete. Sie ließ sich von ihm beim Aussteigen helfen, aber auf dem Weg ins Haus hielt sie Abstand zu ihm. Ihr fiel ein, was Mary Ward über Janice und Grayson gesagt hatte. Die beiden waren mal ein Paar gewesen. Und sie verstanden sich erneut sehr gut. Wahrscheinlich würde es nicht mehr lange dauern, bis sie ihre Beziehung wieder aufleben ließen …

»Ah, Miss Cavendish!« Agatha kam aus ihrem Zimmer, als Lexie und Grayson den Flur betraten. »Entschuldigen Sie, dass wir vorgefahren sind, ohne Ihnen Bescheid zu geben. Meine Schwägerin fühlte sich nicht gut.«

»Kein Problem«, versicherte ihr Lexie und blickte zu Grayson auf. »Ihr Enkel hat das sicher gerne übernommen.«

Er hob eine Augenbraue, weil ihm ihr ironischer Unterton nicht entgangen war. Gut, dachte sie.

Agatha wies den Flur hinunter. »In der Küche ist noch Suppe. Möchtet ihr vielleicht etwas davon?«

Lexies Magen knurrte bei der Aussicht auf etwas zu essen, und ihr wurde klar, dass ihre letzte Mahlzeit aus zwei Äpfeln bestanden hatte, die sie sich mittags aus der Küche geholt hatte. Deshalb nahm sie Agathas Angebot gerne an und folgte ihr zusammen mit Grayson.

Während sie die leckere Kartoffelsuppe aßen, berichtete Lexie der alten Dame von den Ereignissen im Pfarrhaus.

»Was? Das ist ja unfassbar!«, rief Agatha. In ihrem Blick stand Sorge. »Und Sie wissen nicht, wer Sie niedergeschlagen hat?«

Grayson schüttelte den Kopf. »Sie hat den Angreifer nicht gesehen«, sagte er an Lexies Stelle und tauschte einen Blick mit seiner Großmutter. Es sah aus, als wären sie beide erleichtert darüber, aber das konnte Lexie sich nicht vorstellen. Sei nicht albern, das bildest du dir ein, dachte sie.

»Warum haben Sie nicht die Polizei eingeschaltet?«, erkundigte sich Agatha. »Muss so etwas nicht untersucht werden?«

»Ich glaube nicht, dass Sergeant Sumner Lust hat, sich darum zu kümmern«, erwiderte Lexie. »Wenn ihn schon meine durchgeschnittenen Bremsschläuche nicht interessieren, dann habe ich wenig Hoffnung, dass er in diesem Fall etwas unternimmt.«

Agatha schüttelte den Kopf. »Ach, ich wünschte wirklich, Eddie wäre ein bisschen ehrgeiziger, was seine Aufgaben angeht«, sagte sie, aber wirklich unglücklich wirkte sie auch diesmal nicht.

Lexie runzelte die Stirn. *Ich wünschte, du wärst ein bisschen misstrauischer,* hörte sie Betty wieder sagen, aber sie schob den Gedanken beiseite. Agatha war eine nette alte Dame, und sie selbst sah Gespenster, wo keine waren.

»Möchten Sie noch einen Nachschlag?«, erkundigte sich Agatha.

»Nein, vielen Dank. Ich glaube, ich lege mich jetzt hin.« Lexie wollte aufstehen und ihren Teller zur Spüle bringen, aber Grayson kam ihr zuvor und nahm ihn ihr ab. Seine Finger streiften dabei ihre, und die Berührung machte Lexie kurz atemlos.

»Ich begleite dich nach oben.«

»Das musst du nicht«, protestierte sie.

»Ich weiß.« Er hob einen Mundwinkel. »Aber ich wollte sowieso in mein Zimmer.«

Dagegen konnte Lexie nichts einwenden, deshalb verabschiedete sie sich von Agatha und ging mit Grayson nach oben. Er lief dicht neben ihr, und seine Nähe machte sie plötzlich sehr nervös, vor allem weil sie kurze Zeit später wieder vor ihrem Zimmer standen. Wie an dem Abend, an dem der Strom ausgefallen war …

Lexie schluckte, als die Erinnerung daran ihr Herz schneller schlagen ließ. Aber für ihn hatte das sicher nicht die gleiche Bedeutung gehabt wie für sie. Schließlich hat er noch mehr Eisen im Feuer, dachte sie und musste gegen die Enttäuschung ankämpfen, die ihr plötzlich die Kehle eng machte.

»Es wäre übrigens wirklich besser, wenn du damit aufhörst«, sagte sie, bevor sie darüber nachgedacht hatte.

Er runzelte die Stirn. »Womit soll ich aufhören?«

»Damit, dich um mich zu kümmern. Wenn Janice hört, dass du mich schon wieder gefahren hast und deswegen nicht bei ihr vorbeikommen konntest, dann hasst sie mich vermutlich noch mehr als ohnehin schon.«

»Wieso sollte es Janice stören, wenn ich dich mitnehme?«, fragte er so irritiert, dass es Lexie wütend machte. Er wusste doch ganz genau, wovon sie sprach.

»Frag sie das besser. Sie findet jedenfalls, dass ich dich ausnutze, weil sie der Meinung ist, dass ich das alles absichtlich mache und dir quasi auflauere, damit du gezwungen bist, mich zu fahren.«

Grayson runzelte die Stirn. »Ihr habt über mich gesprochen?«

»Janice hat über dich gesprochen«, stellte Lexie richtig. »Sie meinte, ich solle die Finger von dir lassen, und es hat auch nichts genützt, als ich gesagt habe, dass ich dich gar nicht will. Sie war trotzdem böse auf mich. Und sie hat mich gewarnt vor dir. Sie sagt, du gehst, wenn es ernst wird.«

»Es war nicht ernst zwischen Janice und mir«, sagte er. »Und ich bin aus anderen Gründen gegangen.«

Lexie wollte ihn fragen, was das für Gründe waren, aber er trat plötzlich näher an sie heran, so nah, dass sie den Kopf heben musste, um zu ihm aufzusehen. Seine Lippen waren jetzt nur noch Zentimeter von ihren entfernt, und sie hatte Schwierigkeiten, zu atmen.

»Du willst mich also nicht?«, fragte er heiser.

Sie schaffte es, den Kopf zu schütteln. »Nein.«

Er kam noch ein bisschen näher und schob ihr eine Haarsträhne hinters Ohr, berührte die empfindliche Haut dort.

»Und was ist, wenn ich dich will?«

26

Oh Gott, dachte Lexie, während sie in seinen blauen Augen versank. Ihre Knie waren ganz weich, und sie hätte nichts lieber getan, als diesem Gefühl nachzugeben, das sie zu ihm hinzog. Aber ihr Herz raste nicht nur deswegen. Sie hatte plötzlich auch schreckliche Angst.

Damals, als sie hier im Dunkeln gestanden hatten, war es einfach passiert. Sie war verstört gewesen und hatte auf seine Nähe reagiert. Aber diesmal war es anders. Wenn sie ihn jetzt küsste, dann war es eine bewusste Entscheidung. Dann überschritt sie eine Linie, und das würde ihr jede Sicherheit nehmen.

Daraus kann nichts Gutes werden, dachte sie. Du weißt viel zu wenig über ihn. Er ist dein Kontrahent. Und er spielt vielleicht nur mit dir, weil er weiß, dass du schwach bist. Dass er sich von dir nehmen kann, was er will, wenn du jetzt nachgibst. Und danach wird er wieder gehen. Er wird dich verlassen, so wie dich alle immer verlassen haben.

»Das … wäre nicht gut«, sagte sie und machte schnell einen Schritt zurück, bevor ihre Willenskraft sie endgültig verließ.

Fast panisch drehte sie sich um und ging in ihr Zimmer, warf die Tür hinter sich zu und schloss sie ab. Dann lehnte sie sich gegen das Türblatt und versuchte, wieder zu Atem zu kommen.

Ihr Herz pochte immer noch so heftig, dass sie glaubte, es würde ihr aus der Brust springen, und sie lauschte angespannt auf Geräusche aus dem Flur. Aber erst nach einem langen Moment klappte eine Tür.

Grayson ist in seinem Zimmer, dachte Lexie. Direkt nebenan. Der Gedanke, dass sie nur eine Mauer trennte, half nicht dabei, sie zu beruhigen. Auf wackeligen Beinen ging sie zum Bett und setzte sich darauf, atmete noch einmal tief durch. Aber sie ging nicht weg, diese ziehende Sehnsucht in ihrer Brust. Dieses Gefühl, einen großen Fehler gemacht zu haben.

Mit einem Mal überwältigten sie die Eindrücke dieses Abends. Sie berührte die Beule an ihrem Hinterkopf, die immer noch sehr empfindlich war, und der Schmerz erinnerte sie an die unangenehme Situation im Pfarrhaus. Und daran, dass es noch eine Menge gab, was sie herausfinden musste.

Aber nicht heute, dachte sie müde und schleppte sich in das kleine Badezimmer, das an den Raum angrenzte. Sie nahm eine lange heiße Dusche, die sie entspannte, und machte sich bettfertig. In ihrem dünnen Nachthemd fror sie ein wenig, und auch die Laken fühlten sich kalt an, als sie unter die Decke schlüpfte. Aber nach einer Weile ging es, und ihr Körper kam zur Ruhe. Ihrem Geist fiel das schwerer, denn ihre Gedanken kehrten immer wieder zu Grayson zurück.

Und was ist, wenn ich dich will?

Seine Worte hallten durch ihren Kopf, und sie kämpfte verzweifelt gegen das Ziehen in ihrer Brust an. Denn sie wusste, dass es keinen Zweck gehabt hätte, diesem Gefühl nachzugeben. Selbst wenn sie frei genug gewesen wäre, etwas mit Grayson anzufangen, würde es nicht funktionieren. Sie dachte an Matt und die Sachen, die er bei der Trennung zu ihr gesagt hatte. Darüber, wie unzufrieden er mit ihr gewesen war – in jeder Hinsicht. Sie war nicht nur emotional, sondern auch im Bett eine

Enttäuschung für ihn gewesen. Und auch wenn Grayson ganz andere Empfindungen in ihr weckte als ihr Exmann, bedeutete das sicher nicht, dass es mit ihm anders sein würde. Er würde sicher schnell merken, wie unerfahren sie war. Deshalb musste sie ihn sich aus dem Kopf schlagen. Sie musste …

Lexie schreckte im Bett hoch und stellte überrascht fest, dass die Uhr auf dem Kaminsims schon nach Mitternacht anzeigte. Offenbar war sie eingedämmert, aber sie fühlte sich nicht erholt.

Mit einem Seufzen ließ sie sich wieder in die Kissen sinken und lauschte auf Geräusche. Aber es war alles ruhig. Sie war jetzt allerdings wieder hellwach, deshalb schwang sie die Beine aus dem Bett und ging zur Toilette. Als sie zurückkam und vor dem Bett stand, konnte sie sich nicht dazu bringen, sich wieder hinzulegen, deshalb trat sie stattdessen ans Fenster und blickte in den Innenhof.

Der Mond war hinter einer Wolke verschwunden, und man erkannte die Autos, die vor dem Wehrturm geparkt waren, nur als graue Schatten. Es war ruhig, und hinter allen Fenstern war es dunkel. Bis auf meins, dachte Lexie. Und das von Grayson, denn auch von dort drang, wie sie entdeckte, als sie zur Seite sah, ein heller Schein in den Hof.

Dann war er noch wach? Lexie spürte wieder dieses flattrige Gefühl im Magen, als sie sich ausmalte, was er wohl gerade machte. Lag er schon im Bett und konnte auch nicht schlafen? Oder arbeitete er noch?

Besser, du denkst nicht so viel über ihn nach, ermahnte sie sich und wollte sich vom Fenster abwenden.

Doch dann sah sie plötzlich den Schatten.

Er hatte sich von der Mauer unter ihr gelöst und hielt auf die Tür des Wehrturms zu. Lexie kniff die Augen zusammen, aber es war viel zu dunkel, um mehr zu erkennen. Sie hätte nicht mal sagen können, ob da unten ein Mann oder eine Frau über den Hof lief.

Die Wolkendecke riss auf, als die Person an der Tür zum Wehrturm stand, und weil sie sich kurz noch mal umdrehte, erhaschte Lexie für einen flüchtigen Moment einen Blick auf das Gesicht. Dann war die Gestalt im Wehrturm verschwunden.

Lexies Herz klopfte wild, während sie darauf wartete, dass hinter einem der Fenster ein Licht erschien. Doch alles blieb dunkel, und plötzlich kamen ihr Zweifel.

Hatte sie wirklich gerade Doktor Turner im Wehrturm verschwinden sehen? Es war sein Gesicht gewesen, das sie zu erkennen geglaubt hatte, doch aus welchem Grund sollte der alte Arzt sich dort aufhalten, noch dazu um diese Zeit?

Irgendjemand war allerdings gerade über den Hof in den Wehrturm gelaufen, das hatte sie sich ganz sicher nicht eingebildet, deshalb eilte sie zur Tür, drehte den Schlüssel und öffnete sie. Im Flur war es dunkel, aber das Licht, das aus ihrem Zimmer fiel, reichte Lexie, um die wenigen Schritte bis zu Graysons Zimmertür zu überwinden.

»Grayson?« Sie hämmerte mit der Faust gegen das Türblatt. »Mach auf! Da ist jemand im Wehrturm!«

Sie glaubte, von drinnen ein Geräusch zu hören, aber es dauerte ihr zu lange, deshalb drückte sie genau wie beim letzten Mal die Klinke herunter. Auch diesmal sprang die Tür sofort auf, und als Lexie das Zimmer betrat, stieß sie beinahe mit Grayson zusammen, der offenbar gerade auf dem Weg zur Tür gewesen war.

»Hoppla«, sagte er und griff, wahrscheinlich aus Reflex, nach ihren Unterarmen. Auf seinem Gesicht stand Überraschung, doch der Ausdruck wurde gleich darauf von etwas anderem abgelöst, dass Lexies Herz schneller schlagen ließ. »Was ist denn los?«

Lexie schluckte. »Ich …«

Weiter kam sie nicht, weil sie für einen Moment vergessen hatte, warum sie zu ihm gegangen war. Stattdessen bemerkte sie, dass das Bett hinter ihm unberührt war. Dafür lagen auf dem Sekretär jede Menge Papiere verteilt.

Also hatte Grayson tatsächlich noch gearbeitet. Allerdings nicht mehr in seinen Straßenklamotten, denn er trug jetzt ein weißes T-Shirt und Boxershorts, was Lexie zum ersten Mal einen sehr guten Blick auf seine Beine ermöglichte. Es war nichts daran auszusetzen, denn sie waren leider genauso wohlgeformt und muskulös wie seine Arme und seine Brust. Deshalb war Lexie ganz sicher, dass sie, wenn sie sein T-Shirt hochschob, auf seinem Bauch auch noch ein durchtrainiertes Sixpack entdecken würde. Nicht dass sie das vorhatte …

»Lexie?« Grayson sah sie immer noch an, und endlich fiel ihr wieder ein, warum sie zu ihm gegangen war.

»Ich habe jemanden in den Wehrturm gehen sehen. Ich glaube, es war Doktor Turner.«

Sie machte sich von ihm los und lief zum Fenster.

»Da vorne ist er reingegangen. Ich glaube zumindest, dass es Doktor Turner war. Ganz sicher bin ich mir nicht. Aber da war jemand, das habe ich ganz genau … gesehen.«

Das letzte Wort hauchte sie nur noch, weil Grayson so dicht hinter sie getreten war, dass seine Brust ihren Rücken berührte. Sie spürte seine Wärme durch den dünnen Stoff ihres Nachhemdes, und ohne dass sie es willentlich hätte steuern können, gab ihr Körper nach, und sie lehnte sich gegen ihn.

Seine Arme schlossen sich um sie, und seine Lippen streiften ihr Ohr, was einen lustvollen Schauer in ihr auslöste.

»Da draußen ist niemand, Lexie.«

Seine dunkle Stimme machte ihre Knie noch ein bisschen weicher, und sie wehrte sich verzweifelt gegen die wilde Sehnsucht, die sich wie Lava in ihr ausbreitete. Es fühlte sich einfach zu gut an, wieder in seinen Armen zu sein. Schlimmer noch: Es fühlte sich an, als wäre es genau das, was sie gewollt hatte, als sie zu ihm ging. Aber das stimmte nicht. Sie war hier, um ihn vor dem Eindringling im Wehrturm zu warnen. Nicht um …

Sie seufzte auf, als er ihr Haar zur Seite strich und eine Spur federleichter Küsse über ihren Hals zog. Mit jedem schmolz ihr Widerstand ein bisschen mehr, und ihre Knie drohten nachzugeben.

»Grayson«, hauchte sie und schloss die Augen, konzentrierte sich auf seine rechte Hand, die er über ihr Nachthemd wandern ließ. Er legte sie auf ihre Brust, umfing sie warm, und Lexie stöhnte auf, als sein Daumen sanft über die aufgerichtete Spitze strich. Erregt ließ sie den Kopf gegen seine Schulter sinken und atmete flacher, während sein Daumen sie weiter reizte und prickelnde Wellen der Lust durch ihren Körper schickte.

»Ich will dich, Lexie.«

Seine geflüsterten Worte ließen sie erschaudern, und sie wehrte sich nicht, als er sie in seinen Armen zu sich herumdrehte. Seine Lippen fanden ihre, und die Welt blieb für einen Moment stehen. Es gab nur noch Grayson, der sie mit seinem Kuss berauschte, sie mitriss in einen Wirbelsturm der Gefühle, bis sie keinen Boden mehr unter den Füßen hatte. Sie schlang die Arme um seinen Hals und fühlte sich schwerelos. Bis sie plötzlich etwas Weiches im Rücken spürte und begriff, dass Grayson sie tatsächlich hochgehoben und zum Bett getragen hatte.

Er legte sich neben sie und zog sie zurück in seine Arme, wollte sie weiter küssen. Doch der kurze Moment, in dem sie wieder klar denken konnte, reichte, um Lexies Zweifel erneut zu wecken.

Sie wollte ihn, das wollte sie wirklich. Sie konnte kaum

noch klar denken, so sehr. Aber sie hatte plötzlich auch wieder schreckliche Angst. Nicht nur weil es in so ziemlich jeder Hinsicht eine miserable Idee war, mit Grayson Fitzgerald zu schlafen, sondern auch weil sie ihn enttäuschen würde, genau wie Matt damals. Und sie war nicht sicher, ob sie das Gefühl, in dieser Hinsicht nicht zu genügen, noch einmal ertragen konnte.

»Nein.« Sie setzte sich auf und rutschte an den Rand des Bettes. Bevor sie aufstehen konnte, war Grayson jedoch schon bei ihr und legte ihr den Arm um die Schultern.

»Hey, was ist los?«

Lexie schüttelte den Kopf. »Ich … kann nicht«, sagte sie und kämpfte gegen die Tränen, die plötzlich in ihren Augen brannten. Sie wollte sich abwenden, aber er hielt ihr Kinn fest und zwang sie, ihn anzusehen.

»Wovor hast du Angst?«

»Ich … bin nicht gut in … du weißt schon.«

Oh Gott, hatte sie das wirklich gesagt? Entsetzt sah sie ihn an und spürte, wie ihre Wangen heiß wurden, als sie den ungläubigen Ausdruck in seinen Augen sah.

Dann lächelte er kopfschüttelnd und küsste sie noch mal, bis ihr Widerstand nachließ.

»Das glaube ich nicht«, flüsterte er an ihren Lippen. »Also lassen wir es drauf ankommen, okay?«

Sein Mund lag erneut auf ihrem, bevor sie antworten konnte, und sein Kuss war so verführerisch süß und feurig zugleich, dass sie es nicht schaffte, ihn noch einmal wegzuschieben. Ihr Verstand sagte immer noch Nein, aber ihr Körper reagierte diesmal noch stärker auf ihn als eben, ließ ihre Zweifel endgültig schmelzen. Sie gab nach, als er sich mit ihr zurück auf das Bett sinken ließ, und erwiderte seinen Kuss, wölbte sich ihm entgegen, als er mit der Hand unter ihr Nachthemd glitt und sanft über ihre Haut strich.

Und sie wollte auch seine Haut spüren, deshalb schob sie sein T-Shirt nach oben, half ihm dabei, es auszuziehen. Wusste ich es doch, dachte sie verträumt und ließ die Finger über seine straffen Bauchmuskeln gleiten.

Es war berauschend, seinen Körper zu erkunden, und sie war so damit beschäftigt, dass sie gar nicht merkte, wie Grayson ihr Nachthemd ebenfalls hochschob. Doch als er es ihr über den Kopf ziehen wollte, versteifte sie sich.

Es war lange her, dass ein Mann sie nackt gesehen hatte. Sie ließ das nicht gerne zu, weil ihr Exmann ihr das Gefühl gegeben hatte, dass sich der Anblick nicht lohnte. Für ihn waren ihre Brüste zu klein und ihre Hüften zu breit gewesen, und er hatte auch sonst immer wieder Dinge gefunden, die ihm an ihr nicht gefielen. Deshalb fürchtete sie sich vor Graysons Reaktion.

Er bemerkte ihre plötzliche Anspannung, aber er hielt nicht inne, sondern half ihr, das Nachthemd ganz über den Kopf zu ziehen. Lexies Herz klopfte wild, während sein Blick auf ihr ruhte.

»Perfekt«, murmelte er und beugte sich vor, zog eine Linie aus Küssen bis hinunter zu ihrem Bauch, während er ihr auch noch den Slip auszog. Dann erkundete er weiter zärtlich ihren Körper.

Lexie stand lichterloh in Flammen. Sie krallte die Hände in das Laken und warf den Kopf hin und her, weil sie die süße Folter seiner Finger und seiner Zunge kaum aushielt.

Solche Gefühle hatte Matt nie in ihr wecken können, und sie merkte, wie ihre Unsicherheit mit jeder Liebkosung von Grayson und jedem seiner geflüsterten Komplimente abnahm. Sie genoss es jetzt, ihm so ausgeliefert zu sein, stöhnte und wand sich unter ihm, als er den Mund erst um die eine, dann um die andere aufgerichtete Brustspitze schloss und sanft daran saugte, während seine Finger die empfindliche Stelle zwischen ihren Beinen fanden. Es war zu viel, zu intensiv, zu …

»Oh Gott«, stöhnte sie, als sie spürte, wie sich alles in ihr zusammenzog. Und dann erschütterte sie ein gewaltiger Höhepunkt, der ihren ganzen Körper erfasste. Hilflos klammerte sie sich an Grayson fest und schluchzte auf, während Wellen der Erlösung durch ihren Körper rollten.

Er hielt sie, bis sie sich beruhigt hatte und wieder in die Kissen sank. Dann küsste er sie noch einmal und stand kurz auf.

Lexie seufzte zufrieden und schlang die Arme um ihn, als er kurze Zeit später wieder zurückkehrte. Seine Boxershorts hatte er ausgezogen, und die Tatsache, dass ihre Körper jetzt nichts mehr trennte, erregte Lexie aufs Neue, ließ sie seinen Kuss und seine Liebkosungen willig erwidern, bis sie erneut in Flammen stand.

»Grayson«, hauchte sie, weil sie keine Worte hatte für das, was sie wollte. Aber er verstand sie auch so und trennte sich nur kurz von ihr, um das Kondom überzuziehen, das er offenbar gerade geholt hatte. Dann war er wieder bei ihr und legte sich auf sie.

»Weißt du eigentlich, wie unglaublich sexy du bist?«, flüsterte er an ihrem Ohr, während er langsam in sie eindrang. »Du raubst mir den Verstand.«

Lexie konnte das nicht glauben, aber sie lächelte an seinen Lippen und küsste ihn, kam ihm entgegen, als er anfing, sich zu bewegen. Sie war eigentlich sicher, dass sich das, was er sie gerade hatte erleben lassen, nicht mehr steigern ließ, doch zu ihrer Überraschung baute sich die Spannung erneut in ihr auf, schickte neue Schauer durch ihren Körper, während Grayson sie mit jedem Stoß noch ein Stück höher trug.

»Komm noch mal für mich«, forderte er mit rauer Stimme,

und als hätte Lexies Körper nur auf diese Anweisung gewartet, explodierte die Welt um sie herum erneut in einem Farbenmeer, und sie versank mit einem Schrei in den Wellen eines neuen, noch intensiveren Höhepunktes. Grayson folgte ihr nur Sekunden später, und sie hielt ihn, während auch er stöhnend Erlösung fand.

Es dauerte lange, bis sie sich beide wieder beruhigt hatten. Aber selbst als Lexies Atem wieder normal ging und sie in die Realität zurückgekehrt war, konnte sie nicht glauben, zu welch erschütternder Sinnlichkeit sie offenbar fähig war. So kann es also auch sein, mit einem Mann zu schlafen, dachte sie seufzend und war noch nicht bereit, Grayson wieder loszulassen. Sie wollte diesen Traum noch ein bisschen weiterträumen und nicht darüber nachdenken, dass es wahrscheinlich ein Fehler gewesen war.

Er bewegte sich und rollte sich zur Seite.

»Ich denke, das hätten wir dann geklärt«, murmelte er und küsste ihr Haar, dann stand er auf und verschwand im Bad.

Lächelnd schloss Lexie die Augen und lauschte dem Rauschen des Wassers, das durch die halb geöffnete Badezimmertür zu ihr drang. Morgen früh würde sie es sicher bereuen, aber in diesem Moment fühlte sie sich einfach nur auf köstliche Weise erschöpft und konnte an nichts anderes denken als daran, was sie gerade eben mit Grayson erlebt hatte.

»Du kannst das auch gut«, murmelte sie, als er kurz darauf zurückkam und sie wieder in die Arme nahm. Sein Lachen ließ seinen Brustkorb beben, und sie spürte seine Lippen auf ihrem Haar, kurz bevor sie in einen tiefen, zufriedenen Schlaf glitt.

*****

Grayson zog vorsichtig seinen Arm unter Lexies Kopf hervor. Sie protestierte kurz, ohne die Augen zu öffnen, dann lag sie wieder ruhig da.

So leise wie möglich stand er auf und zog sich an. Er musste sich beeilen, damit das, was er zu tun hatte, erledigt war, bevor Lexie wieder aufwachte. Aber er trat trotzdem noch einmal an das Bett heran und betrachtete sie. Mondlicht fiel durch das Fenster und ließ ihr Haar, das wie ein Fächer auf dem Kissen lag, silbrig glänzen. Sie murmelte etwas im Schlaf, und er spürte einen Stich in der Brust, als ihm klar wurde, dass es sein Name war.

Ich hätte nicht mit ihr schlafen dürfen, dachte er. Das machte alles viel zu kompliziert. Aber wenn er in ihrer Nähe war, schien bei ihm etwas auszusetzen. Er konnte sich nicht erinnern, wann er zuletzt eine Frau derart begehrt hatte wie sie, und allein der Gedanke an ihre leidenschaftliche Reaktion auf ihn reichte, um seine Lust aufs Neue anzufachen. Wie zur Hölle kam sie darauf, dass sie in dieser Hinsicht irgendwelche Defizite hatte? Sie war wie geschaffen dafür. Wie geschaffen für ihn …

Grayson runzelte die Stirn. Aber stimmte das alles überhaupt? War sie tatsächlich so unsicher, wie sie behauptet hatte – oder spielte sie ihm das nur vor?

Er stieß die Luft aus. Es wäre ihm sehr viel lieber gewesen, wenn er hätte glauben können, dass sie berechnend war. Ein Teil von ihm tat das zwar noch, weil es einfacher war, sein Instinkt sagte ihm jedoch etwas anderes. Wenn das alles nur Theater war, dann war sie eine brillante Schauspielerin, denn er musste auch jetzt wieder gegen das Bedürfnis ankämpfen, sich zu ihr zu legen und sie in die Arme zu nehmen.

Jetzt reiß dich zusammen, schalt er sich selbst. Sie arbeitet für Andrew Howard. Und sie war dem Geheimnis der Burg an diesem Abend schon wieder viel zu nah gekommen. Er musste aufpassen, was sie anging. Denn wenn sie es herausfand …

Grayson stöhnte innerlich auf. Er hatte keine Ahnung, was er dann tun sollte, und ihm graute vor diesem Moment, der hoffentlich nie kam. Aber jetzt musste er sich erst mal um ein ganz anderes Problem kümmern.

Auf dem Weg zur Tür fiel sein Blick auf die Papiere, die immer noch auf dem Schreibtisch lagen. Die durfte Lexie auf keinen Fall sehen, deshalb räumte er sie hastig zusammen und schob sie unter die Bettwäsche in der untersten Schublade. Dort würde sie sicher nicht danach suchen.

Noch einmal blickte er zurück zum Bett und lauschte auf Lexies gleichmäßigen Atem. Dann verließ er das Zimmer.

27

Lexie rannte, aber sie war nicht schnell genug. Ihr war furchtbar kalt, aber sie durfte nicht stehen bleiben, weil der Schatten direkt hinter ihr war. Er rief nach ihr mit lockender Stimme, und es war diesmal kein Flüstern. Sie hörte es deutlich.

Lexie. Bleib stehen. Ich bin es doch.

Sie kannte diese Stimme. Aber sie erkannte sie nicht. Es war, als hätte sich eine Nebelwand vor ihre Erinnerung geschoben, die sie nicht durchdringen konnte. Als würde ihr Geist sich sperren gegen das, was sie eigentlich wusste. Eins stand jedoch fest: Wer immer dieser Schatten war, er würde ihr wehtun, wenn er sie fand. Und er war schon ganz nah …

Etwas Kaltes berührte ihre Haut, dann ertönte plötzlich direkt neben ihr ein Scheppern, so ohrenbetäubend laut, dass es die Traumbilder vor ihren Augen vertrieb und sie mit einem Schlag zurück in die Wirklichkeit holte.

Oh Gott, dachte sie, als ihr klar wurde, dass sie offenbar wieder geschlafwandelt war. Nur dass der Alptraum diesmal nicht endete, denn um sie herum herrschte undurchdringliche Schwärze. Panisch blickte sie in alle Richtungen. Wo war sie? Und wieso war hier kein Licht?

Ganz ruhig, dachte Lexie und versuchte, nicht mehr zu zittern. Dafür war jedoch nicht nur der Schock verantwortlich. Ihr war einfach furchtbar kalt in ihrem dünnen Nachthemd, und dass sie mit nackten Füßen auf eisigen Steinfliesen stand, machte es nicht besser.

Sie schlang die Arme um ihren Oberkörper und wiegte sich leicht, um die Angst zurückzudrängen, die ihr die Brust einschnürte, während sie in die Dunkelheit starrte. Es dauerte eine ganze Zeit, aber dann gewöhnten sich ihre Augen an das fehlende Licht, und sie erkannte einen matten Schein, der durch helle Öffnungen über ihr drang. Und die Gestalt, die nur wenige Meter von ihr entfernt an der Wand stand.

Erschrocken wich Lexie einen Schritt zurück und stieß gegen etwas Metallisches, das laut schepperte. Das Geräusch erschreckte sie so, dass ihr fast das Herz stehen blieb. Sofort blickte sie wieder zu der Gestalt und rechnete mit einer Reaktion, glaubte, dass diese sie packen würde. Aber die Gestalt rührte sich nicht. Und sie war nicht allein, wie Lexie jetzt erst bemerkte. Da standen mehrere dunkle Schemen reglos an der Wand.

Sie dachte an das Scheppern, das sie gerade so erschreckt hatte. Vorsichtig ging sie in die Hocke und tastete über den Boden. Fast sofort stieß sie gegen etwas Kaltes, Glattes, Schweres, das sie kaum heben konnte. Als sie es betastete, erklangen die typischen Geräusche von Metall, das gegeneinanderbewegt wird.

Wieder blickte sie zu den Gestalten an der Wand und spürte, wie Erleichterung sie durchflutete. Das waren keine Menschen – es waren Rüstungen. Und jetzt wusste sie plötzlich auch, wo sie sich befand. Das hier war der Festsaal der Burg. Und das Scheppern hatte sie selbst verursacht, als sie im Schlaf eine der Rüstungen umgerissen hatte, die jetzt in Einzelteilen zu ihren Füßen verteilt lag.

Wieder zu wissen, wo sie sich befand, beruhigte Lexie aber

nur ein bisschen, denn die Dunkelheit, die sie umfing, machte ihr trotzdem Angst. Fieberhaft versuchte sie, sich an den Grundriss der Burg zu erinnern und daran, in welche Richtung sie den Saal durchqueren musste, um wieder zurück zu ihrem Zimmer zu kommen.

Nein, zu Graysons Zimmer, korrigierte sie sich und spürte einen wohligen Schauer, als ihr wieder einfiel, was vor ihrem Schlafwandeln passiert war. Mit aller Kraft wünschte sie sich, dass er jetzt hier bei ihr wäre. Weil sie nicht sicher war, ob sie es allein bis ans andere Ende des Saales schaffen würde.

Aber hier stehen bleiben konnte sie auch nicht, deshalb atmete sie noch einmal tief durch und setzte vorsichtig einen Fuß vor den anderen. Ihr Ziel war der Lichtschalter, der sich, wenn sie das richtig in Erinnerung hatte, neben der Tür befand, die sie als dunklen Fleck in der Wand vor sich ausmachen konnte. Als sie dort ankam, tastete sie über die Wand und atmete auf, als ihre Finger den Schalter fanden. Doch als sie ihn drückte, flammten die Kronleuchter über ihr nicht auf, wie sie gehofft hatte. Hektisch versuchte sie es noch einmal, betätigte den Schalter immer wieder. Leider vergeblich, denn es blieb dunkel.

»Verdammt!«, fluchte sie leise und spürte, wie ihr Tränen in die Augen schossen. Was sollte sie denn jetzt …

Das Licht tauchte so plötzlich auf, dass Lexie sich kurz fragte, ob sie sich das vielleicht nur einbildete. Aber es war wirklich da, zuckte am anderen Ende des Saales über den Boden. Der Kegel einer Taschenlampe, dachte Lexie und blinzelte, als der Lichtstrahl plötzlich direkt auf sie gerichtet wurde.

»Grayson?« Sie hob die Hand über ihre Augen und versuchte zu erkennen, wer die Taschenlampe hielt. »Grayson, bist du das?«

Es kam keine Antwort.

»Hallo?«, rief sie noch einmal, doch es blieb still. Dann quietschte eine Tür, und das Licht verschwand.

»Nein!« Instinktiv rannte Lexie los, angetrieben von der Angst, im Dunkeln zurückzubleiben. »Nein, warte!«

Adrenalin pumpte durch ihre Adern, machte sie schnell. Sie erreichte die Tür am anderen Ende des Saals und riss sie auf, starrte in den Gang, der dahinter begann.

Das Licht war noch da, aber es bewegte sich weg von ihr, verschwand um eine Ecke. Ohne nachzudenken, rannte Lexie hinterher, immer dem Lichtschein nach. Sie hörte Schritte von den Wänden widerhallen, die nicht ihre eigenen waren. Aber wie oft sie auch rief, derjenige, der vor ihr mit der Taschenlampe durch die Dunkelheit rannte, hielt nicht an.

Sie folgte dem Licht durch mehrere Flure, bis es hinter einer schweren Holztür verschwand, die Lexie trotz der Dunkelheit als die wiedererkannte, durch die man aus dem Wohntrakt in den angrenzenden Wehrturm gelangte. Als sie diese öffnete und weiterging, stand sie im Turm. In dem großen, runden Raum mit der hohen Decke war es noch kälter als im Rest des Hauses, und der Wind heulte leise durch die teilweise zerbrochenen Fenster. Das Mondlicht, das durch die Scheiben drang, war fahl und hatte wenig Kraft, aber es reichte, um das Loch in der Zwischendecke über ihr zu erkennen, genau wie die Treppe, die an der Wand entlangführte.

Die Luke am oberen Ende der Treppe war geschlossen, und auch das Licht war verschwunden.

Schwer atmend und mit wild pochendem Herzen sah Lexie sich um, und ihr wurde plötzlich klar, dass es ein Fehler gewesen war, dem Licht zu folgen. Ihre Angst vor der Dunkelheit hatte sie jemandem hinterherlaufen lassen, der ganz offensichtlich nicht von ihr eingeholt werden wollte. Oder hatte er sie absichtlich hergelockt, um ihr eine Falle zu stellen?

Jetzt nur nicht durchdrehen, versuchte sie sich selbst zu beruhigen. Sie hatte es irgendwie bis hierher in den Turm geschafft. Also würde es ihr auch gelingen, den Weg zurück in den Wohntrakt zu finden. Sie war stärker, als sie glaubte. Sie konnte das …

Etwas polterte laut, und man hörte von oben ein leises Wimmern.

»Hallo?« Lexies Stimme hallte durch den hohen Raum. »Ist da jemand?«

Es kam keine Antwort, aber das Licht flammte plötzlich wieder auf und fiel durch das Loch in der Decke, ohne dass Lexie von ihrer Position aus erkennen konnte, aus welcher Richtung es kam. Aber wenigstens konnte sie ihre Umgebung jetzt deutlich wahrnehmen. Es entspannte sie und ließ sie wieder klarer denken.

Da oben war jemand. Und so wie es sich angehört hatte, konnte er oder sie sich verletzt haben.

»Hallo? Brauchen Sie Hilfe?«, rief sie in die Stille.

Es raschelte oben hinter der Luke. Dann war es wieder still.

Lexie kaute auf ihrer Unterlippe herum. Ein Teil von ihr wollte fliehen, zurück in den Wohntrakt, weil ihr diese ganze Situation nicht geheuer war. Aber den Weg dorthin im Dunkeln zu gehen würde sie große Überwindung kosten. Hier gab es Licht. Und außerdem würde sie, wenn sie ging, nicht herausfinden, wer dort oben stand und warum er oder sie sich vor ihr verbarg. Sie wusste, dass es gefährlich war, immerhin war sie schon zweimal Opfer eines Angriffs geworden. Aber es fühlte sich falsch an zu fliehen. Hier ging etwas vor sich, das sie nicht verstand, und sie würde nur dahinterkommen, wenn sie hartnäckig blieb.

Das Herz schlug ihr bis zum Hals, als sie den Fuß auf die unterste Stufe der Treppe setzte.

»Ich komme jetzt rauf«, sagte sie laut in die Stille, auch um sich selbst noch einmal zu bestärken. Sie konnte dank des Lichts von oben genug sehen und schaffte es auch, weiterzugehen, als das Geländer aufhörte. Kurz bevor sie die Luke erreichte, verlosch das Licht jedoch plötzlich wieder und ließ alles um Lexie herum schwarz werden.

Sofort kehrte die Panik zurück und schnürte ihr die Kehle zu. Für endlose Sekunden konnte sie sich nicht rühren, aber irgendwann wurde ihr klar, dass ihr keine Wahl blieb. Es war zu spät, um umzukehren, deshalb nahm sie all ihren Mut zusammen und ging vorsichtig die letzten Schritte, bis sie das Holz der Zwischendecke über sich fühlte. Sie tastete nach dem Griff der Luke, öffnete sie und kletterte in den Raum.

Angespannt blieb sie in der Hocke sitzen und sah sich um. Auf den ersten Blick konnte sie nichts ausmachen, das ungewöhnlich aussah. Der große, runde Raum war leer, genauso wie damals, als sie mit Duncan und Grayson hier gewesen war. Aber das trübe Mondlicht, das durch die Fenster hereindrang, erhellte nicht alles. In der hinteren Hälfte waren die Schatten so tiefschwarz, dass sich dort durchaus jemand verstecken konnte, den sie von hier aus nicht sah.

Lexie atmete noch einmal tief durch und nahm all ihren Mut zusammen. Dann stand sie auf, streckte die Hand aus und berührte mit den Fingerspitzen die Wand, tastete sich vorsichtig weiter in den Raum hinein. Das Loch im Boden machte ihr Angst, aber solange sie sich am Rand hielt, konnte ihr eigentlich nichts passieren.

Angestrengt starrte sie in die Dunkelheit und rechnete jede Sekunde damit, jemandem gegenüberzustehen. Doch je weiter sie ging, desto sicherer war sie, dass sich in diesem Raum außer ihr niemand aufhielt. Als sie ihren Ausgangspunkt an der Luke fast wieder erreicht hatte, wurde es plötzlich stockdunkel, wahrscheinlich, weil sich eine Wolke vor den Mond geschoben hatte.

Beklommen blieb Lexie stehen und wartete darauf, dass es wieder heller wurde. Sie befand sich auf der Höhe der Treppe, die hinter ihr an der Wand hinauf in den zweiten Stock führte. Weit war es nicht mehr bis zu der Luke, durch die sie wieder zurück ins Erdgeschoss gelangen würde, aber sie wusste nicht genau, wie viele Schritte sie noch machen musste. Deshalb wollte sie lieber erst weitergehen, wenn sie wieder etwas sehen ...

Ein Geräusch erklang direkt hinter ihr auf der Treppe, dann spürte Lexie eine Bewegung in ihrem Rücken.

Erschrocken drehte sie sich um und wich ein Stück zurück. Erkennen konnte sie nichts, aber sie ahnte, dass dort jemand war. Tatsächlich hörte sie leise Atemgeräusche.

Er hat auf der Treppe gehockt, dachte sie. Darauf, dass sich jemand dort versteckte, war sie nicht gekommen.

»Wer ist da?«, fragte sie mit zitternder Stimme.

Als Antwort flammte die Taschenlampe wieder auf und leuchtete ihr direkt ins Gesicht. Lexie hob den Arm, um nicht geblendet zu werden, und trat instinktiv noch einen Schritt zurück. Aber da war plötzlich kein Boden mehr.

Das Loch, dachte Lexie entsetzt, aber es war schon zu spät. Ihre Zehen berührten noch eine abgebrochene Holzbohle am Rand, rutschten jedoch ab. Lexie schrie, als sie merkte, dass sie fiel, und sah sich schon zerschmettert unten auf dem Steinboden des Wehrturms liegen. Doch bevor sie abstürzte, schaffte sie es, sich in letzter Sekunde am Rand des Lochs festzukrallen, während ihre Füße schon in der Tiefe baumelten.

»Hilfe!«, schrie sie, so laut sie konnte. »Ich stürze ab!«

Ihre Stimme hallte durch den Turm. Das Licht verlosch, und niemand antwortete.

»Bitte, ich kann mich nicht mehr lange halten!«, flehte sie, weil sie spürte, wie die Spannung in ihren Fingern nachließ. »Hilfe!«

Sie hörte Schritte, und ein neues, schwächeres Licht flammte auf.

»Ich bin hier!«, rief sie verzweifelt und rutschte gleichzeitig mit der linken Hand ab, hing nur noch an einem Arm an der Bohle. »Bitte! Schnell!«

Die Licht kam näher, und dann sah sie erneut in den Kegel einer Taschenlampe, die von oben auf sie schien. Derjenige, der sie in der Hand hielt, legte sie dann jedoch auf den Boden neben sich, so dass Lexie erkennen konnte, wer sich zu ihr herunterbeugte.

»Grayson!«

Er legte seinen Unterarm an ihren und griff genau in dem Moment zu, in dem Lexies Finger den Halt verloren. Voller Angst klammerte sie sich an seinen Arm, spürte jedoch, wie ihre Hand langsam daran herunterrutschte.

»Ich falle!«, rief sie entsetzt und blickte zu ihm auf, sah im Schein der Taschenlampe sein angespanntes Gesicht. »Zieh mich rauf!«

Ihre Hand glitt noch ein Stück über seinen Arm. Er hielt sie jetzt nur noch kurz über ihrem Handgelenk fest.

»Bitte, Grayson!«, flehte sie noch einmal. Jetzt lag ihre Hand in seiner.

Lexies Kehle war plötzlich ganz trocken. Lass mich nicht fallen, dachte sie und spürte, wie Tränen in ihren Augen brannten, während sie sich in seinen blauen Augen verlor.

Manchmal muss man weggehen, um anzukommen

Pippa Watson
DER ZAUBER VON SOMERSET
Roman
368 Seiten
ISBN 978-3-404-17819-3

Im schönsten Teil Südenglands will Amber über den Sommer die zurückliegende schwere Zeit vergessen und neue Kraft schöpfen. Doch schon am ersten Morgen steht der Schriftsteller Finian in der Tür des Cottages: Das Ferienhaus wurde doppelt vermietet! Amber hat Mitleid mit dem zerzaust wirkenden Mann, und so wird eine Wohngemeinschaft auf Probe beschlossen. Zunächst scheuen die beiden Einzelgänger den Kontakt. Aber durch die Pflege des alten Pferdes am Hof kommen sie sich langsam näher. Als eine ängstliche Hündin ihrem fiesen Besitzer entkommt und bei ihnen Schutz sucht, müssen die beiden zusammenhalten und entdecken, dass der Zauber Somersets auf viele Weisen wirkt …

Der dritte Band der erfolgreichen *Kamelien-Insel*-Saga

Tabea Bach
HEIMKEHR AUF DIE
KAMELIEN-INSEL
Roman
400 Seiten
ISBN 978-3-404-17740-0

Sylvia und Maël erwarten die Geburt ihres lang ersehnten Kindes. Da holt Maël seine familiäre Vergangenheit ein: Seine Mutter, zu der er fast 30 Jahre lang keinen Kontakt hatte, ist schwer erkrankt. Obwohl Sylvia ein ungutes Gefühl befällt, reist Maël ab. Wenig später wütet eine verheerende Sturmflut an der bretonischen Küste. Die Kamelieninsel nimmt schweren Schaden und Sylvia erleidet einen gefährlichen Unfall ...
Ein mitreißender Roman über Verlust und Glück und eine bretonische Kameliengärtnerei

Bastei Lübbe